わたくしの「白」の世界

――導かれ、学び深めて――

安宗和子

溪水社

目次

わたくしの「白」の世界

――導かれ、学び深めて――

Ⅰ　学びの日々

一　清水先生にお教えいただいたこと

清水文雄先生。遙かな国へ旅立たれた先生。本当に行ってしまわれたのでしょうか。未だ信じがたくお宅へお伺いすると着物姿で玄関に出ていらっしゃるような気がしてなりません。

先生のお姿に初めてお会いしたのは四十年余り前、わたしが東雲分校に入学してご講義を受けた時でした。今も大切にしている一冊の大学ノートの表紙には「国文学」専門。当時先生の一言をも聞きもらすまいと必死でノートをした字が並んでいます。今それを読むと先生のあの澄んだお声をそのまま聞くことができるのです。

「源氏物語」「竹取物語」「万葉集」「王朝女流文学史」とつぎつぎに、わたしのような幼稚な学生にも分かるように「学問」としてお説きくださり、初めて出会った「文学」、初めて覚えた「衣通姫の流れ」という美しい言葉に感動したのをよく覚えております。

―王朝の女性の嘆きがその嘆きと苦悩の女性自らの手で作ったものが数々の日記や歌や物語である。いわばこれらの作品は彼女達の嘆きそのものが断絶の谷間にかけた「夢の浮橋」であった。

―（ノートより）

と王朝女流文学の成立の根源をまず教えてくださり、

現実生活において「閉ざされた」個人を、表現生活において「開かれた」自由人たらしめる共鳴圏の「世界」、それが「王朝」であった。

と「王朝」という言葉のもつ深い意味を解明され「古典文学」という雅びな香り高い世界に導いてくださった清水

先生にお会いできたことの幸せに涙しております。

「王朝文学の会」への出席はなかなか実現できず、「王朝文学」とはいつしか遠ざかっておりましたが、慈顔の先生をいつも思い浮かべて小学校の児童相手に長年過ごしてまいりました。

「河」二十六号合評会ではわたしの「たくましい伴東っ子一年生をめざして」について、「教育の原点。このようにひとりひとりの子どもに目をむけて指導することが大切である。比治山女子短期大学の女子学生には、女性の存在として母性的やさしい心くばりが人間として重要なことだと教えたい」とおほめの言葉をいただきました。小学校教育の現状に、自分の指導力のなさに、何度か挫折しそうになった時、先生のおほめの言葉をどれほど嬉しく思ったことでしょう。お励ましに支えられて定年まで勤めることができました。

職を退いてからは、もう一度東雲分校時代にかえって先生のお教えくださった「もののあはれをしる」「折過ぐさず」を勉強しなおそうと「源氏物語」を読み始めましたのに、とたんに先生は遠くに行っておしまいになりました。本当に悲しくて悲しくて……。

これからは先生のご著書や「河」にお書きになったものを、もう一度じっくり読んで多くの事を学びたいと思っております。先生はどんな教え子にもやさしく指導の手をさしのべてくださいました。遠くの国に行かれてもきっと浅学の教え子の事は忘れず見守ってくださると思って、これからもほめていただけるよう勉強していこうと思います。

先生のご冥福を心からお祈り申し上げます。

（「続河」三号　清水文雄先生追悼特集　一九九八年十一月二十日）

二　返事――清水先生、松永先生、宏兄さんへ――

今年の梅雨は次々とやって来る台風が大雨を持ってきて、今日も大雨、今日も大雨、雷、と天が怒っていると思われるほどだった。庭の隅の倉庫がこの大雨で雨漏りがひどくなってどうしようもなく、とうとう建て替えることにした。

倉庫の中のものを全部出して整理してみると、よくもまあこんなガラクタをため込んでいたのかと呆れるほどだった。三十年近く、今必要でないものはちょっと倉庫に入れて置いて、後で片付けようと思っては、入れてそのまま、入れてはそのままの繰り返し、そして、入れておいたものは忘れてしまっていたのだった。捨てる物が山ほど出てきた。何度かの引越にも持って廻った物だから、それなりにその時は必要だったのだと思うけれど、この際思い切って処分することにした。

整理していくうちに一つの大きな袋が見つかった。それは恩師・友人からの手紙・葉書類で、五十年くらい前のものが殆どだった。倉庫に入れてからは一度も読み返さないで、しまったままになっていたのだろう。括った紐は黄色く朽ちていた。へたり込んで読み返すうちに、返事は出したはずだが、もう一度返事を書いてみたくなった。

今から四十六年前の昭和三十一年三月、私は広大東雲分校を出て、今迄姉夫婦に厄介になっていた広島での生活に区切りをつけた。母の居る沼隈郡浦崎村（のちに尾道市となる）へ帰り、中学校の国語の教員になって母と妹との生活を立てようと思っていた。しかし現実は就職難で採用試験は受けたものの、中学校には女の教員は採用しないという嘘のような理由で私の職場はなかった。小学校時代の恩師（佐藤益夫先生）からは――成績は一番良かったのだが残念です——と、ご親切に慰めのお知らせは頂いたけれど、不採用ということには変わりなく、母に合わせる顔がなかった。
とてもつらい気持ちと、どうやって生活しようかと真剣に考え込んでしまった。県からの母子家庭向けの奨学資金借入金の返済や、日本育英会からの奨学金も、公立学校の教員にならなければ全額返却という事実が頭を駆けめぐっていた。学校を出たばかりの「わたし」という人間を否定され、暗澹たる気持ちで一日中過ごした。東雲分校では教師をめざして勉強した。幼稚な私にとって異次元とまで思われる「学問」を初めて教わった。どの授業も新鮮で驚きもあり真剣に学ぶ喜びも味わった。七週間の教育実習の後には、私には「教師」しかないとまで思ってしまったのである。若かったのだろう。それが—あなたは教師にはなれません。——と烙印を押され、春のうららかさとは裏腹にどうすればいいのか方法が見つからず、たったひとりで迷いの中に落ち込んでしまっていた。そんな中で就職できなかった事を松永先生にお知らせしたのだと思う。指導教官だった松永信一先生からはすぐに五月二十日付でお葉書をいただいた。

松永先生、お葉書ありがとうございました。先生のお葉書何度も読み返しました。何事もうまくいかない時は、自分を否定され、無能呼ばわりされたように思い込み、どん底から這い上がれないのです。でも先生は「まけたという心はもってはならない。のびたのだ。」そして「現実のクチャ〱した心から脱却しなくてはなりません。」と、今、目の前に見えている現実はクチャ〱なのだから視点を変えて考えるように、就職の時期がちょっとだけ「のびたのだ。」と励ましてくださいました。(「現実のクチャ〱した心」という先生の表現に思わず笑ってしまいました。私のその時の現実は本当に真っ暗でクチャ〱どころかグチャ〱ドロドロでしたもの)
クチャクチャの現実から脱却する方法は文学の力だと力説され、「よい児童文学作品もそのみじめさに打勝とうとする作家の精神的エネルギーから生れているものだということあなたもすでに研究していられる通りですね。」と、私に自信を持たせてくださる優しくてロマンチストの先生。本当に嬉しゅうございました。私が浜田広介童話を修了研究発表のテーマにした事をしっかりと覚えていてくださったのですね。

広介童話の中でも特に「泣いた赤鬼」が私は好きでしたし、小学校に勤めるようになってから何度か授業もしました。この作品に登場する人物は全員善意の持ち主なのに終わりは悲しいのです。友だちのためにあえて自己犠牲の行動に出る青鬼、青鬼の善意の行動の中にある心の深さに初めて気づき泣いてしまう赤鬼の物語。

（下手な授業を思い出しました。やさしい青鬼さんとやさしい赤鬼さんのどっちが好き？　なんて、児童に酷な発問をしたことを……）「善」の上下大小を問うた愚かな発問だった。善に大小上下はないのに。実は何も見返りを望まず、自己犠牲に徹して他人を思いやる青鬼の中に、母の姿を私は重ねて見ていたのです。

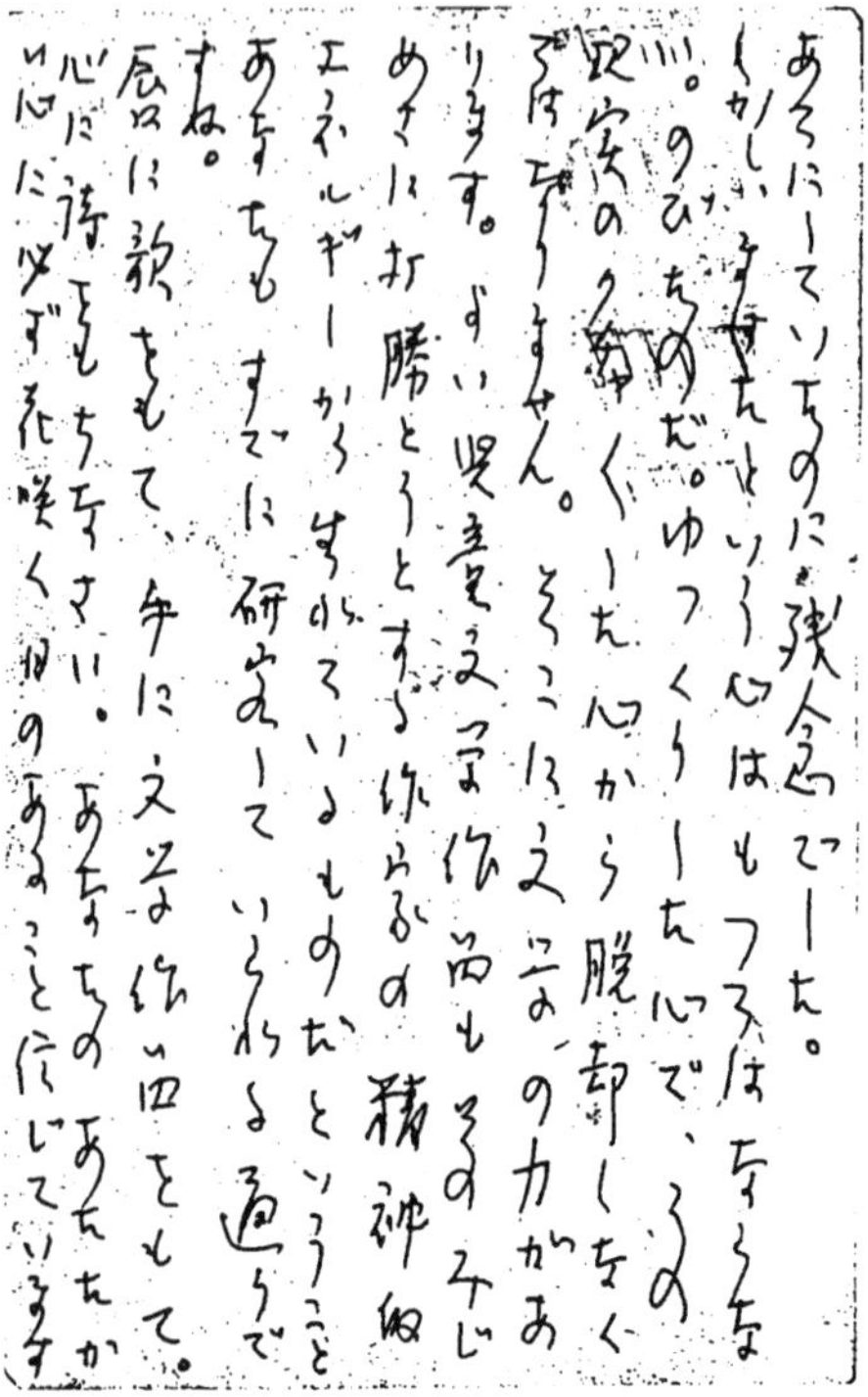
あてにしていたのに残念でした。
しかし、[illegible]という心はもってはならな
い。[illegible]。ゆっくりした心で、その
研究の[illegible]くした心から脱却しなく
てはなりません。そこに文学の力があ
ります。よい児童文学作品もそのみじ
めさに打ち勝とうとする作家の精神的
エネルギーから生れているものだということ
あなたもすでに研究していられる通りで
すね。
唇に歌をもて、手に文学作品をもて。
心に詩をもちなさい。あなたたちのあなたか
い心に必ず花咲く日のあることを信じています

九州若松で手広く石炭販売業を営んでいた父を助けて母は忙しく働いていた。父が戦争に駆り出され、私と妹を連れて父の里尾道浦崎へ帰ったが、父は南方サイパンへ行ったきり帰ってはこなかった。浦崎での母の苦労は、子供の私にも痛いほどよく分かった。慣れない百姓仕事、貧乏暮らし、近所とのつきあい

など……。でもひと言も、苦労という言葉は聞かなかった。そんな苦労のし通しの母を、少しでも楽にさせたいと思っていたのに、就職できなかったことを言うのが本当につらく情けなくて、ふがいない自分の姿がますます惨めに思えました。でも「あなたのあたたかい心に必ず花咲く日のあること信じています。」という先生のお言葉が嬉しかったです。今でも先生のお教えくださった「唇に歌を持て、手に文学を持て。心に詩を持ちなさい。」は、私の生きて行く旅に忘れてはならないものばかりです。どんなにつらい旅でも、唇から歌う歌が大きく空に広がったら歩みを進めることができ、手に文学があれば、心豊かに旅を楽しむことができます。心に詩が浮かんだら小さな手帳に書き留めましょう。

そう、先生の言語学の授業は時に難解でした。大脳生理学から始まり言語の成立過程、格助詞「は」の持つ意味など必死でノートに書きました。ある日、誰か先生の講義をサボった人がいました。そうすると先生は気に病んで、そっとその人のサボった理由を聞いてくれと少年の様な顔で頼まれました。覚えていらっしゃいますか。とても繊細な心を持っていらっしゃる先生でした。

詩人の心を持っていらっしゃいました。「夕鶴」のつうを演じてくださった事も印象に残っています。つうの与ひょうへの無限無償の愛を先生は表現されたのだと思います。言語の持つ美しさを場面とともに切り取る演習もありました。そのレポートの中から先生はよいものを選んで小さなガリ版刷りの詩集にまとめてくださり次の講義の時に配られました。その中の一つ「冬の蠅」という題の詩集が心に残っています（残念ながら私の作品ではなかったのですが）。手に蠅が止まっていたが、じっと見るだけで追うこともしないでそのままにした、というだけのものでしたが、冬の日に飛び立つ元気もなく手のぬくもりと冬の日ざしを浴びている小さな蠅に自分は追い払うこともしない、という作者の精神性を見たようで感心しました。先生もその詩を高く評価されたので詩集の題にされたのだと思います。

先生、今までたくさんの事をお教えくださって本当にありがとうございました。長い長い間の御無沙汰お許しくださいませ。やっとお返事が書けたかなあと思います。先生と思い出話をするときりがありませんのでこの辺で失礼します。どうぞお体だけは大事になさってください。「文学は飛翔である」とおっしゃった先生のお言葉の意味を、これから考えて答えを出してみようと思っております。

追伸　先生、四十六年後の今の私をちょっぴりお知らせします。「源氏物語」を毎週夫と読んでいます。古典をひもとき文学の奥深さに感心し、様々な美しい日本の言葉と心を学んでいます。退職してからは読書の時間がぐっと増えました。エッセー、小説、児童文学といろいろな「文学作品を持て」るようになりました。先生私を誉めてくださいね。この頃日本語に関する本が多く出版されて日本語の美しさに関心が集まっています。もう一度かなうなら先生の言語の講義を受けてみたいと思います。恥ずかしいけれど俳句もちょとかじってみましたが、感性のなさで、挫折、挫折。「心に詩を持」てるまで少し精進してみようかと思います。レポート提出は待っていてください。またお会いできる日まで。

かしこ

就職できないまゝ春はあっけなく過ぎて行こうとしていたが、教師への道はあきらめきれず、他の職へ就く事は考えになかった。松永町にある下駄製造所すぐそばの、汚い運河の中に原木が何本も浮かんでいた。その原木を工場内に引き入れ切断機が下駄の大きさに切っていた。それらを乾燥させるために、一つ一つ市松模様のように並べて積み上げ、一つの大きな円筒形にしていた。工場の中には何個もの大きな下駄の積木があった。風景としてはとても美しく、松永というとこの下駄の積木を思い出す。

その家の中学生の家庭教師をしながら、来年もう一度教員採用試験を受けようと思っていた。浦崎から松永まで約十キロの田舎道をボロ自転車のペダルを汗だくで踏んで通った。自転車のチェーンがはずれたりパンクしたりして泣きたくなるようなことも度々あった。その家で夕食をいただいて夜は三時間位、国語、英語、数学を教えた。中学生になったばかりの子は、かわいそうに基礎学力が全くついていなかったので教えるのに苦労した。数学、英語は、私は大の苦手だったが、そんな私だからこそ教えられたのかも知れない。小学校六年生の教科書をもとに一から勉強のやり方を根気強く教えた。教え方の原点を私も試されていたのかも知れない。朝になるとまたボロ自転車を踏んで家に帰るという生活は八月末まで続いた。週一回一泊一食つきで結構報酬はよかった。一円でも多く母に渡したかったので嬉しかった覚えがある。八月末まで家庭教師は続けた。

やっと九月一日から二か月間隣村の藤江小学校に臨時採用になり、私の教師生活が始まった。義兄門田宏から九月十一日付の葉書をもらった。義兄（姉の夫）といっても年令は私と二十八も違っていた。義兄は母と妹・私の貧乏暮らしを見かねて、高校・大学の五年間私を引き取り、自分の子供三人と同じように育ててくれた。教員の少ない給料で子供四人を育てるようなものだったろう。兄は慈父の存在だった。姉の苦労も随分大きかったのだけれど、兄は本代を私のために黙ってがまんをしたに違いない。だからよけいに兄、姉には私は一日も早く教員になって恩返し、お礼をしなくてはと思っていた。

宏兄さんお葉書ありがとうございました。藤江小学校に二か月間ですが勤めることになりまして、毎日があっという間に終わり、明日の授業の準備に大変です。「お勤めがあってお目出度う。」のお言葉かみしめました。本当にこの事はおめでたいことなんですね。きちんとその理由を「二ヶ月でも結構、次の足場になります。」と書いてくださって二ヶ月が臨時でもおろそかにしてはいけないと優しく諭してくださっていますもの。「一週間経ちましたね。気づかれの事と思います。」と兄さんは私の職場を見ておられるのではないかと思いました。だって九月の初めから運動会の種目の練習がびっちりあってくたくた、その上、田舎の先生って案外やさしいようで新米先生には厳しいところがあり、鈍感の私も参ってしまうことがあります。教育観の問題ではなく、日常の瑣末な事柄まで注意されてむっとしたりしています。

「鼻汁たれも泣きびりもわん白もいると思いますが、しかし皆んないい子である事、子供にえこひいきであったり、あると思わせたら指導は全く失敗である事。」この教育哲学・理念、児童観、指導のあり方、教師としての心構えなどは、教師一年生にとっては誰の言葉より心にずっしりと重くひびいています。

どんな子どもでも個性がありすばらしい可能性を持っている人間なのだ。その可能性を導き出す役目を担っているのが教師であり、目の前の子供の姿・イメージだけにこだわる教師であってはならない。子供は教育の場に於いては「善」そのものである、という考え方を、兄さんは教えてくださったのですね。そして「子供にえこひいきであったり、あると思わせたら指導は全く失敗である事。」本当に私は卒倒する位の打撃を受けました。どうお返事したらいいか分からない位で、兄さんの言葉をそのまま暗記して呪文のようにとなえて毎日授業をしました。それほど強烈な言葉でした。

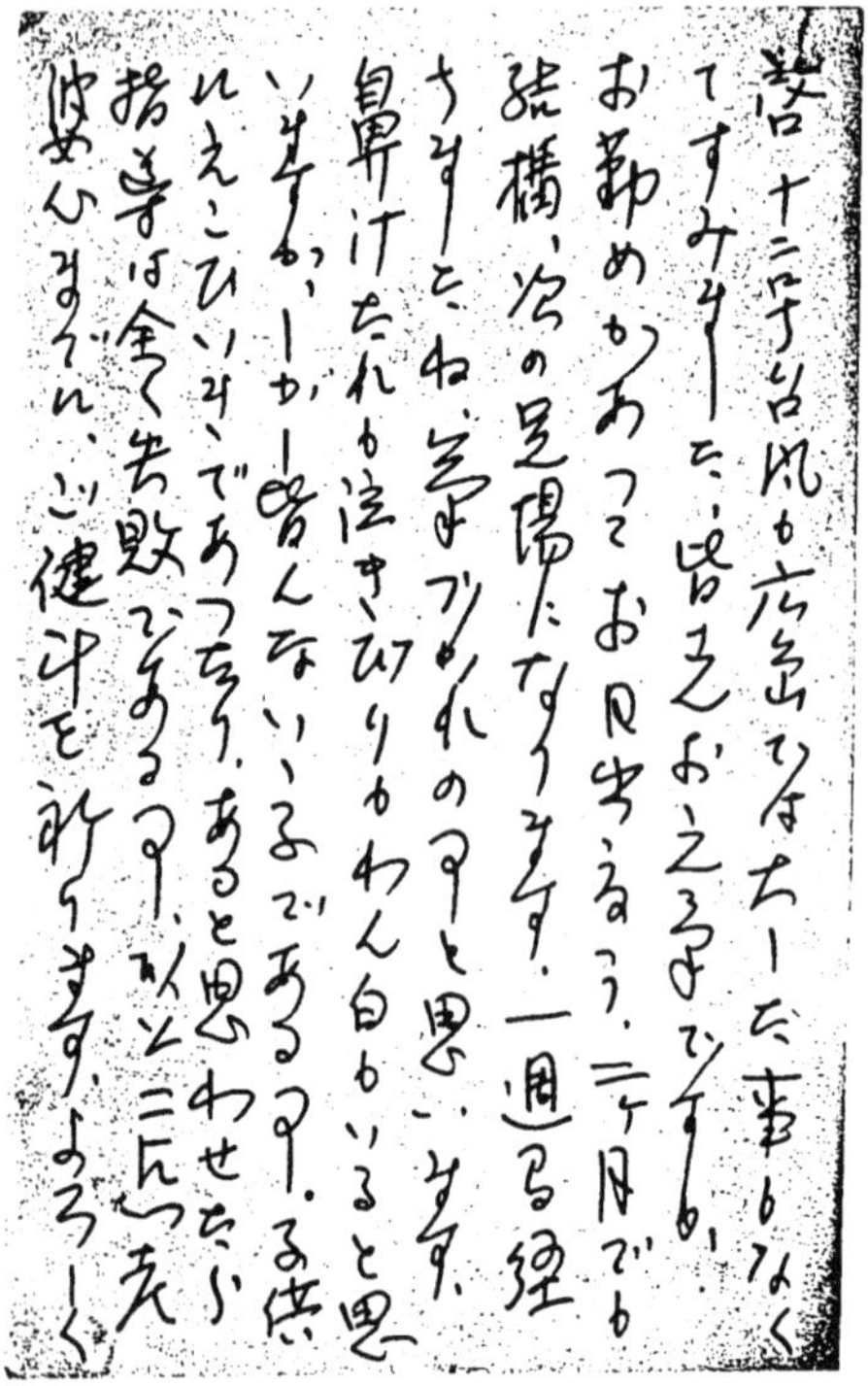

啓 十二号台風も広島ではたいした事もなく
てすみました。皆さんお元気ですか。
お勤めがあってお目出度う。二ヶ月でも
結構。次の足場になります。一週間程経
ちましたね。学校づかれの事と思います。
鼻汁たれも泣きびりもわん白もいると思
いますが、しかし皆んないい子である事。子供
にえこひいきであったり、あると思わせたら
指導は全く失敗である事。以上二点を老
婆心ながら。ご健斗を祈ります。よろしく

おこがましいのですが一言。お兄さんの葉書一枚には一文一文字の無駄もなく、筋の通った見事な文章に私は感心しました。学ぶ

ことの多い葉書でした。それでいてお説教じみたところがなくふんわかとしたやさしいお心づかい涙しました。本当にありがとうございました。新米先生は泣かずに兄さんの教えてくださった二つの呪文をとなえてがんばります。

追伸　お葉書を頂いてからもう四十六年も経ちました。でもこのお葉書の言葉は、私が広島市内の小学校にやっと本採用になってから定年退職するまでずっと教育理念として持ち続けたものです。宏兄さんがどれほど教育者としてすばらしい人だったかは私ひとりが知っているわけではありません。

兄さんの遺稿集「道」のあとがきには、「教え子、同僚の方々から、その人柄のゆかしさ、相手のことを深く聞く心の広さと純粋さ、教育への情熱を聞かされなかったことはない。短期間のふれ合いにもかかわらず大きな影響を受けたという人、また、考え方・立場は違っても先生を人間として心から尊敬する、と述べた同僚の方もあった。」と安宗伸郎は書いています。

また「歩いてきた道」（散文の部）の編集後記には「美しいもの、美しい心を求める姿勢が一貫している……生徒ひとり一人を大切にし、生徒に自分を大切にすることを説き、人間の善意を信じ、人間を信じる努力を積み重ねて誠実に生きていくことを、みずからの生きてきた姿をさらけだしながら説いている。」と書いております。

そんなすばらしい兄さんに一番身近に「教師」というものを教えてもらい、さらに私が広島市に本採用になると、当然のようにまた家族の中に入れてくださるやさしさに感謝のほかはありませんでした。母と暮らした年月とほぼ同じ年月、兄さんには厄介をかけました。

兄さんのお好きだった

山路きてなにやらゆかしすみれ草　　　芭蕉

これは中学校の朝礼で、校長訓話の題材の一つでしたね。

あかあかと一本の道とほりたりたまきはる我が命なりけり　　　斎藤茂吉

会津八一の書いた良寛の歌の掛け軸など

これらは兄さんみずからの生き方に通じるものなのですね。今頃になってやっと分かってきました。あの兄さんの葉書を私の娘（伸子）に見せたらこれはぜひ持っていたいと言いまして早速コピーをして自分の手帳に挟んでいました。伸子は高校の教員（国語科）を目ざしています。

今年は兄さんの家からいただいたクチナシを五つの鉢に挿し木しましたら、濃い緑の葉や茎がぐんぐん伸びて大きな蕾がどの鉢にもたくさんつきました。白いくちなしが咲いたらよい薫りがするでしょう。一番美しい花が咲いた鉢を、兄さんの一番大事な娘の禎子ちゃんに差し上げようと思っています。いつも私のおしゃべりを黙って聞いてくださってありがとうございました。この辺でおしゃべりは止めにします。

お兄さんお体には十分お気をつけてくださいませね。　　　かしこ

小高い丘の上にある藤江小学校での三年生を受け持った教師生活は二ヵ月の短期間で終わった。教師生活の毎日は、思うように授業展開ができなくてくたくたに疲れた。子どもたちは新米先生の指導技術のまずさをすぐに嗅ぎ分け、さわいだり喧嘩をしたりして、学習活動はなかなか進まず、毎時間あたふたするのは私の方だった。教材研究をし、教具を作り発問を考えてと、長時間かけて準備をしたつもりでも、子どもたちはなかなか私についてきてくれないのだった。とくに小学校は全教科担当するので、教材研究の多さに一日二十四時間すべてを教師生活のために使っているような日々だった。

こんな大変な時間を過ごしたが、だんだんと子どもたちといっしょに学校にいる事が楽しくなり、充実した日が続くようになった。この二ヵ月が終わった後はじわじわと大きな喜びが心の中に湧いてくるのだった。生きている子どもを目の前にして「教える」ということが、こんなにも、私に人間的な生活をさせてくれるものだと分かったからである。やはり教師をこの先やっていこう、教師しか私の行く道はない、と思うようになってしまった。

教師への思いが強くなったが、その後さっぱりと臨時教師の職さえなく、また家庭教師をしようかと思いながらも、日は一日一日過ぎて、昭和三十一年は暮れてしまった。昭和三十二年はなんとなく淋しいお正月。久しぶりの母と妹と私の三人はひっそりと普段と何の変わりもないものだった。当たり前のように年賀状は届いた。

その中に恩師清水文雄先生からの年賀状があった。世の中から、ひとり忘れられてしまった感じの私。そこに届いた清水先生の年賀状はとりわけ嬉しかった。墨の色も鮮やかな毛筆の年賀状だった。

私が東雲分校の学生だった頃、先生は、よく宇品線の大須口駅から橋を渡って、猿猴川の長い川土手を風呂敷包みを抱え、大股でさっそうと東雲分校へ歩いて通われていた。私も段原から同じ川土手を歩いて通っていたので、時々お会いすることがあった。そんな時私は先生の後ろを小走りについていったものである。学問を究められた先生に、私は近寄りがたい印象が強かったので、講義は一言ももらさずノートにとってはいたが、並んで歩いてお話をするのはとんでもないと思い、遠慮しながら後ろについていったのである。先生の多くの学生の中のひとりの私に、ご親切にくださった清水先生の年賀状。どれほど感激して読んだことか。

清水先生、年賀状ありがとうございました。新年は心あらたに一年の計を立てるのでしょうが、今年がどの様な年になるのか不安ばかりです。でも今年はやはり自分の道をきちんと決めなければと思っています。「その後どのようにしていますか。心にかゝりながら……」とおたずねくださいましたが、このようにがんばっていますといういいお知らせができません。ごめんなさい。「就職の方いかゞ？」先生、本当にご心配をおかけして申し訳ありません。いまだに就職の方はかないません。私が駄目な人間なのかと自己卑下にも陥る毎日です。今は、ご講義を受けた「王朝女流文学史」のノートを時々開いて読んでいます。閉ざされた社会の中で嘆きと苦悩の多かった王朝女性が数々の日記や歌や物語を書いたこと、また王朝女流文学の成立の根源なども再度勉強をしなおしています。臨時教員としてかわいらしい腕白坊主どもの小学生を教えましたが、中学校で古典文学の雅な世界を教えるのも捨てがたいと思っています。幟町中学校で教育実習した授業の一つは、狂言の「笑ひ」でした。しかし、生徒が少しも笑わなかったし、「笑ひ」を理解させることができなかった苦い経験を思い出し、小学校とか中学校とか区別なく、教師という仕事は人間相手のとても難しいものだ、と考えるようになってきました。

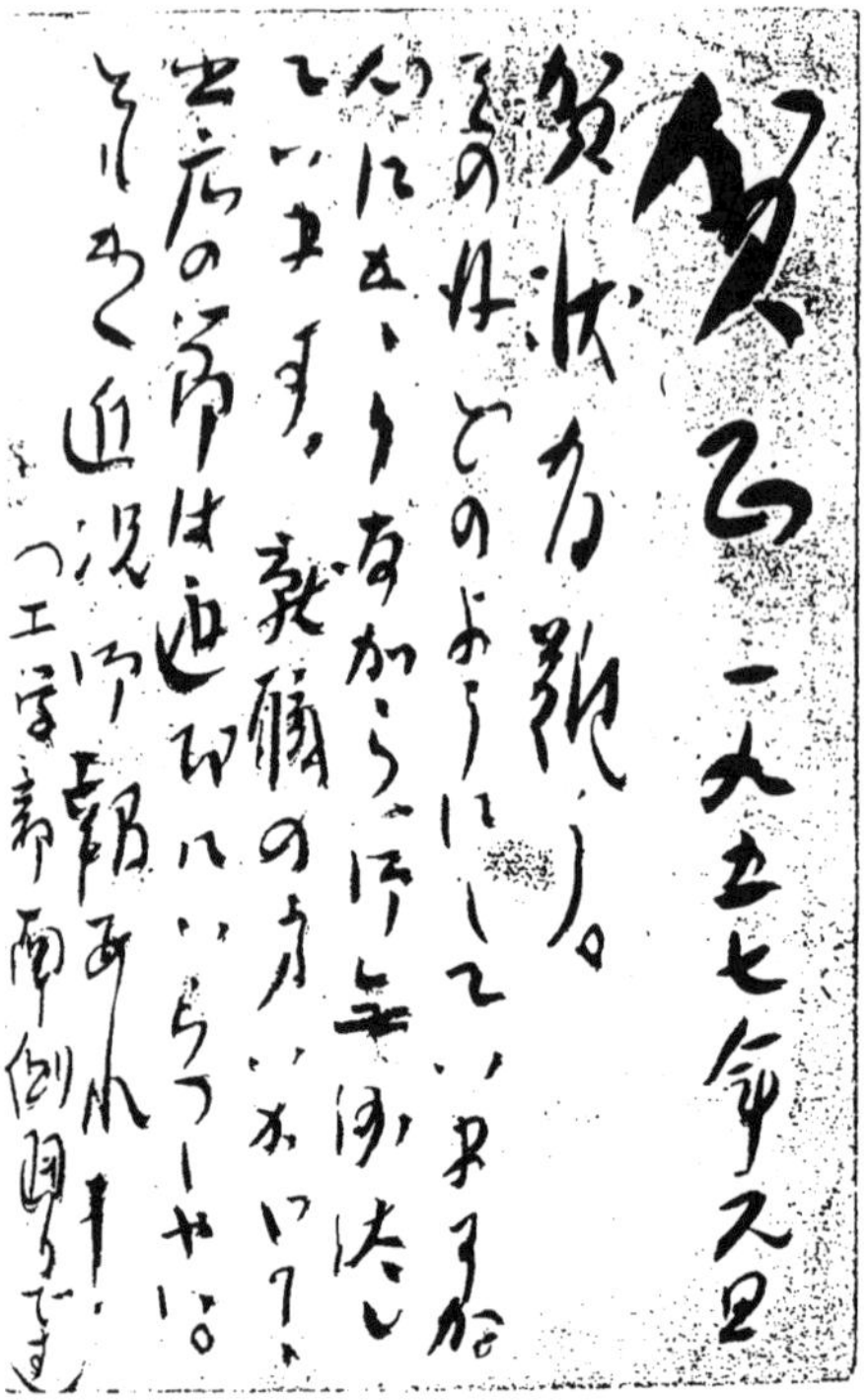
賀正　一九五七年元旦
賀状有難う。
その後どのようにしていますか
就職の方いかゞ？

教師を目ざすなら、まず私自身が人間的魅力を持っていなくてはならないし、そのためには幅広い知識・教養、そしてはっきりとした哲学・思想もバックボーンには無くてはならない、外見だけの薄っぺらな教師は教師とは言えない、と思いました。それに加えて指導技術……。小学校では特に教える事柄をどのように子どもに与えるか、どのように学ぼうとする意欲を持たせるかが本当に重要になってきます。

　先生、今、私は来年度の教員採用試験に向けて勉強をしています。読書の時間をたっぷり取って、今まで先生に教えていただいた事を全部体の中にたたき込んでいます。また、義兄の本の中から古典文学を借りて読んだり、吉野源三郎の「君たちはどう生きるか」のコペル君の人間分子網目の法則を自分なりに授業展開してみたり、「エイブ・リンカーン伝」の立志伝に自分を重ねてみたりしながら過ごしています。

　「出広の節は遊びにいらっしゃい。ともかく近況御報あれ！」本当におやさしい先生。ありがとうございました。わたしが東雲を出た年に先生は南千田町一〇三九にお引越をなさったのですね。私のみじめな生活や泣き言を全部だまって聞いてくださろうというお心とても嬉しくて、すぐにでも飛んでいって泣いて甘えてみたくなりました。「ともかく近況御報あれ！」の「！」には何が何でもいらっしゃいという事なんでしょうね。嬉しゅうございました。かっこつきで（工学部南側通りです）とお宅がよく分かるように書いてくださり細やかなお心遣いに泣いてしまいました。泣きびりの私に泣かずにまず「遊びにいらっしゃい。」とおっしゃったのですね。本当にありがとうございました。広島へ出かけたらきっと「工学部南側通り」の先生のお宅へ近況報告をしに参ります。その時はよろしくお願いいたします。

追伸　お葉書を頂いてから四十六年もたちました。就職できなかった泣き言を先生にいろいろ聞いていただいてからもう半世紀近くも経ったのに驚いています。
　昭和三十二年、やっと広島市の小学校教員になり、先生のお宅で月一回開かれる王朝文学の会へ、参加できるようになったのも嬉しいことでした。その時のテキストは変体仮名で書かれた「伊勢物語」でした。はじめての変体仮名の美しさに驚いたことを覚えています。昭和三十四年六月二十八日、輪読会の終わった後で、それぞれがガリ版刷りの原稿を持ち寄り、「河」創刊号を発行しました。表紙はガリ版刷りで、右上に緑色の「河」の文字、右下には緑の楕円の中に白抜きの「1」、左側には上から下へ三本の図案化された青い河が流れ、その流れの中央の右に黄色い蝶が飛んでいる絵柄でした。鳩目パンチで穴をあけ、その穴に緑色のリボンを通して結んだものでしたが、実を言うと私の少女趣味からのものでした。小学校低学年を持っていて文集作りが盛んだったせいでしょう。今思えば拙いものですが、自分では精いっぱいがんばったつもりでした。

今「河」の表紙は、清水先生の書かれた「河」の文字、山下さんの絵で立派なものです。もう「河」は二十八号まで、続「河」は六号まで発刊されています。私は先生のお導きで王朝文学の会のお仲間に入れていただき、多くのことを学びました。学問上の偉大な御業績は多くの人が知っています。そんな偉大な先生が、わたしのような教え子に忙しい時間を割いておかけくださったおやさしさに、どんな言葉でお礼を言っても言いきれない歯がゆさを感じてしまいます。まだまだ言葉の修練が足りないのですね。

時々先生の朗詠のテープを聴いています。

・海底に眼のなき魚の棲むといふ眼のなき魚の恋しかりけり

・幾山河越えさり行かば寂しさの終はてなむ国ぞ今日も旅ゆく

・草づたふ朝の蛍よみじかかるわれのいのちを死なしむなゆめ

・汽車は高架を走り行き思ひは陽ざしの影をさまよふ。静かに心を顧みて……

先生のお声を聞きながらまた泣いています。

ご一緒した旅行、私の実践報告を誉めてくださったことなど、いろいろと思い出しています。お元気になられたら、また旅行にも連れて行ってくださいませ。私は先生のお示しくださったやさしさを力にして、またお会いできる日までがんばっていきたいと念じております。ほんとうにありがとうございました。

かしこ

三通の五円の葉書にやっと返事を書き終えた。
広島市南千田町一〇三九　　清水文雄先生
広島市仁保柞木　　　　　　松永信一先生
広島市段原中町四三四　　門田　宏　様
と宛名を書いた。けれども、三人ともすでに遠く遥かな国へ旅立たれた後だった。今はそれぞれの旅を楽しんでいらっしゃる最中でしょう。今となっては、私の返事を旅先まで届けるすべがない。また急ぎの返事でもない。三人ともおやさしいから、旅先から美しい絵葉書でもくださるのではないかしら。そうしたらまた返事を書こう、などぼんやりと考えていた。急に、つくつくほうしが鳴き出した。暑い夏のぶり返しに、鳴く声に元気がない。ツクツクホーシ、ツクツクホーシ……、自分の命を測るかのように、秋はそのうちやってくると思っているように。

澄んだ空の、さわやかな秋が来るのを待とう、と私は思った。秋風は時空を超えて、三通の私の返事を、ちゃんと三人に届けてくれるに違いない、きっと……。

（「続河」七号　二〇〇二年八月稿）

三　『源平桃』（復刻版）を拝読して

野地潤家先生の『源平桃』が四十年ぶりに復刊され（平成二三・一〇　溪水社）、拝読する機会を得た。ささやかながら先生へのお礼の気持ちを手紙に認めたものである。

野地先生

御著書『源平桃』を頂戴いたしまして本当に有難うございました。１「夏の花」から101「弥彦山」まで、わたしはご本をいただいた日から毎日何編かずつ読むことにしました。そして、小学生の子どものように先生にお返事を書くことにしました。

１「夏の花」

先生と原民喜氏とのことばによる深いつながりの不思議さに驚きました。時には―思いがけぬ冷酷な評価に衝撃を受ける―と書いていらっしゃいますが、人間はことばによって生きているのだと思いました。父がサイパン島で戦死したこともあって、八月には、峠三吉の「父をかえせ母をかえせ」、原民喜の「碑銘　遠き日の石に刻み　砂に影おち　崩れ墜つ天地のまなか　一輪の花の幻」の詩碑を訪ねます。

戦争・原爆の愚かさを悲しんでわたしは涙をこぼします。

2「読書は少年の時にあり」

先生、ほんとうに「読書は少年の時にあり」と思います。わたしは教職にあった三十八年間、「本好きの子ども」を育てるいろいろな実践をしました。読書の楽しみを知ることは一生の宝ですし、すばらしい先生に出会った幸せと同じぐらいなのですもの。わたしは市立図書館から絵本・童話をたくさん借りて読んでいます。絵本や童話は、子どもの心を忘れかけているわたしにとって、とても大きな役割を持っています。それらの本は子どもが本来持っているやさしさ、喜び、怒り、哀しみ、楽しさ、好奇心、傲慢さ、残酷さなど、あらゆる感情をそれとなく盛り込んであって、驚き考えさせられるのです。

3「随筆王国」

先生はどれだけ読書に時間をさいていらっしゃるのでしょうか。「随筆」というだけで福原麟太郎氏、升田幸三氏、杉村春子さん、辰野隆氏、井伏鱒二氏、織田幹雄氏と次々と名随筆をあげられ、各々の随筆の真髄を教えていただきました。わたしは皆読んでみたくなりました。

先生に褒めていただいた「わたしの白の世界」に続けて、色シリーズを書いてみたらとご指導いただきましたが、進展をしておりません―随筆は単なる閑文字ではなくて、それは精神のスポーツともいえる。その一動一技に精進のさまも、人がら自体も手にとるようにうかがわれる。―と書いていらっしゃるのが、心にずしんと重くひびいてきました。今、高峰秀子の随筆を文庫本で読んでいます。

4「風水害実記」

今年三月十一日の東日本大震災、福島原発事故のニュースを映像で見て、わたしは言葉を失い、恐ろしさが体の中に、あの津波のようにおしよせてきて、何も考えられませんでした。震災に遭われた方たちのお心を思うと、どのような言葉でどんな事をしてお慰めしたらいいのか、いくら考えても分かりません。先生は—徹底した「実情記録」を必要とする—とおっしゃっています。わたしはわたし自身の心の中にこの大震災をきちんと記録しておこうと思いました。

5「絵はがき文化」

先生が太宰府天満宮で買い求められた「菅公歴史絵葉書」は昭和四十年十月で、ずいぶん前の事ですね。でもわたしも今度太宰府天満宮に詣でたらきっと探してみます。

—天満宮の清らかさ・あたたかさとこの絵はがきのくふうとは、同じ根から生じているもののように思われた。—と書かれていますもの……。

今のわたしの葉書は季節の花の写真です。植物公園や自宅の花をわたしがカメラにおさめ、夫がパソコンで葉書にしてくれます。病気の友人が楽しみに待っていて喜んでくれます。毎日郵便屋さんのバイクの音が聞こえるとポストをのぞきに行きます。わたし宛の手紙や葉書があると嬉しくなります。

6「水戸黄門展」

先生のように偉い学者様にとっては「水戸黄門展」は展示物の何もかもが歴史的価値を帯びて目に映ってくるのでしょうね。わたしにとってはテレビ娯楽番組の黄門様が勧善懲悪「この紋所が目に入らぬか」の程度のもので恥ずかしい限りです。いろいろな展覧会に行って勉強したいと思いました。

それにしても光圀公夫人の「旅鏡台」一組—その人の薄命ゆえに、あわれ深かったが。—と書いておられましたが、どんなものだったのでしょうか。使った人の人生が道具にしみこむのでしょうか……。

7「顔・顔・顔」

「顔」と言われるととても悲しくなる。美人に生んでくれなかった両親を恨むことはないが、この年齢になっても美人に憧れる浅はかな考えをすてきれない。四十歳を過ぎると自分の顔に責任を持たねばというが、責任を二倍近く負う年齢になってしまった。

女は一生のうちに二十日間位は美しい顔を持つことができるそうだ。わたしのその二十日間はいつだったのだろう。思い出せないでいる。でもこの頃わたしはわたしなりに美しい顔になるわざを見つけたのである。一日に一つでもいい何か美しいものを見つけること、その時の顔が美しい顔になれるというものである。

ああ、今日は二つも美しいものを見つけた。

8「言語治療士養成を」

教師として過ごした長い年月の間に口蓋破裂の児童はふたり受け持った。その児童は幼児の頃のきちんとした治療のせいか、普通児と発音はあまり差がなかった。発音障害の児童は、当時古市小学校の言語治療室に(週一・二回)通っていたように思う。

教育現場において、障害児教育が根本にすえられ、実践するのがいいと思っていた。それはS君を一・二年生担任した時のことである。障害児学級も校内にあったが、両親は普通学級を望まれたので二年間S君を受け持った。S君は自閉症児、学力も低い。学習に対しても興味を示さず、S君への取り組みは試行錯誤の連続で、しかも普通学級で彼の学習をどう位置づけるのか、教材作りなど毎日大変なことだった。生活指導もどう対処していいのか困ることが多かった。一年生の一学期は母親にそばについてもらっていた。初めはS君に対して子どもたちは遠巻きにながめていたが、だんだん自分たちと同じ一年二組の仲間として受け入れ、共に成長していくことができた。彼は今仕事に就き初月給でわたしに水晶玉のついたキーホルダーをプレゼントしてくれた。とても嬉しく大事にしている。

先生のおっしゃるように、全ての子どもたちに、きめ細かな教育がゆきわたるようにと願わずにはいられない。

9「高校生の学力」

先生は昭和四十年に—高校生には、もっと認められ、ほめられていい、表現力・理解力が見受けられる。—とおっしゃっています。今の高校生、中学生、小学生の学力はどうなっているのでしょう。とてもほめられるものではない悲しい現状でしょう。娘は高校生相手に毎日苦労をしています。その話を聞くたびに教育の難しさを痛感しています。

10「〈論文〉越冬隊」

先生の「〈論文〉越冬隊」にわたしもなりたかった。隊員の人たちがうらやましい……。いつもは厳しい（学業に関しての）野地先生が、この時ばかりはおやさしい先生になり、お酒を酌み交わし、お雑煮を食べてお正月をお祝いする。その上もっとおやさしい奥様がいらして、ああうらやましい……。

11「自作朗読」

先生は―伊藤整氏の講演には、気どらない気どりのたくみさがあった。読みぶりもまた、そう言ってよかろうか。―とお書きになっていらっしゃいますね。―気どらない気どりのたくみさ―は朗読する時に文章の美しさを音声にして伝えるとても大切なものだと思いました。退職後、朗読ボランティア指導講座を受講したことがあります。朗読には二つの大事なことがあると教わりました。一つめ、目の不自由な人に対する朗読。まず正確にが第一義、朗読するものが、文章の解釈を音声に取り入れてはならない(特に、文学作品など)。二つめ、幼児・小学生への朗読はいろいろ工夫し、場面設定、音楽など取り入れてもよし、楽しく読書への誘いができるように、ということでした。

朗読は楽しいけれど難しいと思います。以前ラジオで日曜名作座、森繁久弥と加藤治子の朗読を聞くのが楽しみでした。

12「おみくじ」

ほとんどわたくしは「おみくじ」をひかないのです。どうしても凶が出そうで恐ろしいのです。今年六十年ぶりに熊本県八代市を訪れました。八代市は中学二・三年を過ごした所です。「続河」十六号に八代に行って友人・従兄弟に会えたことを書いてのせています。八代宮に参拝した時のこと、友人がどうしてもおみくじを引こうと言ってききません。とうとう七福神おみくじ(開運)を引いてみますと「末吉」でした。

かげくらき月のひかりをたよりにてしずかにたどれのべの細道

という歌がしるされ運勢がいろいろと書いてありました。2㎝四方の小さな大黒様(幸福)のシールも入っておりました。大黒様のシールをどこかに貼ると幸福になれるかなと思っております。

13「批評の極意」

この「批評の極意」はわたくしにとって何度読んでも難しく、先生が傍線を引かれた文章をくり返し読んでみました。数学者岡潔博士と評論家小林秀雄氏―おふたりの方法のようなものにふれることができてわたくしにはかなりおもしろかったのだが。―と先生は書かれていますが、わたしにはかなりではなく相当難しかったです。

14「源氏物語絵巻展」

ＮＨＫで源氏物語絵巻の色を再現するという試みがあって、そのきらびやかさに目をみはったのを覚えています。平安朝の貴族の女性たちにとっては、物語と絵巻はどんなにか心ときめく時間だったのでしょうか。物語の中の女たちのあらがいきれない悲しみの境遇、その中での「お経」の重要なことなど絵巻展を見られた先生から教えられました。

15「今いずこ」

今年の五月、」教え子のＩ君が結婚式をあげた。わたしが小学校で担任した二年生の時の「学習のまとめ」「国語学習プリント集」、作文、わたしが作った賞状、彼からきた葉書、わたしが撮った二年生のクラス写真、授業記録ノートから抜粋した学習時の様子などを盛り込んでお祝いの挨拶をした。三十五歳になった彼の笑顔が印象的だった。七歳だったＩの「言葉感覚」は、今どのようになっているのだろうか。

16「微笑」

チェコのベラ・チャスラフスカ選手の微笑について先生は―わざの冴えに微笑がともなうことによってゆかしさがいっそう深まるようである―と書いていらっしゃいます。今年の体操世界選手権では女子は団体五位でロンドンオリンピック出場権獲得、男子団体は中国に及ばず「銀」の成績をおさめ、内村航平選手は「ゆか」で「金」、日本勢としては三十七年ぶりだそうです。本当に難度の高い技のすごさに驚きます。中国選手などは雑技団の頂点に立つようなアクロバット演技で本当に「金」の演技で驚いて見ました。でもわたしは田中理恵選手の演技が大好きです。エレガンス賞を受けられただけに、その美しい身体表現、笑顔がとてもすばらしいのです。

17「対話―The Sound of Music から―」

映画はテレビで見ました。何度みても心が温かくなる映画でした。歌声のすばらしさもさることながらマリヤが子どもたちの心をしっかりと受けとめ、家族を一つにまとめ苦難を乗り越えていく姿に涙しながら見ました。先生がおっしゃるようにマリヤの言葉（対話）の美しさ、力が全てです。わたしがよく読む童話に登場する主人公には苦難を言葉の力で克服して幸せをつかむというストーリーがよくあります。とても感心します。「赤毛のアン」「長ぐつをはいた猫」「アリーテ姫の冒険」などの主人公は、言葉と勇気と智慧を持って巨大な壁を突き破っていくところなんて痛快そのものです。

18「ひぐらし」

先生は―山陰路の暁に、久しぶりにわがねむりをおどろかしたひぐらしは、天来の歌だった。―と書いていらっしゃいます。わたしは山村暮鳥の詩をおもいだしました。

ある時
また鯛のなく頃となった
かな　かな
かな　かな
どこかに
いい国があるんだ

19「漫画漫想」

「サザエさん」「アッちゃん」「社会戯評」など久しぶりに楽しいものを思い出しました。Beetle Bailey はわたしは知りませんでした。

今頃わたしは漫画に目が向きません。時々朝日新聞の土曜ｂｅ（青）の「サザエさんを探して」をなつかしく読むぐらいです。唯一最近読んだのは「とめはねっ！」鈴里高校書道部という漫画です。おもしろかったです。以前六年生を担任した時、児童から漫画早読み競争をしようと言われて挑戦しました。結局何冊やっても負けてしまいました。

漫画の吹き出しを読んで絵を見て、という二元的な読みのわたしと、絵、吹き出しも一つの場面として読む児童とは明らかにスピードの点でわたしの負けでした。漫画のおもしろさをわたしの読書の中に取りこんでみたいと思います。でも現代の漫画は異次元の様相を示しているようで尻込みしているところです。

20「昼の月」

「初恋」をうたって、藤村のそれとはまたちがった味わいがあり、わが愛する詩のひとつである。—とお書きになっていらっしゃいます。先生のお好きな佐藤春夫の詩をわたしは初めて知りました。（浅学そのもののわたし……）。

ロマンチックな詩なんですね。先生はほんとうにロマンチストでいらっしゃる……。（こんな口はばったいことを大先生に向かって言ってしまいました。）高校生の頃、幼い甥や姪によく絵本を読んでやりました。その中に—昼間のおつきさまねむそうだ—というのがあったのを思い出しました。ちっともロマンチックではありませんね。

21「大役—司会—」

「司会はどんなばあいにも、ほんとうに大役である。」と結んでいらっしゃいます。司会ほど難しい役はないと思います。ずいぶん前のこと、県の国語研究大会の一分科会の司会をやった時はもう冷や汗ものでした。

わたしなりに考えていたことは次のようなことでした。

一、研究発表者の主題（骨子）をまとめて参会者に示す。

二、参会者に質問・意見を求める。その場合なるべく質問と意見を明確にしてほしいと言っておく。

三、二をすばやく集約して話し合いの柱を二つか三つにまとめる。

四、質疑応答

五、三を明確に示し、四の中からも、話し合いの柱にからめて話し合いを進める。

　講師からも意見・助言をもとめる。

六、まとめ　時間配分を考えながら。（これが一番難しい。）

一から六までをしていくのは大変なことだと思いました。いつか先生ご自身が司会をなさった時、どなたからか大変ほめられたという事をうかがったことがありましたが、覚えていらっしゃいますか。

22「散髪先生」

一つの道を極めることって美しいものなんですね。―広島に住むようになって、散髪の達人にめぐりあえたことは、わたくしのしあわせの一つである。―と書いていらっしゃいますね。現在はどなたに散髪をしてもらっていらっしゃるのでしょうか。

先生のしあわせの一つが現在も続いていますように……。

23「読書の年輪」

人おのおの「読書の年輪」ともいうべきものを持って、自己の読むことを確保し、継続していくところに読書の真のたのしみは、見いだされるように思う。……それは発見のよろこびや想像のたのしさにいろどられた道でもある。―とお書きになっておられます。

我が家にはそれぞれ違った年輪の木が三本あります。夫・娘・わたしのそれぞれが読書の年輪を自分流で大きくしています。年輪と年輪の間の広さや方向が三人とも大きく違っていますが、本が話題になると三人は時間も忘れて夢中になって話しこみます。読んだ本のこと、広告にのっていた新しい本、読書評が興味があるとか、「今読んだ本はすごく面白かったけれど、お母さんの感覚にはあわないと思う」など。わたしのすすめる童話に、あとの二人が読んで三人で話したり、とても幸せな時間を「読書」で持つことができます。

24「雪の日」

「雪道を帰りながら目撃したことは、いずれもゆきずりの子どもたちに関することだった。それらは、いかにも雪の日らしいことだった。」と、雪の日の子どもたちの姿を実に鮮やかに描いていらっしゃいます。

わたしの雪の日の悲しい思い出。昭和十九年父が戦争に駆り出されたため、わたしは九州若松市から沼隈郡浦崎町（現在は尾道市）の小学校へ転校した。父が戦死したため、大変な貧乏生活だった。雪の日に履いてゆくゴム長靴がなく、下駄に足袋のかっこうで登校したら、すぐ足袋が濡れてしまって冷たく悲しかった。その上「兵隊さんは寒いところで戦争してるのだ。みんながまんしろ」と、こわいS先生が上半身裸になって「みんなはだしで手袋もはめてはいけん、これから全員で雪合戦だ！」と運動場でどなっていた。わたしは兄の結核がうつって病弱だったためとても苦しかったことを今でも思い出してしまう。

25「若さ—欣豫—」

先生、わたくし「欣豫」という言葉の意味が分かりませんでした。すぐに「漢字源」改訂第四版で調べてみました。「欣予《キンヨ》」（豫）のんびりと楽しむこと。▽「予」はのびる。「憶フ我少壮ノ時、無キモ楽シミ自ラ欣予セリ」〔陶潜。雑詩〕と出ていました。先生の—折にふれては、胸に新しく思いおこしうることば—の美しさを、辞書を引くことによって、より理解することができました。

26「〈白雲無盡時〉」

井上桂園先生の色紙はとても美しい字でしょうね。また野地先生がいただかれた「白雲無盡時」の意味もよく分かり、字の後ろに風景がひろがっているのも分かりました。わたしが教員時代には毛筆習字の時間が週一時間（隔週）三年生から始まりました。その時のお手本が 井上桂園先生でした。「一」「二」「三」「十」と始まりました。美しい線の文字でわたしも子どもたちに教える前に何度も練習しました。習字黒板に水で書く太筆は今でも大切に持っています。

27「〈ほたる合戦〉」

日本人の言葉感覚のすばらしさ、イメージを言葉におきかえる技能の巧みさには目をみはるものがあります。今NHKで放映されている「日めくり万葉集」をみています。万葉の人々が豊富な言葉を使って「人間」「自然」「あらゆる事象」を巧みに表現しているのに驚かされます。今こうやって先生にお手紙を書いているのはわたしの中にある言葉を少しでも貧相にならないためにしているのかもしれません。（ご迷惑でしょうが……）

28「源平桃」

御著書の名前になっているので先生がどんなに「源平桃」を、ずっと心の中に咲かせ続けていらしたお花かよく分かりました。早春の紅白の花、花の美しさの中に先生のいろいろな思いが込められているのでしょうね。

29「苔博士のこと」

堀川芳雄教授を存じ上げないのですけれど、苔博士が目の前にいらっしゃるような気になりました。夫が三次高校生物部の時誘蛾灯の研究をしたそうですが、その時広大堀川教授に指導を仰いだそうです。先生の出会われる方はみなすばらしい方ばかりですね。ということは野地先生がすばらしい方なのだと納得しました。

30「小話」

話の機微がつかめない相手にいらいらする人もあれば、話の機微がつかめないことも分かっていない人もいる。まして人生の機微がつかめない人間は一生ある意味幸せなのかとも思う。いや不幸であろう。よく分からない。さて、わたしは小話の機微がつかめる言葉を多く持っているのかちょっと不安になってきた。

31「〈染井吉野〉」

日本人が一番好むといわれる「染井吉野」物語を先生の「源平桃」から教わりました。昭和四十一年といえばわたしも「天声人語」を読んでいたはずですが、記憶にないのはわたしが一番忙しく自分の時間が持てなかった時だったからでしょう。でもそれは言い訳にすぎません。心に残った出来事を記録していないからです。自分の心に向き合っていなかったのだと思いました。

32「指揮棒」

先生はカラヤン指揮のベートーヴェン第五「運命」を実際にお聞きになったのですね。本当に羨ましい！あのダダダダーン、ダダダダーン「運命は斯くの如く戸を叩く」の音楽をお聴きになったのですね。しかもカラヤン氏が指揮棒を落とすハプニング、団員がさりげなく拾って渡す一連の動きまでつぶさにご覧になって羨ましい限りです。

カラヤンの指揮は鬼気迫る迫力とやさしく音の隅々まで表現できる繊細さを合わせ持っているようでいつも

感動します。わたしはレコードかテレビの映像でしかカラヤン氏にお会いしたことがありません。今夜は日曜日「N響アワー」はどんな曲が演奏されるのでしょう。いつもよりは音量をあげてクラシック音楽に浸ることにします。ベートーヴェンの曲はすべて好きですが、ブラームスの交響曲第一番も大好きです。

33「出版記念祝賀会―真下三郎先生著「遊里語の研究」―」

またも辞書を引きました。「遊里」―たくさんの芸者屋・女郎屋などが集まっている区域―と出ていました。先生笑わないでください。「遊里」というとわたしは淫靡な世界、いいイメージを持っていなかったのです。（知らないとはいえ）。でも真下三郎先生という偉い学者が研究なさったのですから、きっと「遊里語」というのが日本語の歴史の中で重要な位置をしめすのだと思いました。また「婦人語の研究」というのも現在性差があるのだろうか、疑問の多いことでした。

34「民話一つ」

「きりなし話」は楽しくて人をひきつける民話の手法の一つではないでしょうか。わたしは半年ほど前、市立図書館から「めっきらもっきらどおんどん」（長谷川摂子著）を借りました。普通の大きさの本を頼んだつもりが大型絵本がやってきました。いつも借りた本を入れる袋には入りきらずやっと抱えて借りて帰りました。幼稚園・保育園の読み聞かせ用大型絵本でした。その本の中には何とも不思議な意味不明のちょっとやそっとでは覚えきれない言葉、擬音語、擬態語、作者の造語がお話の中にいっぱいでした。その呪文のような言葉がお話の主題につながり、楽しくっておかしくってそしてちょっぴりこわくて一気に子どもの心を取りもどすことができました。このおかしなことばをリズムよく場面にあわせて、感情こめて表現したら子どもたちが喜ぶだろうと思うと、近所のこどもを集めて読んでやりたくなりました。

35「いたずら」

大学生が大学教授に「いたずら」をする大事件。先生は―「いたずら」を媒介にした、それを花火のようにしかけていく、舌たらずの人間関係に、むしろ興味を感じた。―と書いていらっしゃいます。わたしも「いたずら」を東雲分校に入学した頃してしまいました。英語担当の平賀先生にです。

東雲分校の運動場はクローバーが一面敷きつめられたように白い花も咲き気持ちのよい場所でした。平賀先生が上半身裸になられ男子学生と騎馬戦のようなことをしておられました。わたしは蛙を一匹先生の背広のポケットに入れてしまいました。本物の蛙です。先生はびっくりされ、「どいつだ！　わしの背広に蛙を入れたやつは」と怒りの形相。わたしは縮み上がってお詫びを入れ許してもらいました。

英語の授業はわたしは大変苦手でした。答えにつまると、先生は「立て！　出身学校はどこだ！」と言われ、小声で「皆実高校です」というと「誰に教えてもらったあ！」と怒鳴られるので、震え上がったものです。

皆実高校で英語を教わったのは角先生でした。O・ヘンリーの短編集を教科書に使ってくださいました。試験は日本語訳を丸暗記してわたしにしてはとてもよい成績をもらったことでした。そしてお家が近所でしたので、夜おうかがいして俳句の手ほどきもしてもらいました。角金鈴子という俳号をお持ちでとてもダンディーな先生でした。わたしの憧れの先生でした。

36「靴のひも」

靴のひもが切れた小さな出来事なのに、俳句をお作りになられたり、いろいろと考えられたり、先生のお心の中の箱には大小さまざまな引き出しがあって、どの引き出しを開けても、いっぱいお話がつまっているのではないかと感心しました。

37「意解と事解」

「意解」と「事解」の違い・関係性がよく分かりました。「意解」から「事解」へと拡大・変化・深化していくことの重要性もよく分かりました。「意解」で終わらず、「事解」を見ることも大切、文章を理解する方法だけでなく「人間」を見る術でもあるような気がしました。

38「涙」

お父様おもいの先生、またやさしいお父様としての先生、澄晴様は「バターせんべい」と「本代」と「父の愛」にどんなにかお喜びでしたでしょう。そしていつか澄晴様も同じ涙を流される日がきっと来るでしょうね。

39「旧友」

先生と鈴木淳一氏御夫妻、後輩M氏御夫妻が恩師岡本四明教授のお話をなさいましたこと、どんなにか濃密な師弟のお話があったことでしょう。一人の人間が他と関わって一番大きく影響をうけるのは親、恩師、友人ではないでしょうか。多くのものをわたしもこの人間関係から受けました。

40 「海」
「海」の場面の多彩なこと、驚きました。いろいろなお話の中に必ず「海」は主役、脇役を問わず登場します。やはり「母」のイメージなのでしょうね。観光ではなくてサイパン島の海を一度見てみたいと思っています。

サイパンの海原深く眠る父眼開きてふるさと見給へ

41 「古今堂書店―旭川―」
先生のご本好きは夫からよく聞いております。その土地の「古本屋」の書棚は―その土地の文化・学問・教養の水準を語りえている……―と書いていらっしゃいますが、先生の書庫は先生の文化・学問・教養の水準の高さそのものなんですね。わたしの文化・学問・教養の水準の低さを恥じながらも、こうやってお返事を書いています。

42 「虹」
虹の美しさはいつ見ても、どこで見ても印象に残ります。嬉しいときは喜びの虹になり何かしゃべりたくなり、悲しいときの虹はわたしの心を慰めてくれ涙がこぼれます。でもはかなく消えてしまうのでよけいに美しく哀しく思うのかも知れません。小学二年生を受け持っていた時、朝の会で「先生のお話」というコーナーがあって、いつもどんな話をするのか苦労していました。ある日準備していった話があったのですが、その朝きれいな虹が教室から見えました。子どもたちはいっせいに虹の美しさを口々に言い始めたので、小さな紙を渡し書かせました。小さな詩人が多く生まれました。次の日は詩の発表会をしました。わたしは「虹の色は

『赤・橙・黄・緑・青・藍・紫』なのよ。」と、つけ加えました。子どもたちの見つけた色の方が美しかったのによけいな事を言ってしまったと反省しました。でも面白いことに、少しの間子どもたちの間で呪文のように「せきとうおうりょくせいらんし」がはやりました。リズムがおもしろかったのかも知れません。

43「蒐集」

先生が本を蒐集される時の執念のようなものが、本の方から「ここにありますよ。」と呼びかけるのではないでしょうか。探していらした本とやっと巡り会えた時のお喜びはいかほどでございましょうか。心して蒐集された本の数々に囲まれていらっしゃる先生のお幸せなお顔を想像しています。

44「宍道駅」

「宍道駅」の風景の美しいこと。先生の筆になるこの風景
―淡い半月、碧い空にかかりて、……夕陽……ダリヤの花くれないに照り……葛の葉は風に白くひるがえり―と色がさまざまに表され、
―とび、おもむろに舞い、つばめ、すばやく飛び翔り、……蜻蛉とまっては、またはなれ……遠くにはひぐらしすでに鳴き……虫、草むらにすだく。―と鳥、虫たちの生きている様々な動きを克明に表されています。
また―微風ゆるやかに、草の葉をそよがせ―と風に動く風景を鮮やかに映像化していらっしゃいます。今まで読んだ中の一番好きな章でした。

45「巴旦杏」

巴旦杏の思い出。先生の少年の日の思い出を読みました。白い花の美しい巴旦杏。酸味も紅味も一段とおいしく今に生きているのですね。くま蝉を捕らえても鳴き止まぬ声といっしょに少年の日々を懐かしく思い出していらっしゃるのですね。

レイテ島で戦死なされた弟様の思い出が心に沁みました。

46「墓参」

垣内松三先生のお墓にお参りされたそうですね。お墓に刻まれた「言語の事実は言と行とであり、文化はその頂点に立つものである。」とのおことば、斉藤清衛先生の「菊の香や曙白む峠みち」の句に、感銘を覚えました。墓に参るということは、その方と対話し、その方からいろいろ教えを受けとることになるのですね。わたしの恩師清水文雄先生、松永信一先生のお墓にお参りしていないことに気づきました。両先生とお話をしたくなりました。

47「領布振りしより」

先生「領布」が読めませんでした。夫に読み方を教わってまた辞書をひきました。「ひれ（領巾・肩巾）」（風にひらめくものの意）奈良・平安時代に用いられた女子服飾具。首にかけ、左右へ長く垂らした布帛。別れを惜しむ時などにこれを振った。欽明記「韓国（からくに）の城（き）の上（へ）に立ちて大葉子は 領布振らすも日本（やまと）へ向きて」と出ていました。女の人が大切な人との別れの時に振る領布はとても悲しい意味がこめられていることも分かりました。風になびく美しい領布はどんな色だったのだろう。せつない。いつの日か唐津を訪ねる機会があれば、鏡山に登って領布を振った―松浦作用比売の夫恋ひのはなし―を思い出し、できれば先生がおいでになった十月十二日頃訪ね、―うすむらさき色の野菊の花―も見てみたいと思いました。

48「最上川舟唄」

何年か前最上川舟下りをしました。大雨が降っていてビニールの雨合羽を着て乗船。大変でした。「五月雨をあつめてはやし最上川」と同じだったろうと思うほどの水流で、少しこわかった覚えがあります。船頭さんが歌ってくれた唄はどんな唄だったかは定かではないが、ハイカラな船頭さんで、外国人観光客が多くなったせいか、英語まじりの舟唄だったような気がします。ちょっとおかしかったので、舟に乗っている人はみな大笑い。途中で食べた大きなフランクフルトソーセージの味もまたへんてこりんでした。芭蕉のわび・さびの境地とはほど遠い舟下りでしたが、とても楽しかった。「おくの細道」も再度読みなおし、先生のように全文暗記をしてみたいと思うようになりました。

49「山頭火」

十五、六年ほど前、二月の寒い日に家のもの三人で防府へ行ったことがあった。駅前のレンタサイクル屋に寄って、雪のちらつく防府の町を自転車でめぐることにした。「山頭火」の句碑があちこちにあって、句を読むごとに山頭火の姿が目の前に現れるような気がしました。沼田高校が開いた「市民講座かな初歩」に通ったことがあります。作品を作る時にわたしは山頭火の句を選びました。

うしろ姿のしぐれてゆくか
鉄鉢の中へも霰

二句を書きました。

町めぐりの最後に防府天満宮に詣で、娘の学業成就のお願いをしました。境内に梅ヶ枝餅を売っている所があって三人は一つずつ買った。雪のちらつく風に冷えた手の中に、熱い焼きたての梅ヶ枝餅がなんとおいしかったこと。それ以来梅ヶ枝餅を売っている所を見つけると買ってしまう。途中いい香りがすると思ったら臘梅が咲いていていた。どんよりとした冬空に黄色の花がひときわ美しかった。

先生のご覧になった―窓外の陽だまりにいって黙思していた。―人はきっと山頭火様。

50「波のおと」

先生、この章を読むと「平家物語」をもう一度勉強したくなりました。声に出して読みたくなりました。「平家物語」の文章の美しさには本当に心が揺さぶられます。物語は戦乱が終わった後、あの戦乱を人間はあのように苦しみ悲しんだのだという記録(実録)、悲劇物語ではないでしょうか。また、無常観・運命観が七五調にのって、読むものの心の中にしみじみと入ってくるのも当然だと思われます。「足摺」の段で「『俊寛をば遂に捨てはて給ふか』……足ずりして『もし是のせてゆけぐしてゆけ』とおめきさけ」ぶ絶望の半狂乱の俊寛の姿を声に出して読んでいくうちに泣いてしまいます。本を読んで泣いてしまうことは何を得ることになるのだろうかと自問自答してしまいます。人間はなぜいろいろなジャンルの本を読むのかという問いにつながるのかなと思いました。

先生『源平桃』の半ばまで拝読しました。もし先生が小学生の作文のような時々的外れの返事をお読みくださっていたら、先生の大切な読書の時間をお取りしてしまっているのでは、と心配になってきました。それで

それは、「波のおと」でおわります。でも101「弥彦山」まではこれからもずっとお返事は書くつもりです。それは、『源平桃』を拝読して先生にお返事を書くことが、どれほどわたしの一日を豊かにしてくれるかがよく分かったからです。十一月二十七日の「二七会」では、『源平桃』から自分の好きな章を選んで朗読するということですが、「二七会」のメンバーの方や夫がどの章を選ぶのか、ちょっぴり興味があります。

御著書『源平桃』をいただいたこと本当に有難うございました。

これから寒くなります。どうぞお体大切になさってくださいませ。

かしこ

十一月二十三日

安宗　和子

野地潤家先生

四　『源平桃』（復刻版）を拝読して　その二

夏の暑さの厳しさに体も心も痛めつけられていましたが、秋はひっそりとやさしくホトトギスやコスモスといっしょにやって来ました。

先生長らくご無沙汰をしてしまいました。「源平桃」のお返事気になりながらちょっと横着になり、書かないままになって申し訳ございません。前回のを読み返すとあまりにも幼稚で恥ずかしくなったこともあって、筆がなかなか進みませんでした。お許しください。

気をとりなおしてお返事を書きます。


51「書庫」

滑川道夫氏の書庫をご覧になって—蒐集ということの重厚さ・丹念さ・周密さにおのずと触れていく思いがした。—と書いていらっしゃいますね。

先生ご自身も念願の書庫を建てられたのですものご満足でしょう。

先生のご研究の集大成が整然と並べられさぞ立派な書庫だろうと想像し羨望しきりです。わが家も夫の蔵書がどの部屋にも積まれ小さな書庫を作りましたが、それもすぐに埋まり今や小さな家の中に生活空間が少しあるだけで、あとは本に占領されている有様です。夫も—蒐集ということの重厚さ・丹念さ・周密さ—を考えているのでしょうが、本の分量があまりにも多すぎて、当てのない宝くじを夢みて大きな書庫を建てたいと思っています。

我が家の書庫ができたら、滑川氏の石仏の群像のそれのように、夫は漱石の「則天去私」の額を飾るのではないでしょうか。わたしは、太宰が好きなのですが、まさか、「人間失格」と、自分で書くわけにもいかないなあとひとり笑ってしまいました。

52「序文攷」

芥川龍之介の秦豊吉著「文芸趣味」の序文、―友への情のこもった、才気溢れた序文―には感動しました。文章にひきつけられ、龍之介の人間の感性に驚きました。秦豊吉の「は」のつく十四の言葉をとりあげ、諸語注解に例文までつけた懲りよう、しかもその一つ一つの文章がおもしろく、序文としてきちんと成立しているのに、さすがと思いました。三島由紀夫氏の「仮面の告白」の序文も、読者をうーんと唸らせる大きな序文で、作家の文章の力にまいりました。

先生には私の本の序文を書いていただき本当にありがとうございました。

53「競走」

先生の小学校時代―運動会では、徒競走でも障碍物競走でも、わたくしはいつも一等賞をもらった。この期間、わたくしは一着になってテープを切る快感をずっと味わったものだ。―と書いていらっしゃいますね。子どもの頃の成就感、成功感、受賞経験などは、人の一生に大きく影響を与えると思います。そして―高師に入学してつかの間陸上競技部に籍をおいたが、そのときはすでに鈍才だった。―とその後を書いていらっしゃいますが、人間はみな失敗や挫折感などいろいろな学習をして自分を確立していくものだと思います。それにしてもわたしの小学校時代（いえ中学高校も）運動会は大きらいでした。かけっこの番がくるとお便所にかくれてしまいたくなるほどでした。

六年生の時学校で男女一名ずつ県知事賞が授与されるとの事で、女子はわたくしに決定していたのですが、体が弱く欠席日数が多いとのことで頂けませんでした。わたしは何とも思いませんでしたが、母の残念がった顔が思い出されます。

何とか今の競争社会に乗り遅れまいとがんばっていますが、この年齢になっては、あたふたとするばかりです。わたしは今、だれと、何で競走するのか考えています。

54「吉備津神社」

三十年位前だったと思いますが、夏休みの終わりの一日吉備路を夫と自転車でめぐりました。暑い夏の吉備路は汗だくでしたが、いろいろな文物、風景に恵まれました。けれど今、写真や記録を出してみないとはっきりとは思い出せません。

吉備津神社の―国宝の本殿のそばには老樹の大銀杏がみごとに黄葉して―と先生が書かれていて、ぜひもう一度秋に吉備路をたずねて犬養木堂翁の銅像、美しい紅葉を眺めてみたくなりました。

わたしたちの自転車吉備路めぐりは最後大雨に遭い、ビニールふろしきを肩に掛け、その当時はやっていたパーマンみたいと笑いながら、大急ぎで駅前の自転車返還所まで最大速力を出してペダルを踏みました。とても懐かしい旅の一日でした。


55「アカシヤの花ふみしだき」―昭和二六年三月高師国漢卒業の諸氏に―

昭和二六年三月高師国漢卒業の諸氏に贈られたご挨拶は、――十数年前のみなさんの俤を描きなつかしみました。――と教え子に対するあふれる思いをお書きになっていらっしゃいます。

岡本明先生の「出で入るとアカシヤの花ふみしだきここに朽ちゆく一生といはむ」のお歌も何か透明な美しい景色が人間の一生の歩みを表しているような気がします。広島の地に長くいらして国語教育研究と国語教育実践者を育ててこられた野地先生、私も教え子の一人（端っこでいいのです。）に加えていただきたいと思っております。

56「ざぼん売り」

W君夫妻からの旅先からのお葉書が―読む者の胸にういういしい光の射しこんでくることが多い。―ととても喜んでいらっしゃいますね。―ことに曽遊の地からのばあい、感慨はいっそう深い。―とも。

「ざぼん」と聞くと中学二年三年と過ごした八代を思い出します。緑の葉の中に黄金色のザボンがたくさん輝いていたことが思い出されます。叔父の家ですごした淋しかった中学時代がよみがえってきます。そんなくらしの中で、泣き虫になってしまいました。わたしを励ましてくれた母の葉書を読むとまたどっと涙があふれたのです。尋常小学校四年生までしかいかなかった母の葉書（びっしりと細かい字で書いてありました。）をいつも心待ちにしていました。

「ザボンと葉書」の章でした。

57「三歳児」

先生はお子様の言葉の発達過程記録を詳細に残されたといつか伺ったことがあります。幼児の言語の発達は幼児の言語環境が多く影響していると思います。実は、長男は三歳頃、祖父母に育てられたようなものです。わたしたちは共働きで昼間は長男のそばにいませんでした。祖父母は農業をしていたので、朝早くから田んぼへ、夜は星を見て……という生活でした。わたしが仕事を終えて帰宅すると、息子は稲わらの中で眠っている時もありました。そんなこんなで息子はなかなかおしゃべりをしませんでした。知能が遅れているのかと心配になり児童相談所へ行こうと思っているうちに、保育園に入れると嘘のようにしゃべるようになって安心したものです。幼児をとりまく言語環境が言語獲得に大きな役割を担うのではないかと考えます。

その息子が三歳の頃打ち上げ花火を見に連れていった時のこと、あまりの大音響に驚いて……オソラガコワレル　オソラガコワレル……と心配しました。またある日電線にたくさんのつばめが止まっているのを見て、……ドレミ　ドレミ　ソミレド　レミド　トナランデウタッテイル……と言いました。わたしは大変嬉しくなってノートに記録したのを思い出しました。

息子が小学三年生の頃だったか、朝日新聞に児童の詩の投稿欄があり、選者は橋本暢夫先生でした。なぜか息子の作品を何度も選んでいただきなんと月間賞までいただき、写真入りで紹介されました。幼児期言語発達の遅れかと心配した息子は、小学生になって「小さな詩人」になりました。親バカはこんな事までよく覚えています。

58「鑑真おばさん」

―高校生たちは、時に、説明の対象になっている本尊の像を見上げずに、説明のおばさんのことば・身ぶりの飄然たるおもしろさに魅きつけられて、そのほうのみに見とれたりした。―と鑑真おばさんを評しておられますね。わたくしもお目にかかって鑑真像の説明をおばさんの声で聞きとうございました。

今年奈良で興福寺特別公開二〇一二仮金堂を拝観しようと思っています。奈良の御仏たちに会いに行ってきます。鑑真和上のお像にも手を合わせてこようと思っております。芭蕉翁のように、わたくしもおん目の雫をそっと拭ってさし上げることができたらいいのにと思います。

追伸

興福寺仮金堂特別公開に十一月三日に奈良まで行きました。仮金堂には、中心に釈迦如来座像、両脇に薬王・薬上菩薩立像、多聞天、広目天、増長天、持国天像、前には大黒天立像、吉祥天倚像と仏様たちが静かにわたしを待っていてくださいました。とくに吉祥天倚像の美しさに驚きました。真っ白いお肌のお顔、孤を描いたような眉、すずやかな目、すじの通った鼻、まっ赤な口、息をのむほどの美しさでした。華やかな文様の御衣装は、上着と裳に別れているらしいが、それも魅力的で、おもわず手を合わせました。資料を見ると「ヒンズー教の美と幸運の女神ラクシュミーが仏教に取り入れられ、富と繁栄、財産と智恵を授ける神として信仰される」とありました。思わず手を合わせたわたしにも「美と幸運」が少しは授かるかもしれないと思いました。仏様は慈悲深くすべての人間の苦悩に救いの手をさしのべてくださる存在だと思いを深くしました。

新涼や　奈良の佛のみなやさし　　和子

59「寅彦邸址」

―すべてを「時の函数」とも見、また、いつも淡い「時の悲しみ」を感受していた寅彦であった。―と先生は寅彦をこの様な美しい文章でお書きになっていらっしゃるのに感銘を受けました。わたしたち夫婦はふたりだけの読書会を開いています。源氏物語、平家物語、宮沢賢治、の次は寺田寅彦と思っているのですが、未だ実現していません。寅彦の科学者としての感受性、文学者としての感性、二つを合わせ持った文章を味わって、寅彦という人間を深く知りたく思っています。

60「せんだん祭」

高知大学キャンパスのせんだんの老樹が列をなしている様を想像しています。今から四十五年前のせんだんの老樹は、今は老老大樹となって威厳を保ち、堂々と大列をなしているのでしょうか。わたしは植物公園によく行きますが、そこにもせんだんの木が一本あり四季折々美しいさまで立っています。木は大木になればなるほどじっと眺めると、小さなわたしごときの人間に静かによりそってくれるような気がします。決しておしつけがましくもなく、冷ややかでもなく、ただそこに居てくれる「木」になってくれます。木に花が咲くときは少しだけこちらに、やさしく向いてくれます。木に咲く花の美しさは格別です。

「せんだん祭」はその後どうなりましたか。

61「話しことばの教育の確立のために」

先生は話しことばの教育の重要性をおっしゃっておられます。

―話しことばの教育の確立のため、実践音声学の参与と位置づけとは養成学部においてぜひ検討されなくてはならぬ。―と警告を発しておられます。小学校の国語教育はとくに「読む・書く・作る」の三原則に力を入れ実践もされて、それなりの成果も上がっているように思えましたが、「話す・聞く」については案外疎かになっていたように思えます。

大村はま先生のご授業を拝見した時、生徒の話すことばの美しかったことを思い出しました。先生の御著書「話しことばの教育」（昭和27）「教育話法の研究」（昭和28）は、わたくし教職を離れて十七年になりましたので、次世代の教師に読んでもらうことにします。

62「ある祝詞」

―わたくしは、久しぶりに、「祝詞」の表と裏とを見た思いがしたのである。―と書いていらっしゃいますね。「祝詞」のおもしろい場面を「表と裏」と表現された野地先生、わたしは「もう一度『源平桃』をきちんと読みなさい。文章表現とはこのようにするのですよ。」と言われたような気がしました。文章表現だけでなく物事のとらえ方、考え方の修錬をしなくてはならないことも教わりました。

今年五月、二十七年前に担任した教え子Ｉ君の結婚式の「祝詞」を頼まれました。「続河十六号」にそのスピーチを載せています。彼が二年生の時の「国語学習記録」授業記録ノートの中からひろった彼の図画の時間のエピソード、彼からの葉書、写真、賞状などいろいろまじえて祝詞を述べました。新郎の小学一・二年生の頃のいろいろな「表と裏」をまじえた遠慮のない祝詞になったかな、と思いました。九月にはＩ君が新妻を連れて結婚式の写真を持って挨拶にきた時、「安宗先生のスピーチが一番嬉しく有難かった。両親も出席者全員、僕の小学校一・二年の姿をはっきり見ることができて幸せいっぱいになった。大喜び大笑いしながら聞いた。ビデオテープに残っている映像はみんな笑顔で、結婚式場のスタッフまで大笑いしていた。」と報告してくれました。

63「白雲悠々」―清水文雄先生のお人柄―

清水文雄先生には、わたしが広島大学東雲分校に在学した二年間「文学」を教わりました。その後「王朝文学の会」で長く古典文学をはじめとして人間としての生き方など多くの教えをいただきました。わたしは東雲分校に入学した当時、自分自身を劣等感の塊のように卑下していました。そんなわたしに雲の上のような存在の先生（あの三島由紀夫氏をお教えになった）が何でも受けいれてくださったのです。真の「文学」を一つ一つやさしくお教えくださいました。「続河三号」に「清水先生にお教えいただいたこと」、「続河七号」に「返事」を載せています。夫の書斎には清水先生の大きなお写真が飾ってあります。いつまでもわたしたちを慈愛の目で見守ってくださっています。

―清水文雄先生は、事柄の本質をほりおこしていくようにとおっしゃる。……「本質をほりおこすための模索」、……それは研究対象に向かっていく悪戦苦闘である。清水文雄先生の側にいると、時に、悪戦苦闘の吐息が聞こえてくるように思うことがある。―と書いていらっしゃいます。

清水文雄先生の偉大さはやはりそうであったのかと、今さらながら清水先生に教わった幸せを感じております。

64「理恵ちゃん」

理恵ちゃんは、お名前の通り理知的なかわいいお嬢様なのですね。することなすこと、言動すべてがかわいい。きっとお育てになった両親、家庭環境がすばらしいのでしょうね。我が家のとなりに小学校二年生と年中組（保育園に通っている）さやかちゃん、りかちゃん姉妹がいます。いつもにぎやか、元気、かわいい声がひびきます。二人はわたしのことをとなりのおばあちゃんとは言わず、必ず「やすむねさーん」と呼びます。団地の清掃には父親と参加して小さなほうきをふりまわします。そうじが終わったらやすむねさんと遊ぶのがいつものおきまり。かけっこ、ジャンケンゲーム、おにごっこ、ブランコのりなどなど、わたしも楽しみにしていました。でもこの頃日曜日の朝はテレビに夢中でめったに清掃に来なくなりました。ちょっぴり淋しくなりました。でも手作りおもちゃや折り紙、本などをプレゼントして、よき隣人としてつきあいをしています。二人の言動がとてもおもしろく、子どもの成長過程を身近に見られることができて嬉しく思っています。

65「パーマ先生」

―先生こそは、わが国語教育史上における「パーマ先生」であるといえる。……その頭髪の天然ウェーブにもとづいて得られた「パーマ先生」という愛称一つにも先生のご足跡の上では、深い意味をもっている。……かりそめのものではなかったのである。―と清水先生の愛称について書いていらっしゃいます。

長身のパーマ先生は東雲分校時代わたしたちの憧れの先生でした。もちろんお教えくださることすべてが学生の心に深くしみ通り、ご講義の間中先生の一言をも聞きもらすまいと真剣そのものでした。「王朝女流文学史」「衣通姫の流れ」（美しい肌の色が衣を通して照り輝いたという弟姫のことかしらなど考えたことなどもおもいだしました。）など、講義ノートにびっしり書き留めたことを思い出します。

わたしたちは清水先生にお仲人をお願いしました。長女が生まれた時（一月三十日）先生からお祝いのお葉書とピンクの毛糸をいただきました。その長女がやっとおしゃべりをするようになって清水先生にお目にかかったとき、当時もう銀髪パーマでいらしたので、長女は「やぎ先生、やぎ先生」と言ってしまい大変恐縮したことを思い出しました。

「パーマ先生」には清水先生の足跡の深い意味があるのですが、「やぎ先生」には、幼児の遠慮のない親しみが込められていると思って許していただきたいと思っております。

66「四月馬鹿」

先生は35「いたずら」の章で―いくらか非情な裏がえしの親愛感―を「いたずら」とお考えのようでした。「四月馬鹿」のさわやかな後味の「してやられ感」は、何か落語のおちに似ているような気がしました。来年の四月馬鹿の日にはどんな事件が起きるのでしょうか、楽しみですね。

67「磐姫陵」

磐姫陵でのへびの泳ぎを―磐姫のジェラシーがうつつに姿を見せたようだった。―とお書きですね。磐姫がそんなに嫉妬のすさまじいお方とは思っていませんでした。仁徳天皇を愛し、愛した方として少しばかりわたしは尊敬しています。思うお方をすべて自分のものにしてしまう、ある意味狂女の如く愛し続けること羨ましいぐらいです。それはわたしにはないものだからかも知れません。

犬養孝博士の「万葉の旅」を繙くことにします。

68「秋篠寺」―ひともとのあしび―

三回の秋篠寺詣でで、すがすがしさ、伎芸天とひともとの馬酔木の取り合わせは、秀句のように思いました。

―伎芸天の精霊は、この馬酔木の花と咲き匂っているのではないか。―とお書きになっていらっしゃいますが、もしかして秋篠寺詣でで先生は何首かお歌を手帖に書き止めていらっしゃるのではありませんか。

69「石山寺」

またしても先生の言語キャッチのアンテナが、大きくのびているように思いました。特に子どもの物事・事物に対する真摯な目、発する言語の鋭さ、率直さ、美しさをすばやくキャッチされる先生の技に驚いています。わたしは小学生相手に長年すごしましたので、幼児を見るとすぐに話しかけたくなるのです。

散歩している幼児がいると、その子の目線と同じになっていろいろ話しかけたり、いっしょにどんぐりや葉っぱをひろったりします。スーパーなど商品をいじっている子どもがいると「ほらジャンケンポン、おばあちゃんのかちよ。」といっていたずらをやめさせるおせっかいをしてしまいます。

小学校中学校の生徒には必ずこちらから挨拶をしたりします。わたしの方が会話を楽しんだり言葉学習をしているようなものです。そういえば昨日のこと、大型本屋でのこと、三歳位の男の子が大声で泣き叫んでいました。母親も困り果てて早くレジ清算をしてしまおうとあせっていました。とっさにわたしは「機関車トーマスはどれなのかおばあちゃんに教えて」というとその男の子はぴたりと泣き止み自分の服の機関車トーマスを手で押さえてくれました。きっと機関車トーマスのお話が大好きな子でしょう。服もトーマスがプリントされたのをいつも着ているのでしょう。帰りぎわバイバイと手をふってくれました。あら「石山寺」からとんでもない方へ話がいってしまいました。お許しください。「石山寺」と聞くとはやり「奥の細道」をもっと勉強したくなります。何度読んでも発見がありますもの……。

70「余韻」

十月二十六日は「柿の日」だそうです。わけは子規の「柿くへば鐘が鳴るなり法隆寺」の句が作られた日だということからだそうですが……。子規の耳にどんな鐘の音が響いたのでしょうか。柿を食べながら鐘の余韻を静かに味わっていたのでしょう。今広島市立中央図書館で広島ゆかりの歌人「近藤芳美展」が開かれています。（十月二十日（土）から十一月二十五日（日））。市内南区の妙詠寺に歌碑があるそうです。一度訪ねてみたいと思っています。

川浅くなりたる街を今日は行く

夕べ寂しき広島の鐘

近藤芳美氏の耳にひびいた広島の鐘の音色、余韻はどんなものだったのでしょうか。

先生は―平等院や神護寺の鐘に、触れえていないのは、なお「余韻」以前のことであって、理解するということのむずかしさに改めて思いあたる。―と書いていらっしゃいますが、「平等院や神護寺の鐘」の文を「今向きあっている人」と置きかえてみると人間学を論じている文に変身してしまうように思えました。ちょっと先生の文をお借りしていたずらをしてしまいました。お許しください。

71「明治期話しことば教育の源流」

明治期の話しことば教育は福沢諭吉の功績によるものという事を初めて知りました。「人の上に人を作らず人の下に人を作らず」の名言やリンカーンの有名な演説を思い出しました。

今アメリカ大統領候補オバマ氏とロムニー氏のＴＶ討論を聞いていると、話し言葉の相手に対する実利的力の大きさに驚きを感じます。言語による自己表現、言語によって相手の心を変貌させ、言語によって自己実現することは、現代社会において不可欠なものと思われます。

家の中でいつものメンバーで話していると自分の話しぐせが、まかり通って、回りも何となく理解してしまい話の内容がツーカーと分かってしまうことがあります。時々「お母さんの話は間が飛んでしまって筋が通らなくて分かりにくい。」と娘に注意されてしまいます。話し言葉に論理性をもり込まなければと思うこのごろです。

72「欅」

欅の時間の流れと人間の時間の流れが異なっていることを先生の句から感じました。

　欅ふりてかの白雲悠々をなつかしむ

欅が人間よりも長い長い時間を生きてわたしたち人間の営みをじっと静かに見つめているのではないかと思いました。

　雲つかむごと枝ひとげ枯欅　　　　三村春代

欅は枝が細かく分岐するため真冬が最も美しいと聞いたことがありますが、葉がすっかり落ちた冬の欅を心して見てみようと思いました。

追伸

十一月四日に京都市立美術館で「大エルミタージュ展」を鑑賞しました。Ⅰ　16世紀ルネサンス、人間の世紀から　Ⅴ　20世紀マティスとその周辺、アヴァンギャルドの世紀まで名画を数多く鑑賞、その美しさの迫力に時間も忘れてしまうほどでした。最後アンリ・マティスの「赤い部屋」（赤のハーモニー）の大作には驚き、人間が美を表現する力はどのような精神構造から生まれるのだろうかと思ってしまいました。

名画に酔ったような気分そのままで外へ出ると急に風が冷たく吹いてきました。目の前に平安神宮の鮮やかな朱色の大鳥居を背に大木の欅が立っていました。黄葉、紅葉のグラデーションがとても美しく今吹いてきた風ではらはらと落葉しはじめていました。団地の広場の欅は今黄葉まっさかり大きな黄色のかたまりのまま美しく立っています。

　木の葉ふりやまずいそぐないそぐなよ　　　　加藤楸邨

73「原爆ドーム」

あの痛々しい原爆ドーム、あまりにも無惨な姿は、戦争の愚かさをいつまでも伝えていくことでしょう。

義兄は市商の教員時代被爆し幸いかすり傷程度だったが、生徒が爆心地近くの建物疎開のため動員されていたので、生徒の安否を昼夜をとわず尋ねまわっているうちに、大型トラックに轢かれて大けがをしてしまった。尾道の母の家に子供二人とともに疎開していた姉がその知らせを聞いたのは九月も半ばだった。やっと広島行の汽車の切符を手に入れて段原町の家に行ってみると、家の屋根は全部ふっとび、義兄が傘をさして一人食事をしていたそうだ。ちょうど退院してきたところでその姿を見ると姉は声も出なかったそうだ。尾道の家に連れて帰ることにしたのだがへんぴな田舎、バスから降りてからの道はかなりあって歩かせるわけにもいかず、大八車を借りて兄を乗せ姉と母でひいて帰ってきた。四年生のわたしが見た兄の顔はまさにお化けの顔そのままで怖く痛々しかった。眼鏡の円い型通りに顔に大きな傷、いつもの顔の三倍位にふくれあがった顔は、決して今でも忘れることはできない。義兄は原爆のことは少しも話をしなかった。アララギ派の歌人だったのか、原爆のことを短歌に残していた。同僚の先生の死、生徒の死に遭い、義兄は悲しみの極地をさまよっていたのかも知れません。その義兄も姉もいまは旅立っていない。広島に長く住んでいるわたしの心の中に今も原爆ドームは大きな存在として建っている。

74「山の色、空の色」
山の色、空の色を描き出す時描く人の心も描く様になるのかなと思います。先生の師の「味村先生、大田先生」の―いつとして空は同じ色をしていない―のお言葉通り山の色空の色すべてをよく見て描きだそうとしなければ、美しい絵は描けないと思います。

奥田元宋・小由女美術館に二、三度いきました。元宋画伯の「輪廻の谿」の絵を見ました。群青の空に小さな金の月、つらなる峰々は、銀白の雪化粧、すそ野は真紅の秋の木々かすか下方に白く流れる川、しらばくみいってしまいました。

「塊」（日本美術院蔵）の空の色は漆黒の闇、下弦の繊月がかすかに光っています。そそり立つ岩山には紅葉した木々がまるでもえる炎で包んでいるように繋っています。黒と赤の対比は神秘的な空気が漂っています。東山魁夷「山峡清晨」（ひろしん文化財団所有）の空の色はごくごくうす青で青い遠山が淡い空の中に浮かんでいるように描かれています。近景の山々の木々もすべて青色ですが、それぞれの青の濃淡で霧の中に浮かんでいるように見えます。静謐な時間が感じられました。

75「バナナ」

先生のバナナの思い出は―まずい後味だけが残った―と、

―空気太陽水バナナ……バナナへのあこがれも手伝って忘れがたい標語になっている―の二つ、対照的ですね。

わたしのバナナの思い出をお話しします。息子が二才の頃のこと、わたしは自転車でつとめに行っていました。朝自転車で家の前の道路を大急ぎでペダルを踏んでいると息子の大声が後から追っかけてきます。

「アンパンとクリームパンとバナナね。」とおみやげの催促です。

毎朝のことなので、三次高校へ行く生徒が息子のまねをしてわたしに聞こえるように、「アンパンとクリームパンとバナナね。」と声をそろえていいます。小さい子どもをおいて勤めに出ることは、大変つらかったです。今のように土曜日の休みもなく、当時同和教育の推進をしていた事もあり朝早くから夜遅くまで教師たちは自分の時間を教育のためなら投げ出して惜しみませんでした。「アンパンとクリームパンとバナナ。」を見ると当時の悲しさを思い出してしまいます。

76「草刈り」

―くれないの苺を大きな蕗の葉に包んで、こどもたちに持って帰ってくれたのであった。……かつての父の全身に吹きこぼれていた勤労の汗―の先生のおとうさまの思い出、まるで映画の一シーンのように思えます。小さい子どもたちから見る父親は母親とは違ったやさしさを持っていて時には偉大に見えたり憧れの存在になってしまうのではないでしょうか。わたしは小学校二年生の時に父と死に別れてしまいましたので、父のやさしさしか覚えていません。父の年齢をはるかに超えているのに、父のことを思い出すと四・五歳の頃のわたしにタイムスリップして、やさしかった父に甘えてばかりの思い出を一つ一つつなぎ合わせて幸せ気分に浸ります。今、生前の父の事を知り、わたしに話してくれる人は誰もいません。寂しい限りです。わたしの心の中のノートに父の事をできる限り書き留めておこうと思っています。

庭の黄色の石蕗の花や白い菊が初冬の風にゆれています。急に寒くなりました。先生お元気でお暮らしでいらっしゃいますか。お伺いいたします。

『源平桃』のお返事、今日76「草刈り」まで書きました。実は右手人差し指を痛めて万年筆を握るのが少々不自由になり、お手紙の字が大きくなったり小さくなったりしています。大変読みづらくなったのではないかと、心配しています。

人間の手というものは、すばらしい技術を持っているものだと改めて感心してしまいます。ちょっとした指でもうまく動いてくれないと大変なことになって驚いています。その上何十年も使い続けた（通知票・指導要録の記載や手紙など）わたしの大事なモンブランの万年筆が突然こわれてしまい……と言い訳ばかりでごめんなさい。

また101「弥彦山」までお返事をかくつもりですので待っていてください、お願いします。

寒さが厳しくなります。どうぞお体大切になさってくださいませ。

かしこ

十一月十五日

安宗　和子

野地潤家先生

我が家の食卓は家族三人の議論の場になったり、冊子の製本所いなったりといろいろです。今夜はわたし一人が占領して先生へのお返事を書いています。肩の方へ寒さが乗ってくるみたいです。

やっと77「暗誦」からまた書き始めます。

77「暗誦」

先生がお聞きになった―まだ十九歳の少女だったバスガイドの西田さん―が「暗夜行路」の一節を暗誦したことに、大変感銘を受けていらっしゃいますね。先生の「奥の細道」の暗誦も大変印象的でわたしの心に残っています。

日本文学のすべては、美しい日本語で綴られているので、事物・情景が独特の文章リズムで読者の心にくい込んできます。その文を深く理解し頭の中に映像化して自分のものにしないとできないのではないかと思います。そして暗誦する人の人間性、音声を含めた表現力が大いに作用すると思われます。俳優のせりふまわしのうまさ、落語家のおちまでの話しっぷりの上手さに驚きます。全部暗誦の部類に入るのでしょうね。実はわたしは暗誦は苦手です。人間性が関係しているのかも知れませんが……。一度わたしの「これまでの人生」を暗誦してみたらおもしろいなあととんでもないことを考えてしまいました。落語のおちにもならないようなことを……。

78「ふけ」

「小泉八雲記念館」には「ふけ」まで展示されていることに驚きました。—このふけこそは、記念館遺品の画竜点睛?であった。—と記念館を訪れた文章を結んでいらっしゃいます。

内田百閒は漱石先生の鼻毛を集めて大事にしていると聞いた事がありますが、偉人の残した小さななんでもない物でも、すべて大事にし、その人への尊敬を持ち続ける宝にしているのではないでしょうか。「爪の垢でも煎じて飲め」なんてとても実際には考えられない事なのですが一理あるような気がします。

先生のお若い頃の「ふけ」はおさまりましたか。

「野地潤家先生記念館」がもし設立されることになったら、どんな物が展示されるのでしょうか。わたしはどんなものでも展示されているものすべてしっかり目を開いて見ようと思っています。

79「お祝い」

高峰秀子さんへの宮田重雄氏の心のこもった—小さい小箱をお祝いに—はお二人の心の海面をすべって行く船のように思いました。

—心のやさしさ、思いやりなど、考えてみれば、渕源するところ遠いものがあるのだ。いつもはそこまで考えないで、お礼を述べてすませてしまいがちである。―と書かれていますが、高峰秀子さんのお礼のことばにも納得しました。

この頃文庫本で高峰秀子さんの随筆集を読む機会が増えています。秀子さんの幅広い多彩な交友関係、しかもそのつきあい方の面白さ、お料理上手な秀子さんが、強欲な養母と戦いながら生きていらっしゃるのに感心してしまいました。次々と本を買い求めて読みました。

「わたしの渡世日記」「いっぴきの虫」「おいしい人間」「台所のオーケストラ」「にんげんのおへそ」「にんげん住所録」等々。「にんげん住所録」の最後の章はなんと『私の死亡記事「往年の大女優ひっそりと」』（平成十二年）でした。本当かと思いびっくりしました。

今年平成二十四年高峰秀子さんは最愛の人松山善三氏をおいて遠い国へ旅立たれました。また一冊文庫本を買って読もうと思っております。

80「選者」

毎日曜日「ＮＨＫ俳壇」「ＮＨＫ歌壇」を見ています。選者一人ひとりの感性で選ばれる俳句九句・短歌九首にいつも感心します。皆とても上手で、さすが全国から寄せられた句歌の中から選ばれただけあって秀逸作品ばかりです。

先生は随筆の選者をなさって―文章というもののむずかしさを、ある種のもどかしさとともに感じたことであった。―とおかきですが、ＮＨＫの歌壇・俳壇の選者たちの選評は、実に的確で俳句の奥の広がり、短歌のドラマを鮮やかに描き出してくれます。添削コーナーでは選者の手によって句歌が見事に秀作に変化していくのに驚いています。毎日曜日、四季折々の風景や人間ドラマの機微を、五七五、五七五七七のリズムで表現する文芸に感心しながらテレビを楽しんでいます。

81「たらちねの母をうしなふ」

詩人菱山修三氏の詩集「たらちねの母をうしなふ」に「喪失」「書物」を『源平桃』を読んではじめて知りました。彼の詩「喪失」では―かうして私は、全世界から抛げ出されてしまった、掛替のない母親を喪ったために。―と嘆き悲しみ、「書物」では―この眼の前にありながら、僕はその貴重な頁を読みつくすことが出来ぬ。―と空虚感にさいなまれています。また菱山修三氏は―三好達治の死を悼むみずからの詩に手を入れたのが絶章になったという。―という事も教わりました。この章では、菱山修三氏の母の死、彼自身の死、三好達治の死、先生のお母さま―わたくしも、ことし十一月十八日たらちねの母をうしなった。―四人の死、喪失が書かれています。かけがえのない「母」の死が書かれていて読むのがつらかったです。わたしは四十年前に母に死なれました。「続河十四号」に「母への詫び状」を書きました。今でも母のことを思うと涙が出て「お母さんごめんなさい。」と謝り続けます。わたしのは「喪失」感よりもははへの「詫び」で始まり「詫び」で終わり泣いてばかりいます。

82「偶然性の問題」

九鬼周造博士の「偶然性の問題」について先生は―やがて念願かなってこの本を手に入れることができた。難解ではあったが読み通すことができ、なかでも、「目撃する」ということばのりっぱさにうたれた。―と書いていらっしゃいます。また、ラジオで聞かれた「偶然と驚き」にも―まったくの偶然であったが、わたくしにはかけがえのない邂逅であった。―と心を動かしていらっしゃいますね。でも、大島康正教授の解説でも浅学のわたくしには、その理論はさっぱり分かりません。ごめんなさい。

人と人との出会いは偶然で成立していることはわたしにもよく分かります。九鬼博士とは雲泥の差の「偶然」のお話をします。彼とわたしは二年学年が違い、わたしは東雲分校、彼は教育学部本部でしたからまったく顔を合わせたことはなかったのですが、偶然にも彼が松永信一先生を東雲分校に訪ねた帰り会いました。二人とも帰る方向が同じだったこと、二人とも自転車だったこともあって、自転車を押しながら話しているうちに、漱石好きの彼と漱石嫌いの太宰好きのわたしとのけんかに発展してしまいました。―まったくの偶然であったが―それから七年余りの後―わたくしにはかけがえのない邂逅―のとおり、彼は夫になり以来今年は五十年金婚式を迎えることになりました。先生にだけそっと俗っぽいひみつの話をしてしまいました。

83「祝詞」

―藤井幹雄君おめでとう。晴れやかな笑え《ママ》みをたたえながら、順子さんと二人で、今まさに踏み出さんとする、あらたな首途を、心をこめて祝福します。―と先生のお祝詞を受けられたお二人の幸せが目に見えるようです。こうやって先生のお祝詞がきちんと文章として残っていることがどんなにすばらしいことか羨ましい限りです。一章前にわたしたちは結婚五十周年を迎えたと書きましたが、わたしたちの結婚式当日皆様からたくさんのお祝詞をいただき有難かったのによく覚えてないのが残念でなりません。二人とも教員で前日まで授業をし、あわただしさもあり、雑多な生活準備は自分たちだけで用意したような始まりでしたので、当日、大事なお言葉を心にきざむ余裕がなかったのでしょう。

松永信一先生から柳原白蓮あるいは九条武子の短歌をひいての祝詞だったのですが、その短歌も忘れてしまいました。五十年もたつと式に出てお祝いをしてくださった方の中、清水文雄先生、松永信一先生、夫の両親、母、姉夫婦、叔父私の上司が遠い国へ旅立たれ寂しい限りです。

84「豆まき」

昭和四十三年の先生の御宅の豆まき、お父上の豆まきの音声とともに懐かしい「豆まき」ですね。わたしは教員時代、毎年節分の頃になると児童たちに「おにたのぼうし」(文・あまんきみこ　絵・いわさきちひろ)を読んで聞かせました。お話の主人公は小さなくろおにの子どもおにたはとても気のいいおに。人間によいことをしてもだれもおにたのしわざとは気がつかない。おにたは「にんげんっておかしいな。おにはわるいときめている。おににもいろいろあるのにな。」とつのかくしのためのふるいむぎわらぼうしをかぶって節分の夜出かける。おにたは貧乏な病気の母と小さな女の子の家に、あたたかいごはんとうぐいす豆をプレゼントする。しかしおにたのプレゼントとは知らず、女の子は「おかあさんの病気がなおるように」豆まきをしたいと言う。おにたはびっくりして消えてしまう。あとに残ったのはあのむぎわらぼうしだけ。おにたのぼうしのなかには黒い豆、女の子はその黒い豆を「ふくはうち、おにはそと。」とまく。この「おにたのぼうし」を児童たちに読んでやった後は必ずといって「今夜豆まきを止めようかな、もしかしたらおにたがいるかもしれない。」という子が何人かいた。わたしはおにたのつぶやき「にんげんっておかしいな。おにはわるいってきめているんだから。おににもいろいろあるのにな。にんげんもいろいろいるみたいに。」を何度も読みかえします。おにたのやさしいしわざに気づく人間になるようにと自分にいいきかせます。

今夜は節分。「おにたはうち、ふくはうち。」と言って豆をまきましょうか。それと我が心の中に住みついている鬼退治もしなくっちゃ……。

85「東西南北」

玖村敏雄教授への尊敬の念の数々を先生は―「日本教育史」のノートのブランクは……余韻だった。……松陰研究として、いい仕事がつぎつぎにまとめられていった。うちこんで仕事をしていかれるひとの充実感が感じられたものだ。―と列挙されておられますね。それだけに―不帰の客になられた。―ときの先生のお嘆きはいかばかりかと思います。玖村敏雄先生は東西南北どの方向へ出立なされたのでしょうか。今年はいつの年よりか多くの人の「死」に向き合うことが多うございました。心が沈む日が重なりその人のことをしきりに思い出し涙しました。心の中にいつもその人のお姿はあるのにお声は少しも聞こえません。もどかしく感じられます。そのもどかしさは悲しみのせいでよけいに大きくなってしまいます。

86「個展」

田口正人氏の個展のお話ですね。―美を真剣に追求する人のきびしさとゆたかさとがあった。―と書かれています。田口氏の絵をわたしも拝見することができたらと思いました。先生は田口氏の―夜も昼も、制作にうちこみ、そこでは、たえずなにかがつくりだされていた。―様子を身近にご覧になられていたのですね。田口氏はあの基町北区の市営住宅から住まいを移された今でも画業に打ちこんでいらっしゃるのではないかと思います。また個展を開かれるようでしたらぜひ絵を見に行こうと思っております。わたしは昭和五十六年から広島市立安東小学校に九年勤めました。

校長先生は片山茂樹先生、教育者としても画家としても立派なお方でした。土曜日の午後は教員を集めて「絵画指導のあり方」というプリントを用意され、絵の具の初歩的指導や児童の描いた絵の見方など教えてくださいました。夏休みには大山で写生講習会を開かれ多くの教員が参加しました。わたくしが欠勤した時などは補教に出てくださってておもしろいお話をなさるのですが、絵が上手なので「キツネと猟師」が出てくる話だと黒板いっぱいにすぐ絵を描いて次に鉄砲そのとたん大きな声で「ズドーン。」児童は大喜び。わたしが「明日は都合で先生はお休みです。」など言うと、児童は「校長先生にどうしても来てお話をして……」と言う位でした。校長先生は隣接する市の幼稚園の園長も兼任され、入園式には、しかけおもちゃを自作なさって挨拶されて大人気の園長先生でもありました。毎月の学校だよりの挿絵は先生の手によるもので、季節感あふれる詩情豊かなものでした。わたしはその絵が大好きでした。作文の題材として取り上げ「絵を見てお話作り」は児童がいきいきと取り組んだものです。実はわたしもこの「お話作り」は毎月ずっと続けました。拙著に少し載せています。広島市国語研究会が発行していた「作文通信」の挿絵も長年担当されていました。退職されてからは画家として活躍されましたが、病で亡くなられました。入院されている間にすてきな「絵本」を描かれました。今その絵本が本棚のどこに入っているのか見つかりません。探し出して片山先生をお偲びしたいと思っております。わたしの身近にいらした片山茂樹画伯のことをお話ししました。

87「ねむの花樹」

ねむの木は大樹になっても薄紅の花が咲くとほんわかとしてやさしい木に見えます。奥の細道の

象潟や雨に西施がねぶの花　を思い出します。象潟の風情は今雨にぬれながら咲いている合歓の花のようであたかも美女西施のように見えるとでも芭蕉翁はお思いになったのでしょうか。雨と西施の憂い顔とねむの花の取り合わせに芭蕉の句のすごみを感じます。このどこか悲しみを含んだ薄紅の花は人の心をゆさぶるのかもしれません。

―ゆったりと流れる斐伊川の川べりにねむの花樹が二本、たくさん花をつけていた。若くして逝ってしまっ

た錦織君の鋭いまなざしを思い浮かべつつ、わたくしは、このうつうつと茂るねむの花樹のくれないに、黙然としてしまった。―先生のお悲しみの深さ、教え子に対する慈しみのお心を知りました。

88「函館」

先生はどのまちをお訪ねになってもその町の古書店へ必ず足をおはこびになられますね。店主は何か商売は抜きにしての雰囲気を持っていそうな人が経営していて、先生のお望みの本をそろえているようです。先生はそんな古書店を

―半日以上をかけて、ゆっくりとめぐるのは特別のよろこびだった。―と函館のまちの四軒の古書店の事を書いていらっしゃいますね。

広島に「文廬」という古書店がありますが、夫は学生時代に友人の伊東武雄さんに連れられて行って、以来五十年以上もおつきあいをしています。文廬の店主（今は息子さんが後を継いでいる）には二人は大変かわいがっていただき、大学卒業の時は貧乏学生だった二人を家によんで大変なご馳走をしてくださったそうです。その上卒業後にもそれぞれ高級万年筆をくださったそうです。わたしも夫といっしょにお店に行きお料理の本や一冊百円コーナーから掘り出しの文芸書、子どもの本などをたくさん買い求めるのが常になりました。わたしの買う本は古本でも安価なものばかりなのに、店主は十円、二十円とまけてくださいました。おまけに時には近所の喫茶店にさそってくださり、楽しいおしゃべりに時間を費やしてくださり、おいしいコーヒー代はいつも店主持ちでした。今でも町の中心部へ出ると、寄って本を探します。何か古書店には独特の宝物を探す楽しみがあるので、どうしても店の方へ足が向いてしまいます。

89「陋居」

先生「陋居」とおっしゃっても庭があり、家庭菜園からは、なす、きゅうりがとれその上さつま芋が植えられるなんてとても楽しい庭つきのお家でしたのですね。

―庭の隅にはからたちの木もあり山吹きのひとむれもあった。のちには夏蜜柑の木も植えた。すこしずつ花樹がふえていった。―と花樹に囲まれた美しいお家、その上小さくても池も作り金魚が泳いでお子様たちの笑い声がはずんでいた楽しいお家、羨ましい限りです。子供にとっての住まいの環境は人間性確立に大きな意味を持っているように思えます。とくに家の持つ「自然」の影響力は大だと思います。幼児期の家は、「大邸宅」であろうと「陋居」であろうと広さにはあまり関係なく、その中にある生命によって大きく違ってくるのではないでしょうか。

とは言うもののわたしの小学生時代の家というのは、九州若松から尾道の田舎に移り住んだ家なのですが、大きな屋敷に母屋はすでになくなっており、西向きの夏の暑さが真正面にくる長屋でした。その長屋に祖母・母・妹とわたしの四人がすんでいました。水道もない風呂もない家での生活のみじめさはわたしの心の隅に黒く澱み劣等感となって長い間住みつきました。母の苦労とともに思い出したくもない体験でした。でも今はまがりなりにも団地の中に一軒家を建て小さな庭に季節の草花を植え鉢にはハーブやパセリや春菊なども育てています。何年経っても我が家は「陋居」のままですが……。

90「棒飛びこみ」

―参加する前から、娘は飛びこみがうまくできないともらしていた。飛びこみ台に立つと、二メートルの高さでも意外に高く、思いきって飛びこめないという。―とお嬢さまのことをずいぶん心配していらっしゃいますね。

先生は三人のお子様をいつも心をこめて育てられて尊敬しております。わたしは二人の子育てを充分してきたかと問われると、恥じる事ばかりで我が子に謝りたいと思い続けてきました。自分が職業を持っているばかりに生まれてすぐに保育園に預けっぱなし、ずっと鍵っ子でした。夫と二人でずいぶん努力はしたつもりでも、我が子に接する時間のなさや愛情をそそぐ場が少なかったことは否めません。「よその子どもの教育はできても我が子の教育はできてない。」という引け目はずっと持ち続けておりましたが、今二人の子どもはどうしたことか、わたしたち夫婦と同じ職業を選んでがんばっています。その事は少し嬉しく感じております。

91「導入二つ」

―国語科の授業の導入は、単元ごとにあるいは教材ごとに、さらにあるいは時間ごとに、いろいろくふうされる。巧まず、力まず、ごく自然に、しかも端的に核心にふれていくような導入をと願っても、導入はむずかしい。会心の導入は、なかなかできないものだ。導入もまた、時・処・位に応じてくふうされなくてはならぬ。それはまさしく生きものなのである。―と先生は書かれています。本当にその通りだと思います。教員生活三十八年間この「導入」にどれだけ悩み、苦労したことでしょう。毎晩のごと夜更けまで、あるいは何度も徹夜し、授業案を作成していました。「導入」からつまづき、考えがまとまらず、困ったことも度々でした。―巧まず、力まず、ごく自然に、しかも端的に核心にふれ―た導入ができれば授業の方向性がはっきりして児童の学習意欲もわいてきます。

塩田指導主事の近代短歌の授業では、若山牧水の歌を朗唱された「導入」のことを書かれていますね。私の皆実高校の国語の先生は珠山先生でした。短歌の授業の導入はガリ版刷りのプリント集でした。晶子・鉄幹・

山川登美子・牧水・啄木・白秋・茂吉らの名歌が数多くあってとても衝撃的で、異次元世界が開けたように思ってしまいました。その時から「国語」が大好きになりました。珠山先生は下宿にわたしをよんでくださり、ご自分の本をいろいろ貸してもくださいました。わたしの方向をも決めてくださった方だと思っています。

先生は数多く授業をされていますが、残念ながらわたくしは一度も拝見しておりません。どうしても先生の「導入」を見たくてたまりません。そのような機会がありましたらぜひにとお願いします。

92「朗読」

―いまは、横山正幸・東夫妻のため、「真実に生きようとするもの」の朗読を引き受けてよかったと思っている。恩師の前で読む機会が与えられて読み、聴いていただき、当日の参会者にも聴いてもらって、「朗読冥利」を感じている。―と書いていらっしゃいますね。朗読といえば以前NHKの番組「わたしの本棚」をよく聴いたものです。朗読する人もアナウンサーだけでなく多くの人が受け持っていたように思います。もちろん朗読の上手な方ばかりで、聴くだけで名作の魅力に引き込まれました。

わたしが長年小学校で教えてきた国語学習の中でも、「朗読」は大変重要な要素の一つと考えて実践してきました。児童は「本読み」といって学習の第一段階であり、また予習の方法でも意味のある学習活動です。文学作品の授業展開の第一次によくわたし（教師）の朗読をとり入れました。単元の内容にもよりますが児童に即作品に向きあわせるための一つの方法です。六年生で「山へ行く牛」を授業展開した時、作品中に関西なりの会話があり、児童の理解力に大きな差があったことなどから全文朗読をわたしがしました。それから第一次感想を書かせ、その感想をもとに全授業の展開を構成しました。全学習が終わった段階では、児童に一番心に残った場面を朗読させました。その朗読で児童の習熟度もだいたい分かるようになりました。県教育センター大西道雄先生のご指導で授業展開した時を思い出して書きました。「朗読の力」を改めて考えさせられました。

わたしたち夫婦の二人だけの読書会でも、最後に今日勉強した個所をどちらかが朗読することにしています。朗読することによって、古典はとくに日本語の美しさを感じることができます。これからも声に出して美しく読むことを心がけたいと思っています。

93「陥穽」

―ひとの生涯には、思いもうけぬこのような陥穽があるのではないか。それは暗闇の中の陥穽とはかぎらない。白昼にもむろんある。―と、先生のお若い頃のこわい体験を読みました。人間は生涯のうちに一度や二度暗闇の中の陥穽に落ちそうになることがあると思えてきました。わたしが今こうやって生きていることは、―暗闇の中の陥穽―をやっとすりぬけて、あるいはずるさを使ってやりすごしてきた事の結果ではないか、と思って考えこんでしまいました。良い教訓の章だと反省しました。

94「悪友」

「悪友」についての意味の深さを知りました。つれづれ草、三浦朱門・曾野綾子夫妻の色紙からも。わたしは「悪」は「悪」でしかないと断定していました。―捨てがたい「悪友」―そのこと自体、友だちのありようをものがたっているようだ。―と先生はおっしゃっています。人間のありようが親友と悪友との境目を作りだすのだとよく分かりました。ありようは長い人生の道のりで得た重い石で、捨てがたいしどうしても捨てられないのではないでしょうか。わたしの重い石は、美しい珠玉なのか、はたまた汚い小石なのか、ぎくりとして、この章を読みました。

95「作文教育のすすめ」

入江徳郎氏の講演は、―文章表現力を重視する立場からの鋭い分析と観察とを軸にして話された。―との事。小学校国語科教育でも、作文教育には多くの実践がなされてきたように思います。しかしわたし自身の文章表現力というと寒々しい限りですが、―努力をすれば達意の文章は書けるとおもう―との入江徳郎氏の言に励まされて、今日も『源平桃』のお返事を書いています。

96「ひまわり」

天声人語氏は「ひまわり」という一つのことばから、吉井勇・ゴッホ・寺田寅彦・春山幸夫・ヨハネス・ベッヒャーと数々の作品を出されて驚きました。入江徳郎氏のことばの引出の「ひまわり」を開けると次から次へとひまわりが出てくるのでしょうね。

わたしの「ひまわり」は東京のある美術館で見たゴッホのひまわり、ソフィアローレン主演の映画ひまわり、旅先での大きな大きなひまわり畑、植物公園の背丈七メートルばかりの（これは日本一）巨大ひまわり、すべて夏の生命力あふれるひまわりです。もう一つ思い出しました。

わたしは中学二年三年と叔父にひきとられて熊本県八代市で過ごしました。やさしい叔父夫婦でしたが、わたしは母と別れて暮らす事がショックで、生活は淋しいことばかりと思いこんでいました。同級生の中にお金持ちのお嬢さまがいて彼女は「ひまわり」という少女雑誌を読んでいました。表紙は中原淳一氏描く瞳の大きい美少女で一目見ただけで憧れてしまうほどでした。手の届かない美しい雑誌を一・二日貸してもらって読みました。もう夢の夢の美しい世界でした。六十年以上も経つのに、あのときめきは忘れられません。わたしにも夢見る少女時代があったのです。

以前「月刊国語教育」という雑誌に桑名靖治先生のお書きになる「ことばのアゴラ」というコラムがあって、とても楽しみにしていました。一つの言葉から無限大に広がる言葉の世界がおもしろく、雑誌が来ると一番に読んだものです。桑名先生は「緑林」という小冊子を発行されていて、わたしの「はがき」という作も載せてくださいました。「河」を送ると必ず丁寧で温かくまた鋭く批評してくださいました。三年ほど前にお亡くなりになりとても悲しく思っております。

先生の「ひまわり」は、三好達治ですね。来年の夏ひまわりが咲いているのを見たら、その詩を読んでみようと思っています。

97「蜂のこと」

先生の小学校三年生の初夏、熊蜂に刺された蜂災難のできごと、でもおやさしいお母様が―風呂場のうらの崖に生えていた野菊の葉を摘んでもみ、その汁を顔一面に塗ってくれた。―治療のおかげで何事もなく―翌日もかわりなく登校することができた。―のですね。本当によかったですね。

平成十七年頃だったと思います。ＮＨＫの課外授業「ようこそ先輩」という番組で、早坂暁氏が四国松山市の小学校で六年生に授業されました。テーマは人はどこから来たのか、自分は今どこにいるのかという哲学的なものでした。子どもたちに、今のあなたひとりには無限の生命のつながりがあるのだ、ということを言われたと思います。最後に金子みすずの「蜂と神さま」という詩を子どもたちにお読みになりました。

蜂と神さま

蜂は　お花のなかに、
お花は　お庭のなかに、
お庭は　土塀のなかに、
土塀は　町のなかに、
町は日本のなかに、
日本は　世界のなかに、
世界は　神様のなかに、

そうして、そうして、神さまは、
小ちゃな　蜂のなかに。

早坂氏は詩の中の「神さま」とは「生命」ととらえていらっしゃるようでした。わたしは人間が持っている心の美しさや良心を具現化したものが、「神さま」ではないかと。「神さま」はいつも心の中に住んでいるのかもしれないと考えております。

98「母よいづこ」

「母」はいつも子どものそばにあって悲しくなるほどの自己犠牲の心で我が子を見守ってくれる存在です。

先生のお母様―子どもの勉強のため、すべてのことに便宜をはかってくれた母も、昨秋逝ってしまった。わずかに勉強のことだけ、母に心配をかけなかったといえようか。一途な生きかたを、祈りながらやさしく見まもりつづけてくれた母であった。―やさしいお母さまだったのですね、先生の学者になられたお姿をとても喜んでいらしたことでしょう。　わたしの母は無学でしたけれどどんな苦労にも負けず、子どもにすべてを向け、我が身のことは二の次にして生きました。母の逝った年齢にわたしが来年なります。母がわたしや妹に注いでくれたやさしさをわたしも自分の子どもに倍以上の密度で……と今更ながら思っているところです。

99「東京文学院講本」

―「東京文学院講本」全六巻は、わたくしが初めて購読した文学入門書であった。―との事。先生の「文学」に対する思いのすごさは少年の頃からおありだったのに驚きました。そして、―この「講本」を読むことから、文学への、習作への勉強が始まった。―文学への探究心が大きかったこともうかがえました。詩人ウイリアム・アリングアムの小曲「池の面の四羽のあひる」などをくり返し読まれたことからも、先生がロマンチストでいらっしゃるのは少年の頃の「文学」にあったのだと納得しました。「文学」への思いが強いと少年でも―両親には無断で、小学校時代からの郵便貯金通帳からほとんど全部の金額を引き出し、この講本の購入にあてた。―先生の勇気にもちょっと驚き、さすが野地先生と思いました。

100「ちいさき母」

『源平桃』77から101までまとめて読んでいくうちに、81「たらちねの母をうしなふ」98「母よいづこ」100

「ちいさき母」と三章にわたってお母さまのことを書いていらっしゃいますね。昭和四二年一一月一八日　お母さまをなくされそのお悲しみの中でこの三章も書かれたのでしょうね。

―わたくしの母は、気じょうぶなほうだった。およそ弱音・ぐちを口にしなかった。……晩年は、病臥しつつ、いつまでも子どもの身の上を祈りつづけてくれた。思うに、ちいさき母ではなかった。―

明治生まれの多くの母は子どものために、あの悲惨な戦争もくぐりぬけて本気で生きていたのだと思いました。「ちいさき母」を読んでわたしも自分の母を思い出しまた泣いてしまいました。わたしは母と会う時は「続河」十四号に載せた「母への詫び状」を持参しいろいろ話したいと思っております。

101「弥彦山」

弥彦山にまつわる先生の思い出の数々、その中でも「お才」の望郷のおもいの詩は悲しみも含んでいい詩ですね。わたしははじめて読みました。先生のお心の中には文学の泉があり、いつもこんこんときれいな水が湧き出ているようです。手ですくってもすくっても新しい水がつぎつぎあふれるように出てきます。それをわたしはいただき、とてもおいしく飲んでいます。弥彦山に三十年ぶりに登られても心に映るいろいろなものは、美しい情景に彩られまた一段と今を感じる事になるのでしょうね。

今朝はまた寒さが厳しく隣家の屋根にはうっすらと霜が降りています。元気なガーデンシクラメンの小鉢四つがかわいい花を咲かせています。

先生　101「弥彦山」までやっと読み終えました。約一年をかけて読みお返事を書きました。終わってみると後半は先生をご尊敬申し上げているにもかかわらず、あまりにもわたしはおしゃべりをしすぎて、友だちに手紙を書いているような気分になってしまい、失礼してしまいました。

その上自分のことを恥をおそれず、ぐちを聞いてもらうような気で長々と書いてしまいました。お許しくださいませ。どうぞおかしな所は省いてとばして読んでくださいませ。

「源平桃」を読んでいくうちにわたしの知的好奇心が刺激されて、多くの本を繙く事ができました。先生の「源平桃」の世界の魅力に引きこまれ、わたしは豊かな心を持つことができ幸せになりました。そしてお返事を書く作業がまた勉強になりました。

入江徳郎氏の―努力をすれば達意の文章は書けるとおもう……努めれば、達意の文章が書ける。―（95「作文教育のすすめ」）を目標にし、辞書をひきながら「達意」にはほど遠いながら努力をしました。

先生　ほんとうに有がとうございました。お返事を書き終わってからじわじわとわたしなりに充実感も味わうこともできました。そして野地先生は、お偉い人で近寄りがたい、尊敬だけする遠い方だと思っていましたが、今は少しだけおそばに近く寄れたかなあと嬉しく思っております。

ますます寒さが厳しくなります。

どうぞくれぐれもお体大切になさってくださいませ。

かしこ

師走二日

安宗　和子

野地潤家先生

追伸

お返事を清書している間に日が過ぎてしまいました。
遅くなりました。

十二月十四日

五　わたしの皆実高校

若葉が風にそよぎ木漏れ日のやさしい四月、皆実高校を訪ねた。紅白の幔幕を張った校庭での卒業式以来四十五年ぶりだった。記憶の中の皆実高校の映像はぼんやりとしていて、目の前の美しい校舎とは重ならなかったが、セーラー服姿の女生徒が二、三人談笑しながら歩いてくるのに出会った途端、あの木造のオンボロA校舎、B校舎での日々にタイムスリップしてしまった。

与謝野晶子・白秋・牧水の近代短歌、万葉・新古今など、ガリ版刷りのプリントで日本文学のみやびを説いてくださり、またある時はアングルの「泉」（裸身の少女の肩の水瓶から水が溢れている絵）を黒板いっぱいに描いて生徒を驚かせた憧れの珠山先生。

O・ヘンリー短編集で英語プラス文学のおもしろさを教えて下さった「金鈴子」の俳号をお持ちで俳句の手ほどきもしていただいたダンディーな賀来先生。丸暗記の化学方程式でよい点をくださった化学の、ティンパニーもお得意で、スキーで大怪我をなさった若い田辺先生。「流浪の民」「ハレルヤ」の合唱曲を教えてくださった北先生……と多くの先生方のお顔と授業が次から次へと浮かんできた。

物理・数学・体育など不得意科目が多かったわたしは、今でいう落ちこぼれの生徒だったが、先生からお教えいただくことはわたしにとっては全てであって、別次元の不思議な宝物のように思えた。それだけわたしが素直で幼稚であったのかも知れないが、今から考えればそんな自分をいとおしくさえ感じる。先生方が生徒の好奇心を駆り立てて新しいものへ目を向けるよう仕向けてくださったのだろう、不登校にもならず学校で楽しく学ぶ喜びを精いっぱい味わったのである。

熊本の八代からたった一人で皆実高校を受験したわたしは、寒い控え室で母代わりの姉が待っていてくれたが、国語のテストは大失敗をしたと不安を漏らしたように思う。受験番号1番違いのSさん（新聞部で活躍）が見かねて話しかけてくださったし、わたしにはチンプンカンプンの物理・数学ではいつも成績トップのIさんが助けてくださったりして、多くの友人にも出会うことができ、いろいろ教えられた。あの皆実高校で共有した時間の美しさは、いつまでも色あせずに鮮明に残っている。高校時代は自分自身を見つめあるべき方向を手探りで追い求め、自分の生き方の方向性を決定する大切な時期だったと思う。やさしく手をさしのべてくださる恩師や友人が大勢まわりにいて、物事をじっくり考えることができ自己を成長させていけたのだと思う。

皆実高校の自由で開放的な空気の中で、引っ込み思案で劣等感ばかりのわたしも、ルナールの「にんじん」を勧めてくださった先生のお陰もあって、三年間はあっという間だった。その後教職の道へ進み、小学生相手に定年まで勤めることができた。教えることの難しさ、苦しさ、そして喜びを味わうことができた。学ぶ者と教える者、学ぶ仲間の三者が構築する「学校」という世界が、どんなにすばらしいものになるか、またつまらないものになるかによって、人の一生をも左右してしまうこと――それが、教師という仕事を通してよく理解できたのである。今は職も退きやっとゆったりとした時間が持てるようになり、好きな読書、美術館巡り、音楽を聴く生活を楽しんでいる。

わたしの心の中に、いつまでも懐かしさと共に皆実高校は在り、時代の流れにそいながらも未来へ向かって前進する皆実高校に、これからもずっと応援歌を送り続けたいと思っている。わが母校よ永遠なれ！

（「皆実高校同窓会誌」平成十年）

六　時間割

朝、近所のかわいい一年生がランドセルをカタカタとゆすって走って行く。もう学校に慣れて時間割を自分で出来る様になったんだなあと、安心して見送る。実はわたしにも午前中二時間「国語」だけの小さな時間割がある。月曜日、宮沢賢治。木曜日、源氏物語。土曜日、平家物語を読むというものである。食卓をかたづけて学習机の出来上がり。先生一人生徒わたしの、たった二人の小さな学校の授業の始まりである。

月曜日　宮沢賢治。「風の又三郎」「セロ弾きのゴーシュ」「ポラーノの広場」などの童話群から読み始めた。「どんぐりと山猫」を読んだ時などは、山猫の手紙、

「ごきげんよろしいほでけっこです。

めんどなさいばんしますから……

とびどぐもたないでくなさい。……」

の舌たらずの口調が十代の頃読んだ時間にタイムスリップしてしまい、おもしろさが増幅されてなつかしく読むことができた。

「オツベルと象」「注文の多い料理店」「銀河鉄道の夜」など、ゆっくり読みなおすと、読み落としていたおもしろさが少しずつ分かるようになってきた。

東北旅行の電車の中で読んだ分銅惇作・栗原敦編「宮沢賢治入門」のまえがきに「この国の二十世紀前半を足早に通り過ぎていった不思議な旅人がいます。……」と書かれてあった。分銅氏の言われる「不思議な旅人」という

人に会いたくなり、遙か遠くの「銀河系宇宙の彼方」まで追いつこうと思い始めて、多くの作品に圧倒されながら読むことの一歩を踏み出した。

童話は、仏教を篤く信じていた賢治の、仏教の善の心の教えが根底にあると思うが、お説教じみたところはなく愉快で、楽しく、おもしろく、それでいて悲しく、賢治の祈りがそこかしこに散りばめられている。

「グスコーブドリの伝記」のわたしの読書メモには、

①　賢治の姿勢の表れているブドリの一生

②　百姓たちへの「死」をもかえりみない献身は賢治と重なる。それでいて思い上がりもなく悲壮感もない。貧しい農民の、旱ばつ・稲の病気・大雨・寒さの夏などの苦しみを全身で受けとめ、どうにか状況を変えていこうとするブドリの一生は賢治そのもの。

③　賢治の農業学者（?）・気象学者・科学者としてのいろいろの取り組みはすごい。それらの視点からみるのもおもしろい。

④　「アルコールランプの青い炎がぽかぽかもえている」や、沼や田の表現は美学そのもの。

と書いている。

賢治の童話を読んでいくうちに何かいつも考えさせられ教えられることが心の隅に美しく残っていく。人を信じることはこんな時のことなのか、ああそうなんだ、こういう事なのかと納得し、少し分かったような気になる。また、「自己犠牲が善」というきざっぽい、薄っぺらな言葉に置きかえられてしまいそうなことが、本質的には真実であるとじっくり説かれていてひどく驚きなんども読み返すことが多くなってくる。

賢治先生――わたしは先生とお呼びしたい。百年前に生まれた方なのに、「風の又三郎」や「茨海小学校」に見られる学校の中での生徒たちの生き生きした言動や人間らしい先生像、行事などは楽しい学校そのものであるから――先生はとても頭の良い方でとうてい私のような愚かな人間には理解できない世界を持っていらっしゃる。思想・哲学・宗教・科学・化学・自然・農業、ありとあらゆる分野から知識があふれ出て言語の海となって、広く深く青くたゆたっている。わたしは時々溺れそうになってしまう。けれど数かぎりなく発せられる「言葉」を調べることから賢治先生への旅はまた始まる。

「虔十公園林」の十力の作用や「四又の百合」の正偏知は仏教辞典で調べなければならなかったし、多くの作品には賢治流のイメージ豊かなカタカナ言葉もそれなりの意味づけがあり、登場人物名もいい加減につけられたものは一つもないといっていいと思う。読んでいくうちに人物名も歴史上のしかも外国での出来事をきちんと踏まえているものがあり驚きの連続である。鳥・獣・蝶・花・樹木・岩石・地質などについても図鑑がないと作品を読むことはむずかしい。

あまりにもむずかしく理解できない作品に出会うと、読むことは一時休止で、長岡輝子の朗読テープ、「月夜のでんしんばしら」「鹿踊りのはじまり」「雪わたり」などを聴く。当分の間「ドッテテドッテテドッテテドー」という音が耳の底に残って愉快なでんしん柱の行進が頭の中に映像化される。賢治の描いた背の高いでんしん柱が紙芝居の絵になって動いてくる。長岡輝子さんの語りにいつの間にかひきこまれてイーハトーブの森の中の賢治先生といっしょにいるような気になってくる。

しかし短編に読み進む頃から急に内容が難しくなり「心象スケッチ　春と修羅　第一集」になると、もう行き詰まることが多くなった。賢治が「心象スケッチ」した世界は無限に遠く広く美しく広がってイメージは幾重にも重なって輝いているように思えたが、どうしてもよく分からなかった。この時期「宮沢賢治語彙辞典」「宮沢賢治ハンドブック」などの研究書を参考にしないと、詩一編を二時間では読み終わらなくなった。

「オホーツク挽歌」で調べた語は、

①　チモシー　「おおあわがえり」という牧草　帰化植物
②　藍銅鑛（アズライト）　濃藍青色でガラス光沢を持ち半透明（銅の二次鉱物）
③　モーニンググローリー　朝顔
④　サガレン　サハリンのロシア読み
⑤　ＨＥＬＬ　地獄
⑥　玉髄　淡灰色の微結晶性石英、しばしば葡萄状の外観を呈する
⑦　ナモサンダルマプフンダリカサスートラ　南無妙法連華経の意、梵語
⑧　軟玉　緑色不透明の玉石　古来から中国で動物彫刻材として使われた

などなどである。この詩は妹とし子への挽歌で、悲しみの極地を詠っていると思うが、これらの難しい言葉の意味を理解し手がかりとして、賢治の「心象スケッチ」をわたしの心にはっきり見える絵にしたいと思うのである。語の意味をたどりそれを一つ一つの線にし絵の具で色をおいていくと美しい絵になっていく。パレットに入りきれないほどの色も次々見えてくる。

色について書き出してみると次のようになる。

「錆びた緑青」「青いいろのピアノの鍵」「白い重挽馬」「白い雲」「まっ赤な朝のはまなす」「藍いろの蝶」「黄金の槍の穂」「青い簾」「白い細い線」「貝殻の……白いかけら」「萓草の青い花軸」「白い片岩類」「黒い実のついた……」「まっ青なこけもも」「赤いはまばら」「透明なわたし……」「すっかり青ざめて」「眩しい緑金」「天の青」「とし子はあの青いところのはてにゐて」「蒼じろく光る……」「海がこんなに青いのに」「白いそのふち」「玉髄の雲」「丘陵の鴇いろは」「黒緑とどまつの列」

多くの色彩表現の一つ一つがとし子への挽歌をいっそう悲しくさせる。賢治の好きな色と言えば「青」だろう

か。どの色も作品の中には必ず存在するから、虹の赤・橙・黄・緑・青・藍・紫全部だろうかなど考えてしまう。

石っ子賢さんの宝石、岩石はどれもみな美しい。賢治全作品を読み通したら作品の中の「色」を探ってみたい気もするが、「透明な足跡を残して銀河系宇宙の彼方に消え去り、そのまま天上の星となって輝き続けている」（分銅惇作）賢治は銀河の中の「お星様色」かも知れないと思ったりもする。

一週間に二時間だけではどれほどの作品も読めはしない。約二年間続けて読んでも賢治の作品世界にはどうしてどうして近づくことはなかなかできない。でも読みたくなってしまうから不思議だ。「魅力的な人間賢治先生」がそこにいらっしゃるとしか言い様がない。その先生のお話ならずっとそばで聞いていたい、いっしょに遊んで先生の教えを全部全身で受けたい、と思う子供になれるのである。

これからもたくさんの研究書を参考にしながら読み続けていきたいと思っている。

木曜日、土曜日は古典の時間。

木曜日の「源氏物語」は「桐壺」から始める。わたしのテキストは新潮日本古典集成の「源氏物語」で、雅な古文をまず朗読する。これがなかなか難しく文意や古語が分からないと、初めて古文に出会った中学生並みの朗読になってしまう。大村はま先生の注釈付きの古文朗読資料があればと思ったり、王朝文学の会にまじめに出席して清水先生のご講義を受けておけばよかったと反省しきりである。傍注を参考にし、場面を想像し、頭の中で現代語訳を考えながら表現読みを試みるが、とんでもないおかしな朗読で笑われる事が多い。その後、現代語訳を先生にしてもらう。わたしは原文を見ながらそれを聞く対訳読書という形をとる。それからそこに表れている物事を話すという何段階も踏んでのやり方で進み具合は遅々としている。

今やっと「葵」の巻まで読み進んだ。源氏の光君御年二十二歳。まだ少ししか読んではいないのに、もう「空蝉」「夕顔」「末摘花」「若紫」「藤壺」……と女たちの喜びや悲しみ苦しみや親子のつながり、政治権力争い、恋のかけひき、死など人生のありとあらゆる人間模様が描き出されて、古典とはいえ今生きているわたしやまわりの人間に置き換えても決しておかしく感じない永遠のテーマがそこここに書かれている様に思えてきた。少しずつ古文にも慣れてくると小説としてのストーリー性に富んでいるのでおもしろく読めるようになってきた。しかしまだまだすらすらと現代語になおして読むことはできない。

歌の解釈、会話文などは特にむずかしく、引き歌や引用文の解釈も調べなければならず、縁語、掛詞など何層も重なった言葉のつながりを一つにする事は時間がかかってしまう。ストーリーがいくらおもしろいといっても「源氏物語年譜・系図」（鈴木一雄）も欠かせず、わたしにとっては難しいことばかりである。しかし読んでいくうちに四季折々の自然を背景にさまざまな人間が描かれている古文の美しさに引き入れられてしまう。その美しさを円地文子の現代語訳を参考にして読むこともある。円地訳は少し美的に拡大解釈してある所もあって原文と比べてみると、とても楽しく読むことができる。

ＮＨＫ古典セミナー三田村雅子氏の「源氏物語」の切り口するどい解釈に感心したり、瀬戸内寂聴の「源氏物語の女たち」を視聴したりして「源氏物語」が少し私の身近なものになっていっている。

各巻ごとの女たちのけなげさに感心し、悲しみ苦しみに同情し、女の業にわけもなく腹立たしい想いを抱きながら、王朝時代の女の生き方を学んでいる。どこかで自分自身にオーバーラップしているのかも知れないと思っている。

土曜日は平家物語。

安野光雅「繪本平家物語」を開くと、あのおどろおどろしい物語とだけ思っていた平家物語が美しい絵巻物としてひろがっていた。風が吹き荒れる野原で平家の怨霊が、回りをかこみ耳なし芳一が琵琶をべベンベンとかきならす、あの怖しくて悲しい平家物語としてしか私はよく知らなかった。しかしそんな一面的な物語でないことは読み始めてすぐ分かったし、第一おもしろく映画を観るような気分になったから不思議である。

平家物語は無常観、運命観が語られていると言われる。人間が抗うことのできない大きな力に翻弄され、最後は諦めながら自分の生き方を決定していくその過程が読んでいても心に残っていく。

琵琶法師が語ったと言われるだけあって朗読してみると、七語調のリズムの良さ、漢語、対句のおもしろさ、大げさな表現の派手はでしさがよく分かる。まさに人を文中にひきいれ感動させる文体である。琵琶法師の語り口や音色はとうていまねできないにしても、わたしは文をリズムに乗って流れるように読んでみたいと思っていっしょうけんめい練習している。

「足摺」の段。鬼界島の流人三人のうち、「入道相国のゆるしぶみ」には「少将成経、康頼法師赦免とばかり書かれて俊寛と云文字はなし」と一人都へ帰る事を許されない俊寛は二人を乗せた「船出すべしとひしめきあえば、僧都のってはおりつおりてはの（ッ）て」とりすがる。とうとう「ともづなをといておし出せば僧都綱に取つき腰になり脇になり、たけの立まではひかれて出」るが船に取りすがっていた僧都の手は情容赦もなくふりほどかれて、「俊寛をば遂に捨はて給ふか。是程とこそおもはざりつれ……ただ理をまげてのせ給へ」と懇願も空しく船は出ていってしまう。僧都の「渚にあがりたふれふし、おさなき者のめのとや母などをしたふやうに、足ずりをして『もし是のせてゆけぐしてゆけ』とおめきさけ」ぶ絶望の半狂乱の姿がたたみかけるように書かれている。わたしは読みながら泣いてしまった。

「有王」の段。有王が鬼界島に苦労して渡ってみると、主人俊寛が「かげろうなンどのやうにやせおとろへたる者よろぼひ出きた」のでその驚きはいかばかりであったろう。髪は空へ向って生えあがり藻くずがいっぱいついていばらをかぶったようである。ぼろをまとい瘦せさらばえて幽霊のような姿であった。有王に会って後の俊寛の諦観。都へ帰りたい一途な望みも捨て食を断ち念仏を唱え仏にすがって死を選んでしまう。それは自分の運命に対する諦め、無常を悟った人間の姿であろう。「有王」を声に出して読んでいるうちにまたわたしは泣いてしまった。わたしは「死」をまっとうに受け入れる人間の悲劇が好きなのだろう。悲劇に会うとすぐ泣いてしまうのはまだわたしが薄っぺらの人間だと言われそうであるが、この文体で二つの段を読むと「言霊」を信じてしまってどうしても涙が出てくる。

涙の出た後、杉本秀太郎「平家物語」の関係の箇所を先生に読んでもらう。博学才知の杉本氏の豪快かつ鮮やかな平家物語解釈にはあきれるばかりで感心感動してしまう。わたしが「俊寛」「有王」に涙していても杉本氏の「平家物語」の「俊寛」「有王」ではがらっと変わった俊寛像有王像が述べられており、涙もかわいてしまう。杉本氏の「平家物語」を平行して読むと表面的に読んでいた文が何層にも重なってきたり違った展開で読むことができておもしろく考えさせられる事が多い。「杉本平家物語」はわたしにとって「平家物語」の新しい指導書となっている。

このように時間割通り、小さな学校での学習は一週間単位ですすめられている。「宮沢賢治」「源氏物語」「平家物語」すべて多くの研究書や参考書、先生の助けがないとなかなか進まない他力学習であるが、読む楽しさは倍加して休講となると淋しい気持ちになる。

本を読むという事がこんなにも心を豊かにし、自分を見つめ、自分を素直にさせるものとは思ってもみなかった。いつまでもこの小さな時間割が続くようにと祈っている。そして時間割の中に「寺田寅彦」や「夏目漱石」が加えられる日が来るといいなあと欲を出しているこの頃である。

風花の舞う夜夫と「賢治」読む　（和子）

「源氏」読み「平家」に涙し語り合う　（和子）
遙か昔の夢今ここに　（先生）

（「続河」二号　平成九年九月二十日）

七　たくましい伴東っ子一年生をめざして

――ひとりひとりの子どもに目をむけて――

はじめに

　はじめて入学した一年生にとっての「小学校」は、楽しい学習・遊びの場所であり、しかも自分の存在が認められ、安心して友だちや先生と関わり合える場所でなくてはならないと思う。しかしそれはまた、子ども自身が自分の能力の優劣をはっきり知る最初の場所でもあろう。一九九二年四月、五年ぶりにかわいい一年生を担任することになった。この子どもたちひとりひとりに学力を保障していくには、おたがいに関わり合い励ましあって民主的な集団を作っていく意識を持たすには、どのような学級経営・学年経営をしなくてはならないかと考えた。つまりは、ひとりひとりの子どものために学校があり、教師がおり、学校行事が組まれなければならない。今年度四月に入学した子どもたちが「楽しい学校」で「生き生きと活動」するためにと取り組んできたことがらを整理してみたいと思う。

㈠　実践のあらまし

1　学級の子どもの実態と目標

児童数は、男子十六名女子十七名計三十三名、うちスペイン国籍の外国人男子一名で、全員が幼稚園・保育園での集団生活を経験している。そのせいか、明るく活動的で学校生活にもすぐ慣れ、学習に楽しく参加している。反面自己中心的で善悪もわきなえない言動が多く、他者への思いやりが見られない子どもも多い。基本的な生活習慣が身についていない子ども、学習に遅れが目立つ子どももかなり見受けられる。就学前二年余り言語治療教室に通っていた言語発達面でかなり遅れている子ども、日本語習得に時間のかかる外国籍の子ども、家庭環境のため情緒不安定な子どもなどもいる。共働き家庭が多く、子どもの教育に関心は高いが、家庭での躾がきちんとなされていないように思える。すべて学校まかせの依存性が感じられる。全般的には、明るく個性豊かな子どもが多いが、基本的生活態度・学力の面で指導を要する子どもも少なくない。このような子どもたちの実態から、次の三つの目標を定めた。

1　相手の気持ちを考えられる子を育てる。
2　すすんで考えを出しあい学習する子を育てる。
3　明るく元気よく活動する子を育てる。

具体的には、ひとりひとりの子どもたちに確かな学力をつけていく事が、子どもたちの生き生きと活動する原動力になると考え、実践を重ねた。

2　具体的な取り組み

○読む力をつけるために

(ア)　国語科のなかで

1　音読・朗読の重視

音声言語として意識させるために、毎日楽しく取り組ませた。おもしろい詩の朗読・群読、口型練習もした。（資料①）

国語の「本読み」として家庭学習「音読カード」を持たせ練習をさせ、音読大会（班単位）も開いた。

2　「学習の手引き」の作成と活用　（資料②の1・2）

全単元にわたって「学習の手引き」を作成し、ひとりひとりの子どもが楽しく学習し、読解力も定着するよう工夫をした。四月教材「ぶらんこ」では、まだ字がうまく書けない子どもにも取り組めるように、なぞり書きの点線を入れている。学習したことを書き入れたり、書いたものを見ながら発言できるように仕組んだ。子どもは「他人に遅れる」ということを大変嫌う。学習時に方法が理解できず他人といっしょにできないと、劣等感を持つものである。学習にすぐ取りかかれるよう配慮して「学習の手引き」を作成した。また、それを学習のどの場面でどう活用するか、次の学習時につなげていくため評価をしてどのように利用するか、なども考えて作成した。

3　劇化をとりあげる

劇化をすると意欲的に取り組む子どもが多いため単元の内容を考えて多くとりあげた。自分の読みとりを劇のせりふに表現するとより理解が深まり、語彙も増えてくるようである。他人の読みとりと比較することもできた。恥ずかしがり屋であまり発言しようとしない子どもも、お面をつけたり、ペープサートを使うと、気おくれせず表現できる。入門期には有効な方法である。

1　(イ)　読書ずきの子どもに

「ひまわり」カードの取り組み

ファミコンやテレビ・まんがに取り囲まれた子どもに「読書のたのしみ」を知らせたいと、まず保護者に協力をよびかけた。（資料③の1）

アンケートを配布し、それを集計して、学級懇談会で趣旨を説明した。親子読書のすすめである。（資料③の2・3）

「ひまわり」は花びらが三十一枚あり、一日五分以上読書をすると花びらを塗っていく仕組みになっている。（資料③の4）

色別で読書の傾向が分かるし、その右のページは簡単な読書記録になっている。これは六月から翌年の三月まで十か月間続けた。

「ひまわり」カードの冊数調査を見ると、子どもの読書傾向、親子の読書傾向が分かり、指導の観点がひとりひとりに定めやすくなってきた。（資料③の5）

例えば、外国籍の子どもは、話し言葉は広島方言でけんかもできる位であるが、文字言語はほとんど習得できていないので、絵本から読書へ向かわせるようにした。安野光雅の「旅の絵本」や「ねずみくんのチョッキ」の話しきかせをした。親子読書といっても親はスペイン語しか話せないので教師が親代わりをした。月間で読書冊数が多い子には賞状をわたした。（資料③の6）

2　読みきかせ・読書タイム

朝の会の木曜日は「先生タイム」とし、教師が毎週本を読むことにした。一年間に読んだ本は三十冊以上になる。図鑑・絵本・物語・お化けの本・昔話と、図書室から、家から持って来た本を、子どもたちに読んでやった。また、水曜日は「読書タイム」とし、自分の好きな本を読む時間にした。時々感想文を書かせて発表させた。それらを「本の本」として個人別にとじておいた。（資料③の6）

3　読書発表会　本のおたのしみ会
月に一回ぐらい開いた。（資料③の6）

○書く力をつけるために

(ア)　国語科の中で

1　「学習の手引き」の作成と活用
「じどう車くらべ」の場合――説明文の読解と表現の面から考えて「手引き」を作成し、学習中に使用した。説明文の読み取りに大事な事柄を押さえながら、自分で学習が進められるよう工夫したつもりである。作業プリントであり、学習のまとめのプリントであり、最後には学習記録にもなるようにした。（資料④）

2　おはなしノート（日記指導）（資料⑤）
「書くことがない」という子どもがいないようにした。題材をまとめて一つにしたり（例　おふろ日記、テレビ日記、帰り道にみつけたこと）、書き出しを学校で書いて続きを家で書く形をとったりした。

3　書写指導の徹底
五十音すべてプリントを作成し字形指導の徹底を図った。（資料⑥の1）
国語の教科書にはとびらの詩が書写に適しているものが多い。詩の形で書写することと、どこかに子どもの表現を組み込むことをねらいとして書かせてみたものである。この詩は七行目が子どもひとりひとりの表現である。

詩の書写「おはようっていいきもち」（資料⑥の2）

さし絵の登場人物・事物に名前をつけて、男の子と女の子の「おはようっていいきもち」を言葉（せりふ）として表現させる。

教科書を全文視写　句読点・文型に注意させるねらいである。

(イ)　他教科・全領域の中で

1　生活科での表現活動（資料⑦）

「生きものと友だち」　飼育小屋のうさぎやにわとりと遊んだことを、絵にかいて記録するだけでなく、絵の下に文をつけて発表させる。くつあらいの感想も絵と文をいっしょに書かせるなどした。そのほか「そだてた花アサガオ」は、たねまき（土つくり）からたねとりまでを観察日記にした。また、その種は次年度の一年生へプレゼントをする形にして、袋と手紙を作成した。生活科ではほとんど表現活動が伴うが、とくに絵をかいたり文を書いたりして記録していくことが多い。

「うちの人」という単元では、家族のことを調べて家族新聞を作った。書く形式や文の書き出し、新聞のレイアウトなど細かく指導したが、どの子どもも書くことにあまり抵抗なく喜んで取り組んだ。

2　図工科（資料⑧）

図画を掲示する時は必ず名前をつけるが、名前の紙に一口感想や説明を書かせるようにした。入門期は、まだ字が書けない子どもが多いため、ひとりひとりから聞き書きをした。書き出しを与えたものから少しずつ自分で書けるようになっていった。工作にも粘土の作品にもつけるようにしている。

3　行事での取り組み（資料⑨の1）

遠足……動物園へ。九月初めで多少の不安もあったが、班で行動させた。行事作文の方は書き出しは与えた。班ごとに写真をとってやったので写真については詩の形式で書かせた。これも一行目だけは与えた。

六月　はじめてのプール　絵と文でかく　（資料⑨の2）

父の日のプレゼントは、図工でネクタイを作って手紙をそえた。書き出しと終わりの部分は、なぞり書きできるようにした。

その他、運動会の招待文、敬老の日の手紙など、生活の中で書く場面を多く題材化するようにした。

（資料⑨の3）

4　連絡帳の活用

子どもたちは明日の学習の用意をメモするために連絡帳を持っている。明日の予定を書くだけでなく、一日の出来事や感想を書くようにすると、喜んで取り組むようになり、文を書くことになれてきた。

（資料⑩）

○話す力をつけるために

(ア)　国語科のなかで

1　話す場の設定

そのためには、授業構成のあり方、発問、発言のさせ方、班での話し合いなど、国語科授業の改善が必要である。

題材「ずうっとずっと大すきだよ」指導案　（資料⑪の1・2）

2　「学習の手引き」作成　（資料⑫の1・2）

学習したことが自分のことばで言えるように「手引き」を活用し、「書く」活動と結びつけて、国語学習に取り組めるように工夫した。

(イ)　朝の会・帰りの会

日直が司会する。

マニュアルを示し、だれでもできるようにした。

・「きのうのおはなし」一分間スピーチ

・「一日の反省」よいことみつけ

なおしたいこと、困ったこと、係活動のことなど、学級で起きた問題を話し合う。

(資料⑬)

(ウ)　当番活動・係活動

当番活動・係活動は、時間がかかっても必ず話し合いを持ち、分担・運営をまかせるようにした。

(エ)　レク活動

お誕生会・学級スポーツ大会などの運営をまかせる。

○友だちのことを考えるために

(ア)　養護学級との交流学習

養護学級訪問。養護学級の友だちの学習や生活を知る。交流学習をする。

(イ)　「さっちゃんのまほうのて」を学習する。

(資料⑭の1・2)

(ウ)　週一時間の道徳の授業の中での焦点化を図る。

副読本「せかいの子ども」など

二　まとめと課題

1　子どもが興味・関心をもって意欲的に学習できるように、単元の構成や指導の手順などを考え、すべての領域にわたって学習活動を組んでみた。子どもたちの生活の中に題材を見つけ、子どもたちが「やってみたい。」と楽しく学習に取り組み、「わかったよ。」と確かな力を身につけるためには、何よりも教師自身が絶えず子どもの実態を把握することに努め、その上で単元内容を検討することが大切であると痛感している。

2　学習する意欲はあっても、どのように取り掛かっていいのか、学習方法の分からない子どもが一年生には多くいる。その子どもたちには、どの学習場面でも「手引き」を考え与えてきた。学習の方法、考える視点を示し、具体的方法「書き出し」を与えるなどして、どの子どももすぐ学習に取り組める工夫をしてきた。しかし、個に応じる「手引き」、三十三人がクラスの中にいれば三十三通りの「手引き」を作成する事が、今後の大きな課題として残っている。

3　ひとりひとりの子どもの力は、少しずつではあるが伸びてきている。さらに、ひとりひとりの現在の力はどのようなものであるのかを、評価し、把握しておかなくてはならない。それらを今後どのように伸ばしていくのか、どんな力をつけるのか、きめ細かな分析と、その上にたった指導目標の確立が重要である。

また、ひとりひとりの子どもたちを集団へ関わらせ、集団がひとりひとりの子どもに関わっていく過程を仕組んで、より充実した実践を積み重ねていくことが、今後の大きな課題である。

（※　資料については、紙面の都合でかなりの量を割愛し、縮小した。）

おんどくカード

1ねん 1くみ [illegible]

いつ	だい	きをつけること はっきりと おおきなこえでよむ	てん、まるにきをつけてゆっくりよむ	きもちをこめてよむ	サイン おうち	せんせい
7月9日	[illegible]	○	○	○	[illegible]	
[illegible]月[illegible]日	[illegible]	○	○	○	[illegible]	
[illegible]月[illegible]日	[illegible]		[illegible]	[illegible]	[illegible]	
[illegible]月[illegible]日	[illegible]		[illegible]	[illegible]	[illegible]	
月[illegible]日	[illegible]	○	○	○	[illegible]	
7月[illegible]日	[illegible]	○	○	○	[illegible]	
[illegible]月[illegible]日	[illegible]	○	○	○	[illegible]	
月 日						
9月[illegible]日	[illegible]	○	○	○	[illegible]	
[illegible]月[illegible]日	[illegible]	○	○	○	[illegible]	
[illegible]月[illegible]日	[illegible]	○	○	○	[illegible]	
[illegible]月[illegible]日	[illegible]	○	○	○	[illegible]	
[illegible]月[illegible]日	[illegible]	○	○	○	[illegible]	
9月7日	おおきな[illegible]	○	○	○	[illegible]	
9月8日	おおきなかぶ	○	○	○	[illegible]	

じょうずによめた○　もうすこし△

おんどくカード

1ねん　くみ

いつ	だい	きをつけること はっきりと おおきなこえでよむ	てん、まるにきをつけてゆっくりよむ	きもちをこめてよむ	サイン おうち	せんせい
月 日						
月 日						
月 日						
月 日						
月 日						
月 日						
月 日						
月 日						
月 日						
月 日						
月 日						
月 日						
月 日						
月 日						
月 日						

じょうずによめた○　もうすこし△

はんをよくみてきれいにかこう。

あ　ふ　な　は　い　で

このばめんにでてくるどうぶつをかきましょう。

1　2　3　4　5　6　7　8　9

なまえ（　　　　　　）

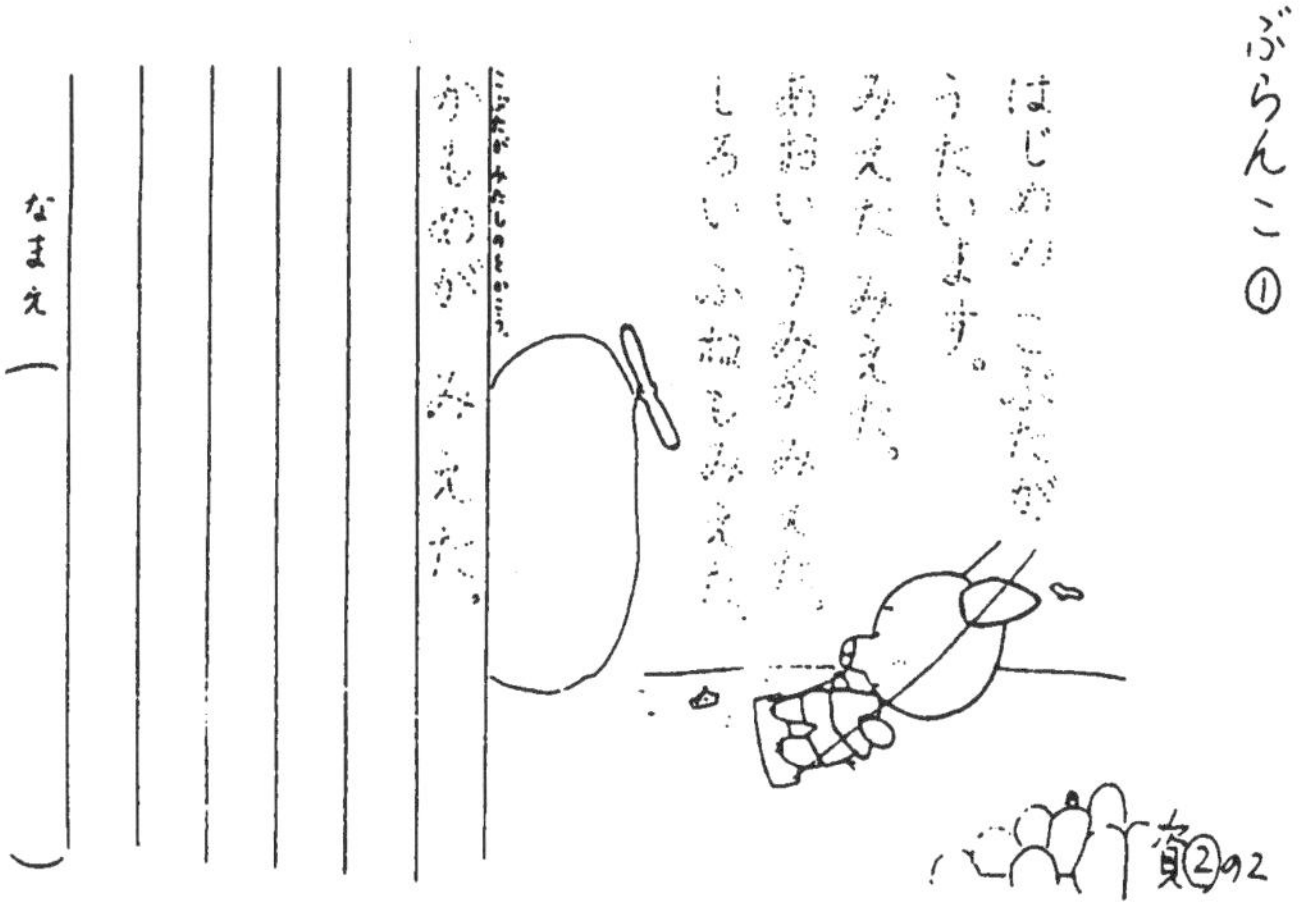

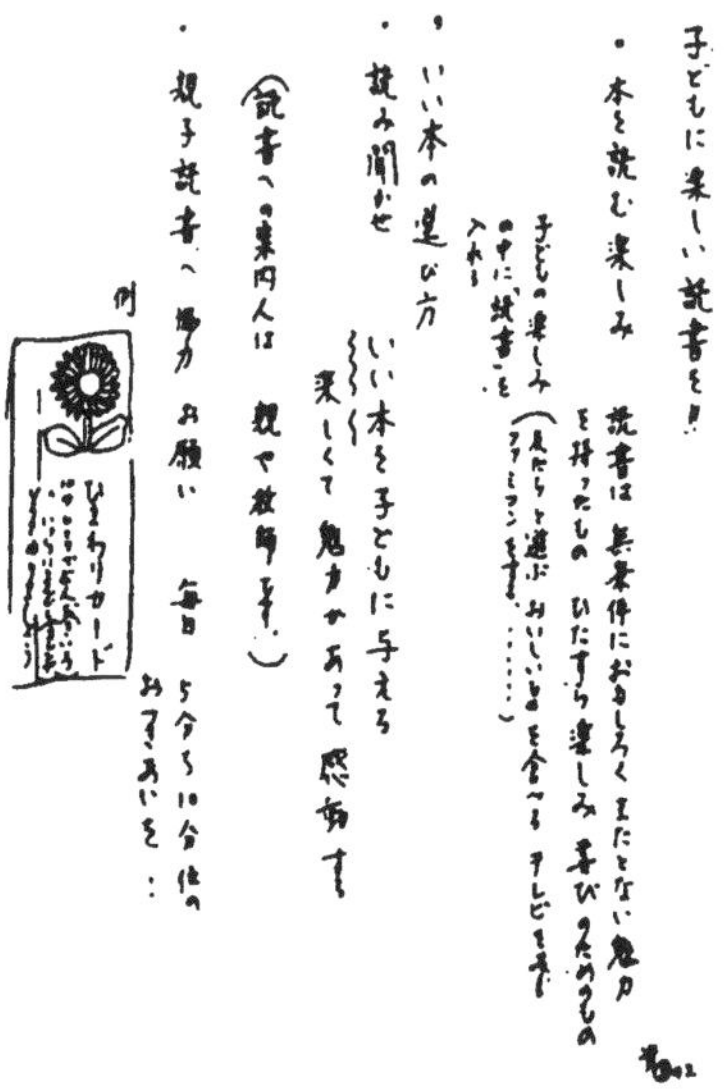

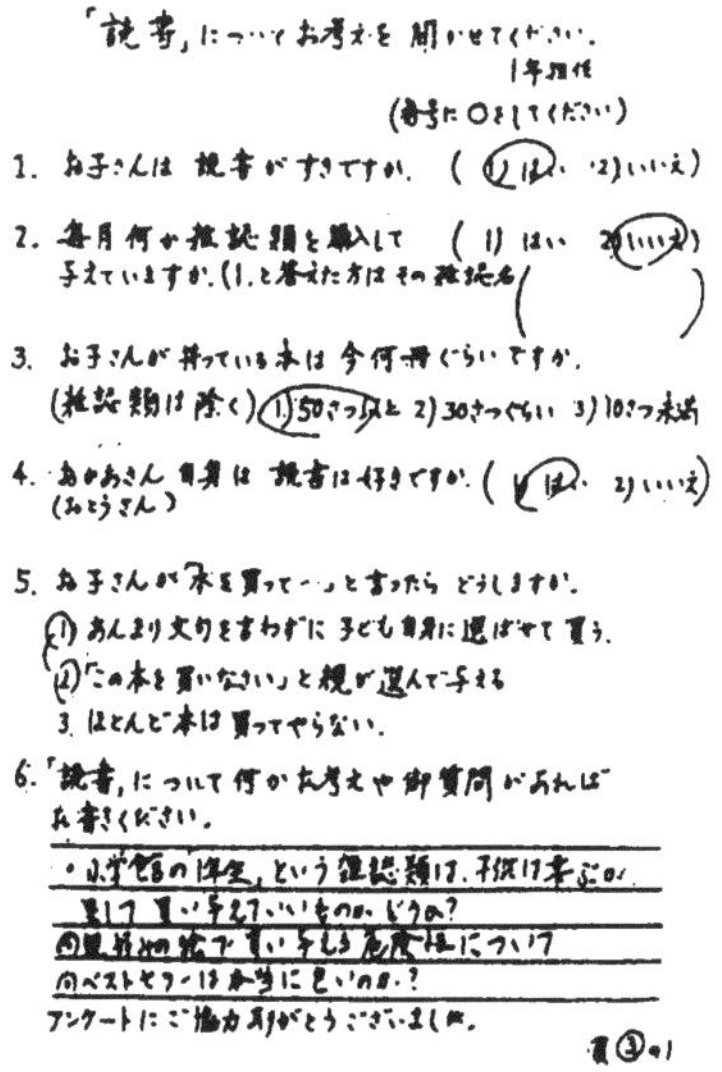
「読書」についてお考えを聞かせてください。
1年担任
（番号に○をしてください）

1. お子さんは読書がすきですか。（1）はい　2）いいえ）
2. 毎月何か雑誌類を購入して子えていますか。（1）はい　2）いいえ）（1.と答えた方はその雑誌名（　　））
3. お子さんが持っている本は今何冊ぐらいですか。（雑誌類は除く）1）50さつ以上　2）30さつぐらい　3）10さつ未満
4. おかあさん（おとうさん）自身は読書は好きですか。（1）はい　2）いいえ）
5. お子さんが「本を買って…」と言ったらどうしますか。
1）あんまり文句を言わずに子ども自身に選ばせて買う。
2）「この本を買いなさい」と親が選んで与える
3. ほとんど本は買ってやらない。
6.「読書」について何かお考えや御質問があればお書きください。

・小学館の「○年生」という雑誌類は、子供は喜ぶが、果して買い与えていいものかどうか？
(2)図書館の絵本で買い与える危険性について
(3)ベストセラーは本当に良いのか？

アンケートにご協力ありがとうございました。
資③の1

きれいな『ひまわり』を咲かせましょう（親子読書のすすめ）

資③の3

学年だよりやP・T・A通信でお知らせしましたように 六月から ひまわりカードを持って帰らせます。これは 子どもが 読書好きになって「読書って楽しいな」と思うようになってほしいからです。アンケートの結果は お母さん方は 大へん読書への関心が高く お子さんへの読みきかせをずい分やっていらして感心しました。これからも 親子で本についてしっかり話ができるようになってほしいものです。

「ひまわりカード」について少し説明をします。

花びらの番号は 日にちです。5分以上 読書をしたら花びらに色をぬってください。お子さんが ひとりで読める力を持っていたら そばで聞いてあげてください。ひとり読みといっても聞いてあげないとだめですよ。

聞いてあげてほめるだけです。まちがっているところを指摘したり、下手だといって努力をそぐような言葉は厳禁です。本を読んでいるのを聞いてあげている間に一共育（教育）作用が働くというものです。 また とろとろと読んだりまちがい読みが多いお子さんには ぜひお母さんが上手に読んであげて二人で物語や知識の世界にひたってください。 あくまでも感想を聞いたりして押しつけが子供に分かってしまうようなことは しないでください。

右ページは 読書記録です 一さつ読み終ったら(日)と本の名前とその本がよかったら◎を付てください。 毎日 かばんに入れて学校へ持ってきて担任に見せるようにしてください。花びらが白くても決して叱りません。

では 親子で楽しい 読書タイムを!!

（お父さんやおうちの方が参加してくだされば もっと子どもは喜ぶのではないでしょうか。）

伊東小学校 一年 担任

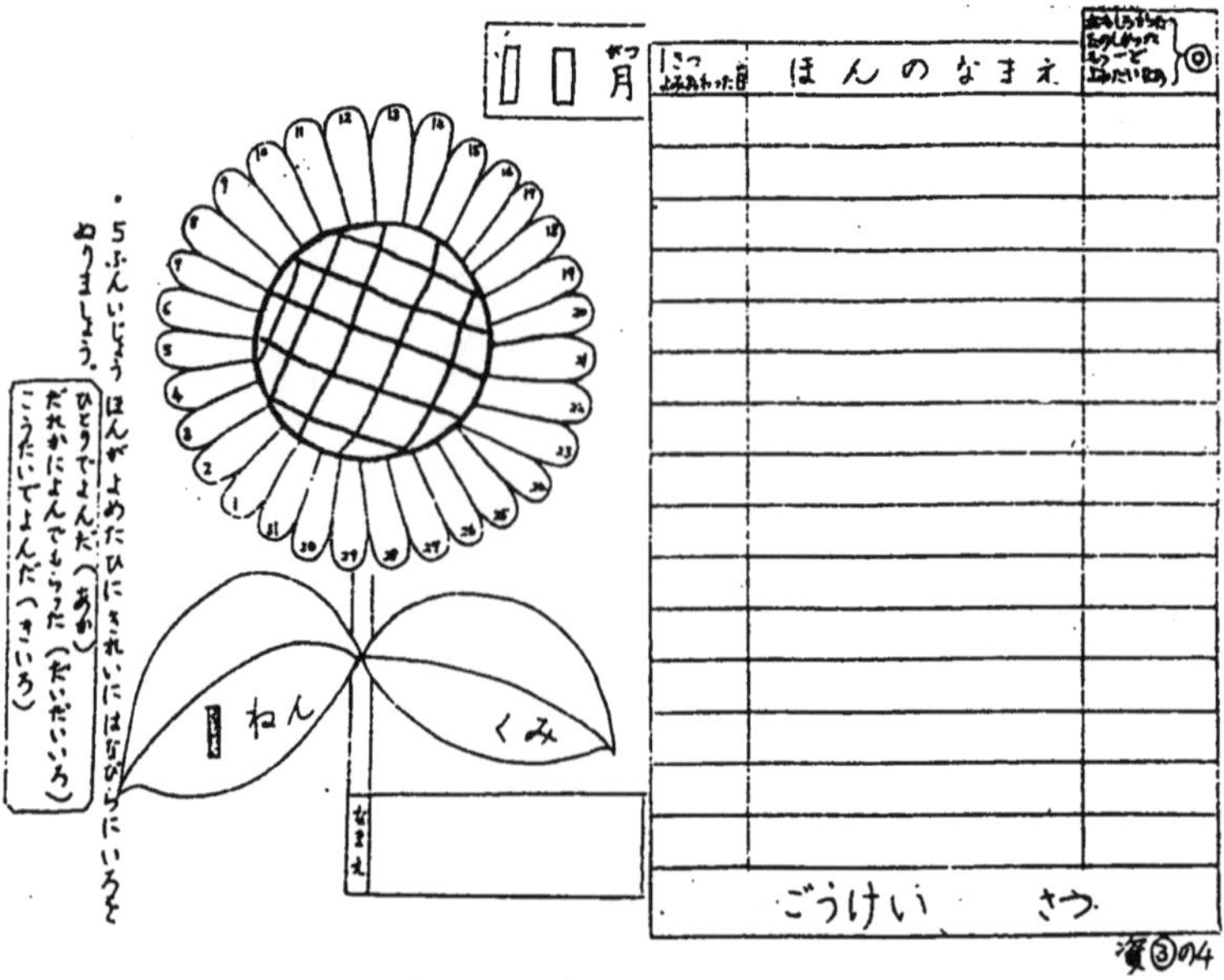

資③の4

ひまわりカード調査

	氏名（男）	6月	7月	8月	9月	10月	11月	6月不読日数	6月 色別傾向
1		5		12	0	3		-15	赤 黄
2		1			0		0	0	赤
3		30	31	31	30	30	30	0	赤
4		7	15	14	0	10	7	-3	ほとんど赤 オレンジ
5		4		0	0		7	-21	赤
6		2	7	2	5	9	8	0	赤
7		7	13		9	17	15	-1	[illegible]
8		17		10	18	20	15	-14	ほとんど [illegible]
9		18	9	7	6	20	23	-6	黄 [illegible]
10		6	13	8	11	10	9	0	赤
11		32	25	13	32	27	35	-6	オレンジ色
12		1						-23	ほとんど白
13		8	16	15	13	17	25	0	赤
14		24		16	28	15	20	-4	赤 黄 オレンジ
15		15		8	5	7	14	-1	黄オレンジ
16		30	31	31	30	33	30	0	赤
17									
18									
19									
20									

	氏名（女）	6月	7月	8月	9月	10月	11月	6月不読日数	6月 色別傾向
1		24		12	26	11	8	-7	赤と黄 半々
2		30	31	31	30	31	30	0	赤と [illegible] 黄オレンジ
3		24	27	19	25	30	10	-4	オレンジ
4		6		8	1	6	6	0	赤
5		26	31	26	26	23	16	0	赤と黄 半々
6		26			15	12	30	0	ほとんど赤
7		15			6	1	29	-4	赤と黄 半々
8		30	31	31	30	30	30	0	オレンジ・黄
9		25	23	3	17	11	22	-2	赤
10		18	11	7	34	21	30	-7	赤
11		28	31	31	30	30	30	-1	黄 オレンジ
12		30	31	29	15	17	19	0	黄 オレンジ
13		24		22	24	26	48	-5	赤
14		16	12	17	18	11	12	-4	ほとんど オレンジ
15		11	17	15	17	17	18	-1	ほとんど オレンジ
16		24	23	24	17	15	12	-1	赤 黄 半々
17		12		25		9	4	-9	ほとんど 赤
18									
19									
20									

資③の5

本のおたのしみかい　プログラム

（しかい（本がかり））

1 はじめのあいさつ（本がかり）

2. 本のおはなし
○○○さん
○○○くん
○○○さん
○○○くん

3. かみしばい

4 おたのしみクイズ（本の中から）

5 ゲーム（フルーツバスケット）
本に出てくる人バスケット

6. 先生のおはなし

7 おわりのあいさつ（本がかり）

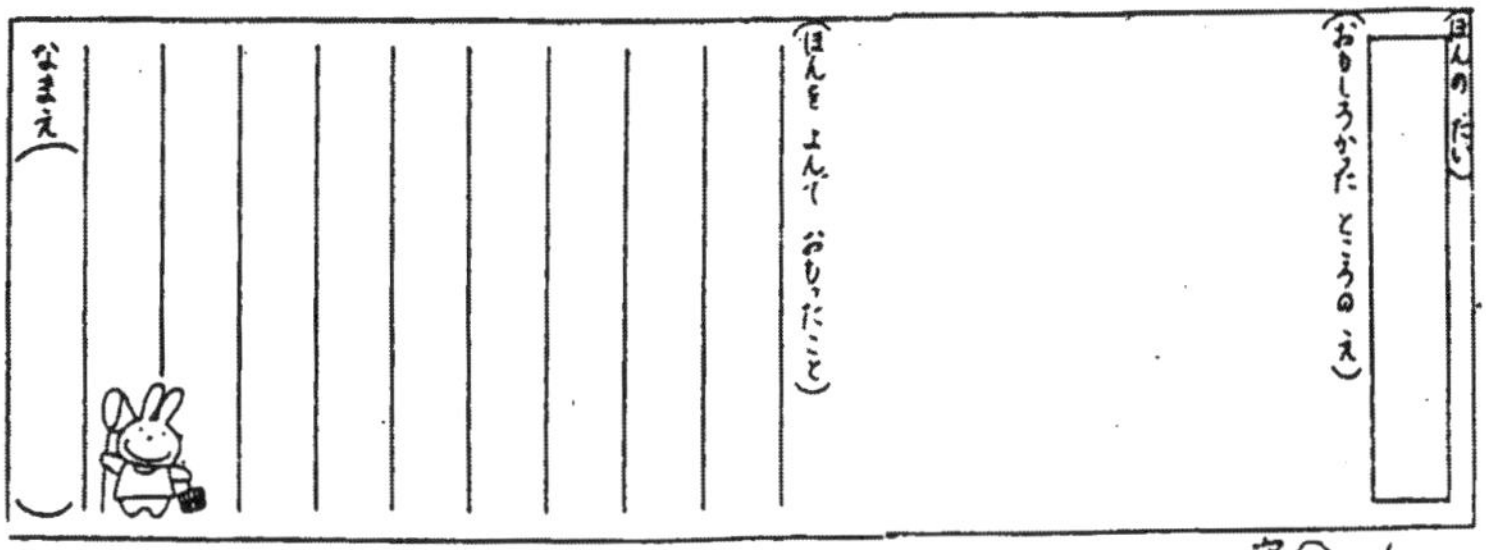

資③の6

じどう車くらべ（なまえ　ていねいにかこう。　）(1)

・じどう車くらべを　すらすらよめるように　なんどもよみましょう。
じぶんでよくよめたなあとおもったら↓　○に　●をしましょう。

・できたじどう車が　わかったかな。　できたじゅんにかいてみよう。

□□ や □□□□□□

・ほかにも、しっているじどう車は、ありますか。

・じどう車のなにを　くらべるのでしょう。　二つかきましょう。

資④

おはなしノート

1. かくことをきめて　こころのテレビにうつしてみよう。
・たのしかったなあ　・うれしかったこと
・びっくりしたなあ
・かんがえたんだ　・みつけたこと
・かなしかったの……
・ひみつのこと　せんせいだけに　はなしてあげる
・よんだほんのこと
・どうしてもせんせいにいいたい

2. かくことがきまったら　だい□をきめよう

3. かきはじめをかんがえよう。
「……。」　きょう……×　ぼくは／わたしは×
おはなしノートから①

4. かいたら　はじめからよみなおしてみよう。
は―わ　を―お　へ―え
●てんやまる
●ちいさくかくじ
きって　でんしゃ　りょうり

5. 日にち　ようび　てんきを　かこう。
×そして…そして…そして

資⑤

11月15日　日　はれ　（にい田かずや）

むさしくん

うちでかっているセキセイインコのなまえです。むさしくんはスポーツインコです。それは、ぼくがとりかごのまえを、ちょっとはしると、いっしょにはしってくれます。それから、とりかごのすずとボクシングでしあいをします。むさしくんは、「むさし、おやすみ」と、おとうさんのこえでしゃべったりします。おしゃべりがすきです。
ぼくは、むさしくんがいてくれてうれしいです。

一だんさげ　二だんさげ

◎月　日　にち　てんきをきちんとかいていますね。

◎むさしくんというだいをかいていますね。

◎いちじさげ

◎むさしくんのことがよくわかりますね。

むさしくんのすきなことやっていることで

にい田くんのきもちがよくかけていますね。

資⑤の2

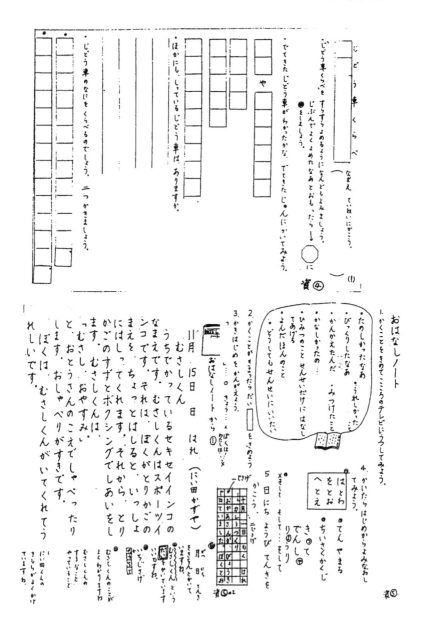

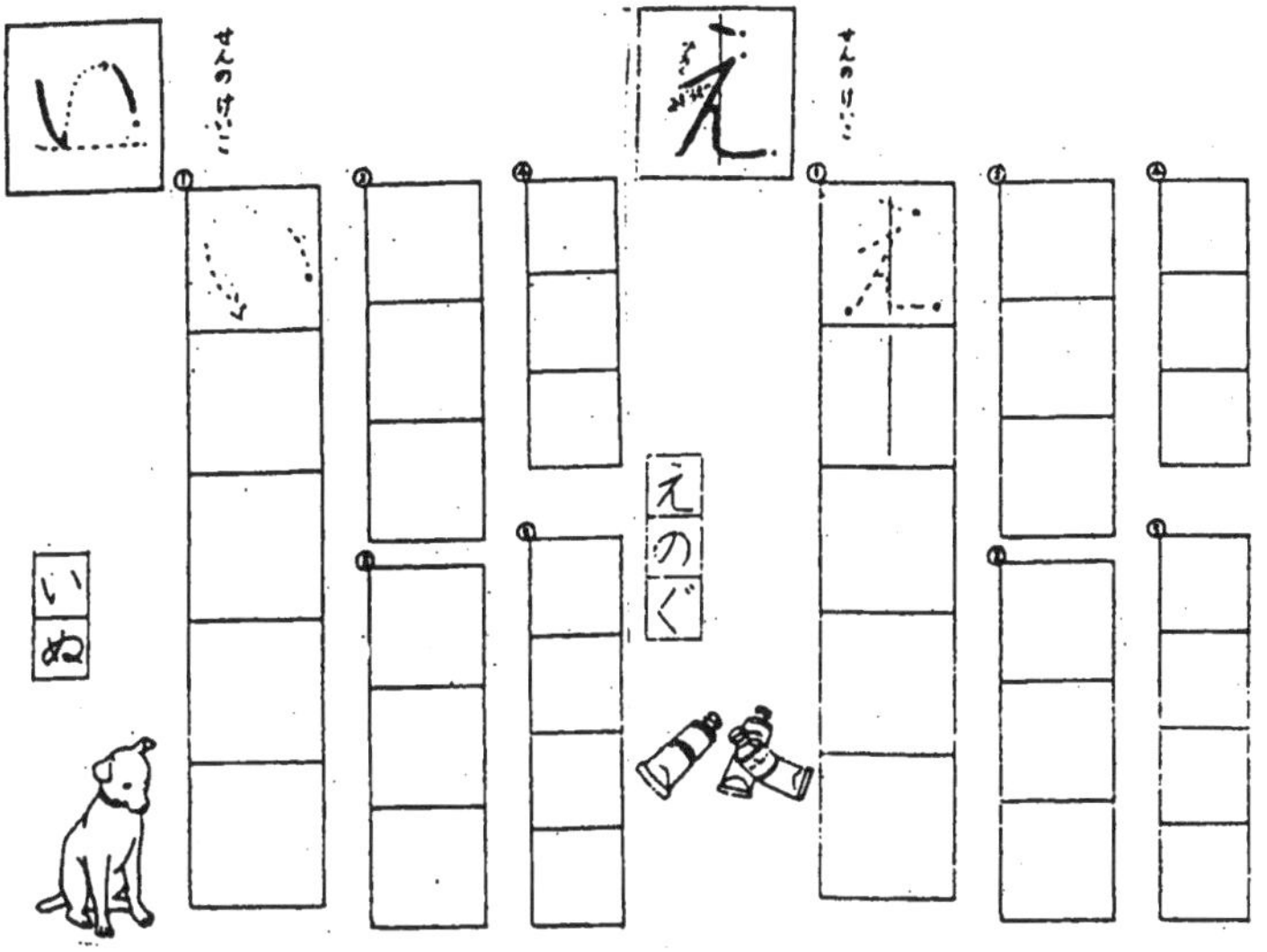
い
せんのけいこ
え
せんのけいこ
いぬ
えのぐ

資⑥の1

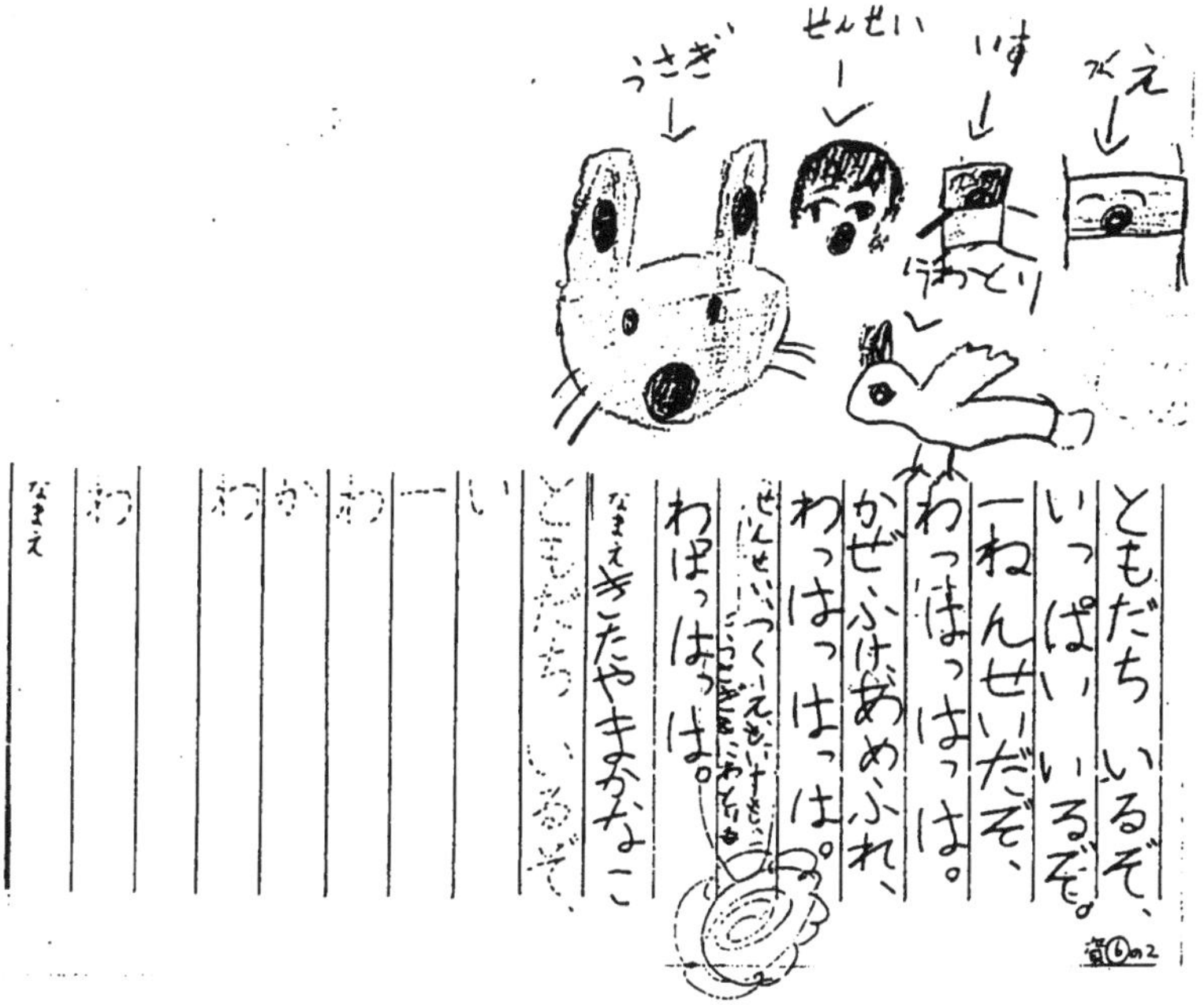
うさぎ
せんせい
いす
え
にわとり
ともだち いるぞ、
いっぱい いるぞ。
一ねんせいだぞ、
わっはっはっは。
かぜ、ふけ、あめふれ、
わっはっはっはっ。
わはっはっは。
なまえ きたやまかなこ
ともだち、いるぞ、
わっ わっ わっ ーい
わっ
なまえ

資⑥の2

10月6日はね
うさぎをだいたら
ふわふわだったし
あったかったよ。
にわとりはあたまの
ほうががざがざだったよ。
いいきもちだったよ
うさぎのだきかたはお
ぼえとったしとりのあと
りのだきかたはわす
れてたったよ。

10月6日はね
ぼくがまだはいっていないときに
やまねくんがうさぎをもってきて
ぼくがあくしゅをしたらうさぎがじ
ぶんもあくしゅをしたよ。だけどあとはい
ったらうさぎがひっかいたよ。　資⑦

12がつ　1にち [redacted]　1ねん　2くみ
なまえ　大すみひでゆき

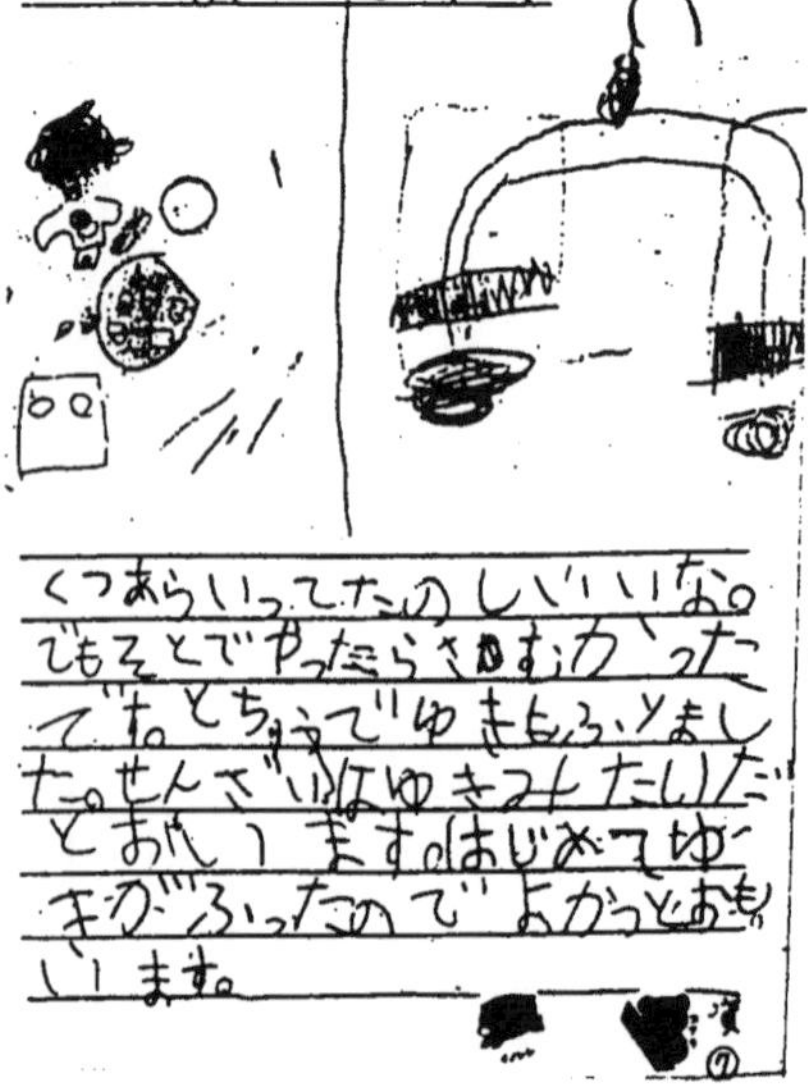

くつあらいってたのしいいな。
でもそとでやったらさむかった
です。とちゅうでゆきもふりまし
た。せんせいはゆきみたいだ
とおもいます。はじめてゆ
きがふったのでよかったとおも
います。

[redacted]　資⑦

ふしぎなたねをうえたら
おひさまはながさいたよ
れもんはながさいたよ
なまえ（こまつまさや）

⑧

しゃぼんだまにのってぼくのしゃぼんだ
まは、いまうちゅうをとんでいます。
ぐんぐんのっていきます（ぼくのしゃぼんだま
われないでいけばいい。がんばれ　おうえんしています）

⑧

がんえいあたる
タイヤをとびばこみたいに　おなかもたて
からまとんだよ。　おにいちゃん
たちと　タイヤのうえにのって
ボールの　なげかたをこつしたよ。

↑
4月の遠足の絵を描いた後に、書き写したものです。

⑧

すがもとはるか
おいすくりむくしが
せなかのうえにのって
びきたべられるのと
たべられないのが
あるんだよ

⑧

だいくとおにろく

だいくがおおきいこえで
おにろくといったところ
です。
おにのめをつけたから

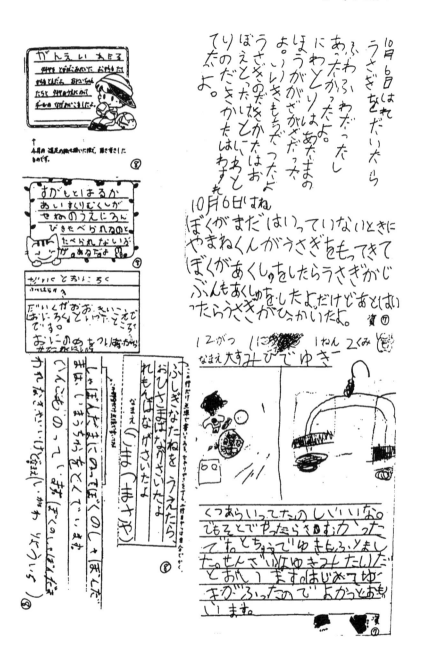

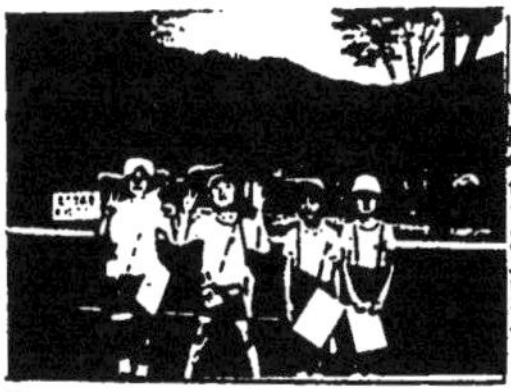

この部分のみ点線で書いてある

えんそく
9がつここのか　すいようび
どうぶつえんへ　いきました。
はんで　たすけあって　オリエ
ンテーリングを　しました。
おだしは、こおべんとうおいし
いねと゛てもぴといいました。
だべおわったらどうぶつをみに
いきました゛らいおんが、っが
オーといいました゛わたしは、
びっくりしました。でもらいお

たのしかったことや　おべんとうのことや

ライオンは「かなこさん　ようこそ　どうぶつえんへじゃしんいらっしゃいました。

ぞうのまえでぽうずをとったよ。
おおきなたん、うちがったなよ
とってもくさかったけど
がまんしたよ。
わたしは、ちょっと
わらっていました。
わたしはかわいい
とおもいます。

なまえ（きたやまかなこ）

すこしおすましがおの
かなちゃんですね。

↳この行だけ点線で書いてある

資⑨の1

みんな　ともだち　学年だより　伴東小1年　No.

1992.9.26　おねがい号

いよいよ　明日は　運動会です。どうぞ明日は　さわやかな　秋晴れの一日になりますように。
一年生には　よい思い出の、記念の一日にしてやりたいと思っています。

さて、再度のお願いですが海賊の頭巾をもう一度見てやってください。踊っているうちに結び目がほどけたり顔の前にぶらさがったりしてしまうものもあります。おうちでリハーサルをしてみては如何でしょうか。（今日の宿題におうちの人の前で頭巾をかぶってちょっとだけ踊るということにしてみましょうか。）

ちなみに　結び目はほどけないように糸でしっかり縫ってあるものもあります。またエルメスなどお好みのスカーフはやわらかすぎてグレーッとしてしまいます。安いふろ敷の方がよいのかもしれません。なにはともあれ子どもにぴったりのをお願いします。

・敬老の日にはがきを書かせます。宛名を書いた葉書きを持たせてください。（11日　金曜日）

宛先―おじいちゃん　おばあちゃん

もしご本人とご都合でなければご近所の方でもよいので書かせてしょうか。

表　　うら
線をひいてください。

◎ひまわりカード　9月をお渡ししました。白い花びらの　ひまわりは　あんまり美しく　ありません。お子様となかよく　ひまわりを咲かせて

おしたは　うんどうかいです
うれしいなあ。かけっこは
ぜったいーとうを　とぶからね
たまいれのとき、　　のたま
しっかりなげるよ。おどり
みにきて　おうえんしてね。

なまえ

資⑨の3

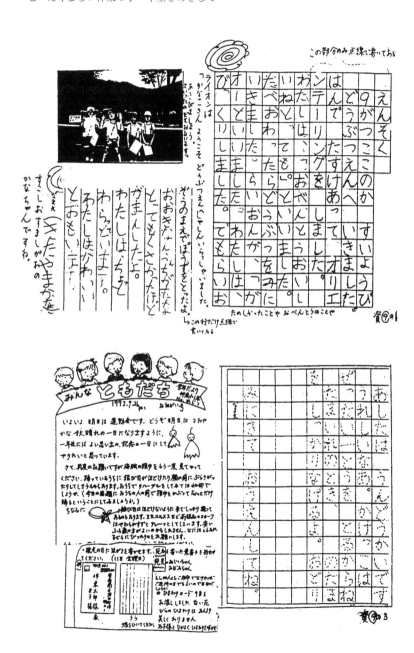

国語科学習指導案

指導者　安宗　和子

1　日時　平成4年10月16日（金）　第4校時

2　学年　第1学年2組　男子16名　女子17名　計33名

3　単元　「ずうっと、ずっと大すきだよ」

4　単元について

○　この作品は少年と飼犬エルフとの心の交流が描かれている。少年はエルフを「せかいでいちばんすばらしい」犬、「ぼくの」犬としてかわいがり、エルフのおなかをまくらに「いっしょにゆめ」を見たり楽しく過ごすが、やがてエルフは年老いて死んでしまう。子供たちはエルフの死を「ぼく」と一体化して悲しく読みとり、エルフを親友として慈しみ続けた「ぼく」の優しさに心を動かされるだろう。最愛のものの死に直面した時の人間のあり方、生きている者を愛し続けることの素晴らしさ、生命の尊さなど示唆深い内容を持つ物語である。

○　本学級の子供は、明るく素直で活動的である。休憩時間には外へ出て多くの友だちと元気に遊んでいる。なかには幼児的な言動がぬけないものもいるが、おおよそ学校生活に適応し、学習にも少しずつ熱心にとりくむようになってきている。しかし、集団学習が成立しているとは言えない。自己中心的で自分だけ認めてもらおうと発言したがる子、おとなしくて発言しない女の子、すぐあきて床にねっころがる子、理解不十分な子といろいろな要因を持った子が存在する学級である。その子たちひとりひとりを認めて評価しながら読む・話す・聞く・書く力をつけてきたつもりである。すでにならった「おむすびころりん」「おおきなかぶ」などの物語では、筋の展開をとらえたり、登場人物の心情や場面の様子を想像したりする学習を経験しているが、まだ自分の考えが的確に言える子が少ないし、イメージ豊かに読みとりそれらを自分の書き言葉で表現する力も全体的に低い。「学習の手引き」プリントなど作成して力の向上をはかっている現状である。

○　指導にあたっては、「ぼく」とエルフの仲のよい様子や、死んだ後までエルフを愛しつづける「ぼく」の優しい心を、叙述と挿絵をもとに想像豊かに読みとらせたい。そのためには、エルフの様子のよく分かる文を視写させたり「ぼく」の気持ちをプリントに書かせたり、各場面ごとに音読の工夫をさせたりしたい。

○　学習の発展として、動物と人間の触れ合いが描かれた心の交流が主題となっている物語（例「少年と子だぬき」）を読書教材として扱いたい。

○　他者の発言をしっかりと聞けるように、自分の思っていることが少しでも言えるようにしむけたい。

5　単元の目標

○　愛犬エルフを死ぬまでかわいがった「ぼく」の気持ちを読みとり、命の尊さを感じることができるようにする。

○　場面の挿絵を見ながら「ぼく」の気持ちを想像しながら読み、絵本を読むことの楽しさに気付くことができる。（理解アエオ）

○　絵をもとに好きな場面、印象に残った場面を口頭で発表できる。（表現アイ）

○　やさしい物語や絵本のなかから好きな本を選んで読み、読書の楽しさを味わうことができる。（理解アエオ）

6　指導計画（全16時間）

第1次　全文を読んで感想を持ち読みの目あてを立てる……………3時間

・範読を聞き初発の感想をかく。（1）

・粗筋をつかむ。　（2）

第2次　エルフに対してやさしい「ぼく」の気持ちをよみ深める…………9時間

・エルフがすばらしい犬であるということを読みとる。　（1）

・「ぼく」や兄さん・妹のエルフへの思いを読みとる。　（1）

・エルフのいたずらと「ぼく」の気持ちを読みとる。　（2）

・年老いていくエルフに対する「ぼく」や家族の気持ちを読みとる。　（2）本時6/8

・エルフの死んだ時の様子とみんなの気持ちを読みとる。　（1）

・隣の子が犬をくれるといった時の「ぼく」の気持ちを読みとる。　（2）

第3次　学習のまとめをする…………4時間

・心に残ったことを書く　読み聞かせ　（2）

・童話を読み、読書紹介をする。　（2）

7　本時の目標

年老いていくエルフへの「ぼく」の気持ちを読みとる。

学習活動	主な発問	予想される児童の反応	指導上の留意点
1　前時の学習の想起 本時の学習の目あてを確認	としをとったエルフにぼくのしたことはどんなこ	・ぼくはとても心配した ・じゅういさんに連れていった ・エルフはとしをとった ねていることが さんぽをいやがる	エルフの様子とぼくの心配を思いおこさせる

2　学習場面を読む（P35 L4～P36 L8）	とかな。 ・獣医さんに連れていってからのエルフはどんなにしていますか。	・じっとしている ・かいだんものぼれなくなった	まもなく かいだん(も)のぼれなくなった弱り方を気付かせる
3　「ぼく」の行動や心情を読みとる。 ……	・「ぼく」はエルフにどんなことをしてやったのでしょう。	・かいだんをのぼれなくなったので抱いてやった ・だっこしてのぼった ・やわらかいまくらをやった ・ねる前に必ず「エルフずうっと大すきだよ」と言ってやった ・「ぼくのへやでねなくっちゃいけないんだよ」	・前時のエルフの様子との違いに気づかせる
話し合い	・階段をだいてのぼっている「ぼく」はどんなことをエルフに言っているのでしょう ・ねるまえにはどうしたのですか	・「いっしょにねようね」 ・「重いけどへい気だよ」 ・「エルフずうっと大すきだよ」	・挿絵の利用 「ぼく」の変らないやさしさに気づかせる
視写	・「エルフずうっと大すきだよ」のつづきを書いてみる。 ・つづきの文を読んでみよ	・「きょうもいっしょにゆめをみ	・続きの文を書くことによって「ぼく」の気持ちに気づかせる

4　まとめ	う ・今日勉強したところを読みましょう。	ようよ」 ・「しないで」 ・「あしたはさんぽにつれていってあげるよ」	・「エルフ、ずうっと大すきだよ。」を気持ちをこめて読ませる

板書計画

エルフ
・どんどんふとって
・ねていることがおおくなり
・さんぽをいやがる。

まもなく
・かいだんものぼれない

としをとったエルフに
ぼくは、どんなことをしたのかな。

ぼく（前時を利用する）
・とてもしんぱい
・じゅういさんにつれていった
・「エルフは、としをとったんだ」

やわらかいまくらをやった
ねるまえには……
かならず
「エルフ、ずうっと大すきだよ」

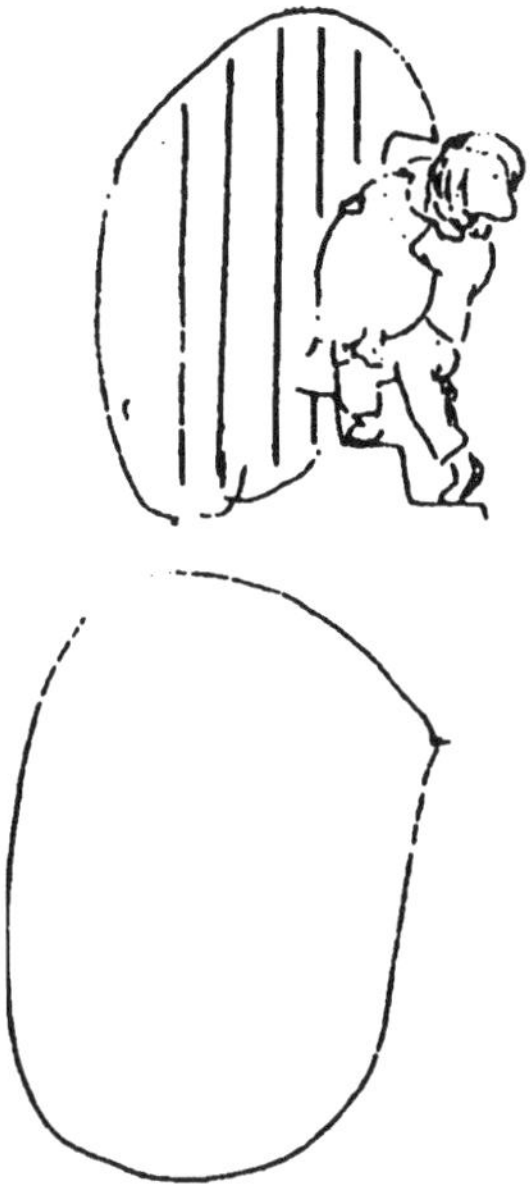

座席表

出岡	金井	小西	上田	田河	松田	越智	西本
中村	福山	西田	藤岡	山根	泉	谷崎	荒木
新居田	下田	山本	箕田	平田	佐々木	土井	川野
福原	空口	大隈	和田	中本	岸本	エス ティアス アンジャス	北山
石田							

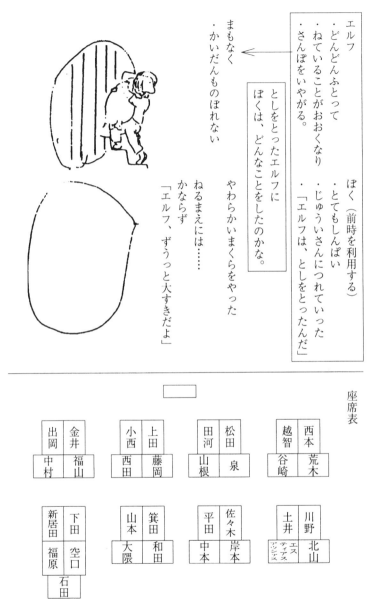

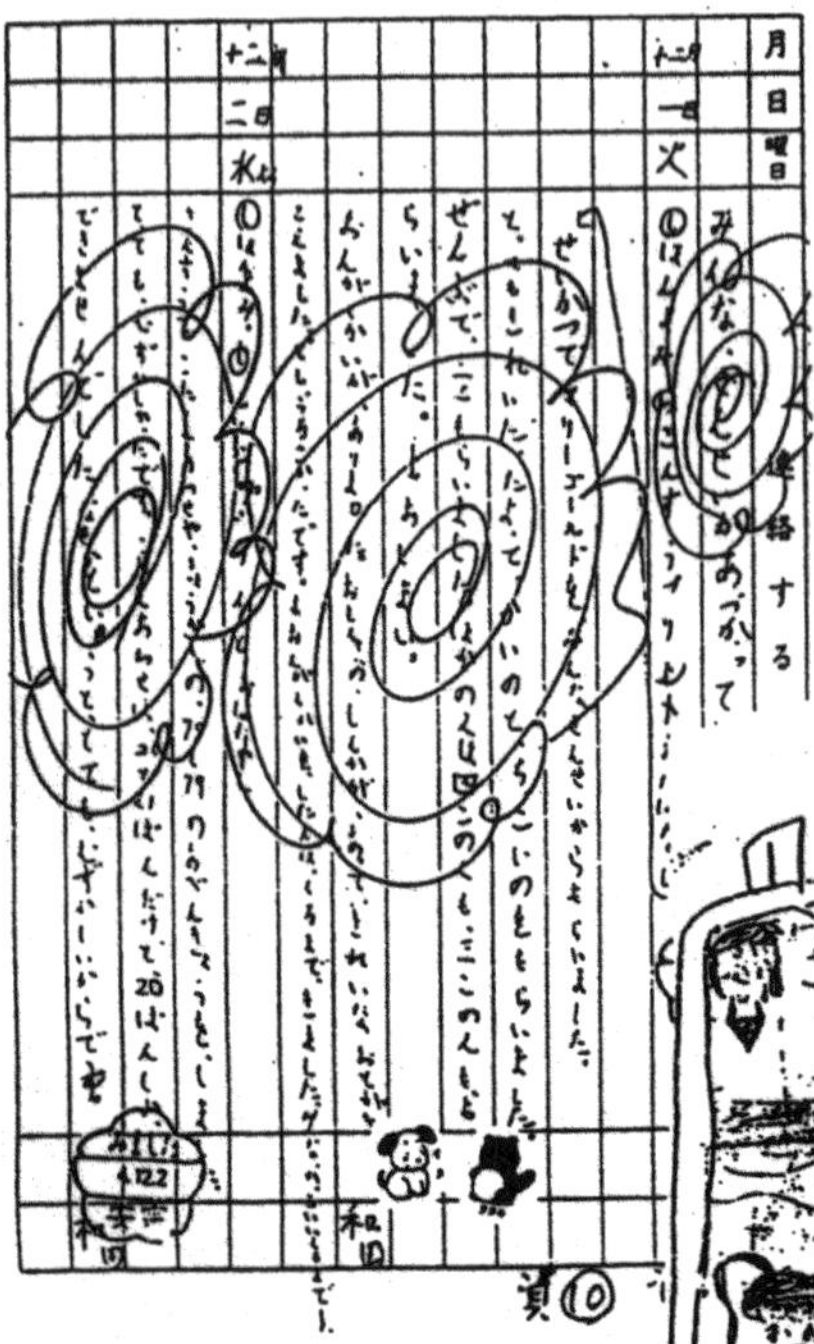
資⑩

たのしかったよ
資⑨の2

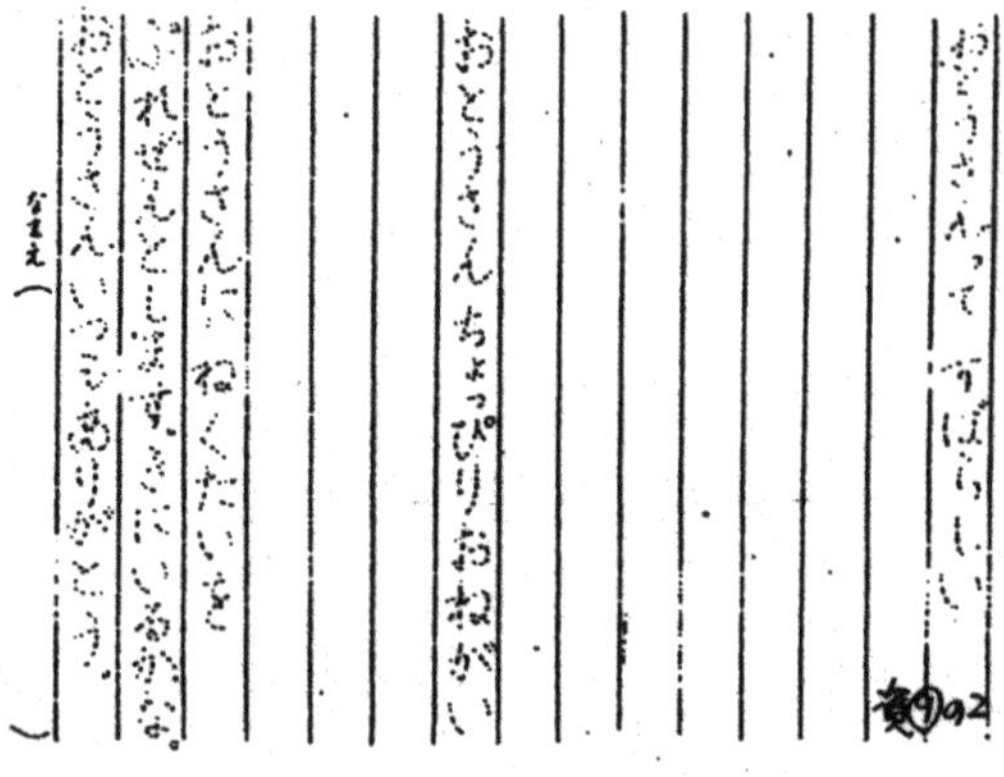
おとうさんってすばらしい
おとうさんちょっぴりおねがい
おとうさんにねくたいを
これぜんとします。きにいるかな。
おとうさんいつもありがとう。
なまえ（　）
資⑨の2

ずうっと、ずっと、犬すきだよ　①

よかったところ

はいさんや　いもうとも、
エルフがすきだった。でも、す
きっていってやらなかった。ぼ
くだって（どうしてですか）かなしくてたまらなかった
となりのこが、こいぬい
るかっていったのが、とても、
よかったです。

なまえ　すがもとはるか

ずうっと、ずうっと、大すきだよ　①

エルフは、
せかいで
いちばん
すばらしい犬です。

エルフは、おかあさんのかだんを、ほりかえしても、かわいいからゆるされる　しても　いい、あたまがいい犬だ　おもいます。

どんなところが　すばらしいのか　かきましょう。

なまえ　すがもとはるか

資⑫の1

ぼくへ

やくそくした（ちゃんとエルフに）

エルフにかい犬は、かいましたか。
エルフのあのまくら、どうだった
ですか。わたしもやってみたいです。
エルフがかいだんものぼれなくなったとき、
おもたかったけど、よくのぼれたね。ぼくが、
かうおだから、ちゃんとかっていましたね。
だから、ねるまえに、ぼくだけちゃんと、
ずうっと、ずっと大すきだよ。っていいまし
たね。ぼくがエルフに、ずっと大す
きだよといったのを、エルフはまだ、ぼくが、
いったことをおぼえているとおもいますね
エルフのまくらにしたいでしょうね。
エルフは、てんごくで　あそんでるかもね。
エルフと、いっしょに、ゆめが、みれなくなって、
さびしいでしょうね。エルフがしんでかわい
そうだったでしょう。みんなゆめで、おぼえ
てるでしょうね。

すがもと　はるか　より

資⑫の2

3．児童の反応　（様子・出てきた意見など）

- かわいそうだと思った。
- ゆびが　はえてきたら　いいね。
- 両手がないよりいいね。　目が見えないようにならなくて　よかったね。
- まりちゃんという人はひどいね．よほど　お母さんになりたかったんだね．
- さっちゃんの手は　まほうの手だね．　すごいね．
  （ジャングルジムも登れる．ごはんも食べられる．自転車にも　のれるね．）
- まほうの手は　みんなと　なかよく遊んで　遠足とか　運動会とか　いろいろなことを心の中につめると　喜ぶよ．　まほうの手は　にこにこ　がおのさっちゃんが　すきだよ．
- お父さんに「まほうの手だよ」と言われた時，うれしかったでしょ．
- さっちゃんの　だいじな　まほうの手を　たいせつにして，だれにも　まけない手にしてね。
- ゆびが　なくても　ようちえんで　がんばってね．　・もう手のことを　気にしていないかな．
- ゆびが　なくても　なにかできるかも　しれないよ．
- ゆびが　なくても　お母さんに　なれるから　よかったね。・女の子は　だれでも　お母さんに　なれるよ。　・いいお母さんに　なって，りっぱな赤ちゃんを　うんでね。
- ぼくは　ゆびのない人には　なりたくないけど，もしなったら　さっちゃんみたいに　まほうの手が　ほしいな。

4．成果と課題

- 長いお話だが，場面毎に区切って読み，さっちゃんの気持ちに　よりそって考えることが　できたように思う。
- 導入で　手足の不自由な人を見かけた経験を話させ，このお話のような障害を持つ人が　現実にいることを話してから，読み聞かせに　入ったつもりだったが，さっちゃんへの手紙の中に「ゆびが　はえてきたらいいね。」というのが　あり，まだ障害について　正しく理解できていない子が　2〜3人いた。又，お話をお話の世界のものとして　とらえて，まほうの手とは　ほんとうに　まほうが　使える手なんだと　解釈して　うらやましがっている子も数名いた。障害を持つ人がいる現実をしっかりと　とらえさせ，障害があっても　がんばっている人たちが　たくさんいることを，お話から発展させて，もう少し話し合うと　よかったように思う。
- さっちゃんが　ジャンプルジムの上の方まで　どうやって登れたのだろう，ごはんを食べる時に　どうするのだろう，自転車に乗る時は等と考させた結果，ゆびがなくても，努力や工夫をしたり，周囲の助けや励ましがあれば，健常な人たちと同じように何でもできるんだということが　よくわかったようである。

資⑭の1

「さっちゃんのまほうのて」　（1）学年

のべあきこ・しざわさよこ　作

1．ねらい

。「さっちゃんの まほうのて」を読んで、障害というものを正しく理解する。

。お話の中のさっちゃんに対する周りの人の行動を知り、自分達の実践力を養う手だてとする。

2．指導略案

学習活動	指導内容
1.「さっちゃんのまほうのて」を読む。それぞれの場面でのさっちゃんの気持ちを考える。	・お話を4つの場面に区切って、さし絵にもふれながら、読み聞かせる。
① 幼稚園をとび出したさっちゃん	・「ゆびのない おかあさんなんて へんだ。」「さっちゃんは、おかあさんにはなれない。」と言われて、腹を立ててとび出したさっちゃんのくやしい気持ちをつかませる。
② ねむれないさっちゃん	・「大きくなっても ゆびは はえてこない そのままだ。」とお母さんに教えられて、初めて自分の障害について認識するさっちゃんの「もうおかあさんにはなれないのだろうか。」と不安に思うさっちゃんの気持ちをつかませる。
③ 幼稚園へ行く気になったさっちゃん	・お父さんに「さっちゃんだってりっぱなおかあさんになれるよ。さっちゃんのては、まほうのてなんだ。」と言われて、不安な気持ちがとりのぞかれる。友達や先生に、勇気づけられて再び幼稚園に行く気になったことをつかむ。
④ 自分の手のことを「まほうのて」と言っているさっちゃん	・ともだちに「だいじょうぶ。」と声をかけられて、「わたしのては まほうのてだもん。」と返し、ジャングルジムの高いところにまでのぼるさっちゃんの がんばりに気づかせ、障害があっても周りの励ましや、本人のやる気さえあればできないことはないということに気づかせる。
2. さっちゃんへお手紙を書く。	・さっちゃんやまほうのてを自分はどう思ったか書かせる。

だい

なまえ　小まつまさや

まほうのてはみんなのことをみ
るごとがすきなんだよ。さっちゃ
んまほうのてはきっちゃんもあ
さらくそもしてるともだちがす
ごくすきなうだよ。まほうのて
はさっちゃんがおこったらやな
そだよ。まほうのてはにことし
たかおあほうがもっとすきなそ
だよ。みそなとよくあそそでみ
んなとえをそくとがうしどうか
いとがいろいろなことおこころ
のながにつめたらまほうのても
よろこぶよ。みんなさっちゃん
とあそそでるとすごくこころが
きもちくなってたのしくなるそ
だよ。いいおがあさんになって
ね。

資⑭の2

あさのかい

1. あいさつ
2. さようのうた
3. にっちょくさんのはなし
4. 日がわりタイム
5. けんこうかんさつ
6. 先生のはなし

・あさのあいさつをしましょう
・きょうは「　」のうたをうたいます
・「おはなしきいて」「はい、どうぞ」
・きょうは○○タイムです。
・けんこうかんさつ　先生おねがいします。

かえりの会

1. よいことみつけ
2. こまったこと、なおしたいこと
3. かかりから
4. 先生から
5. うた
6. さようならのあいさつ

日がわりタイム

月《げっ》	ぜんこうちょうかい	運動場または屋体で毎週行う。
火《か》	おえかきタイム	題を与えて絵をかかせる「ふしぎなかぶってみたいなあぼうし」「おもしろ時計」「にんじゃ」「こんな学校あったらいいな」等
水《すい》	どくしょタイム	家から持ってきた本、友だちからかりた本、図書室から、学級文庫から
木《もく》	せんせいタイム	読みきかせタイム お話タイム なぞなぞ 紙芝居、おどり
金《きん》	おたのしみタイム	音楽
土《ど》	ちょうかい	集会

資⑬

八　最後の授業――退任の挨拶――

（平成七年四月十一日）

伴東小学校の皆さん、おはようございます。わたしは伴東小学校を最後に、この三月で小学校の先生を辞めることになりました。三十八年間という長い間八つの小学校で、小学生の皆さんといっしょにお勉強をしたり、遊んだり、遠足、運動会と楽しい事が多かったので、いつの間にか過ぎたように感じられます。

先生という仕事の三十八年の間にはいろいろな思い出がたくさんありました。とくに最後の伴東小学校での五年間は、スーパーマーケットゲームや伴東小創立十周年記念行事やアジア大会見学など、楽しいことをみんなと一緒にできたことが、私にとってとても幸せでした。お勉強も体育も遊ぶこともみんな頑張ってやるよい子が揃っていましたからね、私も一緒に頑張ることができました。

それに伴東小学校は春になると、校舎の四階の軒下にはコシアカツバメのアパートがたくさんできたし、ウグイスがよく鳴き、ホトトギスもテッペンカケタカ、シュクダイヤッタカとよく鳴きました。わたしは鳥や花が大好きでしたから、伴東小学校の学年園の花や、飼育小屋のセキセイインコやカモやウサギをかわいがる伴東小学校の子どもが大好きでした。七十種類以上の木が植えてある広い運動場には元気な子どもがいっぱいいました。休み時間になると運動場の巨大ジャングルジムにもいっぱい笑い声がしていたし、逆上がりをいつも練習している子もいるし、縄跳び二重飛び名人もいたり、サッカーやフットベースボールをやっているグループもいました。

思い出してみると、一年生を迎える春の遠足、プールでの大波作り、運動会でのリレーやダンス、六年生の団体競技などのすばらしい演技、また、雪合戦、書き方コンクールなど、次々とわたしの心の中に伴東小学校での出来事が映画のように映し出されます。その一シーン一シーンには元気でいつもいっしょうけんめいなみんながいっぱい映っています。

　今日限りもうみんなといっしょに伴東小学校で勉強したり遊んだりできないと思うと、わたしはとても悲しくなってしまいます。でも心の中ではみんなといつでも会えるのですから、少しがまんをしたいと思っております。

　わたしは鳥や花が大好きといいましたが、もう一つ大好きなものがあります。何か分かる人がいますか（子どもに問いかける）。（わかる、ハーイと手を挙げる子どもたち）。そうです。本を読むことなんです。電車に乗って本に夢中になっている間に、降りる駅を通り越してしまった事もあるくらいです。四月に四年生になった人が一年生の時に、「ひまわりカード」というものを作って、毎日十分以上本を読んだらひまわりの花びらを塗っていく本読み競争をしましたね。図書室のいろいろな本を読みっこしたことを思い出したでしょ。「本の本」というのを作って読んだ本の記録もしましたね。わたしの願いは本が大好きな子どもが、伴東小学校にいっぱいいることだったのです。

　今日は一冊のお話の本を持ってきました。どんなお話かな……。本の題名は「アリーテ姫の冒険」です。後ろの方の人には見えにくいけどがまんしてください。この本を書いた人はイギリスのダイアナ・コールスという人です。さあ、このお姫様はどんなお姫様でしょうか。お金持ちの王様の一人娘でしたが、王様は宝石にばかり気を取られてお姫様のことはほったらかしでしたので、お姫様は十五歳の頃になるまでに王様の書斎にある本は全部読んで何でもよく知っていました。また、ドレスを縫ったり絵を描くのも上手でした。ある日、ボックスという魔法使いがアリーテ姫をさらっていって姫を薄暗い地下室に閉じ込めてしまいます。ボックスの出す三つの問題を解くことができなかったら、アリーテ姫は首をはねられてしまいます。さて姫の運命はどうなるでしょうか。

　ネズミがいっぱい棲んでいる汚い地下室に閉じ込められたアリーテ姫はどうしたのでしょうね。みんなだったら泣いてばかりいるかも知れません。でもでも違います。アリーテ姫は汚い地下室を片付けてきれいにしたのです。

魔法使いのボックスはへこんだフライパン、砂糖、お米、りんご、チーズや古いマットレス、そのほかいろいろな物をこの地下室に放り込んでは忘れてそのままにしていたのです。絵の得意なアリーテ姫は壁いっぱいに人やドラゴンやお城や船、馬、森などの楽しい絵を描いてしまいました。きれいになった地下室にはネズミも姿を現さなくなったのです。ボックスはアリーテ姫を困らせようと次々とむずかしい問題を出してきました。むずかしい問題を難題といいますね。

第一の難題をボックスが言いました。「アリーテ姫、最初の仕事を申し付ける。森の中の永遠の井戸へ行ってコップ一杯の水を汲んでくるのだ。井戸のまわりには千匹の蛇がいるからな。せいぜい気を付けることだな。ハッハッハ。」こわい森だと聞いています。アリーテ姫はこの難題をちゃんと解決できるのでしょうか。できると思う人は手を挙げてください（ハーイと挙手をする者が多い）。でも井戸のまわりにはうじゃうじゃと千匹の蛇がいるのよ……。そう、みんなの言う通りでした。アリーテ姫は森の木や森に棲む動物が大好きで動物をいじめたりしなかったので井戸の水を汲むことができたのです。至る所に蛇がとぐろを巻いていましたけれど、そこにいるのは草蛇といって毒もないし決してこわいものでないことを、アリーテ姫は王様の書斎にある本でよく知っていましたから。そして、ポケットには一匹の草蛇を入れて帰りました。帰ってまた地下室に閉じ込められたアリーテ姫は、今度は縫い物を始めました。ドレスや上着、地下室に食事を運んでくれるアンプルさんのドレスもたくさん縫ってあげて喜ばれました。もちろん自分の着る物は全部縫ってカーテンまでも仕上げました。

またまた第二の難題です。「アリーテ姫、二つ目の仕事を申し付ける。ウインディ・クラッグの岩山の、頂上の一番高い所ある金色のワシの巣からルビーを取ってくるのじゃ。ワシに襲われたりしないようにせいぜい気を付けることだな。ワッハッハ。」ボックスの第二の難題にアリーテ姫は少し考えました。作戦です。持っていく物「生の肉三ポンド、左のポケットにはこの間の小さな蛇」。着る物、自分の縫った新しいズボン、岩山は寒いから厚い上着、というものです。第二の難題も解決するとみんなは思いますか（ハーイと挙手する者多し）。ワシの巣に近づくと、アリーテ姫は小さな蛇に親ワシをひきつけるよう頼みました。親ワシが巣を離れたそのすきに、ワシの雛に持ってきた生肉をやり、そのすきに姫は急いでルビーをつかむと、山道をすばやく引き返しました。親ワシの攻撃をうまくかわした小さな蛇もポケットに入れ、大急ぎで山道を下りました。大成功……。

さあ、ボックスはどれだけアリーテ姫をいじめたら気が済むのでしょう。第三の難題です。それは「ロンリー牧場の銀の荒馬に乗って帰ってこい。」というものです。今まで誰も乗りこなすことのできなかったすごい馬なのです。でも、この難題もアリーテ姫は、やさしさと思いやりでみごとに解決し、とうとう魔法使いのボックスをやっつけてしまいました。そののち、アリーテ姫は自分の国を幸せにするために、この馬に乗っていろいろな国を見てこようと旅に出かけました。めでたしめでたし。これで「アリーテ姫の冒険」のお話は終わりです。

どうしてアリーテ姫は三つもの難題を解決することができたと思いますか。（手を挙げた児童に答えさせた。①すぐ泣き出さずに勇気を出したからだと思います。②アリーテ姫はえらいと思います。）そう、どんなところがえらいと思うの。（③よく考えたから。④工夫したから。⑤相手をやっつける力があるから。⑥自分でできることがいっぱいあるから。⑦よく本を読んでいて、いろんな事を知っていたから……。）いっぱい発表してくれてありがとう。そうです。アリーテ姫はどんなことでもよく考えて自分にできることを一生懸命する人だったのですね。勇気を出して挑戦する人だったのです。本を読んで智恵をいっぱい持っている賢い人だったのです。

この本の本当の題名は「賢い王女」というのです。この本を紹介したわけは、みんなが「アリーテ姫」のような「知恵」と「勇気」と「やさしさ」によって、自分の人生を切り開いていく人になってもらいたいと思ったからです。そして、本を読むことが大好きな人になってもらいたいからです。本を読むと、知らない国やどんな遠い所へも行くことができるし、すばらしい人にも会えるし、人間以外のことも分かるし、不思議な出来事を知ることもできるし、魔法のことも分かるし、むずかしい問題も解くことができるし、わくわくどきどきするし、楽しくてとっても幸せになります。本を読むと本当にいっぱい良いことがあるのです。本の好きな子、わたしは大好きです。

さて、伴東小学校のみなさん、今日がみなさんといっしょにした最後のお勉強だったのです。これで終わります。みんな元気でね。さようなら。（わたしが教えていた新四年生が活発に発言してくれたので、他の者もそれにつられて活発に反応してくれて、ありがたい最後の授業をすることができた。）

最後になりましたが、ご来賓の方々、保護者の皆様、私のためにお忙しい中お運び下さいましてありがとうございました。三十八年間の教員生活を無事終えることができましたのも皆様方のご指導ご支援があったからのことでございます。そして最後の五年間を伴東小学校で過ごすことができた幸せは終生忘れ得ないでしょう。本当にありがとうございました。

今日は最後の授業までさせていただいて本当にありがとうございました。長かった三十八年間でしたが、過ぎてみれば春夏秋冬それぞれの季節の中で子どもたちと共にあったことの幸せで、あっという間に過ぎてしまいました。私はというと本当に気が利かず人に迷惑をかけてもそれを知らずじまいでした。そんな私でしたが周りの皆様のお力添えでここまで勤めさせていただきました。そのお力添えがどれだけ大きかったか計り知れません。職場の人たちの温かいお気持ちや子どもたちがいたからここまでできたと思います。教育は教え育てるのでなく共に育つということだとしみじみ感じております。教員という仕事を与えられたことは人生で幸せなことと考えています。これからもう一つの人生にはどんな絵が描けるかひそかに挑戦してみようと思っております。本当にありがとうございました。

九　俳句四十句——職を辞めて——

退職の日花に埋もれて涙見せず
退職の春ぼうやりと雨の午後
花曇り娘へ便り久々に
睡蓮花みな日の光受けて浮く
香焚きて心静かに梅雨に入る
牡丹咲いて父の忌近く雨止まず
ヤマボウシ白き花影風涼し
薫風や百合のつぼみに蟻乗せて
水無月の娘の便りに暑さ忘る
ふとゆらぎふと静まりし花菖蒲
被爆イチョウ大木になりて緑濃し
初生りのミニトマトの朱便りにし
凛として雨に立ちたり百合の花

百合十鉢軒端に入れて晴を待つ
梅雨晴れや庭掃きやめて立ち話
野良猫を追いかけ行くや百合香る
病癒ゆる義兄の笑顔や梅雨あくる
遙か遙かパリの空の下原爆忌
アウシュビッツ狂気肌寒し遺品の山
夫読書かたはら夕餉の栗をむく
ひっそりと藪蚊の中の父母の墓
廃屋にほほづき一つ灯をともす
秋日さんさん娘と歩む哲学の道
初孫のバイバイの手に赤とんぼ
漱石の「こころ」読み終へ春の雪
髪洗ふ肩寒々と春の雪
梅薫る近くにビルの立ち並ぶ
花曇り友と語りてはや夕べ
水取りや炎の玉散り月冴ゆる

花火のごと炎ふりふりお水取り
正月の空青く澄み心澄み
年賀状なき年もひそかに明くるなり
職退きて遠くに聞こゆ学校始
風花の舞ふ夜夫と賢治読む
万緑や長城の果てまで行きてみむ
暑き日や黙々並びをり兵馬俑
滔々と長江の夏流れたり
長江の波きらきらと夕日入る
暑き日や微笑に息のむ玉仏寺
上海や七月の霞にビル林立

（「続河」創刊号　一九九六年八月）

Ⅱ　家族への思い

一　母への詫び状

五月興福寺創建千三百年記念「国宝阿修羅展」へ東京まで出かけた。東京国立博物館への参観者はその日も長蛇の列。長い間待ってやっと阿修羅像にお会いできた。息をひそめて見入る多くの人々の真ん中に静かに立っていらした。落ち着いた朱色の三つのお顔と六つのお手（三面六臂）。上半身は裸、といってもストールのように布を背中から肩、前に巻いている。下半身は美しい文様の腰布をつけている。大きなネックレスの様な飾りもなかなか美しく上品な装いである。サンダルのような履物もしゃれている。髪型は立派で一本一本の髪の毛が黒髪のような気がする。間近でじっくり見ることができてわたしは阿修羅像への思いを勝手気ままに自由に大きくし幸せな気分に浸った。

正面のお顔は、哀れな人間をじっと見つめる余り、心を痛め悲しく思われているような気がする。眉をひそめ何か言いたげなお顔である。

右横の顔は下唇を噛んで目を少しつり上げ、眉間にしわを寄せている。人間のあまりにも考えのない仕業にあきれ、怒りを表しているようなお顔である。

左横の顔は自分自身のことをよく考えていらっしゃるのか静かであるが、きつい表情のお顔である。

阿修羅はもともとは天上の神々に戦いを挑む戦いの好きな神だったそうだが、仏法の守護神となって、今は武器も持たず愁い顔になられ、仏の教えは偉大なものであると思ってしまう。はっと気が付くと、三つのお顔は多くの参観者を見ているのではなく、わたしの心に向けて千言万言の矢を放ってくるお顔だった。

正面の少年のようなお顔からは―あなたはお母さんへの詫び状の何通目を書いていますか―と。
右横のお顔からは―あなたはお母さんへどんなことをして上げましたか。反省して謝っていますか―と。
左横のお顔からは―あなたはお母さんの心の中の悲しみを少しでも知ろうとしましたか。いっしょになって泣きましたか―と。

阿修羅像は続けて―わたしの正面の合掌の手、掌を上に向けて天上から降ってくるものを受け取る手、心の中心へ向ける手の指の意味が分かりますか―と、（仏師の表す六臂の意味をわたしは全然知らないのだが）「六臂」の難題をおっしゃった。

身動き出来ないほどの大勢の中で見た阿修羅像であったが、わたしはたった一人の空間に浸り、阿修羅像と母と対面したような気がして、涙があふれてしまった。少年のお顔なのに、老婆のわたしを見すえて導こうとなさっているのかも知れない。仏教を深く信仰していた母への詫び状を一通も書かない、どうしても書けないでいるわたしを憐れんで、あの悲しいお顔をなさっているのかも知れないと思ってしまったのである。

少年の阿修羅に会ひし楠若葉
六つの手にみなのせ給へ父母兄姉妹

母が遠くの国へ旅立ってもう三十七年が過ぎた。母の一生を知る人はもう誰もいなくなり、一人残ったわたしさえも母の生きた証のどれほどを知っていようか。母の一生が苦難・不幸・悲しみの連続だったから、よけいに誰もわたしに話さなかったし、わたしも顔をそむけて分かろうとせずにぼんやりとしていた間に、遙かな国へ行ってしまった。母は苦しいことは自分の心の奥底にしまい込んで微塵も見せなかった。その時々の母の言葉に返事をしなかったわたし。限りない思いをわたしにそそいでいたはずなのに何故ひと言返事をしなかったのか。母と暮らしたたった十二年間余り母との風景や実像は薄れるばかり、きちんと母と対峙しなかったせいなのか、時間が少なかったせいなのか、母との距離が余りにも大きくなりすぎ、歯がゆさばかり募る。

母はわたしに降りかかるあらゆる苦難を自分一人で受けとめ、わたしの体の上に覆いかぶさってわたしを守ってくれた。その温もりは真綿のようにやわらかく暖かく、軽く真っ白であった。真綿をうすくのばし広げるように母の慈しみを紙芝居の一枚一枚に書けたらいいなあと思うようになった。

仏壇にある母の写真は、わたしの結婚式の時のものだが、悲しげでどこか遠くを見ている。わたしの結婚を心配しているのか嬉しさはちっとも感じられない。六十七歳の白髪、しわだらけの顔は苦労をはっきり物語る。写真を見るたび—お母さんごめんなさい、許してください。—と涙があふれ大きな深い闇の海に放り込まれたようになるのである。今年も大輪のカサブランカが、一鉢に十五輪ほど咲いた。窓を開け写真といっしょに眺めた。母への感謝とわたしの至らなさの詫び状が、今は積み重なって心の重石のようになっている。阿修羅からいわれた詫び状を一通でも書いてみようと思い立った。

昭和十九年三月父は戦争に駆り出されてサイパンで死んだ。若松での石炭運搬業をたたんで母と妹とわたしは父の実家尾道市浦崎へ移り住んだ。母の苦難の一生は若松時代よりもいっそう苦労の多いものだった。その苦難は田舎で二人の小さなわたしたちを育てること、祖母の世話をすることから始まった。西向きの夏は暑い長屋、水道、風呂なしの貧乏暮らし、さぞ辛かっただろうと思う。それに小さい頃からわたしは病弱だった。兄の結核が移ったのか、浦崎小学校に転校した四月ツベルクリン注射をしたところ、細い腕に十五センチぐらいの赤い二重の楕円形の反応が出た。それだけで浦崎の田舎の同級生たちからみれば驚きの事件。汚い病気が移るといじめられた。母からどう励まされ叱られたのか学校へは仕方なく通った。とにかく元気のよい田舎の子どもたちからみると、わたしは色白く小柄で少し勉強ができ、おとなしく（九州弁を笑われるので話ができなかっただけだが……）いじめやすかったのかも知れない。

首の両方のリンパ腺が腫れ、それは結核性のものなので治療のため村で一軒しかない医院へ四十分あまり歩いて通った。ヤトコニンという太い注射をするのが苦痛だった。一週間に一本注射をするので腕の腫れがひかないまま右腕左腕と打ち、終わりには背中にまでというようで、子供心にどうしてこんな痛い目にあわなくてはならないのかと思っていた。このヤトコニンの注射のため上腕が異常に大きくなって半袖のブラウスを着るのが嫌だった（この事はその後もずっと続いた）。

医院通いで母を困らせたことの一つにわたしがよく泣いて帰ったことである。治療の痛さだけでなく、この医院の息子がわたしと同じ組で、色が白く田舎でもよい家のお坊ちゃまだったのである。田舎のいたずらっ子は「和子ちゃんはきたがーち（医院の建っている場所）の〇〇ちゃんが好きなんじゃー」と、堂々池の曲がり角の竹藪に何人か待ち伏せしてはやし立てることがよくあった。母は怒りながらもいつも堂々池の所でわたしを待っていてくれた。どんな言葉を母が言ったのかみんな忘れて仕舞っているが、母が立って待っている姿を、はっきりと今でも思い出すことができて、涙が出て仕方がない。

また、医院へ行く道の両脇に伝染病患者の隔離病棟があった。からかわれる材料にそこの道を通って通うと恐ろしいバイキンがひっつくので、今でいうわたしはバイキンマン和子ちゃんなのであった。わたしはそこの道は息を止めて走りに走ってバイキンをうつされない努力をした。でもからかわれた。惨めさは堂々池の母の顔を見ると少し薄らいだ。

首の腫れはなかなか治らず備後赤坂という駅からずいぶん歩いていってお灸の治療にも連れて行ってくれた。背中に三重円が二つ、円周にそって小さいお灸をいくつもする治療であって、とても熱くこらえきれずに泣いたように思う。家に帰ってからもお灸のあとが消えないように何度も何度も熱い思いをした。お灸のあとはずい分長く残っていたが、六十年以上も経つと分からなくなっている。我が子を病から守るという執念のようなもので、いくらわたしが泣き叫んでも、このお灸が最後の手段ぐらいに思ったのだろう、お灸は長いこと続いた。わたしの泣くのを見ると母もずい分辛かったのだろうと思う。夏になると必ず病気になり、下痢・嘔吐など母を心配させ続けた。あらゆる手当を考えてわたしの病気に立ち向かった母であった。

あのヤトコニン注射もその頃高価だったらしく、どこから医療費を捻出したのだろう、日頃の生活費、学校への納入金などはどうしていたのだろうと今になって考えると、やはり貧乏のどん底生活だったことははっきりしている。母が豚やヌートリア（毛皮がとれるという）を飼っていたことがあった。手っ取り早く換金できるものだったのかも知れないが、二年と続かなかったのは苦労ばかり多くてお金にはならなかったのだろう。でもわたしは小学生のぼんやりだったのか、母が偉かったせいでちっとも貧乏は感じなかった。

夏、少しばかりの畑に麦が熟れ、風が吹くたび黄茶色の波がうねって美しかった。母と頼りない小学生のわたし、少しでも手伝いをしようと健気に思ってのこぎり鎌で麦刈をする。朝早くから二人でいっしょうけんめい刈る。刈り取った畑がくっきりと見えてくると嬉しくなって手を早める。とうとうわたしは左薬指に鎌で大きな切り傷を作ってしまった。血が噴き出し痛さにこらえきれず泣いてしまった。母が頭にかぶっていた日本手拭いの端を鎌で切り裂いて指をしばってくれた。かえって母を心配させてしまった。金色に輝く麦畑にはまっ赤な夕日が照り、空からはわたしの指から噴き出たまっ赤の血潮がおそってくるような気がして悲しかった。今でも左薬指の変形した爪を見ると、もっともっと麦刈をして手伝いをしたかったのにと、首のまわりに付いた麦穂のイガイガのかゆさとともにタイムスリップしてしまう。

その夜遅く隣の鶏小屋からけたたましい鶏のギャーギャーという声がして目が覚めた。母が、きっとイタチが鶏をおそったのだろう、鶏がかわいそうにと話してくれた。そして母イタチが鶏の卵を頭に載せ長いしっぽで卵が落ちないようにして、赤ちゃんイタチのために盗っていくのだとも話してくれた。夜の闇にイタチの頭の上にある白い卵が光っているのが見えたようでわたしは安心して寝た。

夜は母と過ごす時間で嬉しかった。暑い夜、八畳一間に蚊帳をつり、中で妹とわたしに団扇であおいでくれるのだが、一日の疲れで一番早く寝てしまうのが母であった。朝早くからさつまいも畑の草取り、なすび畑に水やり、遠い井戸への水汲み、洗濯など、休む時間のない大変な労働だったのだろう。それでも時々蛍をとってきてくれ蚊帳の中に放ち電気を消して楽しんだ。かわいい子猫を拾ってきてお腹の上にのせた楽しい母も見ることができた。

昭和二十年終戦前後の時代は満足な食物もなかった。田んぼを持たないわたしたち家族は、麦を石臼でひきわり、それをお粥にしてさつまいもで量を増やして食べるのだった。どんな工夫をしてわたしたちに食べさせていたのだろう。毎日の食事内容は思い出さないが、庭に大きないちじくの木と甘柿の木二本があり、いちじくは朝早く起きて甘く冷たいのをたくさん食べた。木に登っていちじくの実をとっていて滑り落ちておこられたことが何度かあるが、栄養失調にならずに夏が過ごされたのもいちじくのお蔭かも知れないと思う。柿もたくさん恵みをもたらした。いまだに店にならぶといちじくと柿はどうしてもすぐに買ってしまい、いちじくはまず仏壇の母に供えて食べるようにしている。何もない時代に麦芽糖の飴を作ってくれたり、サルトリイバラの葉のかしわもち、チマキなども楽しみの食べ物であった。冷たいそうめんも星の美しい晩には外で食べたのをかすかに思い出す。わたしたち子どもにはありとあらゆる工夫をしてくれたのが母であった。若松時代に持っていた着物は殆ど物々交換でなくなったといつか聞いたことがあったが、食物に変身したのだと思う。

八畳と四畳半の二間と板張りの三畳の長屋に住んでいたが、八畳には文化的なものは何一つなかった。小さな書棚が一つ、どんな本が入っていたか定かではない。戦後義兄が時々本を買ってくれたのが唯一楽しみで、吉屋信子の「青いくつ」という本をボロボロになるまで読んだような気がする。若松から持ち帰った黒いシンガー製の足踏みミシンがあった。隣近所多くの誰も持っていない代物で、借りに来た人によく母が使い方を教えていたようだった。雨の日は畑へ出なくていいのか、よく縫い物をし、わたしたちの服も縫ってくれた。

八畳間には高さも幅も一間近くの立派な仏壇があった。朝夜、母がお経を上げて拝んでいた。わたしたちも父・祖母へのお参りは欠かさなかったし、お経を覚えさせられもした。―もろもろのぞうぎょうざっしゅじりきのこころをふりすてて、いっしんにあみだにょらいわれらがこんどのいちだいじのごしょうおんたすけさふらへと、たのみまうしてさふらふ。……―は今でも口をついて出る。

母の仏教への信心は非常に篤く深かった。仏にすがるということは母の已むに已まれぬたった一つの方法ではなかったのか。次々と起こる不幸、底知れぬ悲しみ・絶望から救ってくれるものは仏教しかなかったのだろう。お寺へ忙しい中でもよくお参りしていた。当然わたしたちも連れていかれ、お坊さんのお説教はよく聞いた。母にとってお寺は苦しみを瞬時でも忘れる空間であったのだろう。母はわたしのすべてであってどうしても幸せな母になってもらいたかった。それなのに知れば知るほど母の一生が悲しみの一字に塗られているような気がしてならない。

母の結婚は最初から幸せなものではなかったようだ。それは父には連れ子が四人もいたからである。母にとって結婚と同時に、昔でいえば一度に継子四人の母になるということであった。しかも上女の子二人は父の兄夫婦の子どもであり、父の兄が海難事故で亡くなったため、父は兄嫁と結婚し兄嫁との間に男の子二人をもうけた。その兄嫁も幼い子を残して産後の患いで亡くなってしまい、母はその四人の子どもの世話をする後添えになるのである。昔でも考えられないことだったろうに、なぜ母は結婚したのだろう。きっと母の意思など届かないところで決まった結婚であったに違いない。しかも兄嫁は美人で才媛、父とともに尋常小学校の教員であった。母はどちらかというと美人とはほど遠く兄嫁とは比べものにならなかったのに。このように母テルが父のもとへ嫁いだときの図式は何とも複雑である。若い母の心中はどんなに苦しかったかと思うと涙が出る。

「結婚」は女にとって一生でいちばん幸せな時であるはずなのに、突然この時の母の心の中の「幸せ」の文字は「苦労」に一度に変わったのではないか。またその後母の底知れない苦しみの一生は子どもを失う苦しみの連続だった。父との間に二男五女、総勢十一人の子どもの親になった母は、子どもたちに人生のすべての時間を惜しげもなく使ったと思う。だからよけいに子を失う悲しみはどんなに深かったろう。母は涙を流すことすら忘れるぐらいただただ堪えたに違いない。兄嫁が残した男の子の一人は耳も口もまったく不自由であったが頭が良く指物師になりその技術は抜きん出ていた。彼の製作した小引き出したんすは賞をもらったと母が自慢していたが、二十五歳の時台所の出刃包丁で自死してしまった。また我が子七人のうち長男は小倉中学へ一番で入学した秀才だったが結核にかかり二十五歳で病死した。我が子七人の子どものうち、長男二十五歳、次男二歳、二女三女一〜二歳、五女二十四歳でみな病死、我が子の「死」に対面した母の悲しみがわたしにわらわらと襲ってくる。

深く仏を信じていた母に逆縁とはおそろしく悲しいことである。だからこそ仏を信じ仏にすがっていたのかも知れないが、俗なわたしは仏様はなぜこのような母に幸せをお与えなさらなかったのか恨めしく思っているのである。

姉とわたしは、母のすさまじい「人生物語」を二人で書いておこうねと約束していたのに、十年前に姉も父母兄妹のもとへ旅立ってしまい、いまごろは苦しみのない世界で楽しく話していることだろう。わたしひとりをこの世に置いてけぼりにして……。

母物語の紙芝居の悲しい場面が続いた。次はちょっと母との楽しい場面をさし挟みたいと思う。

冬の夜、百人一首のカルタ取りが始まる。読み手は母、妹と私が取り札を争う。読み手の声は調子よく—あきのたのかりほのいほのとまをあらみ、わがころもではつゆにぬれつつ—など美しくひびく。妹が負けてくやしがるのを、読み手の母がちょっと助ける。それをわたしが母に文句を言う……いつものパターンで夜遅くまで続ける。母が読み方をいろいろ工夫してわたしたち姉妹を楽しませてくれた。最後に坊主めくりをするのも嬉しかった。

父が好きだったのは—村雨の露もまだひぬまきの葉に霧たちのぼる秋の夕ぐれ—だったことや、一字ふだ「むすめふさほせ」も母から聞いたように思う。娯楽の少ないわたしたちには唯一楽しい時間だった。

母が残した数少ないものの中に、わたしの国民学校一年生から小学校六年生までの通知表、賞状、級長任命書、小学校卒業証書、中学校国語教科書などがある。紙質も悪い上に赤茶けてボロボロになっているが、ひとまとめにして大事にとっておいてくれたのだ。中学二年から母と別れて暮らすことになるので、母は小学校から中学一年までわたしが学校でがんばったことを大事にしていたのだろう。

母が話してくれたことはみんな忘れてしまった。手紙も残っていないので母の言葉をたぐり寄せてはみるが、ほんの二つか三つしかない。そのわずかなものの中。

その一、「横着はするほどつらい。」わたしは何もかもきちんとしないで大ざっぱに物事を片付けてしまうところがある。後からきちんとやるので今はこの位ざっととやっておいてと、大まかにして次へと仕事を進めてしまう。それでないと忙しい仕事は片付けられないと思ってはいるが、本当は一つ一つきちんとしたことの積み重ねで何でも仕上がるので、途中横着をするとやはりそれは全部だめになるのである。日常生活もしかりである。心の中に横着虫は巣くっていて油断するとすぐにわたしをあざ笑うごとく働き出す。その時母のこの「横着はするほどつらい」という言葉を思い出し、「横着」と「つらい」を天秤に掛けてわたしの弱い心を戒めるのである。（でも「テルさんあなたはいつも横着はしなかったのですか。」）

その二、「殿様が、みなの者「馬鹿」を差し出せ、と命じたところ、親を差し出した。」母は実体験から、人から何を言われても目をつぶり口答えせず、怒りや悲しみの表情を見せず「馬鹿」になった親を演じたことから、その言葉をわたしに話したのかと思う。わたしの思い過ごしだろうか。

その三、「先生が子どもたちにキセルを見せて、これはどう使うものですか、と聞いたら、お父さんがお母さんの頭を叩くものだと答えた。」（母は尋常小学校四年の学歴）子どもたちは親の背中を見て育つという教訓かも知れない。親の生き方、考え方は、即子どもに生き写しの如く映るのである。母もわたしにいろいろ教えてくれていたのだ。

昭和三十七年わたしは結婚した。母に迷惑をかけないように一応嫁入り道具は箪笥、洋服箪笥、鏡台、洗濯機は自分で用意した。食器、台所用具などはリストを作り、最低限の必要数だけを揃え、プレゼントしてもらえるものは頼み、「着物一枚帯一本何もいらない、心配はしないで」と母にきつく言っておいた。母はそれは悲しく思ったのではないかと今になって思う。少しだけ甘えてもよかったのではないかなど、娘を嫁がせる母の思いはどれほどだったか、わたしも若かったし一方的な考えで母に言ってしまったことを今では後悔している。それでも母の祝いの品は夜具一式であった。赤紫のふとん袋いっぱいに入っていた。当時住んでいたのは「離れ」を一時的に借りていたので、荷物は開かないままでいいものはそのままにしていた。新婚旅行から帰って母の縫ったふとんを取り出したところ、中から婦人雑誌の附録「初夜の心得」が出てきた。母として娘を心配してくれていたのだ。あまりにもそのようなことが分かっていないとんちんかんのぼんやりのわたしのために。もうあとのまつりと笑い泣きして、その附録はどうしたのか、半世紀近く前のこと、もう分からない。母の愛をいっぱいに受けたことであった。

紙芝居は終わりに近づいた。わたしは母と妹といっしょに暮らそうとしたが、仕事の都合でそれはかなわなかった。妹は長年心を病んでいてこれも母の苦労を倍加させた。妹の病院へ母と行き、尾道駅でわたしは広島へ、母は浦崎へと別れる時の悲しげな空虚《うつろ》な母の表情、今まで見たこともない母の姿であった。最後の最後まで母は「幸せ」とは縁遠かったのである。その妹も死んでしまい、こんどは予期せぬこと、自分自身が重い病にとりつかれ、半身不随、寝たきりの母になってしまうのである。死ぬまでの七年間は母だけでなく周りの者を巻き込んだ苦しい年月になってしまう。

母をあちこちの病院に入れ、果ては考えてもみなかった夫の実家で義母や義妹にまで世話になり、迷惑をかけ続けながら母の介護に明け暮れた。その時々にとった母の介護の方法は最善だと思っていたのだが、実際には無理があり、今にして思えば母も周りの者までも不幸にしてしまっていた。わたし自身も追い込まれ母を殺して死んでしまおうかと、おそろしいことまで考えたこともあった。わたしの浅はかな考え、やり方だったのだ。わたしがすべてを捨てて母の世話をするべきだった。母に尽くすべきだったのだ。どうしてそれが分からなかったのだろう。

九月、台風が近づいて大雨、大風が吹き荒れた日の夜、電話もない我が家に病院から電報が届いた。母の死の電報。わたしが病院に行った時はもう母はきれいな顔で何も言わなかった。姉が母の傍にいてくれた。―お母さんごめんなさい。あなたがわたしに仏の掌のように何時も差しのべてくれたいろいろな深い愛。寸分もお返ししないままにあなたは逝ってしまった。許してください、許してください。あなたがわたしにしてくれたことの百万倍返すつもりでいたのに、なんにも言わないでひとりで「不幸」を背負ったまま旅に出てしまうなんて……―

詫び状は涙で一通も書くことができないままになってしまった。小さい頃からわたしは「泣きびり」で、母からそのことでいつも叱られた。けれど母の一生を考えるとどうしても涙が出て止まらない。涙の海は深くなるばかりである。

森有正という哲学者は「孤独、絶望、死、これらは決して悲壮がったおどし文句ではないのだ。人間の魂のカリテ（質）なのだ。どうしても、そこへ行かなければ、先へ向ってひらけないものがあるのだ。」（『バビロンの流れのほとりにて』）と述べている。人間とは「悲しみ」なのだ、というのが彼の根本認識だったといわれている。森有正の難しい哲学は、わたしは理解に苦しむのだが、母の一生は何かこの森有正の文章にぴったり合うような気がしてならない。母はまさに「悲しみの存在であり、母は人間の魂のカリテの「孤独」、「絶望」、「死」をすべて受容して、どこかへ向かって生きていったのだろう」と思うのである。かつては「自己犠牲」の母であり、禅の「無功徳（善い行いをいいふらすな）」の実践者であった母。このように考えてくると、母はわたしの詫び状など一通も入らなかったかも知れない。今、母はわたしの心に永遠に生き続け、わたしの歩む人生の道のそばで、じっといつものように見守っているのではないかと思う。母の命を受けつぎ自分なりに前を向いて生きているわたしに、母はきっと微笑んで、「詫び状なんぞ一切不要」とはっきり言ってくれることだろう。—阿修羅様詫び状はまた一通も書けませんでした。どうかお許しください。—

庭のコスモスのつぼみがかすかに白、ピンクに色づき、秋の風に揺れている。九月九日母の祥月命日、いちじくを供え、もろもろのぞうぎょう……のお経を唱えて、母を偲びたいと思うのである。

（二〇〇九年九月）

二　雨音

　真夏の寝苦しさがふっとやわらぐ夜明け前、うとうととまどろんでいることがよくある。そして、いつとはなしに朝方の眠りにまた落ちていく。やっと目覚めると、しばらくはいつものように寝床の中でじっと耳を済ませて外の音を聞く。

――ああ、雨――

雨音がかすかでも聞こえてくると、不思議に五十年以上も前の小学生だった頃の気分に浸って嬉しくなってしまう。

　わたしが小学校三年生になった時、父は戦争に駆り出されてしまう。九州若松での商売をたたんで、わたしたちは父の里尾道の（当時は沼隈郡）浦崎へと移った。浦崎の家は石垣でかこんだ屋敷は広いが、母屋はなくなり、西向きの夏はとても暑い長屋だけが残り、祖母がひとりで住んでいた。

　小さな長屋での生活は、父が戦争に出て征ったまま帰ってこなかっただけに、とても心細くたいへんだった。でも雨の日はかならず母が家の中にいた。土間で背中をまるめて筵を編んでいた。小さな簡単な筵機で、藁を二・三本横に渡して小縄を巻いた十四・五のこまを、手前のを向こうへ向こうのを手前にと交互に渡して編むといったようなものだったと思う。石臼で粉をひいていた事もあったし、――翌日かしわもちが食べられる嬉しさ――。赤い鼻緒の草履を作ってくれたこともあった。雨の日にはいつも坐って仕事をしていた母の姿があった。天気がいいと暑い夏の日盛りを避けて、朝露にびっしょり濡れながらさつまいも畑の雑草取り、なすの水やりと母の姿は家の中にはなかった。

転校したばかりのわたしの九州弁は何かとからかいの的になったし、体が弱かったためもあって、学校田の水張り作業もできなかったので、学校へは行きたくなかった。母がたったひとり頼れる存在だったのに、いつも母はそばにいなかった。母の仕事がどれほど大変で忙しかったのか子供心にも分かっていたが……。それが雨の日の朝だけは特別で、母がそばにいて母を独り占めできるように感じられて嬉しかった。学校へ行くまでの時間がもっと長くあったらと、仏様のおかげで今日は雨になったと、本当に仏壇へ手を合わせて感謝したものだった。

朝の雨の音は今でも胸がしめつけられるほどの嬉しさであり、その幸せ気分は私にとって現実味を帯びている。オレンジ色の朝の太陽が、雨戸からもれるとちょっと悲しかったのは、遠い過去の時間の中に埋もれてしまっているが、朝の雨音だけは、母の姿をわたしのスクリーンの中に、はっきり映し出してくれるのである。

尾道浦崎のわたしたちが住んでいた家は、今はくずれ落ちて見る影もない廃屋になっている。そのまん中あたりに、ほおずきが一本生えてまっ赤な実がぽつんと一つついている。鬼火が灯っているように見えて、思わず身震いする。気味悪くなって目をそむけてしまう。広い屋敷は、雑草や葛のつるがジャングルのようにはびこり、大きな柿の木もおいしい無花果が生っていた木もどこにあるのか分からなくなって、一歩も踏み込めない有様である。父、母、兄、妹、先祖の墓はこの家屋敷の裏山にあるが、墓参りは竹やぶを鉈で道を切り開いて、やぶ蚊のまつわりつくのを避けながらの難行になる。家屋敷一帯を見るといつも――お母さんごめんなさい――と泣きながらへたり込んでしまうほどだ。このジャングルに目をそむけている自分を哀れに思い、夏の熱気に汗がどっと出てくる。荒廃し尽くした怖ろしいまでの景色は、どうにもならないわたしの人生を、嘲笑っているかのようにも思われる。やっと墓参りを済ますと夏の暑さはどこにいってしまったのか、心の中に冷たい風が吹いて自問自答を繰り返している。父も母も祖母も兄も妹も、あの世からこの荒れ果てた家屋敷の風景を毎日眺めて悲しんでいるのだろう。どんなに情けなくたまらない気持ちでいる事だろう。わたしより他にはこの家屋敷をきちんと守っていくものはいないのに、なんというけない事をしているのだろう。ここにわたしは小さい頃住んでいて、母の姿をいつも追っていたのに、この風景を大切に思うどころか今は捨ててしまっている。あの雨の日の嬉しさの大事な大事な原風景なのに……。

本当は――ふるさと――という言葉の甘やかな響きにだれよりも憧れ、他人がふるさとを懐かしく思い出し、子どもの顔にもどって一途にふるさとを語っているのを見ると、羨ましく変に妬ましささえ覚えているのに、わたしのふるさとは、わたしが見捨ててしまっているのではないか。人間が心の奥深く持っているふるさととは、そこにしかない風のさやぎ、木々や花の香り、山や川、土のあたたかみ、人間のさまざまな出来事の彩りがタペストリーのように編まれたものか、それらの奏でるハーモニーの音色なのだ。いつも美しくそっとひとりの人間をやさしく包んでくれ、ひとりでに笑い出し、嫌いな自分に別れる事ができる空間だと思う。わたしはその大切なものを、自分には不似合いなもの、求めても得られないものとして、今迄自分から捨てて知らん顔をしてきた。いくら思い描いても、怖ろしい風景、悲しくつらい茫漠とした風景しか浮かんでこなかったからだ。

小学校六年生の家庭科の宿題で「家族構成と家族の仕事、家の間取り」を描いてくるというものがあった。わたしは困惑してしまった。父は戦争に出て死んでしまっていたし、母はなりふりかまわずの農作業、少し痴呆ぎみの気むずかし屋の祖母と妹とわたしの女四人の生活だった。ひっそりと暮らせるどころか、田舎の難しいしきたり、近所づきあいなどに翻弄されながら母は苦労を重ねた。愚痴も言わず、いつも自分が苦労を背負っても文句を言う人ではなかった。家の間取りの線をどんなにきれいに工夫して描いてもどうしようもなかった。水道も風呂もない（ずっと後になって風呂はできたが……）八畳、六畳、板張りの三畳、汚い便所と、九州若松での派手な商家とはずいぶん違った間取りの家だった。恥ずかしさ、悲しさ、みじめさが入り混じり、その日学校へは行きたくなかったが、母に言うことは、母の悲しみをふやすことになると思って言い出せなかった。浦崎を思い出せば思い出すほど、暗い所に押し込められるような気がして、ふっと顔をそむけてしまう。本当はそこへ行きたいのに、わざと足を反対の方向へ向ける駄々っ子のように、素直に浦崎を受け入れることができないのである。浦崎を出てもう五十年あまり、その五十年の間に悲しみがずっと澱んでいて、汲んでも汲んでも減らないのではないかと思ってしまう。

わたしの生まれた福岡県若松市は、六十年近く訪ねることもないままに北九州市若松区になっている。父が石炭荷役運送業をしていた元海岸通二丁目は、今どうなっているのだろうか。子どもの目に映った怖いようなごんぞうと呼ばれた沖仲仕の男たちが毎日多く出入りしていた家は、とっくに記憶のかなたに消え失せている。母だけが忙しく沖仲仕のご飯を出したり世話をしたりしていた姿が、とぎれとぎれになって思い出されるが、はっきりとは思い出せない。記憶のガラス片をつなぎ合わせるようにしてみると、時には形になってキラッと光るが、すぐにこわれてしまってどこがどうつながっているのか、もどかしさ、歯がゆさばかりであるそんな若松である。若松を思い出す色々なものは、浦崎へ移った時にあらかたなくなり、浦崎で祖母、妹、母と亡くなり、家も崩れ落ち全部消滅したといっていい。しかし「若松」での父と母と兄の姿を映してみたい思いは、いつも持っている。ガラス片を辛抱強くつなぎ合わせてみよう。そこには小さかったわたしも映るかも知れない。

村上石炭商と大きなガラス戸の出入り口、広い店の前に番傘やこうもり傘が四つ五つ干してある。雨上がりの日ざしがやわらかに射している。小さなオカッパのわたしがしゃがんで鳥籠を見ている。きっとメジロが止まり木を右へ左へ飛び移っているのだろう。向かい側の家からしどけなく着物を着たおしろいを濃くぬった女が、三・四人わたしにお出でお出でをしている。今から思えば港で働く男やごんぞう相手の娼婦だったかも知れない。けだるい何か退廃的な空気が漂っていただろうけれど、わたしにはお菓子をくれるやさしい姉さんたちだった。店の前の通りの端に、おばあさんが店番をしている駄菓子屋の鈴屋があった。大きな白い犬が尻尾を踏まれそうな小さな入り口に寝そべっていた。石炭景気がよかったのか、父はわたしに気前よくお小遣いをくれた。当時五十銭の大金をもらうことがあって、もらうと「すずかたへ行ってくるけんね。」と駆け出したものだった。店は「鈴屋」ではなく犬の名前が「すず」だったらしく、みんな子どもはすずかた（の家）すずかたといって集まってきて、おばあさん相手に五銭を握りしめて、お菓子やおもちゃの品定めに熱中した。

村上商店の隣には大きな病院が建っていた。そこにわたしと同い年のお嬢さんがいたが、彼女はピアノを買ってもらって弾いているそうな、と噂が流れていた。時々その大病院の若奥様が洋装で大きなつばの帽子をかぶって出られるのをちらっと見ると、ひっつめ髪の地味な着物の母と比べて驚いたものだった。わたしの家とは異次元世界の上流階級とはどんなに優雅できらびやかなんだろう、お姫様のような暮らしなんだろうとわたしは思っていた。海岸通りのわたしたちが住んでいた家、店の前の道、駄菓子屋、病院、向かいの家、そうして父と母と兄との色々なことが思い出されてきた。

わたしが六歳になった頃、兄が当時不治の病といわれていた結核が重くなったので、海岸通の家から山の手の方へ別の家を借り、家族は二つに別れて生活することになった。わたしは母、兄といっしょに山ノ堂という所に移って小学校入学となったが、兄の結核がうつって肋膜炎にかかり、一年入学延期になってしまったのである。兄が二階で寝ているのだが、ちょっと母の目を盗んで二階に上がり、兄の話をよく聞いたように思う。父母の自慢の息子で、小倉中学には一番で入学した秀才、鳶が鷹を生んだと言われると母が嬉しそうに話したということを、誰から後になって聞いた事がある。病気の重い息子を母はどんな気持ちで看病していたのだろうか。毎日ゆきひらで漢方薬を煎じて（家の中にはその匂いがこもっていたが）栄養のあるものを食べさせようと苦心していたのだろう……。

わたしは山ノ堂近くの小学校に入学した。母に宿題をよく忘れるといって叱られたので、土曜日の晩から海岸通の父の家に行って父といっしょに過ごすのがとても楽しかった。父はわたしが年とってからの子どもだったせいかとてもやさしかった。虫歯が痛いと言えばすぐ歯医者へ、帰りには必ずおもちゃを買ってくれた。今でも覚えているものの一つは、ブランコに女の子が二人乗っているおもちゃだ。父は母から「また高いおもちゃをかってやってからに、しょうもない」と、お小言を頂戴することもしばしばだった。時代劇映画にもよく連れていってくれた。黒いインバネスの袖の中へ顔をつっこんで、しっかり父のぬくもりの中で映画館へ行った。映画が始まると、登場人物ひとりひとりについて「あの人いい人、悪い人?」とわたしが聞くと、そのたびに教えてくれた。日曜日の晩は、明日は学校だからと山ノ堂の家まで父が自転車で送ってくれた。でも、日曜日の晩も父といっしょに過ごしたくなって、月曜日の朝、学校まで自転車で送ってもらう事が多くなっていた。学校へはけっこう登り坂で、三十分以上かかる道を父が汗をかいて自転車をこいでくれたように思う。前にわたし、ランドセルは後ろの荷台にある。父のはあはあという息がよく聞こえた。ある冬の朝自転車に乗ってみると指が冷たい。見ると手袋に穴があいている。父がすぐに、「よしよし、父さんがなおしてやる。」と言って、夜店の香具師が売っていた万能糊で見事に手袋の穴を塞いでくれたのである。父は香具師からいろんな物を買って母に怒られていたが、こんな時に役立って鼻高々だったろう。本当に父のやさしさやぬくもりが嬉しかった。

学校には当時としては珍しく、虚弱児のために太陽光光線を照射して体質改善を図る機具が設置されていた。わたしもその照射を受ける対象児の一人だった。それは午後から始まるので、その日だけはお弁当がいるのだった。昼頃いつも母が学校まで届けてくれていたが、時には母の弁当が遅れることがあった。学校から海岸通の父の方へ電話があり、父は大急ぎで、仕出屋から取り寄せた豪華な幕の内弁当を自転車で届けてくれた。母もほうれん草の卵とじがご飯の上いっぱいに載ったお弁当を、着物の前がはだけるのもかまわず走って届けてくれた。弁当を待ちくたびれて泣きそうになっていたところへ二つの弁当が届いたので、うれしいのやら何だかわからなくなって、二つの弁当をじっと見つめていたように思う。

父は商売熱心で、派手好きな遊び人でもあったのだろう。玉突き（ビリヤード）に凝って夜通し遊ぶので、母の苦労は人一倍どころではなかったらしい。親類の子どもを引き取っては学校へ通わせたり、世話をしたり、頼まればいやとは言えず、他人の面倒を見ることも多く、それらは全部母の苦労となっていた。着る物も父は派手、母はかまわぬ人、いや自分の身を飾るいとまもないほどで、裏での仕事や気苦労はずいぶん多かった。

こんな「若松」での平和な生活は、兄が若くして病死し、五十歳を過ぎた父が、一等航海士の免許を持っていたがために徴用され戦争に駆り出されて終わりをつげた。

わたしは今、「浦崎」・「若松」の「ふるさと夢芝居」を繰り広げてきたようだ。思い出という小さなプロットを探して継ぎ合わせ引き寄せて、やっと脚本が出来上がった。
一幕――「浦崎」はなんだか悲しげな表情の登場人物ばかり。そしていつの間にやら、舞台から人物は居なくなり、荒れ果てた家屋敷や墓の舞台装置のみが残っている。暗い照明。物音ひとつしない。観客はかつてこの家屋敷に住んでいただろう女の子ひとり。（見る間に女の子は白髪の老女になってしまっている。）懐かしさや心楽しかったシーンはひとつも演じられなかったのかしら……。どんな小さなことでもいいのに心はずむせりふはなかったのかしら、と老女が呟いている。
二幕――「若松」は舞台装置も活気あふれる海岸通と静かな山の手の家。海岸通は石炭商、駄菓子屋、大病院、娼婦の家などが雑然と並んでいる。登場人物は大勢でみんなさまざまな出来事の中で生き生きとしているシーンが続く。笑い声、泣き声、怒鳴り声、子どもの声、艶めかしい声などが渦巻き、色々な空気が混ざって楽しそうである。観客の老女は、登場人物が出るたびに、いっしょに笑い、泣き、うなづく。席から立っていっしょになって演じたくなってくる。幕が下りるとひとりきりの拍手。

わたしの「ふるさと夢芝居」はあっという間に終わった。でもなんだか不思議にまだ三幕、四幕と続きがあるような気分になってしまった。ふるさとを追い求めていくうちに、星空の下にばんこ（涼み台）を庭に出して、母が作った冷やしそうめんを、祖母、妹、わたし、母と食べた「浦崎」の嬉しい場面もかすかに思い出された。夏の朝冷たい無花果の実を木の上で食べたり、木から落ちて怒られたりしたことも……。ああ、それから「若松」のあの出来事も……と。

やはりわたしにも本当の「ふるさと」は現実に存在したんだと思えるようになってきた。たぐり寄せれば次々に悲劇の場面のふるさとではなく、楽しく笑いながら家族と時間を過ごしたことが浮かんできた。そうして、ふるさとの悲しい出来事、嬉しい楽しい事も、すべて心の風景として、大切に時間の宝石箱にしまっておこう……。時々、箱から取り出し思い出しては笑い、思い出しては泣き、思い出してはおしゃべりをしてみよう、と思えるようになった。

今朝の外の雨音はずいぶん大きく、土砂降りの雨。昨日やっと咲いた紫苑を、大粒の雨が横なぐりにたたいて揺らしている。秋が、そっとどころか、騒がしくやって来て、あわただしさを感じさせる。でも今日は雨。やはり嬉しい。無花果を母の仏前に供え、かぎりない思いに合掌するのである。

（「続河」五号　二〇〇〇年九月）

三　はがき

牡丹の赤紫の花が咲く頃になると、毎年一枚の葉書をだして、そしてゆっくり見る。茶褐色の軍事郵便。検閲済松本の印があり差出人は横須賀運輸部気付村上定一となっていて、昭和十九年軍属として五十歳を過ぎてから戦争へ駆り出されていった父の最後の絵葉書である。絵は岡本一平氏描く「緑陰洗馬」。柳の木の陰に流れる小川で馬が気持ちよさそうに男に体を洗ってもらっている。馬の背には童子が乗っている。そばでは野菜を洗いながらその様子を笑みを浮かべて女が見ている。さわやかな風が吹いて柳が揺れのどかな時間の中でさまざまな音が聞こえてきそうである。

父は若松市（現在の北九州市若松区）で石炭販売商をしていたが、戦争に行くために姪夫婦に後をたくし、母と私と妹は父の里尾道市浦崎へと引き上げた。この葉書も姪夫婦宛であるがそんなわけで私がもらい受けてずっと持っている。

昭和十九年春四月、横須賀の軍港まで父を見送りに行った時、小学校三年生の私は牡丹の花びらの押し花と手紙をそっと手渡した。もう会えないかも知れないと子ども心につらく悲しかった。横須賀へ向かう途中初めて見た車窓からの富士山は、裾野から頂上まで雲ひとつなくすっくと立っていて美しく輝いて見えた。――富士山がこんなにきれいに見える事はめったにない。見た人にはきっとよい事があると言われている。父さんはきっと戦争から無事帰ってくる――と母に聞かされ悲しさを打ち消そうと富士山に祈ったように思う。父を見送った帰り、母と私、

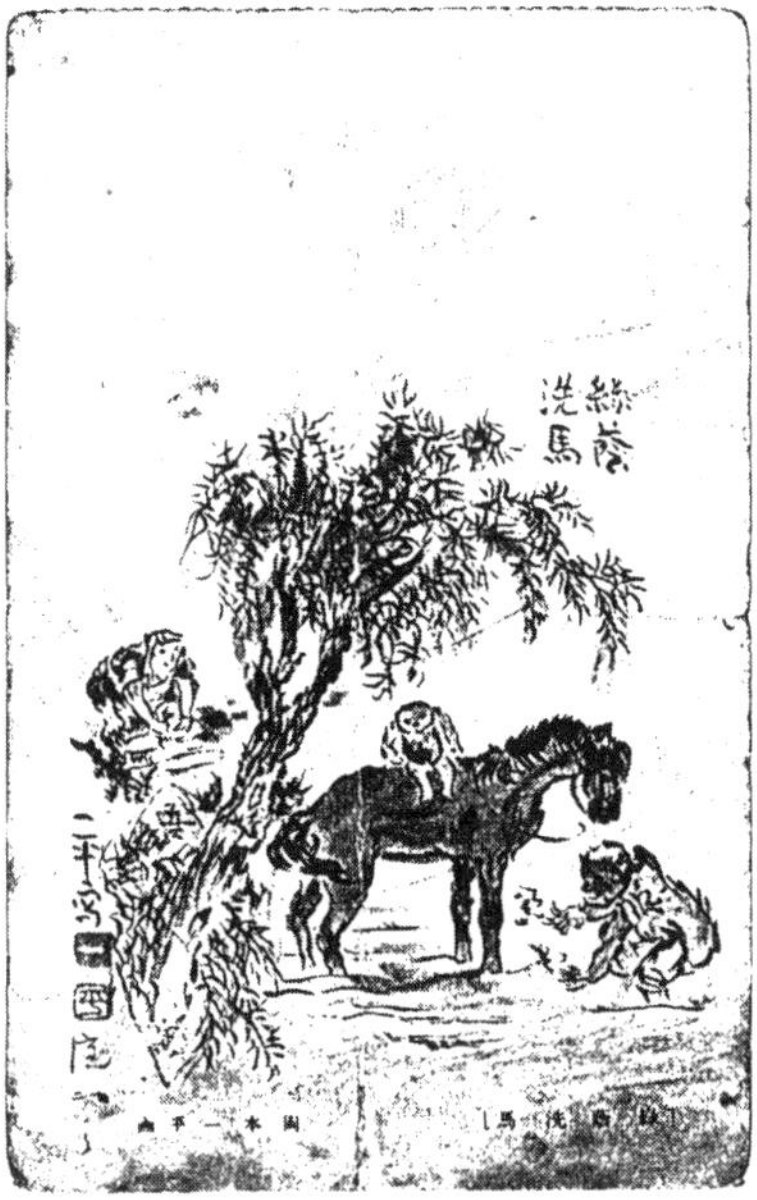

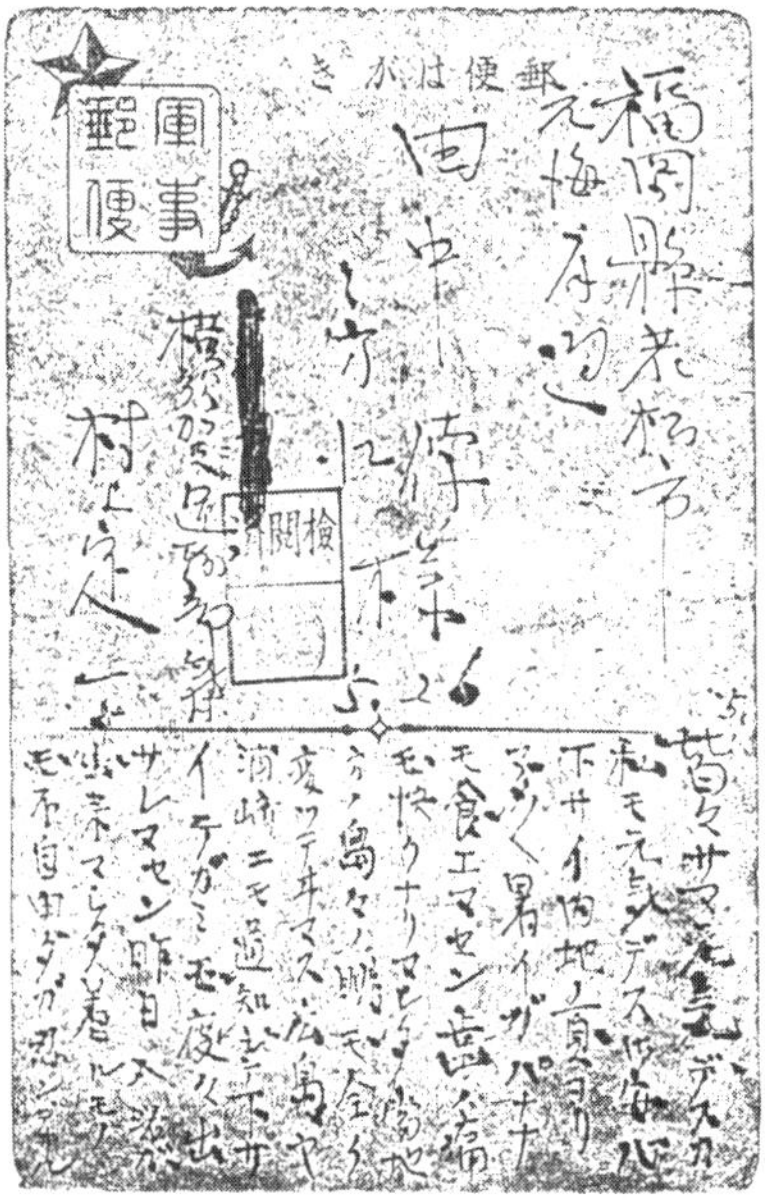

〈文面は百二十字余りで次のようになっている。〉
皆々サマ元気デスカ
私モ元気デス御安心
下サイ内地ノ夏ヨリ
マダ〳〵暑イガパナナ
モ食エマセン歯ノ痛
モ快クナリマシタ當地
方ノ島々ノ眺モ全ク
変ツテヰマス広島ヤ
浦崎ニモ通知シテ下サ
イテガミモ度々出
サレマセン昨日入浴ガ
出来マシタ着ルモノ
モ不自由ダガ忍ンデヰル

妹三人で見た熱海は八重桜の満開であった。あでやかな八重桜の美しさは父との別れをなお重苦しくし、恨めしくさえした。

横須賀気付で来た父の葉書を何度も読んでみると、短い文中のところどころに傍点が見つかった。その上、いやにはっきりと5・26の日付、文の右肩に5の数字、定一の下の字も何となく5に見える。柳の幹に隠れている五、など「五」の数字がこの絵葉書には散らばっていた。それはある文を読み解く鍵が傍点と数字「五」だったのである。バナナをパナナと書き換えたのが一番のヒントで、傍点の五つ上の字を拾い読みをするとはっきり「サイパン島に昨日着」と出てきた。あの激戦地、遠いサイパン島に父は渡っていたのである。一等航海士の資格か船長の免許を持っていたばかりに老人といえども戦争は非情にも父を連れていってしまったのである。

敵に見つからないためにボロ船に兵隊・武器を載せて南の国へ輸送する任務を負ってサイパンまでたどりついた父は、何とか自分の居場所を知らせたかったのか、老眼鏡をかけサイパンの「パ」の字をバナナの「パ」に置き換える苦労をしたのだと思う。検閲の目をかいくぐってどうしてもサイパン島に着いた事を知らせたかった父の顔が浮かんでくる。

その年の六月一日、父の戦死の知らせ。白木の箱には紙が一枚入っているだけであった。だれ一人父の最後を知らせてくれる人もなく、遺品も何一つ返って来ないまま五十年余りたっている。

サイパン島のどこかで死んでしまったのか、サイパン島から日本へ帰る船もろとも海の中へ命を沈めたのかはっきり分からないけれど、牡丹の花びらとともに父の命が「サイパン島」に在る事だけは今も信じている。

葉書を読み返すたびに父の無念さ、悲しみ、苦しみ、家族への思いが五十年たっても伝わってくる。私は牡丹の花びらの餞別を喜んでくれた父が大好きであった。戦争が終わって五十年たった今も父への思いは「戦争」を引き起こす人間の愚かさ、悲しさとともに消えることはない。

葉書をまた元通りおさめて、
「遙カ南方洋上ノ父上、暗号解読セリ」と心の打電をする。今年も牡丹の妖婉に酔いながら……
牡丹咲いて父の忌近く雨止まず　　和子

（「河」二十八（終刊）号　平成七年六月六日刊）

「はがき」について

今日は清水先生のお元気なお姿を拝見しお話を聞くことができて本当にうれしゅうございます。そして王朝文学の会の皆様とご一緒できる幸せを感じております。

「河」終刊号に載せた私のつたない文章「はがき」の実物はこれでございます。父が出した最後の軍事郵便は私の宝物です。春、桜が満開の頃になると出しては読み、牡丹が大きく咲いて風に揺れると、押し花にして仏壇に供え、バナナを買うとき、「パナナをください。」と独り言を言ってみたり、老眼鏡を二つも戦場へ持っていったなあと思い、「首がちぎれても泳いで帰るからなあ」と言った父の無念さを思い、季節季節の中で、この宝物はいつも私のそばにあります。そんな思いを書きました。

小学生の作文のようなものですが、清水先生のお優しいご指導をお力に、終刊号に載せていただきました。ありがとうございました。

清水先生どうぞお体を大切になさってくださいませ。

（「河」終刊号の合評会で　一九九五年一二月二日）

四　義母の米寿を祝って

平成八年十一月十七日、このさわやかな秋の日に米寿をお迎えになったおかあさん、本当におめでとうございます。ここに集まったみんなは、おかあさんが米寿を迎えられた事を本当に嬉しく思い、おかあさんへの感謝の心でいっぱいの者ばかりです。この席にお父さんがいらっしゃらないのがとても残念ですが、お父さんもきっとおかあさんの米寿をお祝いしておられると思います。

いつお会いしても、おきれいで上品でいらっしゃるおかあさん、何事にも控え目で、自分より他人のことをまず考え心配りなさるのは、わたしのもっともできないことなのです。見習わなくてはならないことですが、なかなかできません。これは、おかあさんが五人兄弟の長女で、小学校高等科のときに母親を亡くされ幼い弟妹の面倒を母親代わりに見てご苦労なさったことや、安宗へ嫁がれて、忙しい農作業、六人の子育て、お姑さまへの孝養と寝る間もない生活の中から生まれた人生哲学なのでしょうか。仏の教えを心の中心にすえ、信心深い生活を送られるからでしょうか。

昭和三十九年、広島市の小学校から三次小学校へわたしが転勤した時のことを覚えていらっしゃいますか。三次が不案内ということで、三次教育事務所へおかあさんがついてきてくださいました。三月末のとても寒い雪の日でした。いろいろと手続が長びいて、やっと終わって部屋の外に出てみると、廊下の隅でおかあさんがショールを頭からかぶるようにして立って待っていてくださいました。暖房もない寒い廊下で、長時間どんなにか寒かっただろうと思うと、涙が出て何もいえませんでした。とてもありがたくて今でも思い出すとおかあさんの大きなやさしさに涙が出てしまいます。

　それから三年間、寝たきりのわたしの母の面倒をみてくださった事は、どのような言葉をもってしてもお礼の申しようがございません。この世の中に、息子の嫁の母を、しかも寝たきりの病人を看る人がいましょうか。どうしてこんなことになってしまったのか。「大それた」という言葉がわたしのした事に当てはまるのかもしれません。でもそれを何も言わずに許してくださったおかあさん、本当にありがとうございました。

　おかあさんだけでなく、祐子さん、順子さん、茂子さん、静子さん、俊明さん、あなた方にもご迷惑をおかけしました。あなた方の大切なおかあさんに大変なご苦労をかけてしまいました。許してください。

　少しでもおかあさんに近づこうとしても、何もできないので歯がゆさばかりでした。わたしは不器用で料理も下手、農作業の手伝いも出来ず、みじめでしたが、おかあさんはちっとも、わたしに対して愚痴はこぼされませんでした。そればかりか、大きな厚手鍋や包丁を買ってくださいました。包丁には「奈良若草山一乗院」「安宗」と銘が入れてあり、わたしが持っている包丁の中では一番よく切れて使いやすく、何度も研ぐうちに少し細くなったような気がします。奈良の若草山の姿を思い浮かべながら料理をしています。きっと料理下手のわたしが少しでもよく切れる包丁を使うと上手になると思われたのでしょう。いっしょうけんめい料理を勉強して、おかあさんの大事な息子の伸郎さんの体を大切に守ります。

　おかあさんからほめてもらえるような事はない嫁ですが、たった一つおかあさんに認めてもらいたい事があります。わたしは伸郎さんからダイヤモンドの指輪も着物一枚も買ってもらっていませんが（それはもちろんわたしがいりませんと言ったのですが……）それは全部本に化けてしまったのです。伸郎さんが欲しいと言った本はどんなに高価でもわたしは反対しませんでした。おかげで家の中は本だらけ、本の中で生活しています。

　おかあさん、これでちょっとはほめてもらえるでしょうか。

おかあさんは啄木の歌をよく口ずさんでいらっしゃいますね。

　東海の小島の磯の白砂に　われ泣きぬれて　蟹とたはむる

たはむれに母を背負ひて　そのあまり軽きに泣きて　三歩あゆまず

はたらけど　はたらけど猶わが生活（くらし）楽にならざり　ぢつと手を見る

そして

　人事を尽くして天命を待つ

心だに誠の道にかなひなば祈らずとても神や守らん

　精神一到何事か成らざらん

も、よくおっしゃっていました。

おかあさんの生きていらした道にはこんな指標が立っているのですね。感じ入りました。

どうぞおかあさん、いつまでもお体に気をつけて長生きしてくださいませ。

わたしのお祝いの気持ちを句にしましたのでお受け取りください。

　母米寿　つどひて祝ふ　菊日和

和子

五　姉の死を悼む（弔辞）

静寂破る姉危篤のベル五月闇

姉ちゃん、この五月の空のもと、どうして慌ただしく旅立ってしまわれたのでしょう。悲しいお別れがこんなにも早くきてしまうなんて……。今、目に映るもの、みな空しく見えてしまいます。

姉病むと聞きうろたえぬ秋暑し

と昨年八月、驚きあわてて見舞いのお手紙を書きました。それまで病気一つしなかった姉ちゃんの発病は、晴天の霹靂でした。あのときから十か月余り、病と闘いながら、姉ちゃんは毅然として自分の姿勢を貫かれました。病はどんなにか苦しかったことでしょう。今はその苦しみから解放されて姉ちゃん自身の安らかな世界にゆったり浸っているのでしょうか。歌を詠み、句を作り、絵を描き、父、母、智兄さん、博子らと九州若松のことでも話しているのでしょうか。それにしても姉ちゃん、あなたは一番大切なお仕事、ご主人の看病を、途中でやめていってしまわれました。もっともっと生きて、一日でも長く、いつまでも生きていてほしかったのに。

姉ちゃんとわたしは十四歳違いでしたから、わたしが生まれた時は女学校の二年生。わたしのために白い毛糸でかわいいケープを編んでくれたそうですね。小学校一年生の夏休みには、お習字コンクールに出す「ハト」の字が上手に書けなくてベソをかいていたわたしに、時間をかけていっしょうけんめい教えてくれました。そのときのきれいな姉ちゃんの着物姿を、今でもありありと覚えています。

戦争で父を亡くし、熊本の親戚に預けられていたわたしを、姉ちゃんは引き取ってくれました。三人の我が子に手がかかってたいへんな時期なのに、わたしの高校、大学、就職、結婚までの十三年間、允文ちゃん、禎子ちゃん、敬之ちゃんら三人の我が子と同じように、わたしを育ててくれました。高校・大学受験も姉ちゃんに連れていってもらいました。あの昭和二、三十年代の物資が乏しかった時代、三人の子供を育てるのも大変な時、大きな妹を十年以上も面倒見るなんてどんなにか苦労だったことと思います。いくらお礼を言っても言い足りません。本当にありがとうございました。

「思い出すまま　夫門田宏のこと」を読むとご主人宏兄さんにたいする姉ちゃんの心のありようがよく分かります。宏兄さんを大事に大事に思っていらしたこと、わたしはこの心を見習わなくてはと思いました。句歌集「竹落葉」「しまなみ」にも、宏兄さんへの思いの深さはよく表されています。姉ちゃんのやさしさがひしひしと伝わってきます。姉ちゃんはまた読書家で頭が良かった。とてもわたしは太刀打ちできなかった。やっと少し姉ちゃんに近づけたかと思い、いっしょに「源氏物語」「平家物語」が読めたら……、宏兄さんといっしょに「芭蕉」もと欲ばっていましたのに……。俳句も短歌も安宗がすすめたら、わたしより百歩も千歩も先にいってしまい、みずみずしい感覚で「竹落葉」「しまなみ」と二冊も句歌集を作っておしまいになりました。

洋裁の技術は玄人はだしでした。わたしが新婚旅行に着ていくコート、スーツも姉ちゃんが縫ってくれました。姉ちゃんから縫っていただいた数々の服は、四十年近くたっても捨てられないで大事に持っています。そのセンスのいいこと、小さな端切れでもちゃんとわたしにぴったりのブラウスに変身させるマジックをお持ちでした。わたしの大好きなワインレッドのセーター、コート、スーツ、ワンピースなど、どれもこれも嬉しくて大切に着ているものばかりです。

桜の季節が来れば、姉ちゃんお得意の道明寺粉の桜餅を楽しみに門田家へおしゃべりに行くのが、心うきうきすることでした。昔はキャラメルも作ってくれました。家事全般のエキスパートでした。そして、姉ちゃんは大変なおしゃれでした。人生そのものも羨ましいぐらい上品なおしゃれで通されたと思います。

五月十三日に病院へ行った時、しんどそうな息づかいがちょっとおさまった時、かすかに目を開けて笑顔でわたしに何か言いました。あれは、わたしに「和ちゃん、すぐ泣き虫にならずしっかり前を向いて歩きなさい。」と言ってくれたのだと信じています。最後までわたしを心配してくれた姉ちゃんのやさしさだったと思います。それにしても第三句歌集の夢を持ち、姉ちゃんとわたしの姉妹句集を作ろう、父母のことをいっしょに書こう、と約束をしていたのに、あなたはさっさと愚かな妹をおいてけぼりにしてしまわれた。もう、父、母、兄、妹のことを、ともに話す人がいなくなったかと思うと、悲しさ、淋しさが惻々と胸に迫ってきます。けれどもあなたが遠い国へ旅立ったとはどうしても信じられません。

姉ちゃんは私の胸の中に生きている。わたしにとってはいつまでもすばらしい姉であり大きな存在です。これからわたしたちは姉ちゃんの意を体し、願いを大事にして生きていきたいと、心から念じております。

姉ちゃんほんとうにありがとうございました。

平成十二年五月十五日

安宗和子

六　門田京子詩文集『旅』あとがき

門田京子詩文集『旅』は、門田宏・京子夫妻の、生きてきた姿を偲ぶために、京子の文集・句歌集から選んで編集したものである。市商の教師だった宏が京子と結婚したのは、昭和十六（一九四一）年三月十一日のことだった。時に宏三十三歳、京子十九歳。結婚までのことや、宏の教育者としての姿勢は、京子の文集に鮮やかに描かれており、宏の短歌にも自らの姿勢がよく出ている。

教え子から、また同僚だった先生たちから、その人柄のゆかしさ、もの静かな中にも相手のことを深く聞く心の広さと純粋さ、熱意を、聞かされなかったことはない。市商から舟入高校へ、それから中学校長として観音中学、中広中学、幟町中学校に勤めた。定年退職後は広島城北学園に一国語教師として勤めた。みずからの生き方、仕事については何も書き残さなかったが、それは教え子のなかに生きればそれでよい、という信念だったのか。幸いにも「思い出すまゝ……」のなかに、京子が書き留めていてくれたことを有難く思う。巻頭の写真は平成七年撮影、絵は京子である。

京子の俳句は平成八年七月の宏の介護からはじめられた。句を作り、歌を詠ずることが、介護の支え、生き甲斐になっていったように思われる。みずからも身体の不調で入院したときにも、句歌のノートは携帯していて、ペンを握ることが出来るときには熱心に書きつけていた。仕舞にはペンが握られなくて、句歌の投稿は長女に指示して、はがきに書いてもらって出していた。「婦人之友」三月号に載ったのが最後であった。京子の病状が悪化するなかで、何とか励ましになればと思って、ノートに書きつけられていた『竹落葉』の後の句と歌を選んで、句歌集『しまなみ』を作ったのは今年の一月のことだった。発行年月日は昨年十二月となっているが、これはノートから句歌集の形にまとめた日であり、孫の結婚式の日であった。表紙の絵や文字の書体を決め、製本してできあがったのが一月だった。『しまなみ』を受け取ったときの嬉しそうな顔と、その時のことばは、つい昨日のことのように感じられて忘れられない。

子規記念博物館長の長谷川孝士先生に『しまなみ』をお送りしたところ、「早速拝読し、深い感銘を覚えました。『表現することはよく生きること』と改めて実感しました。……」というご返事をいただいた。本人には大きな励ましとなったようである。句や歌を作ることによって、本人は自分の世界を次第に広く深く耕していったように感じられる。詩文集の題名は京子の世界から『旅』とした。表紙絵は京子である。題字は和子。

五月十四日の京子に続いて二十四日には宏も同じ世界に旅立ってしまった。今頃はふたりで、どんなことを語り合っているのだろうか。最後まで仲の良いふたりであった。しんしんとした淋しさを振り払うすべを知らない。父を戦争で早く亡くした和子にとって、姉京子夫妻は長い間親代わりをつとめてくれた。お礼の言葉もないほどである。

心からふたりのご冥福を祈るのみである。

平成十二年六月二十七日

編者　安宗伸郎・安宗和子

七　門田宏遺稿集『道』あとがき

門田宏は平成十二年五月二十四日、九十二歳で永眠した。妻京子の死に遅れること十日であった。あとに一冊のノートが残されていた。その中の句歌を選択して編んだものが、遺稿集『道』である。

去にし年三度の病ともかくに立ちなほらせし妻にてありき　（昭和五九年）

右の歌にあるように、二人は仲のよい夫婦であり、お互いに助け合ってきた五十九年の結婚生活であった。昨年八月京子が入院、宏は温品の入院先から京子の入院した二葉の里の鉄道病院に妻を見舞った。

車椅子にてわが病室に会ひに来し夫は涙す「やつれ少し」と　京子

義兄宏については、教え子、同僚の方々から、その人柄のゆかしさ、もの静かな中にも相手のことを深く聞く心の広さと純粋さ、教育への情熱を聞かされなかったことはない。短期間のふれ合いにもかかわらず大きな影響を受けたという人、また、考え方・立場は違っても先生を人間として心から尊敬する、と述べた同僚の方もあった。

昭和六年に市商に就職、十六年つとめた後、舟入高校に転じ、その後中学校長として、観音・中広・幟町中学に勤めた。定年退職後は一国語教師として広島城北学園に勤めた。教育ひとすじの道であり、人間を見つめる眼はいつも澄んでいた。扉のことば「あかあかと一本の道とほりたり……」は、宏の好きであった斎藤茂吉の短歌の一節である。原爆の惨禍は宏の心をとらえ続けた。四十年後に作った六十余首の歌がそれを語っている。それらは、できるだけ全部載せるようにした。順序はノートのままである。
謹んでこころからご冥福を祈る。

平成十二年六月二十七日

編者　安宗伸郎・安宗和子

八　『愚公移山』への返信

先日は「ショートコラム『愚公移山』（二〇一五年四月～二〇一六年三月）〈全八十三話〉を戴き有難うございました。お父さんと伸子はすぐ「愚公移山」の意味が分かったようでしたが、正直わたしは知りませんでした。如何にわたしの知識量が少ないかという事を改めて思ったことでした。すぐに電子辞書で調べてみると、「〔列子（湯問）〕北山の愚公が齢九〇歳にして、通行に不便な山を他に移そうと箕で土を運び始めたので、天帝が感心してこの山を他へ移した、という寓話。たゆまぬ努力を続ければいつかは大きな事業もなしとげることのたとえ。」と出ていました。君の「愚公移山」の解説の方がよく分かると思われました。

昔、中国に愚公という男がいた。彼の家の前には迂回しないと通行できないような小高い山があり、彼は常々なんとかしたいと思っていた。そこで一念発起、彼は少しずつその山を切り崩し、せっせと土を運び出していった。そして長い年月をかけてその山はきれいになくなり、スムーズに通行できるようになった。毎日少しずつの努力でも、継続すれば大きな力になるということのたとえで、「愚公山を移す」という故事成語が使われることもある。

ショートコラム「愚公移山」は、日頃思ったこと、過去のエピソードなどを中心に書いたものである。製本にあたって、過去一年間のショートコラムに加筆・訂正をし、編集した。読んでいただいて、少しでも心に小さな灯りがともれば幸いである。

安　宗　直　樹

第一話から順に読んでみます。そして、わたしなりに返事（感想めいた）を書いてみます。

●第1話「卒業生からの手紙」

この4月、高校生になった安西中の卒業生が、卒業式のあと何人か手紙をくれた。その手紙を読み返しながら思った。「この子たちはなんて素直で正直で優しい生徒なんだ」と。自分の思いを飾ることなくありのまま文章にしている。だから形式的なよそよそしさは全く感じない。それどころか、別れのつらく悲しい気持ちやせつない思いがダイレクトに伝わってきて感動さえ覚える。こんな、心のこもった素敵な文章を書ける卒業生を持てたことを誇りに思う。

新3年生もこの先輩たちを超えられるよう頑張れ！1年後に受験の勝利の女神はほほえむか？自らの手でその女神を呼び込んでほしい。

①教師冥利という事ね。我が子が教師として生徒からこんなに慕われていると思うと、とても嬉しくなった。

●第2話「再会を夢見て」

「人は、会いたいと思った人には必ずまた会える」という言葉がある。そう言えば、何十年もたって思いがけなく昔の初恋の人や仲のよかった親友に再会することもある。でもそれはある意味奇跡に近い。でも本当に心から会いたいと強く念じていると、その思いが届きそうな気がしてくる。その目に見えないエネルギーが2人を再会へと導くこともひょっとしてあるのではないか？

たとえ最終的に会えなかったとしても「もしかしたらいつかまた会えるかも」と思いながら日々を過ごすのは、生きていく上で夢があって喜ばしいことだと思う。そう考えることで人間は無意識のうちに別れのつらさ、悲しさを克服し、人生を前向きに生きようと頑張ることができるのだ。これはあくまでも持論だが…。

②人と人とのつながりは生きていく時間の中で重要な要素。「会う」という事の重さは限りなく重い。

●第3話「スーパープレー」

錦織圭選手のプレーをテレビで見た。世界ランク4位。今や彼のプレーは抜きん出ている。「すごい」を通り越して感動を覚えるほどだ。そんなに体は大きいほどではない。にもかかわらず、どこにそんなすごい球を打てるパワーやテクニックが潜んでいるのだろうか。テニスプレーヤーのプレーを見て、鳥肌が立つくらい感動したのは本当に久しぶりだ。「スポーツは筋書きのないドラマ」とよく言われるが、まさにその通りで、激しいラリーの応酬やミラクルなリターンを見ていると気持ちがスカッとする。これからも派手な「エアK」で日本中を元気にしてほしい。

③錦織圭選手のスーパープレーの後ろにある「たゆまぬ努力」に感心する。少しでも見習わなくてはと思う。

●第4話「中3の思い出」

中3のときの担任は英語の先生だった。年は30代後半だったように記憶している。優しくて生徒たちのことをよく考えてくれる、いい先生だった。強く叱られた覚えが全くない。温厚で誠実で生徒みんなに慕われていた。

先日、当時の卒業アルバムを引っ張り出して見てみた。泣きたくなるほど懐かしい。タイムスリップして当時の先生にお礼を言いたいほどだ。でも時の流れは残酷で、ドラえもんのように自由に過去に戻るなんてことは絶対できない。だからこそ人間は、後悔のないように今を一生懸命生きることが大切なのではないだろうか。人間誰でも年をとるというのはどうしようもない事実なのだから。

④「洗心」に投稿した「先生」のことかな。「一期一会」の意味を考えた。

●第5話「海は命のふるさと」

若い頃、ドライブがてらよく海を見に行った。海は昼間と夜とで全く表情が違う。昼間の海は包み込んでくれるような優しさがあるが、夜の海は神秘的で、パワーを内に秘めた未知なる力を感じさせてくれる。よく青春ドラマなどで、海に向かって「バカヤロー」と叫ぶシーンがあるが、なぜかその気持ちはよくわかるような気がする。海の前では人間は正直になれる。それは、海が何でも許してくれそうな広い心を持っているように思えるからだ。

そういえば、生まれる前の赤ちゃんは、お母さんのおなかの中で羊水という、いわゆる小さな海の中に浮かんだ状態でいると聞いたことがある。そういう意味では、海は人間にとって「生命の原点」、言い換えると「命のふるさと」と言えるのではないだろうか。

⑤「海」についてのショートコラム、君の文章に感心した。有難う。

●第6話「こだまに込められた意味」

「やまびこ」や「こだま」は列車の名前としても有名だが、辞書によると、「声や音が山などにぶつかって、はね返ってくること」とある。誰でも子どもの頃に、山や谷などで「ヤッホー」と叫んだ経験はあるだろう。すると、その声が山や谷にぶつかり反響して再び「ヤッホー」と聞こえる。これがいわゆる「やまびこ」、「こだま」である。

こだまは「木霊」と書く。木霊には「樹木の魂」とか「木の精」という意味もある。樹木にも命が宿るということなのだろう。だから命が宿っている木々が人間の声を反響させているということなのだろうか。こだまに「木霊」という字をあてた日本語学者はすばらしいと思う。日本語は奥が深い。

⑥日本語の美しさは言うまでもないね。昔書いた　わたしの文章も読んでね。（保護者宛の「学校だより」から）

先日、「風花が舞い落ちるのを窓ごしに眺めながらペンを走らせています。」という書き出しで始まる長い手紙を友人からもらいました。「風花」という雪を表現したことばが、わたしは冬の季節の中でいちばん好きなのです。冬日に輝きながら舞う雪が、桜の花びらが散りゆくさまに似ているところから、「風花」といわれるとか、何と美しいあらわし方でしょう。ことばの持つひろがり〈詩〉を感ぜずにはおられません。今の情報化社会の喧噪に押しながされて人間は「風花」のような日本の美しいことばを次第に忘れていくのではないかと危惧されます。

現在学校では「国語」という教科が他の教科よりも時間数が多く学習されています。どの教科よりも一段上という意味ではなく、「日本のことば」を学習するので、多くの学習時間が必要ということでしょう。それはとくに話す・聞く・読む・書くということばの力で、他のいろいろな学習をするため、でもあります。

しかし、そんなにたくさんの学習時間をかけても映像のみが先行してことばに感動しなくなった顔、新造語や単なる語呂合わせのことばを使っておもしろがっている子どもたちの顔を見ると悲しくなってしまいます。

これは私たち大人の日常生活の中に、日本のことばを見つめ、美しさを見付け、より美しく使おうという姿勢が失われていることとの反映ではないでしょうか。ある家の一日をみても、朝あわただしくテレビの時刻表示を見ながら出勤の用意をしている大人、子どももテレビを見ながら食事、出てくる言葉は「早く早く」、夜はまた「テレビばっかりにかじりついて……宿題すませたの……」をくり返して一日が終わってしまう。ことばの一方通行だけで事が済んでしまう。「話す・聞く・読む・書く」生活は希薄になっているのがよく分かります。

●第7話「教え子との再会」

職場体験学習の打ち合わせのため、ある事業所に確認の電話を入れた。電話の応対に出てくれた女性は、なんと16年前に中学校を卒業した教え子だった。教え子だとわかったとたん、電話口の相手の口調が丁寧語から「くだけ口調」に変わった。「おい、おい、それじゃあ言葉遣いは昔のままじゃん!?」とはさすがに言わなかった。それにしても懐かしい。

そういえば去年も、職場体験学習の巡回訪問に行った事業所で23年前の教え子と偶然会った。半年前には14年前の教え子と偶然会う機会があった。いずれも全く予想外のできごとだった。いろいろな場所で思いがけず過去の教え子とよく会う。しかもその9割がなぜか女性である。「縁を引き寄せる何かを持っているんじゃないですか?」とある人に言われた。その真偽のほどはよくわからない。

⑦君は特に女生徒に優しかったのかも知れないね。（イヤ男の子はドンカン）女は男の人の優しさに一番惹かれるものなのよ。

●第8話「アイドルの寿命」

最近のテレビを見ていて思うのは、「アイドルの活躍期間が長い」ということだ。昔アイドルというと、せいぜい10代から20代前半くらいまで活躍すればいいほうだった。当時は、ヒット曲に恵まれずデビューしてから2、3年で引退してしまうアイドルも少なくなかった。ところが最近はＳＭＡＰ、Ｖ6、ＴＯＫＩＯなど、40歳前後のいわゆる「おじさん世代」のアイドルが依然として人気を保っている。40歳を過ぎても彼らはカッコいい。彼らを見ていて思う。「上手に年はとりたいものだ」と。そして何歳になっても、外見はともかく内面が輝いている人になりたい。

⑧アイドルに無関心なので、ＴＯＫＩＯもＳＭＡＰもはっきり区別がつかないような化石人間。

●第9話「ヒール・ザ・ワールド」

ラジオから偶然流れてきた曲に心が躍った。マイケル・ジャクソンの「ヒール・ザ・ワールド」という曲である。ワイルドでマニアックな曲調が多い彼の曲の中では、異例とも言えるほど穏やかで素朴で自然なメロディーが心を打つ。

原題の「ヒール・ザ・ワールド」は「世界を癒そう」という意味である。そのタイトル通り、歌詞には心が洗われるような感動的な歌詞がちりばめられている。メロディーも転調を繰り返し、印象的なエンディングへと向かう。

マイケル・ジャクソンの曲の中では、名曲中の名曲であると個人的には思う。それもそのはず、3年生の英語の教科書に、2ページにわたって、この「ヒール・ザ・ワールド」の歌詞が掲載されていた。マイケル・ジャクソンが50歳の若さで亡くなってから早くも約6年がたつ。

⑨またまた、マイケル・ジャクソンをあんまり知らないというか、わたしにとってはわけのわからない存在。歌も全然知らない。ららら クラシックという番組で紹介。

あの大作曲家、武満徹がビートルズの大ファンでギターで四曲も編曲していたというのを知り、一度聞いてみたい。

●第10話「卒業生の訪問」

卒業生が最近よく安西中を訪ねてくる。まだ高校生活に慣れきっていないのか、不安そうな表情で話す生徒もいるが、ひとしきり自分の思いを話すとすっきりした表情になる。内容は、高校生活のことにとどまらず、家庭のこと、恋愛のこと、将来のことなどさまざまだ。そんな話をできるだけ聞き役に徹して聞く。人は自分の心にたまっていたものを誰かに聞いてもらうと楽になるという。

先日も1時間以上も話をした後、晴れやかな表情で帰っていった卒業生がいた。その後ろ姿を見送りながら、この子たちも長い年月の経過とともに記憶から忘れ去られていくのだろうかとちょっと寂しい気持ちになった。卒業式の日にもらった「私のこと絶対忘れんでね」という卒業生の手紙の中の言葉が、ぐっと心に突き刺さった。

⑩いつも君の心の中心にある教師という大きな柱。安宗家四人とも持っていると思われる大きな心の柱。

●第11話「天国から舞い降りた犬」

実家で飼っていた犬が天国へと旅立った。15年くらい生きたので寿命だったのだと思う。最期はえさも全く食べず、しんどそうに横たわっているだけだった。

犬が天国へ旅立ってから何年かたったある夏の日。ふと懐かしいにおいがした。間違いなく飼っていた犬のにおいだ。それはまるで天国から舞い降りてきたかのように、姿はないが、においでその存在を示しているかのようだった。一瞬、その犬が天国で楽しそうに走り回っている光景が見えたような気がした。ちょっと臆病だが、元気のいい、人なつっこい犬だった。それだけにもっともっと生きたいと思っていたのだろうか。でもそれを確かめるすべはない。

そんなことを思っているうちに、間もなくすーっとにおいは消え、また天国に舞い戻っていったような気がした。

⑪弘子さんの実家の犬だったのね。犬も猫も大好きだっただろうに、わたしたちの都合で飼ってやれなくてゴメンネ。

●第12話「思い出は美しいままに」

今から約10年前、保育園時代の幼なじみと35年ぶりに再会した。幼いときの記憶はあいまいで、顔も当時と変わっているので、懐かしさよりも照れが先に立ってしまったが、思いがけない再会に会話がはずんだ。当時のことを彼女はどれだけ覚えているのだろうか。当時のことをあまり突っ込んで聞くと自分の恥ずかしい思い出があらわになるので、それはなるべく避けるようにした。やはり思い出は思い出として、美しいまま心にとどめておいたほうがよさそうだ。

後日、昔通っていた保育園の前を車で走った。ショックだった。35年もたてば当然と言えば当然かもしれないが、当時の小さな保育園が近代的なビルに建て替えられていた。昔の面影は全くない。心にすきま風が吹き込んできたような気がした。

⑫光明学園のことね。伸子が「ホークエン」と言っていたので、わたしが「スプーンエンの事?」と笑った園。わたしたち夫婦にとって苦労した時期。そして君にもいろいろ迷惑をかけた時期。四人ともそれぞれがまんして苦労した時期。

●第13話「思わず見とれる覆面パトカー」

覆面パトカーとは「一見、普通の乗用車だが、中身は実はパトカー」という車である。赤色灯はマグネット方式で車のルーフにポンと置くようになっている。その昔「あぶない刑事」というドラマの中で、柴田恭兵が乗っていた覆面パトカーを思い出す。当然、赤色灯がないと覆面パトカーは一般の乗用車と判別しにくい。しかも車種が多彩で、えっ、こんな車が覆面パト？と驚かされるようなこともある。

先日、カッコいい覆面パトカーが走っているのを見つけた。トヨタが誇る最高級車、レクサスの覆面パトカーだ。あまりにもカッコいいのでつい見とれてしまった。「安佐南警察署の覆面パトだよ」と物知りなタクシーの運転手さんが教えてくれた。

⑬わたしがはじめて知った事。

●第14話「古き良き時代」

高校時代、文化祭の準備で学校に遅くまで残っていた。文化祭の準備は本当に楽しかった。文化祭は6月実施で、確か外が真っ暗になるくらいまで残って準備していたので、午後7時は軽くまわっていたと思う。記憶では夜8時くらいまで学校にいたこともあるような気がする。それでも先生たちからは何も言われず、怒られることも、早く帰るように促されることもなかった。それだけ生徒を信用してくれていたのだろうか。それとも単に放任していただけなのだろうか。

もちろん今は時代が変わって、高校でも下校時刻がきちんと決められている。当時はのんびりとして、そんなに時間に追われることもない、のどかな時代だったのだ。そんな時代があったことがたまらなく懐かしい。まさに古き良き時代である。

⑭君の高校生活については、私は自分の仕事ばかり考えていて、あんまり親身でなかったこと、許してほしい。もう遅いと言われそう……。

●第15話「アオスジアゲハ」

あんなに美しい蝶を見たのは何年ぶりだろう。黒い羽に鮮やかな水色の帯が縦に入っている。この水色は、たとえると「ターコイズブルーに少しだけ緑色を混ぜたような色」で、その色合いの美しさに見とれてしまうほどだ。

もっとよく観察しようと近くに寄ろうとすると、蝶のほうから羽ばたきながら近くに来てくれた。「おっ、サービス精神満点じゃん！」と心の中で思ったが、もちろんそんなことが蝶にわかるわけがない。でも自分の思いが蝶に通じたような気がして少しだけうれしかった。日頃の疲れ、ストレスを吹き飛ばしてくれるような、ホッコリするできごとだった。

ちなみに、この美しい蝶の名前は「アオスジアゲハ」である。あの色彩豊かできらびやかな「オオムラサキ」とは違って、このアオスジアゲハは少し地味だが、控えめで上品な美しさを兼ね備えていると思う。

⑮この頃の電子辞書ってすごい！　君の文章にひかれて「アオスジアゲハ」「オオムラサキ」「アサギマダラ」を調べてみるとカラーで美しい三頭の蝶を見ることができた。息をのむ美しさだった。

●第16話「二分される人間の性格」

人間は、性格が「猫型」か「犬型」かのどちらかにあてはまる場合が少なくないと何かの本に書いてあった。そう言われるとそうなのかなと思ってみたりもする。

猫型の人の特徴は、相手との距離感がない。気がつくと体が触れ合うほどそばに来ていることがよくある。また、機嫌のいいときはさかんにコミュニケーションをとろうとするが、機嫌のよくないときはぷいとよそを向いているように思える。

犬型の人の特徴は、相手と一定の距離感を保ちながら感情、特に喜びを全身で表現する。こちらからの言葉かけを忠実に待っているかのようでもある。気分のムラもあまりない。

果たして自分はどちらのタイプだろうか。1分ほど考えた。どちらでもないような気がする。猫型でも犬型でもないとすれば、物事を深く考えず能天気でマイペースな「にわとり型」だろうか？
⑯人間の性格については、色々考えさせられるね。そして自分の性格を何型と決定するのは自分自身じゃないかしら。

●第17話「ツバメが低空飛行する理由」

「ツバメが低く飛ぶと翌日は雨が降る」という言い伝えがある。この言い伝えはちょっと不思議な感じもするが、元来、ツバメは空中に飛んでいる小さな虫を、自らも飛びながら捕食する習性があるらしい。天気が下り坂になると空気中の湿気が多くなり、小さな虫は羽などに水分が付着すると重くなるので、高く飛べなくなる。だから低いところしか飛べない。そこをツバメが狙うというわけである。ツバメが低く飛ぶのは、低空飛行している小さな虫を捕らえるためだったのだ。

あと、注目すべき点はツバメの飛行速度だ。ふだんは40〜50km／hと言われているが、本気を出せばなんと200km／hは出せるそうだ。大谷翔平投手の剛速球より断然速いのは驚愕に値する。なんとテニスの錦織圭選手のサーブのスピード並みだ。
⑰「燕」つばくらめ・つはひらく・つばくら・季語　夏　つばめ・つばめ帰る・つばめの子　私の最後の勤務校、伴東小学校の校舎の四階の軒下にコシアカツバメの巣がたくさんあって「ツバメアパート」と子どもたちとよく見たものだ。

ことばを見つめるの続きです。

現状では、ことばの力をみがく場が生活の中になくなっています。それではどうやって……と聞かれるでしょう。

まず、その簡単な解決方法、

その一、話すときに相手に自分の意志をわかりやすく上手に伝えるためにメモをする。

その二、三行日記を書き、できるだけ美しい文にする。

その三、新聞を読む。

その四、いろいろなジャンルの本を読む。（子どもの読む童話や絵本物語はもちろん）そして読書ノートをつける。

その五、子どもの作文を読む。

ことばを見つめることが子どもを見つめることにも、人間を見ることにもつながっていくと思います。

大村はま先生の「やさしい国語教室」という本の中に、

「ことばを使う力がじゅうぶん伸びるといろいろのしあわせが開けてくると思われます。」

という文がありますが、「国語」を学習することはそのしあわせを探り求めるものだと思います。

「日本の教師に伝えたいこと」の中では、

中学生のころは、子どもがたいへんむずかしい時期だといいますが、とにかく、なんでも、できないとか、下手とか、おくれるとか、そういうことが、我慢ならないのです。それで、少しでも威張られたり、下に見られたりしますと、驚くほど傷つくのです。そして、どうしても何とかせずにいられなくて、それがよく生意気という形になってしまうのです。それから、中学生の大嫌いなことは、マンネリです。「新鮮さ」が好きなのです。そういう子どもに向かうのに、教師は、どんな気持ちがふさわしいでしょうか。……私は、新鮮さと謙虚さだと思います。

と述べていらっしゃいます。

君がその姿勢をもっていることを、わたしは誇らしく思います。

●第18話「職場体験学習中のエピソード」

職場体験学習でお世話になっている事業所に昔の教え子がいるので、当時の卒業アルバムを持って会いに行った。

本来の目的は、生徒の働いている様子を見て、写真を撮ったり、頑張るように激励の声かけをしたりすることだったのだが、教え子に会ったとたん、昔の思い出が鮮やかによみがえり、それどころではなくなってしまった。明るい子だったので、昔と変わらずその子の周りには自然と他の従業員の方が集まってきて、その事業所は笑いの渦に包まれた。勤務中にもかかわらず、昔の思い出話に花が咲いた。

嬉しかったのは「先生は、印象に残っている先生のベスト3に入っているよ」と言われたことだ。「そういうあなたも印象に残っている教え子のベスト3に入っているよ」とは思っていても言わなかったが…。ほんの数分間の楽しいできごとだったが、人の縁の大切さを実感できた貴重なひとときだった。

⑱教え子の成長した姿を見るのは幸せね。

●第19話「文化祭の思い出」

高校の文化祭シーズンがもうそろそろやって来る。高校の文化祭というと、中学校とは比べものにならないくらい大規模で派手なイメージがある。ある高校の先生が言われていたが、その高校の文化祭は「生徒主導」で企画され、教員が口出しする余地がほとんどないくらいで生徒の自主性にほぼ任されているそうだ。

そんな高校の文化祭をイメージした文化祭を、ある中学校で10数年前に実施したことがある。グラウンドには各クラスの出店（テント）が所狭しと並び、生徒によるミニライブあり、ゲームコーナーあり、そして金魚すくいやヨーヨー釣りあり…と、これが本当に中学校の文化祭なのかとびっくりするような出し物がいたるところで見られた。

今は時代も変わり、そんなことはできなくなってしまったのが残念だが、ひと昔前の懐かしい思い出だ。

⑲学校教育の現場はどのように変遷していくのか、進展していくのか、退化するのか、わたしはリタイアして二十年余だからよく分からない。

●第20話「正真正銘の名車」

近所に「マツダ・キャロル３６０」という軽自動車を所有している家がある。あまりにも古い車なのでいつ頃の製造かよくわからないが、推定昭和40年式。つまりこの車は約50年間も走り続けていることになる。

今の軽自動車はすべて、車体の幅が１４８㎝以下と決められているが、このキャロルは見た目の幅が１２０㎝くらいではないだろうかと思えるほど小さくてかわいい。しかもミラーは、ドアミラーではなくフェンダーミラー。ウィンドー開閉は手動式。エアコンはついているふうもない。でも持ち主の方は大切に大切に乗っているのだろうなと思うと、それだけで胸が熱くなってくる。

走っている姿は何とも言えず、逆に新鮮だ。この車が走れば10人中９人が振り返る、正真正銘の名車ということができる。もし機会があれば「車の写真を撮ってもいいですか」とお願いしたいくらいだ。50年も走り続けることができる車を作れる日本の技術はすばらしいとつくづく思う。

⑳小さい頃から車大好きだった君、ミニカーをよくほしがって「この間買ったものと同じじゃないの」と言うと「〇〇の〇〇型だからこの間買ったものと違う」とやり込められたのを思い出した。

●第21話「同じ夢を見る理由」

「ああ、また同じ夢か…」と起きたあと思う。今までに何度同じ夢を見ただろうか。「明日がテストなのに、勉強に関して何も手をつけていない。ああ、どうしよう！」といった夢である。周りの景色こそ違いはするが、自分が置かれている状況や焦っている気持ちは毎回同じだ。何度も同じ夢を見るのは、過去によほど強い思いが自分を支配していたことに由来するらしい。

そういえば高校時代、夢ではなく現実にそれと同じような体験を何度もしていた。早くからテスト準備をすればいいものを、お尻に火がつかないと本気で取りかかれない意志の弱さのため、テスト前には相当苦労した覚えがある。そのせいでいつもテストの成績は悲惨な結果に終わってしまっていた。その戒めとして神様は自分に同じ夢を見させるのだろうか。若い頃もっと一生懸命勉強していればなあと今になって思う。

㉑夜見る夢は現実の苦しい場面のはしくれを映像化することが多いのよ。わたしも悲しい場面ばかり見て涙をながすことがよくある。

●第22話「366日」

ＨＹの「366日」という曲がある。「なぜ、『365日』じゃないのか？」という疑問がわき起こってくるのだが、偶然聞いていたラジオで、HYのボーカルの仲宗根泉さんが言っていた。「1年中（365日）あなたのことを思っていてもまだ足りない。もっともっと愛したい」という思いを込めて「366日」にしたそうだ。メロディーも素敵で、せつない歌詞がずんずん心に響いてくる珠玉のバラードである。

失恋や片思いというのは苦しいものだが、この曲を聞くとパワーをもらえるような気がする。歌の力はすごい。今、恋愛に悩んでいる人がいれば、ぜひこの「366日」を聞いてほしい。でも、くれぐれも涙腺が崩壊することのないように。

㉒366日めをわたしだったらどのように生きようかと考えてしまった。

●第23話「今、生きていることは奇跡」

自分がこの世に生まれて生きていることほど奇跡なことはないという。自分が生まれてくるためには両親が絶対必要だ。その両親が存在するためには、そのまた両親、つまり自分の祖父母が計4人存在する。彼らがいないと自分という人間は存在し得ない。

そうやって考えると、自分の3代前（つまり曽祖父・曽祖母）は計8人存在していることになる。4代前は16人、5代前は32人…そしてなんと、20代前は104万8576人もいるのだ。つまり自分が今こうして生きているのは、少なくとも100万人以上の人たちが偶然出会い、結ばれ、そして命のバトンをつないでくれているからにほかならない。まさに「奇跡」だ。

約9年前に大ヒットしたORANGE RANGEの「花」という曲には、キセキという歌詞が何度も登場するが、「奇跡」と「軌跡」の2つの意味で使い分けがされている。そういえば、GReeeeNの名曲「キセキ」にしてもそうだ。そこで中学生のみなさんに一言。あなた自身が今までたどってきた軌跡はまさに奇跡で、輝石のごとく輝いていることだろう。

㉓「軌跡」「奇蹟」「輝石」同音異義を使ってのショートコラム、中学生への語りかけは見事。

●第24話「カメ吉の脱走」

雨の降りしきる日曜日の夕方、音符池に住む「カメ吉」(?)が〝脱走〟しようとしていた。というのも、たまたま車で来られていた保護者の方が音符池のほうを指差して「亀、亀!」と興奮気味に言われる。何事かと思って見てみると、カメ吉がのっそりのっそりとダストボックスの方角へ移動中だった。あわててカメ吉を〝捕獲〟し、音符池に戻してやる。気のせいかカメ吉は申し訳なさそうな顔をしていた。

いったい何を思って脱走を企てたのだろう。たまには外の世界に出てみたいと思ったのだろうか。聞くと今までに何度か脱走しようとしたことがあったらしい。ということは初犯ではない。もしもカメ吉の脱走に気づかなかったらカメ吉はどうなっていただろう。こんな心配をよそにカメ吉はこう言うのかもしれない。「心配しなくてもちょっと散歩してすぐ戻るつもりだったよ」と。

㉔長く生きているとカメ吉でなくてもこの世から脱走したくなる事がある。カメ吉の気持ちよく分かる。

●第25話「名刺について」

最近、安西中に来られた高校の先生と名刺交換をする機会がよくある。恥ずかしながら若い頃は、自分の頭の中に「たかが名刺」という軽い気持ちがあったのは否めない。でもビジネスの世界に名刺は不可欠。名刺は自分の分身とも言われるように重要なアイテムの1つなのだそうだ。名刺は訪問した人から渡すのが原則だが、「名刺同時交換」という渡し方のテクニックもある。

㉕わたしは名刺を持っていない。交換したこともない。それだけ肩書きのない人間。

先日「名刺入れホルダー」（名刺を保存しておくアルバムみたいなもの）を買った。それにいただいた名刺を入れ、改めて眺め返してみると、いろいろな名刺があっておもしろい。似顔絵や顔写真つきのものもある。数々の名刺を見ながら、自分もインパクトのある斬新な名刺をデザインしてみようかなという気持ちがわいてきた。

●第26話「ヒグラシの鳴き声」

きのうの夜7時半頃、懐かしい声が聞こえてきた。それはヒグラシ（蜩）の鳴き声だ。なぜこれを「懐かしい」と感じるのだろう。

ヒグラシは普通のセミよりも小型で、「カナカナ」と鳴くのが特徴である。日の出前や日没後によく鳴き、清涼感や物悲しさを感じさせ、日本では古くから美しい声で鳴くセミとして文学などの題材に使われてきた。哀愁を帯びた、郷愁を誘う声としてそれが懐かしさにつながっているのだろうか。

そういえば子どもの頃、夏休みの夕方、遊びから帰って家で一休みしていたとき、外からヒグラシの鳴き声が聞こえてきて心が癒されたっけ。その昔の体験が何十年たった今に、脈々と引き継がれているような気がする。

ヒグラシが鳴き始めたらもう夏本番である。

㉖ヒグラシの鳴き声わたしにとってはもの悲しい音。夏の終わりのツクツクホーシも悲しい音。

●第27話「カラオケの醍醐味」

先日、カラオケボックスに行った。薄暗いボックス内をミラーボールが回転し、光の破片が散らばるあの独特の雰囲気は嫌いではない。カラオケは結局「自己満足」に過ぎないと誰かが言っていたが、そうなのかなとも思う。その場の状況や雰囲気にもよるが、誰も真剣に人の歌なんか聞いていない。

所詮、カラオケっていうのは自分が楽しければそれでいいのだ。盛り上がるときは盛り上がるが、確かに、人が歌った歌がどうだったかなんて案外覚えていないものだ。でもそれはそれでいい。1度しかない人生、楽しまなきゃ損と思うからだ。

古い歌を歌って、昔の時代にタイムスリップするもよし、みんなで大合唱するもよし。とにかくストレスを発散し、日頃の憂さを晴らすには人生の最適な楽しみ方の1つだと思う。

㉗これもまた「カラオケ」はほとんど経験がない。退職後教員の旅行ツアーの宴会でのカラオケでも流行歌をあまり知らないので歌わない。これこそ芸なしである。

●第28話「LINE全盛時代」

結婚する男女というのは、運命の赤い糸で結ばれているという言い伝えがある。日本の人口1億2600万人のうち、男性6200万人、女性6400万人と考えると、こんなに多くの人の中から1人の男性と1人の女性が出会って、結ばれるというのは奇跡に近い。

今はスマホのアプリ、LINEが全盛だが、赤い糸ならぬLINEという線で人間は強力に結ばれている。運命の赤い糸というのは、もはや古めかしい言い方なのかなとも思う。人間の恋愛事情は時代の変化とともに変わってきているような気がする。昔は文通からスタートして、友達が恋人に変わっていく過程を経験した人も少なくなかったらしい。それが今や誰もがLINEだ。確かにLINEは便利だし、カッコイイ。この先、

LINEを超えるすごいアプリが果たして出てくるのだろうか。
㉘これも化石人間のわたし。スマホできない。ラインできない。勉強しなくっちゃ……。

●第29話「遠距離恋愛カップル」

「日本で最も距離が長い遠距離恋愛をしている人たちは誰でしょう?」というクイズがある。答えは七夕の「織姫と彦星」である。ご存じのように織姫はこと座のベガ、彦星はわし座のアルタイルだが、両者は果たしてどのくらいの距離離れているのか知っている人はあまりいない。夜空を見上げて、もし天の川が見えるなら想像してほしい。天の川をはさんで両者は向かい合っているように見える。見かけ上はそんなに離れていないように見えるが、宇宙のスケールで言うと、実はなんと約15光年だそうだ。秒速30万kmと言われる光のスピードで進んでも15年かかるということだ。気の遠くなるような数字である。

あともうひとつ。「7月7日に雨が降ると2人は会えないのでしょうか?」という問題。雨が降ると天の川の水かさが増し、2人は天の川を渡ることができなくなる。でもそのときには、どこからともなく無数のカサギがやって来て自分の羽を広げ、天の川に橋を架けてくれるそうだ。ああ、なんとロマンチック！雨の日の七夕もなかなか風情があっていいね！
㉙宮沢賢治の「銀河鉄道の夜」を再読したくなった。七夕物語は星の美しさと男女の恋の切なさをいつもくりひろげるね。

●第30話「カウンター」

マニアックな趣味の世界にはなるが、車がカウンターをあてながら高速でカーブを疾走しているシーンに心ひかれる。「カウンターをあてる」とは、いわゆる「逆ハンドルを切る」ということである。たとえば高速で右カーブを走行するとき、普通に右にハンドルを切ると遠心力により後輪が滑り、車のテール（お尻）が外側に振られてしまう。そこで車の体勢を立て直すために、本来とは逆の左ハンドルを切って車の向きを修正し、スムーズにカーブを駆け抜けていくといったドライビング・テクニックである。

これは普段の通常走行では全く必要のないテクニックだが、映画やマンガの世界ではよく出てくるシーンだ。これを実際に使うか使わないかは別問題だが、車を運転する者としてはいつでもどこでも、心にゆとりを持った安全運転を心がけたいものだ。

㉚車の運転技術のことね。わたしは乗せてもらうだけの人。

●第31話「天国の親友に届ける歌」

その曲を聞くと、中学校のとき亡くなった親友を思い出す。

今から約37年前、彼は安佐北区の柳瀬にある川で溺れて命を落とした。それから20数年たったある勤務校での合唱祭で、担当をしていたクラスの生徒たちがこの曲を選んで歌ってくれたのだ。その曲のタイトルは「友よ北の空へ」である。変化があり心にしみるメロディーとせつない歌詞が、亡くなった親友を偲ぶのに十分なほど、その曲は自分の心にじんじん響いてきた。残念ながら最優秀賞はとれなかったが、生徒たちが心を込めて美しいハーモニーを聞かせてくれたことに対して、感謝の意を表現せずにはいられなかった。

そのとき以来、数々の文化祭または合唱祭で、その「友よ北の空へ」を聞いたことはない。隠れた名曲ということなのだろうか。天国にいる親友に、再びその歌を聞かせてあげる機会が来ればいいなと思っている。

㉛お友だちの事を伸子も覚えていて優しい人だったと二人で涙した。

●第32話「ボウリング場でのサプライズ」

あるボウリング場でボウリングをしていたときのこと。突然照明がブルーに変わり、どことなく妖しい雰囲気に…。音楽もムーディーな曲が流れ始めている。何事かと思ってアナウンスに耳を傾けると、「今、この曲が流れている間にストライクを出せば、記念写真撮影と粗品をプレゼント」ということらしい。よーし、一丁頑張ってみるかと一念発起。ストライクを出すべくレーンの端に立ち、集中力を研ぎ澄ませる。そしてピンをめがけて第1投。するとなんとストライクが出た。

とたんにムーディーな音楽から華やかな音楽に変わり、どこからともなくボウリング場の職員が来て写真を撮ってくれた。もちろん粗品もプレゼントされた。びっくりした。その間ものの約1分。こんなサービスがあるのかとちょっと感動してしまった。

そういえば、若い頃何回か通った「長楽寺ボウル」がなくなって約3年半がたつ。

㉜ああ羨ましい。そんな事があったのね。（わたし一度もボーリングをしたことのない化石人間）

●第33話「生まれ変わるということ」

ふと思ったことがある。人は生まれ変わるということが本当にできるのだろうか。何かの本で読んだことがあるが、人は死んだらおしまいではなくて、生まれ変わることができるらしい。そう言えば、自分の前世は平安貴族で、寝殿造のお屋敷に住み、時折けまりを楽しむという優雅な生活を送っていたような記憶（？）がかすかにあるようなないような…。ということは今の自分は、生まれ変わったあとの人間なのだと勝手に思ってみたりもする。でもこれは実は間違いらしくて、人は生まれ変わるときに、前世の記憶はすべて消去されて、前世が何だったかは絶対に気づくことができないようになっているらしい。ということは、仮にこの先、生まれ変わったとしても、今の自分の記憶は全く消されてしまうということなのだ。なんかせつなく寂しい。だからこそ、この瞬間瞬間を輝いて生きていかなければと思う。

㉝前世の自分を考えるより、生まれ変わる事ができるのならどんな人生を送りたいかと慾ばりな事を考えてしまった。

●第34話「球技という言葉の定義」

「バドミントンは球技か？球技でないか？」という話題で盛り上がった。大修館書店の「明鏡国語辞典」によると、球技とは「ボールを使ってする競技。野球・テニス・サッカー・バレーボールなど。」とある。この定義からすると、バドミントンは球技ではないことになる。どうもすっきりしない。そこでネット検索してみた。

一般的に球技というのは「飛翔体または滑走体を使って個人または団体が交互に打ち合ったり奪い合ったりして対戦形式で行うゲーム」のことを指すそうだ。バドミントンのシャトルは「飛翔体」で、アイスホッケーのパックは「滑走体」である。したがってバドミントンは球技ということになる。しかもアイスホッケーまで球技とは…。

胸のつかえがとれたような気がした。身近にある疑問を調べて自分で解決していけるということはいいもんだと納得できたように思った。これが勉強の面でも応用できれば…。そろそろ夏休みも後半戦に突入する。がんばれ、受験生！

㉞「球技」の定義から受験生へのメッセージ。「身近にある疑問を調べて自分で解決する」ことの大事さを説いている。

●第35話「天の川ウォッチング」

何年か前に島根県の邑南町というところにキャンプに行った。日常では味わえない田舎独特の自然や景色は、心洗われるものばかりだった。

特に感動的だったのは夜の星空。周りに明かりがあまり多くないせいか、無数の星が空一面に散りばめられているようにきれいに見えた。もちろん天の川もはっきりと手に取るようにわかった。天の川は英語では the Milky Way という。日本語に訳すと「牛乳の道」だが、濃紺のじゅうたんに牛乳をこぼすと、白いしみがじわっと広がっていくように、まさにそんな感じの白っぽい帯が空を縦断して天の川を形成していた。そんなスケールの大きい天の川を見ていると、日頃の悩みやストレスなんていかにちっぽけなものか思い知ることができた。

そんなことを思いながら時のたつのも忘れ、しばらくの間、寝転んで星降るような夜空を眺めていた。こんな美しい星空を見ることは2度とないかもしれないと思いながら…。

㉟星空の美しさ、わたしは浦崎の空を思い出す。母、病気の妹と三人で外でバンコ（浦崎の方では四、五人が座れる涼み台みたいなもの）に座って冷やしそうめんを食べながら眺めた満天の星。悲しさだけが残っている思い出。

●第36話「4つの時代を生き抜いた祖母」

祖母は明治、大正、昭和、平成と4つの時代を生き抜き、98歳でこの世を去った。彼女は亡くなる直前こそ、体が弱って寝たきりに近い状態だったが、それまでは病気らしい病気もせず、いつもしゃきしゃきとして元気な人だった。普通、祖母というと孫に甘くなるものだが、彼女は孫である自分に対しても厳しさを忘れず接してくれた。でもその根底にあるものは優しさであり、思いやりであった。

あれは亡くなる4か月前だったと思う。いつも気丈に振る舞っていた祖母が、盆休みで帰省していた私を呼び、「よう来てくれた、よう来てくれた」と私の手を握り、涙を流して喜んでくれた。突然のことでとまどったものの、そのときは「年をとると涙もろくなるんだろうな」くらいにしか思っていなかった。後から考えると、祖母は自分の死期を悟っていたのではないだろうか。彼女はその年の12月に亡くなった。

それ以来、ピンチから救われたり、大きな壁を乗り越えたりできたときは、「祖母が空から見守ってくれている」と素直に思えるようになった。それくらい、自分の心の中に占める祖母の存在は大きかった。亡くなって約9年たつが、今でも心の中には祖母が生き続けていて、自分に大きなエネルギーを与えてくれるような気がするのだ。

㊱ツルヨおばあちゃんの事ね。わたしも本の中でツルヨおばあちゃんの優しさと時代を生きぬいた強さを書いている。

●第37話「部活夏合宿の記憶」

高校のときの部活の夏合宿は、なんと学校で行われた。当時の記憶をたどってみる。

朝から夕方まで体育館で黙々と練習。夕食をとったあと夜も練習。そして寝るのは教室内にゴザを敷いて、その上にザコ寝といった感じだった。当時は教室にエアコンもなく、窓を開け放し蚊取り線香をたいて寝苦しい夜を乗り切った。だが、なぜかいやな思い出は全くない。練習が楽しくて楽しくてしかたがなかった。特に夜の練習は昼間の練習と違ってなぜか気合が入り、テンションも高まって非日常を思う存分味わえたように記憶している。あの頃自分たちはまだ若かった。当時指導してくださっていた顧問の先生は30代前半だったので、今はもう60代後半になられているだろう。

先日、文化祭で母校を訪れたときに昔のことがフラッシュバックして、次々にいろいろな思い出がよみがえってきてたまらなく懐かしくなったのだ。時はたっても、母校は昔と変わらず、静かに堂々とその場に佇んでいるように見える。

㊲卓球合宿なのね。高校生活を楽しんでいたのね。

●第38話「どこから見ても同じ花火」

花火大会に行くたびに思う。花火は見る位置によって形が違って見えるのだろうか？でも花火大会で見る花火はだ円になったり、ひずんだ形になったりすることなく、いつもまん丸できれいな形だ。果たしてその真相は…？

実は、日本の花火は、玉を割る火薬が中央に仕込まれていて、中心から爆発したのちに「星」と呼ばれる火薬が四方八方に球状に散ることから、上下左右どこから見ても円形に見えるそうだ。これは、昔、日本では花火大会が町のあらゆる角度から見られていたため、どこから見ても同じ、きれいな球状にする必要から発達した技術で、日本独自のものらしい。

いやあ、すごい！外国に日本のようなすばらしい花火があるかどうかはわからないが、日本の花火は３Ｄでハイテクと言うべき技術を兼ね備えた夜空の作品と言うことができる。日本に生まれてよかったと、夏を振り返りながらしみじみ思うのである。

㊳今年三次の花火大会に行くといってたね。花火のすごさを満喫したことでしょう。

君が小さい頃三次の花火を見に連れていったら、花火の大音量に驚いて「オソラガコワレル　オソラガコワレル……」と言ったのよ。小さい頃から詩人だった。

●第39話「あいさつ、気配り、思いやり」

先日のある試合（大会）でのこと。その試合は、学校だけでなくクラブチームの参加もＯＫとなっている。中体連主催の試合ではないが、毎月行われる試合なので生徒も楽しみにしている。だが、参加人数がとても多いので、試合の進行・運営が大変だ。進行は時間との勝負なので、少しでも手間どったり、作業が遅かったりすると、容赦なくゲキが飛ぶ。だから毎回、進行の仕事は気を遣い、１日が終わるとくたくただ。

そんな疲れを吹き飛ばしてくれるようなできごとがあった。試合が終わり、帰る準備をしていたときのこと。突然見知らぬ中学生に呼び止められる。見ると、呉市のある強豪クラブチームだ。おもむろに１人の男子生徒が前に出てきて「今日は１日ありがとうございました。」と丁寧に頭を下げてくれた。その一言で、彼らの気持ちがすーっと伝わってきて一気に心が癒された。

その子たちは、自分の進行にたずさわった、忙しかった状況をよく見ていたのだろう。さすがに強いチームは違う。こんなところにも心が行き届いているのか。あいさつ、気配り、思いやりの大切さを逆に教えられたような気がした。

㊴人間としての基本的マナーだよね。

●第40話「備えあれば憂いなし」

あるコンビニの駐車場でのできごと。１台の軽自動車がエンジンを始動しようとしているのだが、何回試みてもエンジンがかからない。おそらくエンジン停止状態のまま車の中で長時間テレビでも見て、バッテリーが上がったのだろう。車内には幼い男の子と、運転手である若いお母さん。

ＪＡＦに電話して救援を頼むのかなと思っていると、そのお母さんは、おもむろに「ブースターケーブル」

を車内から取り出した。そして運よく隣の車が協力してくれそうな雰囲気に。その車の男性が手際よくブースターケーブルを両者のバッテリーにつなぐ。そしてエンジンをかけるとなんと一発始動！お母さんが男性にお礼を言うと、男性はさわやかな笑顔を残し、何事もなかったかのように車で去って行った。

その間ものの3分間。ああ、なんてかっこいい！そのお母さんはさぞうれしかったことだろう。男性の優しさはもちろん、彼女が車内にブースターケーブルを常備していたことがすごいと思った。「備えあれば憂いなし」。このことを間近で思い知らされた、夏の終わりのできごとだった。

㊵車のことはよく分からないけれど、その男性に感心した。人に親切にしても押しつけがましくもなく、困った人がいたら当然のごとく助ける行動に出るってさわやか。

●第41話「いちじく」

「いちじく」という果実がある。スーパーなどではパックでよく売られているので、目にしたことがある人は多いのではないかと思う。値段は少し高めで、実はジュクジュクして柔らかく、甘さが口の中で広がっていくような食感が特徴である。漢字で「無花果」と書くのはあまり知られていないだろう。

そんないちじくを小学生の頃に食べていた。三次市にある父の実家にいちじくの木があったので、今は亡き祖母に取ってもらい、よく食べていたのを懐かしく思い出す。毎年盆になると、いとこが大勢集まり父の実家は大いににぎわったものだ。

そのいちじくの木は現在もうないので、いちじくを食べることはなくなり寂しい限りだ。いちじくの皮をむくときに触れる、実の何ともいえない柔らかさは、いまだに懐かしい感覚として指先に残っている。まだいちじくを食べたことのない人は一度挑戦してほしい。

㊶浦崎にも大きないちじくの木があったのよ。わたしが小学生の頃よく木にのぼって木がさくいのか？　折れて落ちたこともあった。おなかいっぱい食べたことを思い出す。スーパーで六個位が五百円と高値。浦崎では朝ごはんが食べられないほどいっぱい食べたことをなつかしく思い出す。

●第42話「究極の恋の歌」

百人一首には相手を思う恋の歌が多い。先日たまたま読んだ百人一首の本の中に、興味深い和歌があったので紹介してみようと思う。

「忘れじの　行く末まではかたければ　今日を限りの命ともがな」（儀同三司母）

この和歌の作者は、平安時代中期の女性で本名は貴子。のちに関白である藤原道隆の妻となるが、この一首は結婚する前、貴子が道隆に愛されている幸せの絶頂の中で詠んだものと言われている。意味はざっと次のような感じである。

「『いつまでも決して忘れないよ』と言ってくださるあなたのお言葉はうれしく思います。でもこんな幸せがいつまでも続くとは到底信じられません。だから私は、今の幸せを心に抱いて今日を限りに死んでもかまわないとさえ思います。」

よく「幸せすぎて怖い」と言うが、貴子の心境も似たようなものだったのではないだろうか。「死んでもかまわない」というのは少しオーバーかもしれないが、「古代版・究極の恋の歌」と言ってもいいような気がする。

㊷いつか伸郎・直樹・伸子・和子四人で百人一首かるた会をやりたいね。わたしの一番好きな歌

「村雨の露もまだひぬ　真木の葉に霧立ちのぼる　秋の夕暮れ」

父定一のオハコだったのが頭に残っていたからかも知れない。

●第43話「様変わりした体育祭」

体育祭が無事終わった。自分が中学生の頃の体育祭と比べると、当然といえば当然かもしれないが、様変わりしたように思う。

昔は定番の「徒競走」があった。コースはセパレートで、いわゆる7人が1組の100m走だった。足が速い人はいいが、遅い人はそのたびに悔しい思いをした人も多いのではないだろうか。そして定番といえばもう1つ。「棒上旗奪い」だ。これは、長い棒のてっぺんに旗が立っており、スクラムを組んだ棒の周りの人たちを押しのけ、棒を倒し旗を奪うという、今思うとかなり激しい種目だった。けが人が続出するということで、時代の流れとともに消えていった種目の1つである。

かと思うと、「騎馬戦」、「台風の目」など、昔からあり、ずっと廃れていない種目もある。玉入れにしてもそうだ。ある学校では、玉入れの玉1つ1つに、20cmくらいの白いビニールテープが縫いつけられていた。玉を投げたときに、ビニールテープがちょうど流れ星さながら、流れた軌跡のように見えてとてもきれいだったのを覚えている。確か、種目名も「玉入れ」ではなく、「Shooting Stars」だったような気がする。観客の目を楽しませる工夫がなされていたのだと感心する。

やはり、体育祭も遊び心が大切だなと思った。教師になってから中学校の体育祭は何度経験しただろう。体育祭はいろいろな思い出でいっぱいだ。

㊸我が子の体育祭を見に一度も行っていないような気がする。忙しさにかまけて本当にすまないと思っている。

●第44話「ティアーズ・イン・ヘブン」

エリック・クラプトンという有名な歌手がいる。彼は、1991年、4歳の息子コナー君をマンションからの転落事故で失い、その嘆きと悲しみを歌につづった。「Tears in Heaven（ティアーズ・イン・ヘブン）」という曲がそれである。この曲は泣ける。

歌詞も感動的なので少しだけ紹介しようと思う。「扉を超えたところにはきっと平穏がある／そして僕にはわかる／天国にはもう深い悲しみなど存在しないのだということを」。せつないバラードを淡々と歌い上げるクラプトン。タイトルである「Tears in Heaven」の「tears」は「涙」という意味だと思っていたのだが、実はそうではないらしい。tear の複数形には「深い悲しみ」という意味があるそうだ。勉強になった。tears に「涙」以外の意味があったとは…。「もしも天国で会ったなら君は僕の手を握ってくれるだろうか」というフレーズも涙を誘う。

この「Tears in Heaven」は1993年の年間最優秀曲に選ばれ、またグラミー賞6部門をすべて獲得した名曲中の名曲なのである。ぜひ一度聞いてみてほしい。

㊹「ティアーズ・イン・ヘブン」機会があったら聞いてみたい。君のお奨めだから……。

●第45話「雀百まで踊り忘れず」

小学校4、5年生の頃、はやっていたものは「野球」と「人生ゲーム」だった。今のようにパソコンやスマホや携帯用ゲームなど全くない時代。特に男子は、家に帰りかばんを置いたら、すぐ外に出てみんな野球をしていた。毎日公園で暗くなるまで野球を楽しんでいたように思う。ボールを打って、公園の近くの家の窓ガラスを割ってしまい、謝りに行ったことも何度かあった。そんな時代があったことがたまらなく懐かしい。

先日、約40年ぶりに、その当時野球で使っていた公園へ行ってみた。思いのほか狭かった。こんな狭い公園で野球をしていたのか。ある意味、新発見だった。幼い頃の記憶はあいまいで、もっと広い公園で野球をしていたと思っていたのだが、実際はそうではなかった。当時の男子は野球ばかりしていたので、みんなそこそこ野球はうまかった。今、40歳代後半以上の人はみんな、今でも野球が人並み以上にできるのではないだろうか。「雀百まで踊り忘れず」ということわざは、私たち「おじさん世代」の野球の腕と大いに関連があるように思う。

㊺君の「雀百まで踊り忘れず」は何ですか。

●第46話「ショートコラム」

ある保護者の方から「私、ショートコラムのファンなんです」というお言葉をいただいた。そもそもショートコラムを書こうと思ったのは、学年通信と違って進路通信は、単なる進路情報の伝達になりがちで何となく堅いイメージがあるので、なんとか少しでも興味を持って読んでもらおうと思ったからである。

昔、ある中学校のＰＴＡ新聞のコラムを書いていたのだが、そのときのタイトルが「走馬燈」。朝日新聞の「天声人語」や中国新聞の「天風録」に匹敵するような何かいいタイトルをつけようと思って考えたのが「愚公移山」だ。中国古来のエピソードに由来した故事成語であるので、興味のある人は意味を調べてほしい。

先日ある人から、「よくそんなにネタがありますね」と言われた。正直ネタはそんなにない。ただ、思いついたときにネタを「ネタ帳」にメモしているだけだ。だからいつも思考のアンテナを張って必要時にネタを受信できるように心がけている。果たしてショートコラムはいつまで続くのか？これは自分にもわからない。でも読んでくださる方が１人でもいるということは大いに励みになる。最終回を迎えるその日までは頑張ろう！

㊻「ショートコラム」は大変難しいと思う。テーマ（ネタ）をどのように分かりやすく相手に伝え、しかも起承転結の構成で短文におさめる。（わたし、とても感心している。）

●第47話「プレゼントされた『偶然』」

神様はときどき「偶然」というシーンをプレゼントしてくれる。

先日、たまたま教え子に出会った。車を駐車場に止め、ドアを開け外に出る。すると、「先生～！」という声。たまたま隣に止めた車から出てきた女性が、実は20年以上前の教え子だった。笑うと目がなくなる、輝くような笑顔は昔のままだった。

彼女は中学校時代、演劇部に在籍し、文化祭などではその高い演技力を発揮していた。卒業してからもある小さな劇団に所属し、学業との両立を図っていたと風の便りで聞いていた。もちろん卒業してからは一度も会っていないので、その後どうなったかは全然知らなかったし、数千人という卒業生を送り出してきた自分にとって、彼女はその中の一人でしかなかった。

ところがどうだろう。会ったとたんに彼女の存在が輝き出し、瞬く間に自分の心を20数年前にいざなってくれた。会ったときにふと思った。あのときあと10秒、時がずれていたら、その教え子とは会えていなかった。そしてこうやって思い出すこともなかったのだ。人生って偶然の連続だと思う。この先、人生の中で「偶然」に感謝することが何回あるだろうか。

㊼人生は「偶然」の歴史の上に成りたっていると思う。

●第48話「変わりゆく景色」

安西中から見る夜景は美しいという話は意外と知られていない。でもよく考えれば、安西中は平地ではなく高台にあるので、夜景が美しいというのは当然といえば当然かもしれない。先日、夜、北校舎の4階に行く機会があり、そこから見る夜景に心動かされた。それは北方面、つまりふじヶ丘方面の夜景だ。アストラムライン沿いは、オレンジ色のランプが等間隔に灯り、どこか幻想的な雰囲気さえ感じさせる。ふじヶ丘団地は小さな明かりがぽつぽつと点在し、隣接する瀬戸内ハイツ、第二高取団地も含めると、何百、何千もの明かりが夜の闇に浮かび上がっていた。

昔、アストラムラインがまだなかった頃、辺りは田んぼや畑が一面に広がっており、小道を歩いて通うことができる、安西中とふじヶ丘団地を結ぶ最短ルートがあった。今やその最短ルートは、アストラムラインに阻まれて存在していない。

そんなことを思いながら、その美しい夜景を見て、中学校時代の通学路に思いを馳せる。今見ている景色も、何十年後かにはまた変わってしまうんだろうなという寂しい思いを抱きながら…。

㊽時には位置・方向・時間を変えて風景を見てみることを教えてもらった。ありがとう。

●第49話「読書の秋、到来」

有川浩の「阪急電車」という小説を読んだ。有川浩といえば、「フリーター、家を買う」の著者でもある、有名な女流作家である。有川浩という名前からして男性だと思いこんでいたのだが、浩は「ひろし」ではなく「ひろ」と読むそうで、ああ、なるほどなと思った。

さて、この「阪急電車」という作品、一言で言うと「ほっこり胸キュンのちょこっと恋愛小説」であると思う。人間、誰しも年をとると「あー、昔はよかったなあ」と過去を振り返ることがあるが、誰もが忘れかけていた青春の甘酸っぱい思い出を思い起こさせてくれるような小説だ。この小説には、どろどろした恋愛感情のもつれなど全くなく、明るくさわやかでまぶしいくらいの「恋愛の理想形」みたいなものが描かれていて、読み終わったあともその余韻に浸れるくらい、すばらしい作品に仕上がっている。受験勉強で疲れたとき、たまにはこんな心温まる小説を読んでみてはどうだろう。ただし、勉強の邪魔にならない程度にという条件つきだが…。

季節は「読書の秋」。本当は思う存分読書にいそしんで、自分の知識や視野を広げてほしいのだが、みなさんには「受験生」という肩書きがつく。だから、読書は「のめり込むことなく、ほどほどに」ね！

㊾今、伸郎の本が多すぎてどう片づけていいのか困っている。市立図書館から一人十冊ずつ借りることができるのでなるべく本を買わないように利用している。家のものみんな読書好き。わたしなんか料理しなくて、一日中本を読んでいたいと思うことしばしば。本の海にどっぷりつかって一日中過ごしたいと思っている。もちろん「阪急電車」読んだよ。

●第50話「『かやぶき屋根』と『蚊帳』」

子どもの頃、「かやぶき屋根」の家に住んでいた。かやぶきというのはススキ、オギ、チガヤなどの草木で屋根をふくことで、岐阜県と富山県の境にある白川郷が有名である。中学2年の英語の教科書にその写真が載っているので、覚えている人も多いと思う。見かけ上、「かや」が「わら」に似ていたので、当時は通称「わら屋根」とも呼ぶ人もいた。県北ということもあって、このかやぶき屋根の家は夏が意外と涼しかったように記憶している。当時は網戸をきちんと閉める習慣はなく、虫がよく家の中に入ってきていた。当然「蚊取り線香」は手放せなかった。あと、寝るときには大きな蚊帳（かや）を吊ってその中によく寝たものだ。この蚊帳は、おもに蚊の侵入を防ぐために吊り下げて寝床を覆う、ちょっとしたテントのようなもので、これが子ども心に好奇心をくすぐるグッズだったのだ。そのわくわく感は今でも覚えている。

今はもちろん、その「かやぶき屋根」も「蚊帳」も残っていないが、昭和40年前後には決して珍しいものではなかった。それから半世紀が経過した。世の中はいろいろな面で便利になったが、昔のことを振り返り、古き良き時代を思い出すのもたまにはいいかなと思う。

㊿私の小学生時代は夏、蚊帳は生活必需品だった。蚊帳の中に入る動作も決まっていたし蚊帳の中に蛍を入れて電気を消し夏を感じたことなど思い出した。

●第51話「京都のおしゃれでぜいたくな月見」

9月27日は中秋の名月だった。京都にある「大沢の池」では、毎年、池に舟を浮かべ、人々がその舟から月見を楽しむという月見の宴が催されるそうだ。月見ならわざわざ舟に乗ってまでする必要がないのではと思う人もいるが、これには理由がある。

実は、空の月と池に映る月の両方を見て楽しむということなのだそうだ。水面に映ってゆらゆら揺れる名月を観賞するというのは、日本古来、引き継がれてきた伝統のようだ。なんとも風情があって奥ゆかしい。さすが京都といった感じがする。名月を見ながら時間の経過も忘れて、心を落ち着けゆったりとした気分で過ごすというのは、ちょっとおしゃれでぜいたくな気がしないでもない。機会があればそんな体験をしてみたいものだ。

ところで、中秋の名月は満月ではなかったそうだ。満月はその翌日、9月28日だった。なぜ満月の日が月見ではないのか？そんな疑問はさておき、日本人が大昔から関わりの深かった月についてもっと知りたいという気持ちが少しずつ芽生えてきた。と同時に、月見にしろ、花見にしろ、美しいものを愛でる風習のある日本人に生まれてきたことを幸せに思う。

㊶「月見」で一句は如何。

●第52話「秋の名花、コスモス」

ＪＲ可部線沿いに色とりどりのコスモスが咲いている場所がある。ここは個人的に好きな場所の一つなのだが、電車が通るたびにコスモスが風にあおられて優しく揺れるのは、なかなか風情があっていい。コスモスはギリシャ語の kosmos に由来し、意味は、美しさ、調和、宇宙などである。英語では cosmos と書く。原産地はメキシコで、日本語名は秋桜（あきざくら）という、キク科の花である。色は赤、白、ピンク、黄色、オレンジがあり、それぞれの花言葉が決まっている。赤は「愛情、調和」、白は「優美」、ピンクは「純潔」が花言葉だそうだ。

黄色、オレンジのコスモスはめったに見ることはできないが、特に黄色、というよりはレモンイエローのコスモスは希少価値があって心を動かされる美しさを兼ね備えていると思う。コスモスはあと約１か月、咲いている姿を楽しむことができる。コスモスに思いを馳せながら深まりゆく秋を満喫したい。

㊷湯浅浩史氏の「花おりおり」コスモスの項に、語源はギリシャ語で「秩序」。そこから星が整然と座す宇宙や舌状花弁が、整斉と並ぶ花のコスモスに、と出ていた。

「風船をつれ　コスモスの中　帰る」　八束

●第53話「風姿花伝」

　昔、広島カープに川端投手という球の速いピッチャーがいた。彼は当時、投手コーチから「風姿花伝」という言葉を聞き、その言葉の意味が気に入ったので、帽子のつばの裏に「風姿花伝」と書いていたそうだ。文字通り、「風の姿を花は伝える」という意味なのだが、風は直接目には見えないけど、花びらが散って落ちていく様子で、風の存在を知ることができるということらしい。コーチは、「はっきりと形には表れないかもしれないが、その存在自体が人によい影響を与えられる人間になれ」ということを川端投手に言いたかったのだ。

　この「風姿花伝」という言葉、室町時代の世阿弥の有名な著書「花伝書」に由来する。先日、大発見をした。実は、「風姿花伝」は上に述べた意味とは本当は違うらしい。それは、能の奥義（おうぎ）を記した書物である「花伝書」の中に詳しく述べられているのだが、一言では言い表すことができない、深い意味があるらしいのだ。それは「花伝書」をじっくり読み進めていけば答えが出てくる。「風姿花伝」を「風の姿を花は伝える」と一言で片付けてしまっては、あまりにも世阿弥に失礼だということなのだろう。

㊸「風姿花伝」―本の内容について辞書で調べてもよく分からない。「能」そのものもよく分からない。勉強しなくっちゃ。

●第54話「JR三江線の存亡」

　JR三江線が2017年に廃止になる可能性が高いという。三江線は広島県三次市と島根県江津市を結ぶ路線である。実際に乗ったことはないが、1両のみの車両で、電車ではなくディーゼル列車のため架線もなく、まさにトコトコ走っていく、のどかでのんびりした雰囲気の列車だ。

　8月に三次市で花火大会があったのだが、花火大会の最中に「間もなく三江線の列車が巴橋付近を通過します。1両のみの列車をどうぞゆっくりごらんください」というアナウンスがあった。ああ、なんとローカル！

そんな彼女ももう20代後半になった。「元気に働いています」というメールの文面からは、明るく活発だった性格がうかがえる。

担任をしていた彼女のクラスは、いろいろ問題が多かったが、それなりに楽しかった。一番の思い出は合唱祭。本番では最高のハーモニーを聞かせてくれた。そして審査結果発表のとき、クラスみんなで手をつなぎ、祈るように最優秀賞受賞クラスのアナウンスを待った。

あのときのドキドキ感は決して忘れられない思い出だ。それらが彼女とのメールのやりとりの中で鮮やかによみがえってきた。教師をやってよかったと思えるのは、教え子が、卒業してからも明るく元気で頑張っていることを知ることができたときだ。これから先、そんなうれしい知らせをどれだけ聞くことができるだろう。

㊼クラス担任での苦労はきっとこんな形で返ってくるのよ。君が生徒たちに注いだ力は何倍にもなって返ってくる。

●第58話「田舎の駅跡に立ち寄って」

先日、用事があって安芸太田町のほうへ行った。川沿いの国道191号線を通って行ったのだが、絶好のドライブロードとは言えないまでも、緑豊かな景色には心が和んだ。安芸太田町までは自宅から約1時間、安西中学校からは約45分もあれば行くことができる。カーブが多く、スピードはそんなに出せないが、眼前に広がる山々と景観の美しい川がドライブをより楽しくさせてくれる。道端にはオレンジ色のコスモスが咲き誇り、秋の深まりを感じることができる。

途中、「殿賀」という旧JR可部線の駅跡に立ち寄った。駅跡と言っても、小さな駅舎とプラットフォームは十分その名残が感じられ、なぜかちょっと一昔前にタイムスリップしたかのような不思議な感覚を覚えた。

それもそのはず、廃止されたはずのＪＲ可部線（可部〜三段峡間）だが、その「殿賀」駅前にはＪＲの線路が約30ｍにわたって残されていたのだ。それも全く違和感なく、周りの風景ともマッチして、駅舎も一昔前と全く変わらずその場所に静かに佇んでいるように見えた。

ＪＲ可部線が廃止されて早くも約12年。あの、黄色とベージュのツートンカラーの車体が、田舎道を颯爽（さっそう）と走っていた姿がやけに懐かしい。

㊽君の心の中に走っている可部線。ベージュと黄色のツートンカラーの鮮やかな車体。いつまでも走っている事だろう。

●第59話「大衆車ネーミングの裏情報」

推定、昭和47年式の日産「サニー」が走っているのを見かけた。サニーと言えば、昔は日産の代表的な車種で、大衆車として一世を風靡（ふうび）したように記憶している。かなり年式の古い車が走っているのを見かけると、車好きの自分にとっては心がときめく。そんな古い車を見ると、その時代に一瞬のうちに心がタイムスリップできるからだ。

その当時、「魔法使いサリー」という人気アニメがあった。その日産サニーも発売前は日産「サリー」というネーミングだったのだが、「魔法使いサリー」と同じではまずいだろうということで、急きょ日産「サリー」から日産「サニー」に名前が変更されたらしい。おもしろいエピソードだと思う。

毎週土曜日の朝、「名車ソムリエ」というラジオ番組があるが、これも自分にとっては興味深い「情報番組」だ。パーソナリティーはお笑いコンビ、キャイ〜ンの天野ひろゆき。彼の軽妙なトークが心地よく脳を刺激する。そんなトークを聞きながら、車の存在というものは、私たちの生活に潤いと楽しみを与えてくれているなとつくづく思う。新車もいいけど旧車もいい。この年齢になってまで旧車にときめくのは、少々恥ずかしい気もするが…。

⑲車の好きなナオチャンだからこそのコラム。

●第60話「安西中トリビア5」

今日はいつもと趣向を変えて「安西中トリビア5」を紹介しようと思う。次に挙げる5つの項目は、どれも安西中開校当時（1977年頃）のものである。

①男子の制服は学ラン（詰め襟の学生服）に制帽だった。

②今、閉鎖されている東門は当時常に開放されていて、生徒が登下校に使っていた。

③今ある、階段状のスタンド席は、当時は草むき出しの単なる斜面だった。

④開校後も校歌、校章はしばらくの間なかった。校章は生徒からデザインを募った。

⑤文化系クラブは次のような13のクラブがあった。

（新聞・英語・木工・クラシックギター・科学・電気・家庭科・合唱・ブラスバンド・美術・話し方・書道・演劇）

※当時は吹奏楽と言わずにブラスバンドと言っていた。

⑳四十年余り前の当時の中学校の様子がよく分かるね。おもしろいね。「トリビア」は日本語ではどういったらいいの。

●第61話「教師になった教え子」

「進路指導主事」という立場上、いろいろな高校の先生方と話をする機会がよくある。そのときに学校案内パンフレットをいただくことがあるのだが、先日それを見てびっくり。なんと担任をしていた当時中3の女子生徒が、現在高校の先生として写真付きで載っていたのだ。

あれから約15年たっているので、今、彼女は誕生日が来ていれば30歳ということになる。明るくしっかり者の性格で、合唱祭のピアノ伴奏もした彼女だったが、まさか教師になっているとは思いもよらなかった。でも自分と同じ職業に就いているということでうれしく思う反面、親近感を抱いた。

彼女が在籍していた当時のクラスは、個性的でかつフレンドリーな雰囲気を持ったクラスだった。秋の合唱祭では歌詞がすべて英語である「ハレルヤ」という難しい曲に挑戦した。3年生は8クラスあったので、最優秀賞をとるのは至難の業と思を揺さぶり、見事最優秀賞を受賞。改めて、彼ら彼女らのチームワークの良さを思い知ったのだった。

今、高校の先生になっているその彼女は、当時のことをどれだけ覚えてくれているだろうか。15年ぶりに会って話をしたいものだ。

㉑同じ教職に就いた教え子は特別でしょ。わたしにも、埼玉県で小学校の教員になり活躍している者がいる。わたしの本には学習指導実践を入れているので渡したら喜んでくれた。夏休みに一緒に牛田新町小学校へ行き当時の教室に入れていただきオルガンをひき歌を歌った。卒業アルバムを見せていただき、とても幸せな時間を過ごすことができた。それを思い出した。君もひとこと教え子に声をかけてみたら。

●第62話「のび太くんの趣味」

「ドラえもん」に出てくるのび太くんの趣味は、なんと「あやとり」だそうだ。これはドラえもんファンの人にも意外と知られていない。テレビアニメではそんなシーンはほとんど出てこないからだ。

さて、この「あやとり」、英語では cat's cradle（ネコの揺りかご）という。He often plays cat's cradle.（彼はよくあやとりをする）というふうに使う。ネコの揺りかごというのがしっくりくるようなこないような微妙な言い方だが、比喩としてはおもしろい表現だと思う。

先日、何十年ぶりにあやとりをする機会があったのだが、ほとんどその「技」を忘れていないことに自分でもびっくりした。まさに「雀百まで踊り忘れず」だ。昔は、あやとりのようなささやかな娯楽がもてはやされたのだろう。ちなみに、あやとりにかかるお金は、30円もあれば十分というところだろうか。

62のび太君の趣味を初めて知った。驚いた。「ほうき」や「川」を作ったのかな。「猫のゆりかご」おもしろいね。

●第63話「歌うのが大好きな子どもたち」

先日、ある小学校の音楽の授業を参観する機会があった。3年生の授業だったのだが、音楽ということで、子どもらしい元気な歌声が聞けるだろうと思っていた。ところが、授業を見てびっくり。歌う様子はさながら「少年少女合唱団」のようだった。歌う姿はやや前傾姿勢。表情豊かに口をめいっぱい開けて歌っている。歌声は「元気」というよりも、「丁寧でソフトで美しい」と表現したほうがいいかもしれない。3年生の子どもたちにこんな大人顔負けの歌い方ができるのかと思えるくらい、テクニックは抜群だった。みんな心から歌うことが好きだという気がした。感動的な合唱だった。

40年近く前、中学校の「コーラス大会」で、初めてクラスで歌った合唱曲を思い出す。当時としては画期的な選曲で、ドラマの主題歌にもなっており、レコード売り上げも100万枚を超えた曲、「太陽がくれた季節」だった。今でも歌詞やメロディーを口ずさむことができる。それほどインパクトがあり、大好きな曲だった。

時代は変わっても、「合唱」という文化は廃れることはない。文化祭での感動的な合唱のステージから早くも1か月がたとうとしている。必死になって練習していた約1か月前のことが懐かしくさえ感じる。これからも「合唱」の魅力、すばらしさを後世に伝えていきたいと言ったら、少し大げさだろうか？

㊸一度「太陽がくれた季節」を聞いて見たい。

●第64話「虹の七色の覚え方」

先日、くっきりした虹を見た。朝7時頃だっただろうか。ふと見上げると目の前に大きな丸い虹。はっきりと七色がわかるくらいの美しい虹だった。国語辞典によると、虹は「雨上がりに太陽と反対の方向に見える、七色で半円形の帯状のもの。空に浮かぶ細かい水滴に太陽の光線が当たってできる」とある。色によって屈折率が異なるために、赤から紫までに分かれた七色の帯ができるそうだ。

ちなみに七色とは、「赤・オレンジ・黄色・緑・青・藍色・紫」である。色の順番の覚え方はいろいろだが、「レオちゃん、君を愛す」というのが自分にはしっくりくる。赤＝レッド、藍色＝インジコ、紫＝スミレ色と考えれば、このこじつけの覚え方も機能をなす。まあ、そこまでして覚えなくても…と言われればそれまでだが。

虹といえば、flumpool の「Over the rain ～ひかりの橋～」という曲がおすすめだ。

㊹わたしが児童に教えていたのはもっとも平凡。「セキ・トウ・オウ・リョク・セイ・ラン・シ」（赤橙黄緑青藍紫）もう一つ「スイ・キン・チ・カ・モク・ドッテン・カイ・メイ」水　金　地　火　木　土　天　海　冥（太陽系）ドッテンカイの所がおもしろくて児童にはウケタ。

●第65話「雪の音」

確か2年くらい前のことだったと思う。ある店で買い物をしていたときに、たまたま店内に流れていた曲が、やけに心に響いて聞こえてきた。すごくいい曲だったのだが、タイトルがわからなくて、覚えていた断片的な歌詞だけを手がかりに、悪戦苦闘してやっと曲名が判明した。

その曲とはGReeeeNの「雪の音」だ。「音」は「おと」ではなく、「ね」と読む。この「雪の音」のPV（プロモーションビデオ）がまたいい。PVと同様、気に入ったのがタイトルの「雪の音」である。雪が降るのに音はしない。でもそこをあえて「雪の音」としたのには何か意図があるのだろう。雪が心に描く音色というか、雪が心に訴えかける幻想的なイメージを「雪の音」と表現したのだろうと想像する。

今年もまた雪の降る寒い冬がやって来る。一面に降り積もった雪は一枚の巨大な真っ白なキャンバスのようにも見える。そのキャンバスに何か描きたい気分にもなってくる。そんなことを想像するだけでも楽しい。雪はまさにイマジネーション（想像力）とイリュージョン（幻想）の世界とも言えそうだ。

㊺日本文学には「雪」が出てくる場面が多いのは美しいからかも知れない。「雪の音」は人間の心情を表現するのに重要な役割をするのかも知れない。

●第66話「アラスカのカエルの超絶機能」

アラスカに生息するカエルで、ちょっと信じられないことをするカエルがいる。カエルが冬眠するというのはよく知られているが、アラスカに生息するそのカエルは、冬眠するときに自分の体を冷凍状態に保って、呼吸も心臓も止めてしまうそうだ。そして7か月間の冬眠の後、冷凍状態から元に戻り、何事もなかったかのように、呼吸と心臓が再び動き出すという。

まさにアンビリーバブルな世界。生命の神秘を感じずにはいられない。体のメカニズムはいったいどのようになっているのだろう。我々人間でさえ、冷凍状態から目覚めて再び動き出すということはできない。ましてや、カエルだ。そのカエルのどこにそんな超絶機能が隠されているのか解明してみたい気がする。

アラスカの冬は寒くて長い。その寒く長い冬を過ごすための精一杯の知恵なのだろうか。それにしてもすごいと思う。これからカエルを見る目が少し変わりそうだ。

㊱冷凍ガエル・冬眠の術。すごいねえ。（君はどのようにしてこんなネタを探してくるの。不思議な情報集めの技術）

●第67話「受験は『山登り』」

受験する高校を最終決定する時期がやって来た。今は安西中学校という一つの学校の中でみんな一緒に生活しているが、もうあと約4か月で各自決めたそれぞれの学校へと進んでいくことになる。と思うと、寂しいと同時にそれが現実なんだというせつない気持ちがわいてくる。

不思議なことにそんな気持ちは、自分が中学生だった頃より、教師として過ごしている今のほうが強い。それは自分のことだけで精一杯だった中学生の時より、あれから数十年たった今のほうが客観的に物事を捉えることができているからだろう。

受験までもうひとがんばり。自分の決めた道に向かってひたすら進んでいってほしい。可能性がゼロではない限り挑戦し続けることが大切なことだと思う。受験は「山登り」にもたとえられる。登り切るまでは周りの景色を楽しむ余裕もなく、ひたすら歩いて登る苦しい道のりがある。でも登り切った後はその苦しみを打ち消してくれるかのような壮大な景色が眼下に広がっているのだ。受験が終わった後のバラ色の世界は、誰の目にも魅力的に映る。

そんな楽しいことを思い描きながら、受験までの日々を有意義に過ごしていってほしい。１３５人全員が希望通りの進路を実現できますように…。

⑰受験生への愛情たっぷりのエールは、きっと届くでしょう。

●第68話「キャンディーポップ」

古い曲だが、ＡＢＢＡというグループの「チキチータ」という曲がおすすめだ。日本では、ＡＢＢＡは１９７０年代後半から１９８０年代初頭にかけて人気を博し、いくつか大ヒット曲もある。「チキチータ」はその中の１曲だ。

あれはちょうど高校生の頃。ＣＤもパソコンもケータイもない時代。当時は音楽といえばレコードかカセットテープで聞いていた。ＡＢＢＡの曲をカセットテープに編集し、すり切れるくらい聞いていたのを懐かしく思い出す。この「チキチータ」は心が傷ついた親友を優しくいたわり勇気づける歌詞が印象的で、女性ボーカルの美しい発音の英語とハーモニーに当時は魅せられていた。

今回、30数年振りにその封印を解き、英語の授業でも取り上げてみた。古さを全く感じさせない、キャンディーポップと呼ばれたＡＢＢＡの名曲中の名曲である。

⑱この頃になってまたまた知らない曲に出会って君とのジェネレーションギャップを感じてしまう。いや音楽のジャンルがわたしは非常にせまいのがよく分かった。

●第69話「基本練習の大切さ」

あのとき、やらされていたおもしろくも楽しくもない基本練習があとあとになって、実はすごく有益だったということを感じたことはあるだろうか？

クラブ活動における基本練習は、体育系、文化系を問わず、概しておもしろくないことが少なくない。時として基本練習を早々に切り上げて、楽しいゲーム形式の練習や試合を想定した実戦練習に走りがちである。

あれは学生時代の「卓球新人強化合宿」でのことだった。練習内容は苦しくてつまらない、そして達成感の薄い「Vの字フットワーク」を延々と繰り返すというものだった。実戦練習はほとんどゼロ。基本練習が全体の練習時間の9割以上を占めていたように思う。黙々と練習していたものの、いやでいやでたまらなかった。

でもそんな練習が実は意味があったということを、半年後の大会が実証してくれた。なんと中国大会で自分の満足のいく試合がある程度できるようになったのだ。それ以降も、大会で何度か賞状を手にすることができた。まさにあのときの退屈だった「Vの字フットワーク」の練習のおかげだといっても過言ではない。

自分が成長できたと実感できた瞬間を何度か味わうことができたと思う。

「基本」って本当に大事。わたしの卓球は退職後六十歳を過ぎてからの取り組みなのでやはり上手にならない。「基本」の大切さを改めて考えさせられた。

●第70話「3つの『よ』」

今思うと、若い頃は車の運転が荒かった。よく大きな事故をせずに済んだと思う。車線変更や左折時の左後方確認が不十分だったり、遅い車がいると車間を詰めたり、バックするときに後方をよく確認しなかったりと、反省すべき点がたくさんあった。今はその若い頃の反省が生きていて、だいぶ安全に気を配って運転できるようになった。でも油断は禁物だ。いつどこで事故に遭遇するかわからない。

そこでいつも、3つの「よ」を肝に銘じて運転するように心がけている。それは「用心」「予測」「余裕」の

3つだ。特に「予測」というのは常に意識している。最悪の場面を予測することこそが事前に事故を防ぐ手だてにつながるような気がする。

⑳八十路を過ぎるとよく転びそうになる。二回も転んで痛い目に遭った。君の「用心」「予測」「余裕」に、わたしは「要所」を加えることにした。

●第71話「雪やこんこ、あられやこんこ」

先日、ある女子生徒が童謡「雪」を口ずさんでいた。この童謡の冒頭の部分を正確に歌える人はそんなに多くない。彼女は「ゆ〜きや　こんこん　あられやこんこん」と歌っていた。正確には「ゆ〜きやこんこ　あられやこんこ」である。「こんこ」というのは語源がはっきりしないが、「来む」が変化したもので、「来い来い」または「降れ降れ」というような意味なのではないかということである。何しろ100年くらい前に作られた歌なので、真相のほどはわからないが、日本人なのに日本語の意味がわからないのは、ちょっと悔しいような気もする。

とりあえず、彼女には「『こんこん』ではなく、『こんこ』なんよ」と教えたが、そのあとの彼女の「へぇ〜、そうなん」と納得したような笑顔が印象的だった。

⑪日本語の奥深さ。古語も勉強しなくては……。

●第72話「面接で求められること」

入試に向けて面接練習をしているが、面接官役をやってみて気づいたことがある。面接官はいったい受験生のどこをよく見ているのか。自分が採点する立場になったとしたら、大切なのは「服装」、「動作」、そして

「やる気」だ。受け答えの上手下手はそれほど重要視しない。「上手下手」よりむしろ「一生懸命さ」を見る。受け答えがうまいけれども一生懸命さがない生徒は減点対象だし、逆に、へただけど一生懸命答えようとしている生徒には好感が持てる。たった15年の人生しか歩んでいない一人の人間に、「立て板に水」のような話し方を誰も求めはしない。受け答えがうまいに越したことはないけれど、面接官は一生懸命でひたむきでやる気のある生徒を求めているのではないか。

このことを頭の隅に置いておいて、面接に臨んでほしい。面接は決して怖くはない。緊張すると思うが、その緊張を逆に楽しむくらいのゆとりある気持ちが大切だと思う。2日後、推薦入試を受ける人の面接が全員うまくいきますように！

⑫「やる気」「ひたむきさ」「一生懸命さ」を見きわめる眼。その力を自分が付けておかなければならないのね。

●第73話「小学校4年生にタイムスリップ」

もしタイムマシンがあれば、どの時代に行きたいと思うだろうか？　もしそういう質問をされたら、自分は間違いなく小学校4年生の時と答えるに違いない。その頃は本当に楽しかった。クラス、友達、担任の先生、野球、など、最高の思い出がたくさん詰まった1年間だったと思う。

なんと、当時としては画期的な、子ども主体の授業、今はやりの言葉で言うと「アクティブ・ラーニング」をやっていた。担任の先生はあくまでもオブザーバーに徹し、温かく私たちの活動を見守っていてくれていた。男女の仲もよく、男女混合で遊ぶことも多かった。そんな中で淡い恋心も芽生えた。所詮、子ども同士の恋愛は成就することはなかったが、心ときめくようなあのときの甘くせつない感情は、今思い出しても胸がキュンキュンするほどだ。

あれから約40年の年月がたつ。時の経過はなぜこんなにも人の心をせつなくさせるのだろうか。母校の前を車で通るたびにその思いは強く大きくなっていく。

⑬四年生の時の担任は青山哲也先生だったかしら。背の高い新卒の先生とお見受けした。とても熱心な先生で、大雨の家庭訪問では靴下がびしょ濡れだった。グループ学習をされていたとは知らなかった。校長にまでなられた。

●第74話「公立高校の合格者一覧名簿」

毎年この時期になると、はるか昔、自分が受験生だった頃のことを思い出す。当時、推薦入試や専願制度などというものはなく、私立高校は1校ではなく、2校または3校受験するのが普通だった。今でも覚えているのは、合格発表のときのことだ。私立高校の合格は自宅で聞き、公立高校は自分が受験したその高校に発表を見に行った。合格がわかったときの喜びは、ひとしおだった。今までの苦労や努力がすべて報われたという気がした。

今からすると、「えっ?…こんなことあったん?…」ということが当時あった。なんと、公立高校の合格者一覧名簿が新聞に掲載されていたのだ。そんなことしたら不合格の子はかわいそう、という発想は当時なかったのだろう。ただ、私たちは合格したのが嬉しくて、不合格者の悲しみまで推し量る余裕はなかった。それから何年かしてそのやり方は廃止された。あまりにも心ない社会の風習を、当時中学生だった私たちはおかしいとも思わずに過ごしていたのだ。鈍感だった。反省すべき点である。

⑭現在ではプライバシーの侵害がやかましいが、わたしの高校時代は期末試験の上位順位表が張り出されていた。数学・理科は苦手で再試験も受けたが、国語は上位で、物理・数学の男子を見返していた。

●第75話「話し上手よりも聞き上手」

人は一般的に、どんな人と会話すると安らぎや癒しを感じるか？　それは話し上手な人よりも聞き上手な人だといわれている。確かに話し上手な人の話を聞くのはおもしろい。でも本当に聞き上手な人というのは、自分の話を真剣に聞いてくれる人で、相づちを打ちながらこちらの話を引き出すように自然にもっていってくれる。

だから話しやすい。そして共感してくれるので、感謝の気持ちも芽生え、それが安らぎや癒しにつながっていく。「相手の話に共感する」というのがカウンセリングの大切な条件の一つだと言われているが、まさに「共感」は相手とコミュニケーションをとるうえでの絶対的な条件なのである。

先日ある女子生徒と話していて、このことに気づいた。彼女は「なるほど」「なるほど」と言葉に出しながら話を聞いていた。しかも全然嫌みのない「なるほど」は、ごく自然な形で彼女の口から語られていたように思う。中学生でもこんなカウンセリングマインドを持った子がいるのかと改めて感心できたひとときだった。

㉟カウンセリングの極意。

●第76話「ＪＲ芸備線の思い出」

小学生の頃、ＪＲ芸備線を利用して、父の実家である三次まで帰省することがあった。各駅停車の鈍行列車で、広島から三次まで当時2時間余りを要した。でもそれを当時退屈と感じたことはない。列車から見る風景が心を癒してくれたからだ。列車の走行に伴ってめまぐるしく変わる風景を車窓から眺めるのはおもしろかった。

当時、私たちは、電車や列車と呼ばずに「汽車」と呼んでいた。これは蒸気機関車が引く車両のことを「汽車」と呼んでいた一昔前の名残からだろう。実際、私が子どもの頃、確か昭和40年代前半までは蒸気機関車が走っていた。白い煙をもくもくと吐いて力強く走る蒸気機関車は見ていて圧巻だった。

ＪＲ芸備線は電化区間ではないので、パンタグラフのある「電車」ではなく、「ディーゼル列車」が今でも走っている。電車は、エンジン音が静かで軽い感じがするが、ディーゼル列車は遠くからでもよく響き、そして重い。その独特のブオーンというエンジン音は郷愁を感じさせる音だ。あの音を聞くと童心に戻れそうな気がする。

㊻わたしは芸備線をよく利用していた時期を思い出す。苦しかった時期の沿線の風景と涙……。

●第77話「『静』という漢字の成り立ち」

前々から不思議に思っていたことがある。「静」という漢字にはなぜ「争」という字が含まれているのかということである。争いを意味する「争」には静かというイメージはない。現在、世界のあちこちで戦争、紛争、テロなどが依然として続いているが、「静」という漢字と結びつくものは何も見当たらない。果たしてこの漢字の成り立ちはどうなっているのだろうか。

先日、意外な事実が判明した。「静」の「青」は澄んだ状態、あるいはすみきった状態をさす。そして「静」とは、争いが終わってしずまった状態をさすのだそうだ。こんな意味があったのか。長年の胸のつかえがとれたような気がした。漢字の成り立ちの由来はおもしろい。他にもこんな、「へぇ〜、そうだったのか！」というような小さな発見ができたらいいなと思っている。

毎週土曜日６：40〜６：50の広島ＦＭ放送の「感じて、漢字の世界」は、そういった漢字の成り立ちをわかりやすく解説してくれるミニ番組だ。こんなちょっとした時間が自分にとっては朝の目覚めをよりすっきりとしてくれ、おまけに漢字の知識を広げてくれる、朝の優雅なひとときとなっている。日本人に生まれてきてよかった。

⑰「静」の字について思ってもみなかった視点。目からうろこが落ちた。それにしても、よく見・聞き・知り・分かりの、賢治を思わせる。

●第78話「整備士になった教え子」

10年半乗っている愛車の査定をしに、車のディーラーへ行った。査定というのは、その車の価値がどのくらいか調べてもらうことで、新車を買うときにその金額分を値引きしてくれるというものだ。もともと車というものは、購入して6年が経過すると価値が0になると言われている。だから今回の査定は6年どころか10年半が経過しているので、金額的には全然期待していなかった。ただ、自分が次回買いたいと思っている新車について知りたいという目的もあって、査定はそのついでだった。

ディーラーに行って驚いたのは、なんと2003年に中学校を卒業した教え子が整備士になっていて受付のところにいたことだ。逆算すると今、28歳。小柄でそんなに目立つほうではなかったが、今は背も伸びて精悍な感じになっていた。卒業して13年たっていたが、面影は十分にあり彼を見てすぐにわかった。彼も私を覚えてくれていたみたいでうれしかった。整備士として頑張っている様子が彼の様子から伝わってくるようだった。彼の今後の整備士としての活躍を期待したい。

⑱教え子との偶然のふれ合いと愛のまなざし・期待。

●第79話「南米コロンビアの国民性」

「世界幸福度ランキング」1位の国はどこか知っているだろうか？答えは南米のコロンビアである。コロンビアの人たちは、見返りを求めずに相手を喜ばせよう、相手のために何かしようという意識を持った人が多いそうだ。「してあげる」といったような一種の、他人行儀で上から目線的な考え方ではなく、ただ相手の笑顔が見たいという気持ちがそういった行為に走らせているのではないかと言われている。

確かに笑顔が素敵な人は、その笑顔を見るだけでも癒されるし、幸せな気分になれる。人の笑顔によって、自分の暗い気持ちが明るくなった経験を持つ人は多いのではないだろうか。これは「ボランティア活動」という行為にもつながっている。ボランティアは人のためにやってあげる行為ではなく、結局は自分が楽しいから自分のためにする行為なのである。ちなみに日本の世界幸福度ランキングは28位だ。

⑲南米コロンビアの国民性には頭がさがる。笑顔が素敵で相手のために何かしようという意識が、世界幸福度ランキング一位の国に。ちなみに日本が二十八位とはさびしいね。

●第80話「好きな女の子からの招待状」

小学校の時に、ひそかに思いを寄せていた女の子から誕生日パーティーの招待状を受け取ったことがある。自分以外にも何人か男子が招待されていたが、それでも女の子から誘われたということは心に灯りをともしてくれるようなできごとだった。

そして当日、うきうきしながら女の子の家へ。自分では平静を装っていたつもりだが、周りから見るとデレデレ感が全面に出ていたに違いない。しかし楽しかった時間はあっという間に過ぎ去り、帰らなければならない時間になってしまった。

残念ながら、楽しかったはずのそのパーティーの内容は、今、いくら思い出そうとしても思い出せない。ケーキを食べたりゲームをしたりしたと思うのだが、その内容はきれいに記憶から消え去っていた。でも帰り際、その子のお母さんにきちんとお礼のあいさつをしたシーンだけは、皮肉にもなぜか鮮明に覚えている。

それから数年後、クラス会をしたときその女の子と再会した。東京に出てすっかり洗練された美人になっていた。手の届かないところに彼女が行ってしまったような気がして寂しい思いに襲われたのは言うまでもない。

⑧⓪君の幼き青春の思い出を知って驚いた。そういう宝物の思い出が君の感性を支えているのだろうね。

●第81話「小さな幸せ」

「どんなときに小さな幸せを感じるか」というアンケートに関する回答で、「ゴミ箱めがけてゴミを投げたら見事一発で入ったとき」という回答があったそうだ。

ゴミを投げ入れるという行為自体はほめられることではないけれど、確かに気持ちはよくわかる。自分にもそういう経験があるからだ。

先日ある知人から次のようなメールが届いた。「これからも、小さなことからでも1つ1つ乗り越えて幸せな人生にしたいと思います。毎日の中で小さな幸せを見つけたいですね」

まさに「小さな幸せ＝人生の喜び」という感じである。このメールの内容は大いに共感できた。自分もこれに習い、小さな幸せを1つでも見つけたいものである。

⑧①小さな幸せとは人生の喜びというメール。わたしも日記に一日の美しいことを三つ見つけて書いたことがある。苦しい事や反省ばかりでは嫌気がさし、書く意欲も無くなるものね。

●第82話「手紙から学ぶこと」

先日、過去の卒業生たちからもらった手紙の数々を読み返した。

毎年卒業式の後に生徒がくれる手紙は楽しみでもあり、逆にせつなくもあり、自分にとっては貴重なプレゼントをもらったような気持ちになる。何年かたって改めて手紙を読み返すと、その子の顔が浮かんできて、その子にまつわる思い出が頭の中にじわじわと広がっていくようだ。

最近はメールやラインが、人とコミュニケーションをとるときのツールになっているが、手紙と比べて、後から読み返したときに心にぐっとくるのは断然手紙のほうである。それは手紙の文面や筆跡には、書いた人の性格や思いがにじみ出ているからである。いくらメールやラインが発達しても直筆の手紙にはかなわない。気持ちの伝わり方が全然違うのだ。

そんなことを思いながら、手紙を読み進めていくと、過去のそれぞれの地点に知らず知らずのうちに心がタイムスリップしていて、思い出の海に浸っている自分がいることがわかる。この先も手紙というツールは廃れずに続いていくことだろう。

㉜わたしはメールもラインも出来ない。電話よりも葉書が楽だ。必ず下書きをする。末尾に返事は不要とし負担をかけない。手紙（封書）は心が通じやすく落ち着く。このごろ漱石の書簡の素晴らしさを痛感しています。

●第83話「真の優しさ、思いやりとは」

人間という生き物は、人と接するときにともすると相手に見返りを求めてしまう。たとえば、「これだけしてあげたんだから相手はこれくらいしてくれて当然」と思うようなことはないだろうか。人のために何かしたら、何か見返りが欲しくなるのは当然と言えば当然なのかもしれない。でもよく考えてみると、「これだけしてあげたんだから」という時点で「上から目線」で、相手より優位に立ちたいという気持ちの表れなのではないだろうか。

真の優しさや思いやりは相手に見返りを求めず、常に尽くすということが原点であるという。たとえば「アンパンマン」はいっさい見返りを求めることなく、いつもみんなのために体を張って頑張っている。ときには自分の体を犠牲にして空腹の人には自分の頭をちぎって食べさせていることからもわかるだろう。彼は常に正義の味方でみんなのヒーローだ。私たちも「奉仕」、「献身」ということを常に頭の隅に置いて生活していけたらと思う。そうすれば世の中も少しは変わるのではと思う。最近暗いニュースが多いが、少しでも明るいニュースが増えてほしいものだ。

㊸母村上テルを思い出した。わたしは二・三年前に「母への詫び状」を書いたが、母はまず自分を無にして相手の心に寄り添う自己犠牲のかたまりのような人だった。「仏」のような気がしてならない。本当の優しさとは苦しみの果ての境地に辿り着いた人のみが持っているものかなと母を思い出していました。

●あとがき

昔、といっても子どもの頃だが、物語を創作したことがある。それが小さな何かの催しに出品された。確か小学校4年生くらいの頃だったと思う。そのシーンはなぜかやけに鮮明に覚えている。

自分が書いた物語が「作品」として展示され、それが他の多くの人の目に触れる。子ども心にそれはうれしくもあり恥ずかしくもあり、複雑な心境だった。それでも一生懸命取り組んだ自分の作品が評価されたということは、自分の中で大きなできごとだったに違いない。

その作品は残念ながら今は残っていない。もうかれこれ40年前のことなので、捨ててしまったのか、実家のどこかに眠っているのかは定かではないが、今もしその作品を見ることができたら、懐かしさで胸がいっぱいになることだろう。と同時に、一気に心がタイムスリップして、どうしようもないほどの「過去に戻りたい症候群」にさいなまれるにちがいない。

当時、文章を書くのは好きだった。詩を書いたり、作文を書いたりするのは全然苦にならなかった。ただ読書感想文だけは苦手だった。それでも新聞に詩を投稿したり、コンクールに作文を出したりということは子どもの頃からしていた。

大人になってからは、さすがにそんなことをする、時間的余裕もなくなり、詩や作文を書くことはほとんどなくなったが、今から約10年前にある中学校でPTA新聞のコラムを書く機会を与えられてから、文章を書こうという虫が騒ぎ始めた。

一時期、俳句に凝ったことがある。俳句は新聞に投稿して何回か掲載されたのをきっかけに、歳時記をある方からいただき、本気で俳句制作に取り組むようになった。もちろん独学ではあるが…。その頃はとにかく俳句を作るのが楽しかった。なかなか思いつかずスランプも経験した。スランプと言えるのは一流選手の特権なのかもしれないが、自分を一流選手と思ったことはただの1度もない。

ただ好きという一心でコラムや俳句に取り組んでいたように記憶している。そして今回のショートコラム「愚公移山」は、自分にとってはまさに、この1年間の歩みであると断言できる。年間83話は自分でもよく書いたなと自分をほめたい気持ちにもなってくる。今後はさらに修錬を積み、機会があるごとにショートコラムの執筆を続けていければと思っている。

八十三話じっくり読みました。あとがきにあった「物語」についてはは残念ながらわたしは覚えていません。ごめんなさいね。月間賞をとった「はつかねずみ」（詩）はアルバムに貼ってあるのでよく覚えているのですが……。

八十三話読み終えて直樹の心の有り様の多様性、広さ、深さを知ることができて、とても嬉しゅうございました。ありがとう。お礼を言います。

直樹は一人の人間として素晴らしい世界を自分の中に構築しているのだと思いました。次号も楽しみにしています。いつものことながら健康に気をつけてお仕事をなさってください。

少し終わりごろになって乱文乱筆になりました。ご判読ください。

かしこ

九月二日　深夜

和子

直樹様

Ⅲ　日々の暮らしから

一　わたしの「白」の世界

鉄砲百合

長梅雨の今年、鉢植えの鉄砲百合の茎がぐんぐん伸びて真緑の葉をいっぱいつけていた。その上部にベージュ色をした蕾がふくらんでその数は十一にもなった。いつ咲くのか楽しみにしていたら、梅雨の晴れ間の久しぶりの太陽に、純白の大輪がまず一輪開いた。花形が古式ラッパ銃に似るところから鉄砲百合と名前がついたというが、細長い筒状の先に花径十五センチもあろうかと思うほど大きな花を、ちょっぴりうつむきかげんに開いている。六枚の花弁はすいこまれそうな純白。朝の光にきらきらと輝いて美しい。花芯の奥はオレンジがかった黄色の雄しべの花粉でほんのり灯りがともっているような色合いである。六本の櫛形の雄しべは風にゆれてなんともかわいらしい。百合の香りが辺りに流れ花を見つめている時間がいつの間にか長くなってくる。

それから毎日つぎつぎと大輪が開き、夏の朝雨戸を開けるのが楽しみになってきた。凛とした立ち姿、気品あふれる美しい女の人に会えるような気がしてならなかった。

漱石の『夢十夜』第一夜を思い出した。

　女は静かな声で、もう死にますと判然《はっきり》いった。……

「死んだら、埋めてください。大きな真珠貝で穴を掘って。そうして天から落ちて来る星の破片《かけ》を墓標《はかじるし》に置いて下さい。そうして墓の傍《そば》に待っていて下さい。また逢いにきますから」……「百年待っていて下さい」と云って女の人は死んでしまう。「自分」は真珠貝で穴を掘り、「女」をその中に入れ、星の破片の落ちたのを拾って来て、土の上へ乗せる。そして待ち続けるのである。しまいに苔の生えた丸い石を眺めてだまされたのではなかろうかと思い出すのである。

すると石の下から斜《はす》に自分の方へ向いて青い茎が伸びて来た。……真白な百合が鼻の先で骨に徹《こた》えるほど匂った。……自分は首を前へ出して冷たい露の滴る、白い花弁《はなびら》に接吻した。……遠い空を見たら、暁の星がたった一つ瞬いていた。

「百年はもう来ていたんだな」とこの時始めて気が付いた。

読み返すと、百年も待ち続ける人に、百合の花になって帰ってきた「女」の思いに、胸がしめつけられるような気がしてきた。待つ人もせつなく美しい。「自分」と「女」の間に永遠の時間が存在するのである。漱石の理想の女性は、この百年経って百合の花に化身する清冽な白のイメージの人ではないかと思う。第一夜の「白」をイメージする言葉を拾ってみると、真白な頬・真珠貝・静かな水が動く・長い睫の間から涙が……・貝の裏に月の光・真白な百合・露の滴る・白い花弁に……と数多く見られる。百合の美しさは本当に「白」が極限の色かも知れないと思ったほどである。

とうとう十一もの鉄砲百合が全部咲いた。茎の上部に放射状に咲いているのをじっと見ていると、なぜだか純白のトランペットを吹いている十一人の小人の楽士がいるような気がしてくる。かろやかなトランペット協奏曲が、夏の朝の青い空へよい香りといっしょに流れていっているような……。ああ童話の読みすぎかもしれない……。

カサブランカ

ペリカンの口のような大きな蕾が夜風に揺れていた。支柱をたてて咲くのを楽しみにしていた。朝、驚くほどの大輪。花径は二十センチ近くもある。六枚の花びらには白くかのこもようの地紋が入っていて、一枚一枚は大きく、先は反りかえり目いっぱい開くだけ開いて派手な演出である。

よい香りをまき散らしている。映画「カサブランカ」のバーグマンの美貌をほうふつさせる。真紅の三日月形の雄しべはかすかな風にもゆらゆら揺れて、花びらの輝くような白をよけいに際だたせている。白いドレスをまとった美しい人のまっ赤なルージュのようにも思える。カサブランカはスペイン語で白い家の意味だそうだが、白いお城、白い館に派手好きの住人がいて真っ赤な太陽を謳歌する映像が浮かんでくる。

今年はカサブランカを四鉢植えた。それぞれ鉢に、一輪だけ、三輪、四輪、五輪と、合計十三輪が競演する如く咲き続けた。一輪だけ咲いたのが、やはりいちばん大輪で美しかった。同じカサブランカでも、一つ一つ花に名前をつけたいくらい個性的であった。小さく咲いて可憐な花、カサブランカに似ずうつむきかげんな花、他を押しのけて咲く花、貧相でかなしげな花、いちばん美しいだろうといばっている花など。でも、みな掌を力いっぱい開いたように咲く美しさに驚かされた。

白い涼風が暑い夏を吹き抜けていったようなカサブランカだった。

夕　顔

源氏物語を少しずつ読みすすめていくうちに華やかな王朝ドラマに引き入れられてしまう。今のわたしに何か大きなものを教えてくれるような気がしてならない。光源氏がさまざまな女人と出会い、別れ、苦悩する姿が人生ドラマそのままだからかも知れない。わたしの好きな百合の花が夕顔に姿・色がよく似ているという事もあって「夕顔」の巻は心して読んでみた。

「夕顔」に寄せる光君の恋心が痛いほどよく分かる。「空蝉」のあさましくつれなき仕うちに傷つき、「藤壺」へはどうしょうもなく心乱れて、正妻「葵の上」にも打ちとけず、気位の高い「六条御息所」へは少し気おくれしながら通っていた光君だが……。

五条のあたりの住まいにちょっと立ち寄った時に美しい「夕顔」に引き寄せられる。光君に差し出された香をたきしめた扇の上には夕顔の花。

心あてにそれかとぞ見る白露の光そへたる夕顔の花

何とやさしく夕闇の中にそこだけほんのり白く光っているように咲いている夕顔だろう。哀れで淋しそうで、一晩でしぼんでしまうというはかなさが、よけいに白い花を美しくしている。「夕顔」の優しさ、おっとりとした美しさを光君はどれほど愛《いと》おしんだことだろう。それほどまでの「夕顔」なのに、其の院で一日暮らしただけで物の怪に取り憑かれ息絶えて冷えきった姿に変わってしまう。――ただ冷えに冷え入りて息は疾く絶えはてにけり。いはん方なし――

あまりにも悲しすぎる結末に光君は病気になってしまう。はかない恋の悲しい終わりを象徴するかのように夕顔は白く咲くのだと思う。白い色はもしかしたら悲しみの色なのだろうか。

　昭和十九年十月頃（私が九歳の頃）叔父が九州八代から尾道の浦崎の我が家にやってきた。家に久しぶりにお客がきたので何となく嬉しかった。それに叔父は父にそっくりだったので六月に戦死したはずの父がひょっこり生きて帰ってきたのだと思ったほどである。何もご馳走するものがないので母はわたしの飼っていた兎を隣の主人にさばいてもらい、少しばかりとっておいた砂糖を出して兎の肉のすき焼きでもてなしたのである。

　学校から帰って兎小屋をのぞくとわたしの兎がいない。敷わらだけ残って、小屋の戸も開いたままであった。

　母に聞くと叔父のご馳走になってしまったと言う。母にはいつもいい子であったわたしは仕方がないと思ったけれど、兎がかわいそうでかわいそうで大泣きをして家を飛び出し夕方暗くなるまで家には帰らなかった。あんなひどい事をする母がその時だけは憎らしく許せなかった。道端の小さな流れのそばにミゾソバの花が咲いていた。小さくて白い、ふちだけうす紅色のかわいらしい花が群生して、夕暮れ時でも白い花はよく見えた。兎の墓を作って供えようとミゾソバを手にいっぱい摘んだ。茎には小さなとげがあって摘むたびチクチクするとよけいに涙がこぼれた。家の前の畑の端に、あたりはもう暗くなっているのに十五夜の月のような白いぼうっとしたかたまりが見えた。兎の白い毛だった。命のない白い毛だけが、まるで魔法をかけられた白いまりのように、闇の中の風にゆらゆら揺らめいていた。わたしは両手いっぱいのミゾソバの花をそのふわふわの白い毛の側に置いておもいきり泣いた。

　遠い昔の真っ白い兎の悲しい思い出である。「白」は悲しい色なのかと、またもや考え込んでしまっている。

泰山木

六月のある日、車の中から大きな泰山木の花を通り過ぎざまに見つけた。大きな白い花だった。

ふっと四十年余り前の王朝文学の会を思い出した。輪読会は尾道のとあるお寺だった。泰山木の大樹が寺の門のそばに植えてあったように思う。続「河」三号の「王朝文学の会の歩み」を繰ってみると、――昭和三十九年五月二十三日～二十四日、尾道で輪読会。担当後藤さん。林芙美子、志賀直哉、中村憲吉らの文学遺跡散歩もした。十一名。――と記されている。

泰山木は濃緑の大きな照葉の枝先に、花径二十センチ位の大きな白い花を咲かせ、人をはっと驚かせる印象深い花である。黄色の花芯のまわりに九弁の白い花びらが並び大きく開く。一つ一つの花は空に向かって大樹のそここに咲いている。じっと見上げていると、すうっと花に吸い寄せられてしまう。咲きかけはハスの花にどこか似ていて仏の慈悲のうてなのようにも思えてくる。

尾道の輪読会にはなぜか清水先生にご挨拶をしている母の姿が浮かんでくる。しわだらけの顔、白髪の母が着物を着て、大樹泰山木の木の下で、丁寧に清水先生や王朝文学の会の方々にお辞儀をしている姿が……。

その時の大輪の白い泰山木の花があまりにも美しかったのだろう。鮮明に思い出されてくるのが不思議である。

以前「泰山木の木の下で」という舞台があったような気がするが、わたしのドラマは尾道の寺の山門の「泰山木の花の下」で清水先生、輪読会のメンバー、そしてひとりのやさしげな老母が繰り広げる懐かしい楽しいドラマである。みんな笑顔で言葉が行き交う美しいドラマである。吹く風のなんとさわやかな初夏の風景だろう。

老母といったけれど、考えてみると今のわたしと同じ年齢だ。顔のしわ、白髪は、わたしとちっとも変わらないが……。あの母のやさしさは、今のわたしとは比べものにならない。ありとあらゆる苦労を重ね、あきらめにも似た忍耐から生まれたやさしさかもしれない。

白い花は仏の歯の白さを表すと聞いた事がある。仏を信じた母を思い出し、苦労をかけた母へ許しを乞う……。

白い花は母のやさしさに通じるような気がしてきた。

絵本など

夏の暑さに負けて、読みかけの本が、机の上に何冊もたまっていた。そんな時は絵本に逃避したくなって、図書館から四、五冊ずつ借りてはまた借りてと、ずいぶん多く読んだ。どの絵本も楽しくて、忘れてしまっていた子どもの心を、少しだけ取りもどすことができた。その中から……。

梨木香歩作「ペンキや」。幸せ色を探すペンキや三代のお話。ペンキやが塗るすてきな色の絵本。このお話の中に出てくるユトリロの「白」はどんな色か調べてみたくなった。画家の「白」はどんな白なのかしら。

加古里子作「ぞうのむらのそんちょうさん」。子象の集団でたった一頭まっ白な象は、引っ込み思案でぐずで駆けっこはビリという劣等生。でも、どんな匂いもかぎ分ける鼻の力は、誰よりも優れている。そのたった一つの能力で、山火事から仲間の象を助ける事ができた。子象はどこかみんなと違う力を発揮することでついに村長さんにまでなったという話。「白」の力は偉大なのだろうか。

ブルーノ・ヘヒラー作「フーベルトとりんごの木」。フーベルトの人生とりんごの木の一生を重ねている話。山田太一氏は――そんなに早く他人の物語から普遍性ばかりをとりだして読み過ごしていいのか、――と述べているが、わたしはこの本を読むと、自分の人生はあるがままに受け入れて生きることが美しいのだ、と教えているように思える。フーベルトとりんごの木が一生を終える場面は、降り積もる雪だ。春の夢を見ながら静かに雪の下に眠るフーベルトとりんごの木はとても美しい。

わたしは少し「白」にのめり込んでしまって「白」への思い込みがはげしくなったようだ。

ある雑誌の連載小説「草の輝き」を読み続けている。草木染に興味を持つ女主人公が、染色家に弟子入りをし修業する様を描いている小説である。そこに展開される人間模様はもちろんおもしろいのだが、いろいろな植物から取り出す色が、媒染剤によって様々な色に変化していく様子も、詳細に書いてあり、驚いてしまう。また、小説の各プロットに仕組まれている事柄にも、色に関係づけられたものが多く、見逃せない。――民話「おそばのくきはなぜあかい」（赤）。太宰治「富士には月見草がよく似合う」（黄・金色）。安房直子「きつねの窓」（青）。ワーズワース「草の輝くとき……」（緑）等々……。

読んでいくうちに、――ハマナスの根っこからは檜皮色、紫褐色、焦茶色―など色の名前が難しいのにも、ぶつかってしまう事がしばしばだった。とうとう「日本の色辞典」（吉岡幸雄）を見ることにした。四百六十六色の色が並べられ、色の名前が列挙され、その美しさに圧倒されてしまった。

まず白を探してみると、白土、胡粉、卯の花色、雲母、氷色と出ている。そして平安朝の女房装束には欠かせないのも「白」であることが分かった。それは襲であった。

桜襲（表白・裏赤花）　卯の花襲（表白・裏青）　柳襲（表白・裏薄青）　牡丹襲（表白・裏紅梅）
雪の下襲（表白・裏紅花）　氷襲（表白・裏白）　木賊襲（表萌黄・裏白）

のように「白」は微妙な色合いをかもしだす役割を持っていたのである。

「白」は白そのもので美しい。白を染めることで美しい色ができあがるのである。「白」は他の色を引き立て、奥ゆかしさをも演出する色の原点ではなかろうか。

「白」にとりつかれたわたし、「白」の魔術に当分とりつかれ、さいなまれるかも知れない。火星が赤く燃える空に夏の月が銀白色に光っている……。

（「続河」八号　二〇〇三年八月二十一日稿）

二　こころもよう

毎日あたふたと時間に追われて、心の中に風景が映らないような日々が続いた。わが家の小さな庭が好きだったのだが、昨年の台風でライラックが倒れ、今年は沈丁花が、かわいそうに根元から枯れてしまった。香りのよい花木が失われ、ぽっかりとあいた穴を見るのが恐ろしくさえ感じられていた。

ぼってりと咲く、少しきつい香りの梔子の白はどこへ去ったのか、今は葉だけが真緑の葉を茂らせ、甘い香りを庭いっぱいに漂わせた鉄砲百合も、大輪のカサブランカも終わってしまった。夫が昨年出版祝いにいただいた胡蝶蘭は植え替えたら大きく育ち、七輪弓なりに連なって白い蝶が翅を広げたような花をつけた。それももう悲しげな色になりつつ終わろうとしている。

中国では香りのよい花として、梅、蘭、百合、ジャスミン、木犀、水仙、梔子を七香と呼んでいるらしいが、目の前の香りのない庭が、真夏の厳しい暑さの中であえいでいるような気がしてならなかった。甘い花の香りは人をやさしく包んでくれ、幸せな時を紡いでくれる不思議な力を持っているのに、今は暑い風だけが吹いている。

思い立って縮景園に行ってみた。でも、真夏はやはり甘い香りを少し消してしまうのだろうか、花は少なかった。背の高い木に涼やかな酔芙蓉が、凛として白く咲いていた。昨夜しぼんだピンクの花が、木の枝に見え隠れしていたが、乙女の恥じらいのようでかわいらしかった。お酒に酔って、ちょっとしどけなくといった風情も感じられた。

斑入りアオキの葉に、しっかりとつかまっている蟬の抜け殻を見つけた。まるで生きているような恰好、でも中は空っぽ。生きているものは今、夏の空へ飛び立ってしまって、いくら声をかけても現実にはないのだった。現人《うつそみ》（この世に存在する人間）と空蟬《うつせみ》（ぬけがら）の真反対の意味を持つ言葉に、ぎょっとしてしまった。今のわたしの心の中は空っぽになって、現実はどこにあるのだろうと考えて、思わず手に取った蟬の抜け殻を、そっともとのアオキの葉にとまらせてやった。

「源氏物語」の空蟬の巻を思い出した。夏の夜、衣だけを残して光君の愛をするりとかわしていってしまった女の慎ましやかさを、どう読みとったらいいのかと。女はあまりにも美しい光君の愛を受け入れられない境遇を考え、悩んだあげくに身をかわしてしまったのだ。少し悲しく美しい「空蟬」である。

夏の暑さにぼんやりとしていた時間が長かったせいか、急に音の風景を聞きたくなった。鮫島由美子の「歌ってみたいシリーズ春夏秋冬」を聞いてみることにした。ずっとずっと時間が逆もどりして懐かしい風景が広がってきた。このシリーズの1は二十九曲、2は二十五曲である。どの曲もわたしが中学生の頃耳にした懐かしい曲で、ほとんど歌える曲ばかりだが、年代的にはちょっと古く昭和十年代以前であるらしい。その中の「希望のささやき」という曲は、中学二年三年を過ごした熊本県八代市に、わたしを瞬時に連れていってくれた。

八代第三中学校に広島の尾道から転校したのは、父が戦争に征ったままだったので、叔父がわたしたちの生活の困窮を見かねて、わたしだけを引き取って育ててくれたのだ。広島から八代まではとても遠かった。母と一緒に当時ＳＬに乗っての長旅であった。中学二年の頼りない子どもを一人親類に預けて、母の帰途はどんなにか辛かったのではないだろうかと、今思うと泣いてしまう。母との別れ別れの生活はこの時から始まったように思う。

八代三中の音楽担当は鋤先先生で、合唱をよく教えてくださった。球磨川の上流に人吉市があり、そこで夏に合唱コンクールが開かれわたしたちも参加した。その時歌ったのが「希望のささやき」

「やみは四方《よも》にこめ　あらし猛《たけ》れど
明朝陽《あした》はのぼり　風も和《なご》まん
希望の　あまき言葉
憂《う》きにも　幸《さち》はひそむ」

高音部が「キーボウノー」と歌えば、低音部が「キボウノ（トントン　休み）キボウノ」と歌うところがとても楽しく、ハーモニーが美しく響くように、何度も練習して合唱コンクールに臨んだ。はっきりとは思い出さないけれど、公園の中に舞台が設けられていたような気がするので、もしかすると何か音楽祭のようなものだったかも知れない。

ヤッチロと八代のことを親しんで言っていたが、わたしの八代は、母と別れて叔父夫婦に育てられたので、やはり心の中はうつろな風が吹き抜けている毎日だった。音楽はすっと隙間を埋めて甘えられる時間を作ってくれるものであった。

クラスのなかにピアノが上手な宮原嫩子さんがいた。昼休みによく音楽教室のピアノを弾く嫩子さんのまわりに、歌の好きなものが集まっていろんな曲を歌っていた。わたしもその中にそっと入れてもらうことができた。歌に夢中になって五時間目の授業に遅れてしまって何度か叱られた思い出がある。

中学二年生になって初めて音楽というものを知ったわたしだった。小学生の頃はラジオから流れる「ミカンの花咲く丘」をよく歌った。―やさしい母さん思い出す―という歌詞を自分に重ねて、―やさしい父さん思い出す―と歌ったものだった。川田正子の歌う童謡がわたしの音楽のすべてだったが、八代三中の音楽の時間が別の音の世界を開いてくれた。

日曜日の朝八時は、ラジオから流れる「音楽の泉」（堀内敬三解説）で、ベートーヴェン、モーツアルト、チャイコフスキー、ブラームス、シューベルト、シューマンなどの大作曲家の音楽を聴いた。音楽室の壁にかかっている肖像画が、身近に感じられ、クラシック音楽が、初めてかぐ大人の濃密な香気のような気さえした。そしてわざと自分の今を悲劇的な境遇に仕立て、ひそかに音楽で慰めているような気になってもいた。

中学生のわたしは、かってに大作曲家たちに色のイメージを重ねて聴いた。ベートーヴェンは情熱の赤、第五交響曲「運命」は扉をまっ赤な手で押し開くのだろう。色白でピンクの頬、金髪のかわいいモーツアルトが、貴族の集まりでピアノを弾き、拍手喝采を受けているし、シューベルトは悲劇の「未完成交響曲」を演奏し、まっ白な雪の原で「冬の旅」を歌っている。大作曲家たちはみんな悲しい人生を送っているみたいだ。チャイコフスキーは「悲愴」、シューマンだって狂人になってしまって……。しかし、ドボルザークの「新世界」のエネルギーは、美しい緑や色とりどりに花咲く故郷を思わせる。すべての色が輝いているようだ。シューマンも、歌曲や交響曲やクララとの愛を色にたとえると、虹色の祝祭の風景になる。

わたしの好きな青や紫はどの作曲家だろうかー。きっと青は「水上の音楽」のヘンデルだろうなどと考えていたら、球磨川の青みがかった美しい流れを思い出した。叔父は砂利採取業をしていた関係で、家は球磨川の河口に近い土手の上に建っていた。台所の勝手口から階段を十段位降りると川の流れがあった。

三大急流の一つである球磨川と言われて、河口近くでも叔父の家の台所下の流れは速かった。夏休みになって、従弟の賢ちゃんから川渡りに誘われた。賢ちゃんは同学年で同じ八代三中だったので、学校にいるときはお互いに知らん顔をしていたが、家では姉弟か友だちのようによく話をした。賢ちゃんのいう川渡りというのは、上流まで歩いて行って橋を渡り、そこから川の流れに乗って反対側の岸に泳ぎ着くというものだった。叔父の家の台所まで流れに乗って泳ぎ着くためには、相当上流まで行かなくてはならない。そうしないと海まで流されてしまう危険がある。無謀きわまりないことである。わたしは中学一年生になってようやく泳ぎを覚えたばかりなのである。しかし賢ちゃんは、同級生の男子何人かといっしょにやるのだから大丈夫というし、とうとうやることになってしまった。

泳ぎ始めて半分くらいの距離に来たとき、ちょうど川のまん中あたりの砂の州で小休止、平泳ぎであまり体力は使わず、でもやっと叔父の家にたどり着いたときは、物も言えないほど疲れ切ってしまった。その上叔母から、賢ちゃんとわたしは厳しく叱られた覚えがある。―もう二度としてはいけませんと―。あの球磨川の青い流れのくすぐったいような感じは、どこか遠くて捕まえられないのだが、何かの時にふっと思い出して、賢ちゃんありがとう、二度とできないことに誘ってもらって、とお礼を言うのである。

八代三中時代には何故だか演劇部に入った。やさしくて、美しくて詩人の八千代さんという友だちが誘ってくれたからだと思う。一学年上の守永さんが脚本を書き、熊本放送局から放送劇をやったことがある。八代から熊本まで行って、録音を何回もしたのである。わたしは声のトーンが低いということでお婆さん役だった。これはわたしにとって悲しい事実で、主役をやった友だちを羨ましく感じたものである。でもわたしはみんなから、ズーチャン（和子からとって）呼ばれて、演劇部ではみんなから仲間として認められていたような気がする。声の低さは悲しかったけれど、他はとても楽しいことばかりだった。

八代宮で撮った演劇部の写真は、みんなまっすぐ前を見つめ、まじめに人生を考えている大人のような顔で写って、怖いようである。あるいは背伸びしていたのだろうか。そう、背伸びしていたのだ。わたしもずいぶん背伸びをして、足もとがぐらぐらしていた中学生だった。国語を教えてくださった要名本先生の、夏休みの宿題は読書感想文で、わたしがとりあげたのは唐木順三の「自殺について」だった。要名本先生は、あまりにもよく書けているので、わたしが自殺するのではないかと驚かれた。今思うとおかしなおかしな事なのである。

八代での生活は二年で終わりを告げた。あれから五十年以上経ったが一度も八代へは行かずじまい、思いだけが飛んでいって、風景はセピア色になるどころか色鮮やかになるばかりである。要名本先生、八千代さん、守永さんも東京へ出られて長い。賢ちゃんだけがわたしの八代の中に住んでいる。

暑さに疲れぎみの午後、汗がどっとふき出してシャワーを浴びた。ふっと姉のワンピースを着てみた。淡い青、緑、薄茶の格子縞模様の縮織りで肌触りがよく、しかも姉が縫ったものだから体に優しくそぐうのである。姉が逝ってから丸五年、姉の着ていた物はほとんどわたしが貰った。姉の体つきとわたしがよく似ていたので、姪は惜しげもなく「お母ちゃんのを全部持っていって」と言った。姉のセンスのよい服作りは、着てみると、姉のおしゃれ感覚を全部もらった幸せな気分になり、姉と共に過ごしたいろいろな時間を取りもどすことができるのである。

洋裁もでき、料理も上手、家事のエキスパートであり、絵を描き、俳句・短歌はわたしの遥か上を行く存在の姉だった。春になると、道明寺粉で桜餅を作ってくれたし、ずっと以前はキャラメルを作ってくれたこともあった。そんな姉を思い出して、家事全般に劣等生であるわたしは、ひょんなことから「生活講習会」を受講することになった。女として料理が上手でないという事を、ずっと引け目に感じていた。家族にはすまないと思いながら、仕事の忙しさを言い訳にしていた。今からでは遅いとは思ったがやってみることにした。本当に基礎基本からの料理一年生である。献立の取り合わせの美しさや味付けの微妙さ、料理技術の力など、学ぶことの多さに驚きあわて、講師の一つ一つのことばをも聞き漏らすまい、包丁さばき・素材の使い方・調味の仕方を見落とすまい、と難行にも似た時間になった。そうしてこの講習会はちょっと変わっていた。

最初に読書の時間が設けられ、羽仁もと子著作集を読んで、担当者が感想を述べるのである。わたしも八回目に読書担当が当たった。担当箇所は「旧と新と」であった。わたしは次のようにみんなの前で話したのである。

―「旧と新と」を読んで感じたままをお話しようと思います。

この「旧と新と」の章は、親と子の関係を軸に生命の問題をとりあげているのではないかと思います。旧《ふる》いものから新しいものに移っていく状態は花から実になるのと同じでなくてはならないが、花は実のために咲くのでなく、花自体がほんとうに咲き努めつつある間に実はおのずから成るのであって、花は花として、実は実として価値があるのだ、と羽仁先生は説かれています。このように人の世の新時代は旧時代の中からおのずから移り変わりでき上がってくるもので、親と子のひとりひとりが自分に与えられた生命を生きる間に、真の親になり子になり得ると力説されています。

わたしには二人の子どもがおりますが、子どもにはこうあってほしいと願うあまり、子どもへ親として自分流の価値を押しつけ、ずいぶんひどい事をしたと、今になって反省しきりです。

親も子もひとりの人間として絶対に尊貴な生命の存在として考え、親は子どもをどう育てるかよりも自らがどうあるべきかの方が問題であるし、自己改造する苦しい戦いを常にしなくてはならないとおっしゃっています。ぐさりと胸を突かれたような気がします。

親がちゃんと生きていなくて、どうして子どもに対等に向き合うことができるでしょうか。子どもをひとりの絶対的生命の存在と考え、親である自分も対等の生命の存在として関わることの大切さを忘れて今まで過ごしてきたのかと、はっとさせられました。

親と子だけでなく、夫に対しての自分、外の人たちとの交わりの中での人間関係でも、自分が今をきちんと生きていなくては、真の交わりはできないのではないでしょうか、思うことは多くあります。

さて、「旧と新と」の後半部分は、羽仁先生のキリスト教という宗教が基盤になっていますので、はっきりいってよく分かりません。これから少しずつ勉強していきたいと思っております。

先日NHK放映の課外授業「ようこそ先輩」を見ました。この番組はご存知と思いますが、著名人が卒業した小学校へ出向いて、後輩に授業をするというものです。この間のは、作家の早坂暁氏（七十五歳）が四国松山市の小学校の六年生を教えたものでした。

テーマは、人はどこから来たのか、自分は今どこにいるのか

という哲学的なものでしたが、とても意味深いものでした。子どもたちに、あなたたちには必ずお父さんお母さんがいる、そのお父さんお母さんにもそれぞれ両親がいる、それをずっとたぐりよせていくと今のあなたひとりには無限の生命のつながりがあるのだ、ということや、四国遍路のなかにある生命の意味、人間との交わりなどを教えていました。そして最後に金子みすゞの「蜂と神さま」という詩を子どもたちに読んで聞かせました。

蜂はお花のなかに、
お花はお庭のなかに、
お庭は土塀のなかに、
土塀は町のなかに、
町は日本のなかに、
日本は世界のなかに、
世界は神さまのなかに。

そうして、そうして、神さまは、
　小ちゃな蜂のなかに。

早坂氏は引用した詩の中の「神さま」とは、生命ととらえていらっしゃるようでした。

考えてみると、人間が持っている心の美しさとか、良心とかを具現化したものが「神さま」ではないか、神さまはいつも心の中に住んでいるのかもしれない、羽仁先生の神とは何か、などいろいろこの「旧と新と」を読んで考えさせられました。―

このように料理、洗濯、育児、家計など家庭生活のすべての根底にあるのは、「思想」であるというものであるが、目の前の料理実習の時は、頭と手の働きが敏速でないとついていけないのである。やっと一日の実習が終わると、きちんとしたテーブルマナーでの会食。今日の料理の感想を発表するのである。第7回の料理の献立は、ロールパン、かぼちゃのポタージュ、ハンバーグステーキ、粉ふきいも、いんげんソテー、トマトサラダ、アイスクリームだった。手の込んだ料理ばかりでとてもおいしく戴いた。わたしは今日のメインのハンバーグステーキについて感想を言うことになり、次のように話したのである。

―今四十二歳になる息子が小学校へ入学して間もなくの頃、給食にハンバーグが出ました。帰宅するなり「今日給食にハンバーグというとってもおいしいものがでたんよ。ぼくあんなにおいしいもの初めて食べた。おいしかったけえ、お母さん家でも作ってよ。」と言いました。わたしははっとしました。悪阻がひどく、その時以来家でハンバーグを作らなかったし、自分が食べたくなかったので、ハンバーグというものを、六歳になるまで一度も息子にも食べさせていなかったのです。その当時の給食のハンバーグは冷凍のぺちゃんこのものだったというのに。この頃「食育」ということがよく言われます。子どもの味覚は、その家、とくに母親の料理によって育てられ、また食べることは人間を育てる大切な要素だと。今日は本物のふっくらジューシーのハンバーグステーキを教えていただきありがとうございました。少し息子は大きくなりすぎましたが、孫たちに作ってやりましょう—と。

最後に各テーブルに飾ってある花の名前を紹介するのも楽しみの一つである。フウセントウワタ、デュランタ、チェリーセージ、やぶらん、のこぎり草、仙人草、浜木綿、ひおうぎ、しゅうめい菊など、毎回花の饗宴で嬉しくなって「ごちそうさま」で終わりになる。

夏目漱石家の糠漬けの味は大変美味だったと本で読んだことがある。この講習会でも糠漬け、らっきょう漬けを習った。らっきょう漬けはどうにか食べられる味になったが、糠漬けは漱石信奉家の夫からいじめられそうな味になって、来年再挑戦しようと思っている。

今日の我が家の食卓には、まっ白のランチョンマットの上にスイカドリンクがある。甘くて冷たーいフルーツジュース。親類から大きな大きな甘いスイカを貰った。半分はそのまま食べたが、食べきれないのは凍らせておいた。「暮らしの手帖」十一号を見ながら作ってみることにした。凍ったスイカとガムシロップとをミキサーに入れ、スイカが砕けたらグラスに注ぐ。好みで赤ワインを少し加える。夏の暑さが一度に、まっ赤なスイカで風のように吹き抜けていった。まっ赤な色も美しく涼しかった。

七月末、ささやかな本を出版した。—この本のどこか一部でも読んでいただけたら—と送本したところ、多くの方からお祝いの品やお手紙をいただいた。とてもありがたく身に余るものばかりであった。

Tさんから達筆で
—(前略)高いお志のもと、一筋の道を真摯に歩み続けられ、このような御立派な集大成にいたられましたことに、ことばでは言い表せないほどの感動を覚えております。
また同窓の一人としてこの上なく誇らしくうれしいことに存じます。
一人でも多くの方々がこの尊い御業績に触れられ、ことに後輩の方が何よりの指針とされますよう願うばかりでございます。
ただ暑いだけの今年の夏が一変いたしました。御著書に出会えたことが夢のようでございます。（後略）—

のお手紙をいただいた。東雲分校でいっしょに勉強した人だった。背が高くおきれいで成績が良く、少し近寄りがたい存在だった。何かの会では美しい声で歌われるので、美しいものはすべて持っている人だと、当時わたしは思っていた。

手紙と同時に花籠もいただいた。大輪の白百合を中心に、白いデンファレ、緑色のヘデラ、淡いピンクのカーネーションが、上品に入れてある花籠だった。花屋さんが

—御依頼主様から「白」を基調にして、とおっしゃいました。「白」の中にかわいらしいピンクのカーネーションもちょっとそえました。—

と言った時に、Tさんが「わたしの白の世界」を読んで「白い花を」と言われたことが心にしみいり、とても嬉しかった。白い花の香りが部屋に流れ、Tさんのやさしさのようにも感じた。

Eさんからはお褒めの手紙をもらい、こんなに褒めてくださっては気恥ずかしくて顔が上げられないと思いなが

ら、本当は嬉しくて子どものように喜んでいるのである。Eさんは東雲分校時代の夫の一級下、私の一級上の先輩で、長年親しくさせてもらっているが、大学に勤めておられた研究者で、論文もたくさん書いておられる。そんな方から褒めていただいたので、何度も手紙を読み返した。長文のお手紙の内容は、夫とわたし二人に宛てたものである。

―（前略）肝心の授業研究は私には勝手が違うのでパスしましたが、エッセイなどからお父上を早く亡くされたための並々ならぬご苦労や、安宗さんとの息の合った文学的深化への努力などがストレートにかつ強烈に伝わってきました。

お父上戦死のことは「河」によっていくらか知ってはいましたが、こうしてまとめて読んでいくと、けなげに生き抜いてこられた村上さんの姿がよく見えてきました。（中略）

それにしても村上さんの漱石批判が安宗さんの反論を招いて二人を近づけることになり、（以下略）定年退職後は時間割まで作って師弟のように勉強しておられるご様子には、二人ともどこまで純粋なのだろうと驚嘆するばかりです。（中略）家庭の日常の中に「文学する心」が確かな形で実践されていることを知り、自分の仕事は文学作品を対象とした分析をしただけで、文学をしてはいなかったのではないかと反省させられた次第です。―

あまりにも過大にわたしたちのことを―お二人の日常の中に文学的感性が息づいていてすばらしいと思います。―と書いてくださったが、Eさんの物事の究極を見すえる鋭い眼と、横光利一論などに見られる論理と感性のすばらしさにわたしはいつも敬服しているので、素直にお言葉通りに読むのである。そしてお手紙はどこか人を包むやさしさにあふれているので本当に嬉しかったのである。
歌人でもいらっしゃるSさんからは、達筆で長文のお手紙を戴いた。わたしの拙い本を隅々まで読んでくださり、その一つ一つについてご丁寧なお言葉をいただいた。

―（前略）丁重な御文をお添えになりましてのそれに、さすがにと感じ入りました。早速、「最後の授業―退任の挨拶―」のところから拝誦を始めました。どこを開いても、すばらしいのに感嘆いたしました。（中略）特に旅の先々で御夫妻が歌仙を巻いて楽しんでいらっしゃるのに、唸ってしまいました。（中略）お父上様からの傍点の施されたおはがき、「サイパン島に昨日着」の伝達の工夫、「遥カ南方洋上ノ父上、暗号解読セリ」と心の打電をする。……

牡丹咲いて父の忌近く雨止まず

これは強烈な印象でした。私の心から消え去ることはないように思えます。―

と書いてくださった。

―五十年近くも以前にもらわれたお手紙に、改めてご返事をお書きになる試み、文章の終わりを俳句で余情深く結ばれていること、その非凡なさりように感嘆しております。（後略）―

Sさんはどのような文章でも、深くたしかに読む澄んだ目をお持ちで、わたしの文の文章構成までにも、細かく目を向けて読んだくださって、本当に有難く思った。あと、義母の「米寿祝い」「時間割」「姉兄への思い」「わたしの白の世界」にも、いろいろとお言葉をいただいた。Sさんのお人柄の美しさに、改めて感じ入ったのである。

Tさんからもお手紙をいただいた。

―（前略）「この本のどこか一部でも、お読みいただければ幸いに存じます。」とのおことばにたいそう感銘いたしました。野地潤家先生の「まえがき」のおことばに誘われて、Ⅳ随想・書簡・感想ほかの「わたしの『白』の世界」を真っ先に拝読いたしました。「時間割」も感動をもって拝読。（中略）「花散里」の考察にも感動いたしました。「わたくしが羨望するタイプの女性」と言い切られるつよさ、「女としてのあらゆる悲しみ苦しみ悩みを通りこして自分だけの美しい心を持ち得た人物」という考察、「さりげなく人生をきれいに生きている」―ほんとうに、こういうふうにさりげなくきれいに生きていたいと思わせられたことでした。（後略）―

Tさんがわたしの「花散里」観に同じ思いであると言ってくださり、ほんとうに嬉しかった。いつもわたしの書いた文章に必ずお手紙をくださり、励ましていただく。さりげなく人生をきれいに生きていこうとしておられるTさんだと思う。

野地潤家先生から七月三十日にお手紙をいただいた。野地先生は次のようにお書きくださった。

──ご高著の中の「わたしの」『白』の世界」はすばらしい随想、深く深く感じ入りました。これからも、折にふれて次々〝随想〟を書き進められ、やがては〝随想集〟をおまとめになっては……と思います。すぐれた独自のエッセイ集を生み出されるものと信じております。大村はま先生がなさいましたように、お書きになりたいエッセイの題目・題材をまず取り上げられ、一～三〇、三一～六〇、六一～九〇、九一～のように題目一覧を作成しておかれ、つぎつぎに書き進められては……と思います。えがたい〝随想集〟の誕生を確信いたしております。（中略）すでに、ご計画もおありになるかと思いますのに、押しつけがましく書きました。申し上げましたこと、プレッシャーになりませんようにと念じております。──

何とお優しい野地先生、浅学のわたくしをおほめくださり、この本で終わりにしないようにと、次への道を事細かくご親切にお示しくださったのである。学習意欲をかきたてる「手引き」そのものであったが、お手紙の終わりの方には──プレッシャーになりませんように──と気遣ってくださり、わたしのようなものにまで、敬語をお使いになって書いてくださっている。もったいないことである。

この本を出版するには野地先生のお力とお励ましがなければ出来なかったことなのに、いつまでもお心に掛けていただいて、ほんとうにありがたく、感謝しつづけているのである。

今年の夏は、いつになく、私に流れてきたこれまでの時間を、深く考えることができた。過ぎ去った大きな重い悲しい時間、軽やかなテンポで踊りながらわたしの前を通り過ぎていった時間、呼び止めても呼び止めてもいってしまった惜しい時間、多くのやさしさに包まれた幸せな時間など、次々と思い出すことができた。

そのさまざまな時間の中で、多くの人と出会い学んだことを、今ひとりで、そっといとおしんでいるのである。

あまりにも、わたしにとって、美しくたいせつであるから……。

小さな庭から、もうちちろちちろと秋を歌う声がする。こころもようの、ぼろさせ、つづれさせせと鳴いているのかもしれない……。

（二〇〇五年九月）

三　ぶらんこの四季

小さな団地の中に子どもが遊ぶ公園がある。すべり台、砂場、ベンチ二つ、水飲み蛇口一つ、ブランコがあり、ちゃんとお便所まである。季節ごとに子どもたちのにぎやかな声がとびかう。端っこの草むらに自転車が三、四台たおしてあって、中学生がサッカーボールを蹴っていることもある。楽しくておもしろい時間が流れていてわたしの大好きな場所である。夕方の散歩の寄り道や外出先からの帰り道にちょっとゆっくり公園からの風の音を聞くともなしに聞いたり、木々の装いに驚いたりするのである。わたしには眺めるだけの公園でもある。

ある日の夕方、ふと気が付くと誰もいない公園のぶらんこがきれいに塗り替えられていた。ぶらんこをつり下げる横の鋼材は、左右の三角形の足にしっかり支えられ、真っ黄色に塗られていた。くさりでつり下げられた四つのブランコの板は、赤、青、黄、緑と塗られ、子どもを待っているようであった。この板の上に子どもが座ったり立ったりして、ぶらんこを漕ぐ風景が夕日の中にくっきりと浮かんできた。

秋

秋も終わり近く風が少し冷たく吹いている日曜日、三人の孫たちが遊びに来た。小学六年生、三年生、幼稚園年中組の孫たちはとても仲良しでかわいい。お昼ご飯はばあば特製の鰯の塩焼き、ポテトサラダ、ゆで卵、ウインナー、枝豆、カボチャのスープ、冷たい麦茶のごちそう。お昼ごはんが済むとじいじ指導で紙飛行機作り。何機も何機も作ってその中の一番よく飛ぶのを持って公園へと急ぐ。公園は寒い風が吹いているのか誰もいない。わたしたち四人だけの公園だ。孫たちは「ぼくらだけの公園だ、貸し切りだ。」と大はしゃぎ。だれが一番遠くへ飛ばすか競争しようということになった。

「ここがスタートの線よ」と拾ってきた木の枝でよしきが線をかく。よしきは小さくてもしきり屋さんだ。

「よしき、ゆうくん、ひなちゃん、ばあばの順番、だれが一番遠くへ飛ぶかしようー」とまたよしきの声。

「風が吹いてるから風にのせて……、風をよく耳で聞いてー」とばあばは叫ぶ。

四人は汗をいっぱいかきながら遠くへ自分の飛行機をとばす。旋回して右へ行ったり左へ行ったり、上に上がってすぐ近くに落ちたり、風に乗って水平に遠くへ行ったり、紙飛行機は空をかけめぐる。だれが一番遠くへ飛ばしたか分からないくらい飛行機と遊んだ。いつの間にやら勝負がついたのかつかなかったのかそのままに、風の方向につられてそれぞれ自分の好きな場所を選んでとばしっこが始まった。すべり台から飛ばすひなちゃん、公園の上の道から公園の中へ飛ばす雄君、ベンチの上に立って飛ばすよしき、ばあばはみんなをじっと見て声をかける。

「ひなちゃんすごいー、ぶらんこまで飛んできたよー」

「ゆう君一番長く飛行機が空の中にいるよ。飛行機気持ちよさそうー」

「よっちゃん、もっと上に向かって飛ばしたら……そうそ、よく飛んだよー」

こんどは落ち葉飛行機遊び。公園の木々はほとんど葉が落ちて裸木だ。アメリカフー、ケヤキ、サクラ、イチョウ、オオモミジ、カシワなどの葉を飛行機にいっぱいのせてすべり台から飛ばすのだ。

「ばあば見てみてー。ひなの飛行機が落ち葉の雨を降らしてるよー」

「よしきのひこうき、おちばが重そうだ。すぐ下に落ちちゃった。ひこうきかわいそう。こんどは落ち葉少なくするよ、ばあばもう一回見てよ。」

「ゆう君の飛行機すごいだろう、力いっぱい投げたら落ち葉がいっぺんに落ちて遠くまで飛んでったあ」

三人の落ち葉積み飛行機は三機とも秋の荷物をしっかりと次の季節へと運んでいったようだった。今ベンチの上は飛行場だ。四機の飛行機は離陸を待って一休み。時折風が吹いてベンチの横に落ちたものもあるけれど……。

よしきがまた木の枝で公園いっぱいに渦巻きジャンケンゲームの線を描いている。こんどは雄君とよしき、ひなちゃんとばあばの二組に分かれてうずまきの中心陣地と外側陣地から走り出して出逢った所でジャンケンポン。（蚊取り線香の様な図の中心と外側から走り出すといったゲームである。）ジャンケンに負けたら次の走者が陣地からスタートして相手チームの陣地まで行ったら勝ちというのである。はあはあいいながら、汗だくだくで走る走る。自分のチームのジャンケンの勝敗をよく見ていないと、走り出すタイミングがずれてしまう。もうちょっとで相手陣地に突っ込める所でジャンケンに負けてしまったり、四人の笑い声が公園いっぱいに広がって空も風も笑っているようだった。

次はぶらんこ遊び。ぶらんこを漕ぐ。赤色はひなちゃん、青色雄君、緑よしき、黄色はばあば。風といっしょにギーコギーコ四人は漕ぐ。よしきは少しだれかに押して貰ってギーコギーコ。雄君とひなちゃんは空にすいこまれそうなほど高く高く漕ぐ。

「空をとってきてー。」とばあば。

「はあーい。おいしそうな雲もいっしょにとってきてあげるよー。」

ギーコギーコ　ブルルーンブルルーン

「たち漕ぎ気持ちいいよ。」

ギーコギーコ　ブルルーンブルルーン

「風がいっしょに漕いでくれるよ。」

ギーコギーコ　ブアーンブアーン

よしきはいつの間にやらぶらんこを下りて木の枝で公園いっぱいに迷路を描きだした。怪獣のような迷路だ。ばあばはよっちゃんと一緒に迷路を走り出した。迷路にも駅があるらしい。

「ここはサッカーボール駅」「ここは砂場駅」「ここはすべり台駅」「ここは水飲み場駅」「ここは落ち葉駅」「ここは飛行場駅」「終点ぶらんこ駅」

ぶらんこを漕いでいた雄君、ひなちゃんも、こんどは迷路をよしきといっしょに走る走る。

秋の夕暮れは早く風が急に冷たく吹き出した。四つのぶらんこは静かに止まっていた。四人はカエデ、サクラ、ケヤキなど落ち葉を拾って公園をさよならすることにした。家に帰るのも競走だ。家に帰るや机の上は落ち葉こすりだし工房に変身。落ち葉の葉脈をクレヨンや色鉛筆でこすり出すと、木の葉の生命の線が浮かんでくる。その美しさ、繊細さにびっくりしながら、だまって作業する。それらを切り抜いて一枚の今日の絵にする。三人の孫たちの絵の中に公園の中のものすべてが描かれている幸せな日曜日。

ぶらんこ漕いでゆらゆらギーコギーコ
木の葉をのせた飛行機とんで
お空も雲も手でつかむ
ぶらんこゆらゆらギーコギーコ
すべり台へもとんでゆける
ぶらんこゆらゆらギーコギーコ
迷路の地図へ降りようかな

ぶらんこゆらゆらギーコギーコ
きっと降り立つ星の王子様
夕日の入り日の大好きな
星の王子の一つの花
秋はいつの間にやら急ぎ足でいってしまいそうだ。

春

四月のある月曜日の午前、黄色ぶらんこに乗ってみたくなって公園へ出かけた。新学期が始まったのか子どもたちの姿はない。団地すぐ下には菜の花畑が一面まっ黄色に染まり、思いなしか空も黄色く見えた。長新太「へんてこライオン」を思い出した。黄色のライオンはいろいろへんてこなものに変身して、相手を驚かせたり幸せにする。わたしの好きな変身はぶらんこだ。ライオンの胴体がぬうーっとのびて前足二本後足二本でぶらんこをつり下げる丈夫な鋼材になる。胴体からまっ黄色のぶらんこが三つ下がり子どもを待っている。子どもを喜ばせたいばっかりのライオンの夢想だろうか。

童話の中のライオンは百獣の王、強いいばったライオンはあまり出てこない。「ジオジオのかんむり」は老いた王様ライオン。昔権力の象徴、いばっていた強いライオンは、今は仕事もできないあわれな老いぼれだ。王様の冠も薄汚れ光りを失っているが、いつのまにか王冠の中は鳥の巣になって、かわいい小鳥が大きな口を開けておしゃべりをしている。ライオン王様は慈しみ深い顔で座っている。ライオンの幸せな第二の人生の姿がそこにはありほほえましい。

図書館に入っていった「としょかんライオン」は、図書館が大好きなのに、はじめ館内を走り回ったり、ウオーウオーと大声を出して叱られてしまう。「館内を走ってはいけません。静かにしましょう」という図書館のきまりをちゃんと守るようになって、しっぽで本棚のほこりを払ったり、お話を聞く子どもたちのソファーになったり、館長さんのお手伝いをよくする大人気の「としょかんライオン」になって楽しく毎日を過ごすようになる。ある日館長さんが大怪我をして、ライオンはそれを知らせるために廊下を走って口を大きく開けて、今まで生きてきたうちで一番大きな声でほえてしまう。きまりを守らなかったライオンはうなだれて図書館の出口に向かっていく。でも最後のページにはにこにこ顔の「としょかんライオン」が描かれている。やっぱりとしょかんに帰ってきたのだ。なんと幸せなライオンだろう。本好きのライオンってわたし大好き！

工藤直子の「てつがくのライオン」を読んだ。

動物園

その日
動物園は暑く暑く暑く
ハンカチほどの日かげで
ライオンは涙ぐんでいた
（涙ぐんでいたのは「暑さ」のせいだけではないのかも知れない。）

ライオン

雲を見ながらライオンが
女房にいった
そろそろ　めしにしようか
ライオンと女房は
連れだってでかけ
しみじみと縞馬を喰べた
（しみじみと喰べたその悲しみは縞馬の悲しみと重なっているのだろう。）

てつがくのライオン

ライオンは「てつがく」が気に入っているが、「てつがくてき」になるために座り方から工夫しなくてはならない。風が吹くたび、たてがみがゆれるようにも考えなくてはならない。てつがくは「肩もこるしお腹《なか》もすく」。かたつむりから「ライオン、あんたの哲学はとても美しくてとても立派」とほめられると、「肩こりもお腹すきも忘れてじっとてつがくてきになって」しまうのである。

佐野洋子描く挿絵のライオンはとても人間的で、特に眼はじっと読む者を見据えているように思える。日陰で休むときも、食事をするときも、すべててつがくてきになっているそんなライオンは、おかしくて笑ってしまいそうなのに、わたしは笑えない。

「空飛ぶライオン」にいたっては笑えないのである。

昼寝がしたいという本音が言えないで疲れ切ってしまうライオンである。最後には心身ともに疲れて石になって眠り続ける姿になってしまう。百獣の王ライオンはお話の中では人間の様々な像を映し出すことができる。子供の心を失わずやさしいライオン、謙虚で仕事熱心、他人の心を思いやり、ちょっぴり哀れで、涙もろく、自分自身を殺し相手の幸せを願う哲学的存在なのである。

わたしはそんなライオンになりたい。

黄色のぶらんこに乗りながらそう思った。

夏

大夕立のあと大きな虹が夕空にかかった。真っ赤なぶらんこに乗って虹を見たくなって公園に行った。水たまりがところどころ残って、ぶらんこの下にも水たまりがあって、濡れたぶらんこがわたし一人を待っていた。

をさなごのひとさしゆびにかかる虹　（草城）
虹みるやこころの虹はいつ消えし　（翔）

が思い出された。久しく句も作らず、わたしの美しい心の中の虹は消えたままだったけれど、赤いぶらんこに座って虹を見た。ぶらんこの板はしめって気持ちがよかった。七色の虹の赤だけが鮮明に目にやきついたのは、赤いぶらんこのせいかも知れない。ずっと以前「赤いふうせん」という絵本を使って作文の授業をしたことがあった。ふうせんだけが赤く彩色されている絵本だ。線だけの絵で、小さな赤いふうせんを男の子がふくらませ、一ページごとにそのふうせんがちょうちょになったり、花になったり変化していく絵本である。授業に使うときは、絵本の赤い色は抜いて線だけの絵にしている。

一ページ目だけを児童に渡しふうせんの色を赤くぬらせる。赤いふうせんにしたら文を書かせる。できあがったら二ページ目を渡し、変化した絵に赤い色を塗り文を書き加える。わたしは児童ひとりひとりのページ毎の文にアドバイスをしたり、書きあぐねている児童には書き出し文を与える。最後にまとめると、自分だけの「赤いふうせん」のお話つきの絵本ができあがる、といった試みである。児童は他人と比べることもなく、マイペースで、自分の作文能力に応じて文を書き、楽しく学習し、最後は自分の力で作った本の完成を喜ぶのである。とても楽しい授業の一つだったと思う。

「いろがみのうた」（詩　野呂昶）のあかのページをくる。

あか
あかは　あさひのいろ
ゆうひのいろ
わたしの　からだを　ながれる
いのちのいろ

わたしはこのごろ暑さのせいかぼんやりしてしまっていた。あさひも　ゆうひも　いのちも忘れていたのかも知れない。大切な大好きなガラスのコップや、何年も使ったコーヒーポットやお皿を割ったり、包丁で指を切ったりして落ち込んでいた。おまけに、足首に熱いコーヒーをかけて大火傷をしてしまった。大きな火ぶくれ、ひりひりとした痛み、お風呂にも入れない。期待していた北欧旅行も諦めなければならないかも知れないなど、惨めさばかりの暑い日が続いた。真っ赤に焼けただれた皮膚を見ると、なんだか赤い色は嫌いになった。燃える炎の色がきつく心に入り込んでくるような気がして……。でも、亡き姉からもらった真紅のブラウスを着て、黒澤明の「夢」を見るとまた「赤色」が大好きになるかも知れないと思い直している。

いつの間にか虹が消え公園は暗くなっていた。一番星のきらめきが嬉しく、ぼんやりしてはいけないと自分に言いきかせながら、ゆっくり歩いて家に帰ることにした。

今月皆既月食があり、赤い月が見られるという。どんな大きな赤い月なのだろう。銀白色の月よりも少し気味悪いような気もするが、とても楽しみに待っている。夜空にじっとわたしを見つめる赤い月がでてくるのを……。

冬

天から絶え間なく雪が降ってきてあたりは雪一色になった。雪に埋もれた真っ白の公園はわたしの一番好きな公園である。静かで、ちょっと冷たく人を寄せつけないように思えるが、じっと見ていると優しい色に思えてくる。何故か自分だけの色を絵筆で描くことができるような気がするからだ。

その夜夢を見た。

真っ白の公園へ足跡を付けるのをためらいながら、わたしはぶらんこへ向かっていった。ぶらんこの板の雪をそっとのけると、そこには秋の澄みきった空の青が出てきた。板の上に板の色と同じ色の花をのせてみたらおもしろいなと、いろがみのうたも思い出していた。

　　ぐんじょういろ
おひるねでみる
そらのうえの　ぶらんこ
ふうわり　ふわり

ゆめを　でたり　はいったり

秋の空のような青い花、セイヨウアサガオ（和名ソライロアサガオ）を、蔓を絡ませてぶらんこの上の方までのぼらせてみたい。ヒマラヤの幻の花と呼ばれた青いケシも一本のせたらどうかしら。しぼり染めの下絵描きに使った露草のはかない青色も雪色には似合いそうだ。

隣のぶらんこの板の雪をのけると黄色が目に飛び込んできた。まっ黄色のタンポポをいっぱい摘んで板の上にのせよう。乳白色の汁が手についてイガイガした思いを懐かしみながら、幼い日の母のやさしさまでそっとのせよう。

菜の花畑と背高大ひまわり（太陽の花）はぶらんこの借景にしよう。

三番目のぶらんこの板は赤だった。

真っ赤なバラが香りといっしょに見えてきた。でも、赤のぶらんこには赤いチューリップが似合う。

小学校一年生の音楽の時間に

咲いた咲いたチューリップの花が、
ならんだならんだ赤白黄色
どの花見てもきれいだな

と、手をチューリップの花の形にしておどりながら、児童に歌わせた場面がはっきり見えてきた。あの純真な子どもたちの顔が、赤いぶらんこのまわりにいっぱい集まってきた。

タチアオイの赤の美しさは若い女の人。サルスベリも大樹になると見事な赤。赤いぶらんこはやはり派手でおしゃれである。

とうとう最後の緑色のぶらんこ。

緑色のぶらんこにのる緑の花は思い当たらない。あ、あった。女王様のスリッパといわれるパフェオフェデルムのあの艶やかな緑の花。やはり気品がある。それともう一つクリスマスローズ・リビダスも緑の花。（ゲーテが花は葉の変形と看破したそうだがそんな事はどうでもいい。）パフェオもクリスマスローズもちょっとおすましで緑色の板にお座りいただくことにしよう。

緑色のぶらんこにはのることはできないけれど、傍に大きななりをして立って欲しいクスノキ、ニセアカシア。ゆさゆさと若葉風を吹かしてほしいのだ。

四つのぶらんこは青、黄、赤、緑の縞模様の緞帳が下がったように見えた。気づくと四色のぶらんこが城壁のようにいくつも並び、公園を取り囲んでいた。誰もいないのにギーコギーコとすべてのぶらんこを漕ぐ音が聞こえた。

公園の真ん中のわたしは、花の香りに浸って今までの幸せなことだけを思い出し笑っていた。急に大風が吹いて白い大でまりのかたまりと白シャクナゲのの大花が天から公園目がけてすごい勢いで際限なく落ちてきた。

あっという間に白大でまりのかたまりと白シャクナゲの大花は公園を埋めてしまい、花ぶらんこの色をすべて白にしてしまった。あれだけあったぶらんこも、もとのぶらんこだけが残って白くなっていた。

夢から覚めたわたしは何もかも失ってしまったように、しばらくは起き上がれなかった。やっと雨戸を開けて外を見ると、真っ白な雪が降り積もり降り積もり音のない白い風景が広がっていた。

鞦韆《ふらここ》は漕ぐべし愛は奪うべし　鷹女

（二〇〇七・九・一七）

四　窓をあけて

六月、北九州へ小さな旅をした。北九州市立美術館での、ジョン・エヴァレット・ミレイ展の「オフィーリア」を見るために……。十三年前英国テート・ギャラリーで見たのだけれど、その時は、あまりにも外国の様々な美に圧倒されて、この作品にだけとくに強い印象は受けなかったように思っていた。でも、「オフィーリア」に再会して絵の前で足が止まって動けなくなった。―ああこの絵だったんだ―と一度にあの時の思いがよみがえってきた。

水の流れの中の若い女の死をこれほどまでに美しく描いている絵に、体中吸い寄せられてしまった。多くの花が狂気の女の死を哀しく美しく飾っている。一つ一つの花はそれぞれ象徴的な意味があるというが、（ノイバラ・愛スミレ・誠実・純潔　ケシ・忘却・死　シモツケソウ……パンジー……柳・見捨てられし愛　等々）花が美しいだけに「死」をより深く悲劇的な場面にしているように思える。わたしには初め、女の顔は遠くを見つめる「生」の顔に思えた。左手には何かを待ち受け、清らかな水流に身をまかせている。首にはネックレスのような赤いノイバラ、手に握られたかわいらしい花束、ドレスをまとうように彩る花、水辺の花、木々の緑の中で、女は静かにじっと幸せな思いに浸っているのではないか、と思ってしまったのである。

しかし流れに浮かぶ女の目をじっと見ていると、だんだん虚ろになっているのに気づく。やはり女は「死」の中にいるのだと思えてきた。女をとりまく自然は「死」をやさしく包んでいる。清冽な流れは「生」から離反して「死」への時間をゆったりと真実のものにしていく象徴的な背景なのだ、と思えるようになってきた。

漱石は「草枕」の中でオフィーリアについて―水に浮んだ儘、或は水に沈んだ儘、或は沈んだり浮んだりした儘、只其儘の姿で苦なしに流れる有様は美的に相違ない。―と書いている。「苦なしに流れる」のは幸せな「死」で、「美的に相違ない」のだろう。わたしは美しい絵の前でずいぶん長く留まっていたようだ。

天才画家エヴァレット・ミレイは、ラファエル前派の画家で、宗教画、肖像画、ファンシーピクチャー、風景画といろいろ変遷を経た絵があると言われているが、素人のわたしにはただ「オフィーリア」を見るだけで充分であった。一つだけ、鮮やかな赤いマントを着たかわいい女の子の絵にはまた足が止まってしまった。ミレイの子供が初めての説教を緊張して聞いている絵、その隣のもう一枚はお説教に聞き飽きて疲れて眠っている絵。対比のおもしろさに思わず笑ってしまったのである。エヴァレット・ミレイは人間を描くとき、温かい眼でじっと見据え、精緻な筆致で人間の内面まで描ききる画家の一人なのだろう。

何時間もミレイの絵を一つ一つ全てをじっくり見た後はとても疲れた。体の中の窓という窓が全開したような気分になった。わたしはこの頃体のどこの窓にもカーテンをしっかりと閉めて、外を眺めようとはしていなかった。その方が自分自身を楽しめたし、他との関わりの煩わしさから逃れて心底嬉しかった。誰からも評価されなくても影響を受けない部分を持てて本当の自分だけでいられる場所があることが楽しかった。それがあると思っていなかった小さな窓から、エヴァレット・ミレイの風が外から急に吹き込んで、わたしの窓は全開してしまったのだった。

絵を見た後、美術館の中の小さなレストランで食事をした。レストランは高台にあるので洞海湾が見下ろせる側は総ガラス張りになっていた。目の前に巨大な風景画が掛かっているのを見るようであった。洞海湾をはさんで向こう側は「若松」、左手には高塔山、右手は工場の煙突もたくさん見え、煙も出て曇っているように見えた。若戸大橋は、その手前の小高い丘にかくれて見えなかったが、その先にはわたしが七歳まで暮らした「若松」が、そこにあるのだった。よく晴れた青空、風に吹かれている緑の大樹は美しいのに、今どうしようもなく悲しく涙があふれてきて、六十余年前の景色に瞬時に変わってしまった。

七歳のわたしと父、母、兄、姉、妹。石炭商をしていた家。えいせい川、山ノ堂の家、深町国民学校と次々に映し出されてきた。あの幸せな家の人たちは、今はわたし一人残してみんな遠くの国へ旅立ってしまった。「若松」へ行くことをずっと拒んできた。母と妹への何通もの詫び状を書けないでいるわたしが若松を見る窓を閉ざしているのかも知れなかった。わたしと父母たちとの「死」の距離は大きく、深くなったり近くなったりしながら、時間の重みの中でいつまでも不安定のままだった。そんなわたしの閉ざした小さな窓さえミレイの絵はさっと開けてくれた。

小倉に住んでいる従姉の房江さんに会いに行った。もう九十歳にもなる房江さんは若松時代の父母、兄姉妹を知るたった一人なのである。顔も母に似て心優しいのは母そっくり、九州弁もなつかしく「若松」の思い出話は尽きるところがなかった。母の苦労話、房江さんの見合いの席にわたしの妹を負ぶっていったこと、房江さんの見合い相手は着物を誂えていた母の呉服店の紹介だったこと、そういえば母も石炭商の商売が少し順調だった頃は着物を買っていたらしいなど、村上の「ごりょんさん」と言われたこともあったなど、母の少し幸せな顔も窺われて嬉しかった。

若松へは、あの「村上石炭商」とガラス戸に書かれてあった父の店のあった所へ、行きたいといつも思っていた。房江さんもわたしといっしょに行きたいと思っていたそうだ。三時間ほど話して、いつか必ず「若松」へいっしょに行こうと約束して、房江さん宅を離れることにした。足の悪い房江さんは玄関へやっと出て、わたしが路の角を曲がるまで見送ってくれた。母と別れるような気がして悲しかった。あのように母と何度別れて涙したことだろう。中学二年から別れ別れに暮らしてその度に泣いたことを思い出した。

次の日、小倉の町を少し歩いた。六月にしては朝の光もとても暑く感じられた。雑草が茂った堺町公園に杉田久

女の句碑が立っていた。二メートル位の大きな硯形の石に
「花衣ぬぐや纏はるひもいろ〳〵　久女」
と久女自身の字で彫られていた。女のくずし字にしては力がこもっていて、久女の強い心の表れのような気がした。句碑のまわりの紫陽花は今年の夏の水不足のせいか枯れかかってあわれな姿だったが、楊貴妃桜は葉が茂って句碑を風涼しと守っているようだった。
田辺聖子の「花衣ぬぐやまつわる……」はずいぶん前に読んだせいか、久女についてところどころしか覚えていないのだが、天才俳人でありながら夫との確執、師虚子からの破門、俳人仲間からの批判等々、平凡な人生を送った女性ではないなど、が思い出された。
句碑の前の説明板には—「清艶高華」と評された作風とあり、続けて
足袋つぐやノラともならず教師妻
朝顔や濁りそめたる市の空
の二句が紹介されていた。久女は台所俳句から出発したと思われるが、わたしには久女の句は新感覚のフランス文学やアールヌーヴォーのガラス工芸を見るような気がする。「清艶高華」というが、久女は人間の心のひだにあらゆる角度から光をさし込み、心の奥底にある情念をするどい言葉の力であらわにしてしまう非情さも持っているような気がする。久女はとても強い人だという印象を受けた。「ノラ」の句や
「個性《さが》まげて生くる道わかずホ句の秋」
などを読むと、自分を不幸だなんて少しも考えようとせず、厳しく自分自身を見つめ、生きぬいた人だと勝手に想像して憧憬の念さえ持ってしまう。こんな生き方をした人の句をもう少しじっくり読んでみようと思って堺町公園を見まわした。だれひとり公園にはいなかった。端の方にピンクのバラがとてもかわいらしく咲いて六月の風にゆ

れていた。

堺町公園から少し歩いて「森鷗外旧居」に行く。明治の文豪森鷗外が、明治三十二年六月、九州小倉の第十二師団軍医部長に転出を命ぜられ、小倉へ赴任した。これは鷗外にとって不本意な転勤であったという。小倉に三年ばかりの滞在中、様々な不平不満や腹の立つことを乗りこえるため、「人間はどうなつても平気といふ腹を据うること肝要」と考え、自己改革、自己修養に努めたという。

小倉在任中のはじめの一年半をここに住んでいたそうだ。とても心が落ちつく美しい住居で、わたしは玄関わきの六畳の間に坐って庭の沙羅の木を眺めてみた。沙羅の木には十輪余りの白い花が咲いていた。

沙羅《さら》の木　　　　森鷗外

褐色《かちいろ》の根府川《ねぶかわ》石に
白き花はたと落ちたり
ありとしも青葉がくれに
見えざりしさらの木の花

と小さな声で二度くり返し言ってみると、鷗外は沙羅の木の白い花がお好きだったのかしらなど思ってしまう。

八畳座敷の床の間には「天馬行空　源高湛書」の大きな軸が掛けてあった。鷗外が豊前市の発明青年矢頭良一の死を悼んで遺族に贈った書だそうである。隷書体の美しい字四字だけで大きな空間を構成しているのに心を動かされた。「天馬行空」の意味が青年の若死を惜しみ、青年の姿を象徴しているのかも知れない。

小座敷から裏庭を見ると四角の飛び石が配置よく敷かれ、庭に下駄を履いてすぐ下りられるようになっている。隣との境は竹垣が組まれ静謐な時間が流れている。鷗外は小説を書いたり、講義、講演の原稿を練ったり、軍務の疲れをこの小さな庭でとっていたに違いない。小倉ではアンデルセンの「即興詩人」の翻訳を完成、小倉三部作「鶏」「独身」「二人の友」なども発表した。軍医部長としても作家としても精力的に仕事をしていたことがうかがわれる。

旧居の中に鷗外が死の三日前、友人賀古鶴所に口述筆記させたものが展示されていた。

―余ハ少年ノ時ヨリ老死ニ至ルマデ一切秘密無ク交際シタル友ハ……コ、ニ死ニ臨ンデ賀古君ノ一筆ヲ煩ハス死ハ一切ヲ打チ切ル重大事件ナリ……余ハ石見人森林太郎トシテ死セント欲ス……―

鷗外は―死ハ一切ヲ打チ切ル重大事件ナリ―の時は、なぜ、輝かしい業績や栄誉―栄典、アラユル外形的取扱ヒヲ辭―して、ただの人として終わりたいと願ったのだろう。あの大文豪の死生観、美学なのだろうか。

旧居前庭の鷗外の胸像の横にわたしは並んで写真を撮ってもらった。偉大な鷗外のそばで写真を撮るのは、あまりにも自分がみじめで恥ずかしい存在を証明するようなものだが、ここに来て鷗外先生に教えていただいた事が多くて、また一つ新しいわたしの窓が開いたような気がして、ともに写真に写るのは許してもらおうと思った。

小倉の町には紫川という川が流れている。昔、川上のムラサキという女と川下の男の悲恋話があり、そこから付けられたそうだが、美しい川の名である。その川に架かる十の橋の名前にもとても興味をそそられた。

海（の橋）・火・木・石・水鳥・月・太陽・鉄・風・音と造形もその名前に因んでいる。「海」は、海に近く歩道と車道が分けられているので、潮の香りが十分楽しめる。「火」は、鵜飼の漁り火をモチーフに欄干は波模様、「木」は、日本の優れた木橋工法再現、「石」は、小倉城の石垣、石畳は小倉織のパターン、「水鳥」は、鷗外の鷗、「月」は、月明かりに浮かぶ今昔、「太陽」は、北九州市の市花ひまわり、「鉄」は、鉄の町北九州、「風」は、川の上を走り抜ける自然の風、「音」は、斜張橋がハープの形とそれぞれ美しい形の橋になっているので、渡るたびに「橋物語」を自分流に作れるのではないかと思う。鴎外橋には真ん中辺りに水鳥の彫刻が川風を受けていた。小倉の町が鴎外をいかに尊敬していたかがよく分かるような気がした。

鴎外橋を渡るとすぐ大きな六角柱の鴎外文学碑が立っているのが見えた。六面には鴎外作品から抜粋した文が刻んである。わたしは「舞姫」「山椒大夫」「高瀬舟」「雁」ぐらいしか読んだ記憶がなく、鴎外はあまりにも偉大であり遠い存在でしかなかった。でも小倉の町へ来て鴎外旧居を訪ねてみると、小倉の町に百年余り前に住んでいた文豪が、少しばかり身近に感じられた。

すぐそばのリバーウオーク北九州と名づけられた一角には、現代的なユニークな形の大きな建物が建ち並んでいた。一つ一つの建物の外装は、それぞれ茶、黒、白、赤、黄と塗られ、形も個性的、バラバラのように思えるのだが、全部が並んでみるとうまく調和がとれて違和感がないのが不思議なほどだ。

小倉の町は歴史と現代がハーモニーを奏でているようだ。

小倉城へ足をのばした。昭和三十四年に再建された天守閣は姿が優美で、小倉藩初代城主細川忠興のガラシャ夫人を彷彿させる。ガラシャ夫人は美人で、戦国時代をきっぱりと生き、またその死の嘆かわしいこと、痛ましいことなど思って城を見るとよけいに美しく見えた。小倉城天守閣内部は歴史を今風に見学体験できるようになっていて、子ども感覚で楽しむことができた。一階の歴史ゾーンでは、小倉城下のジオラマがあり、大人数の和紙人形や自然・建物で暮らしの朝・昼・夜が、音響、照明で本物そっくりに展開される。当時の小倉の情緒あふれる豊かな楽しい暮らしがよく分かった。人間そのものの営みを当時と現代を比べてどちらが「幸せ」なのだろうと考え出すと答えは出そうにもない。答えの鍵は当時も現代も「幸せ」を奪うもの「戦」ということに行き着くとわたしはやっと納得できた。

二階には大名籠に乗り殿様気分を味わうことができるようになっていたり、「島原の乱」出陣前夜の作戦会議がからくり人形で再現してあったりしておもしろかった。

五階の展望ゾーンに上ると、六月の風が気持ちよく吹いて小倉の町がぐるり四方見ることができた。北側の下の方にはリバーウオークのあのおもしろい形の建造物が色のきれいな積み木を並べたように見えて、現代の小倉の町のジオラマを見る気分にさせられた。

天守閣内の日本最大級の二匹の大虎の絵「迎え虎」「送り虎」にはびっくりしてしまった。「迎え虎」には真正面からにらまれ、「送り虎」には大口をあけていまにも食い付かれそうになった。「迎え虎」には千客万来、「送り虎」には麗虎招福の意味があるそうなので、怖いのを少々がまんして対面した。

七月には小倉祇園太鼓競演会が開かれるそうだ。小倉駅前に太鼓をたたいている彫刻があったが、一度その音を心ゆくまで聞いてみたいものだ。

翌日朝早く起きて雨もよいの小倉城まわりを少し歩いてみた。宮本武蔵の「誠心直道」の大きな青緑の石碑があった。巌流島で佐々木小次郎と試合をしたという映画やテレビドラマの主人公が実在の武蔵となって現れた感じがした。小倉には七年あまり居り、細川忠興の許しを得て試合をしたと「誠心直道之碑」文に書いてあるのを見ると、歴史の中で生きた人が生身の人間として感じられた。武蔵が小次郎に勝つことができたのは「誠心直道」が極意なのだろうか。わたしは「勝負」や「戦」はその後の双方に残るむなしさに心痛むことが多く武蔵にも深入りはしないでおこうと思った。けれど近くの手向山公園には武蔵や小次郎の偉業に関するものがあるとか、いつか訪ねていってこの二人の剣豪の生き方を学んでも面白いかも知れないと思った。別世界の人間を小さなわたしの窓を開けて眺めてみると、きっとわたしを成長させてくれる人に見えることだろう。

小雨のせいか人が誰もいない。旧第十二師団司令部の正門の赤レンガがとても美しい。鷗外もこの門をくぐって登庁したらしい。今はこの門だけが残っていてあたりは草が生えているだけである。近くには筆塚や茶筌塚などもあり、明治時代に船の遭難に心を痛めた岩松助左衛門が作ったという白州灯台櫓もあった。私財を投げ出して人のために善を尽くす人の偉さにふれた。

雨に濡れた草を踏んで行くと現代彫刻の句碑があった。大きな丸い石の片方をそぎ落とし、鏡の面のようにきれいに磨き光らせている。そこに

霧青し双手を人に差しのばす　　　白虹

と刻んである。丸い石を両手で抱くように双方から大きな石が立ててある。まわりの木々が句面に映り料紙の役目を果たしているのも心憎い演出である。横山白虹は、田辺聖子の「花衣ぬぐやまつわる……」によれば、久女はつまらないと―偏見と独断にみちた―批判をあびせているが―久女の芸術そのものは認め―ているし―朝顔や濁りそめたる市の空　これはいい―と言ったそうだ。

わたしは久女を初め強い人だと思ったが、あるいは「ノラ」にもなれず「個性個性《さが》まげて生くる道わかず」と苦しんだ弱い人かもしれない、もう一度久女の句にじっくり向きあってみたいと思うようになった。

近くの八坂神社境内には丸橋静子（杉田久女に学ぶ）の句碑

月仰ぐ一途に生きし来し方よ　　　静子

があり、仰木実の歌碑もあった。

風おちてゆふくもなひく街の空
しつかに城はそひえたちたり　　実

小倉の町がしっとりと落ち着いた感じがするのも歩いてみてよく分かった。

小倉城庭園を見学した。愛称小笠原会館と呼ばれている通り、細川家の後を継いだ小笠原氏の別邸であり、大名の庭園と武家の書院を再現してあった。大書院の造作のすばらしさに感心、ボランティアの方の説明を聞いて納得する。山水画のような大掛軸、横一筋に文の書いてある軸、生け花、違い棚（バランスのとれた線の美しさ、置物）、天井の枠組みの匠の技、欄間、建具の工夫等々驚くばかりである。大書院から眺める庭園も落ち着いた気分に浸ることができる。書院から下りて庭を廻ってみる。池面が周囲よりかなり低い「のぞき池」となっているのが特徴だそうだが、植栽されている花々、あじさいやつつじ、山ぼうしなどがつつましく咲いていて、まわりの木々によく合っている。庭から見える小倉城の姿はじつに美しかった。

小笠原流礼法は「思いやりの心」と「もてなしの心」を大切にするという。武家とはいえ貴族の暮らしのようで、粋な茶人の文化的暮らしに思えた。見学を終えてお抹茶を一服いただいた。和服を着た上品なご婦人がお抹茶、和菓子を運んできてくださった。小笠原流作法は知らないけれどおいしく頂き、ゆったりとした時間を過ごすことができた。

小倉城近くの松本清張記念館へ行く。以前から一度は行ってみたいと思っていた。パンフレットには「全力で駆け抜けた巨人」と紹介してあり、館内に入ると本当に清張の「巨人」ぶりに何時間も圧倒され続けた。テレビドラマで清張作品を見ることはあっても、正直わたしは作家清張の作品群はまったくといっていいほど読んではいないのである。あのどぎついまでの作風にはついて行けないし、その膨大、多岐にわたる創作世界（社会派推理小説、歴史小説、現代史、古代史研究）にわたしの読書力ではとうてい及ばずと初めから諦めていたからかも知れない。

人間松本清張に少しでも近づきたいと思いながら、見学すればするほど巨人は巨人のままに終わりそうになった。まずは「或る『小倉日記』伝」から読んでみよう、というところにやっと辿り着いた。清張は小倉に文化の面で大きな影響を与えた鷗外を尊敬し、関心を持ち続けた作家でもある。北九州文学の中心小倉に多くの文学者たちが集い、清張もその一員だったらしいことも分かった。

記念館にも小さなレストランがあって、簡単な昼食をしながら休憩をした。レストランには不似合いな大きな本棚があり、清張作品が自由に読めるようになっていた。壁には清張の出した年賀状や小さな絵が飾ってあった。年賀状の絵がとても美しく心にしみる文が達筆でしたためてあった。清張の年譜には、若い頃は職業が不安定で、高等小学校卒業後いろいろ苦労を重ね、朝日新聞西部本社広告部に勤務、広告デザインの仕事を主にしたと記されていた。やはり絵は「画家清張」が描いたものだった。

ミュージアムショップで清張の描いたポストカードを買い求めた。力強いタッチの墨一色で描かれた眼光鋭い達磨大師、花菖蒲（少し清張流にデフォルメされている）、フリージア、ドウダンツツジと笹、繊細なペン画の伝奈良般若寺仏頭、外国風景など見ると、「巨人」は千手観音ほどの才能を限りなくお持ちで、しかも、いつもカメラとペンを持ち歩き、あらゆる資料を集める努力を重ねる人でもあるということがよく分かった。あまり尻込みしないで、これから清張作品を少しずつ読んでみようと思いながら記念館を後にした。

少し欲ばって北九州市立文学館へも行ってみることにした。入口までは幅広い階段、途中に劉寒吉の小さな詩碑が草に埋もれるようにひっそりと建っていた。

吹くは風ばかり　　　劉寒吉

読んだとたんに広い枯野にわたしひとり残される寂寞感におそわれた。風がびょうびょう吹いて悲しくさえなった。寒吉自身の—吹くは風ばかり—の風景とはどのようなものだったのだろうか。この詩句に出会った人自身が、たくさんの色筆でどのようにもこの風景を染めていくことができるのだろうと考えると、短い詩句の広がりに驚いた。

文学館の常設展示室には明治以降の北九州文芸の歩みと、ゆかりのある文学者が多数紹介されていた。その中には鷗外をはじめとしてわたしが知っている文学者も何人かいた。

なかでも火野葦平はわたしの生まれた北九州若松の出身で、若松を訪ねたらかならず「河伯洞」（火野葦平旧居）に行くつもりであった。それに、葦平の父玉井金五郎の職業、石炭運輸に携わる沖仲仕業が、わたしの父と同業であったことから妙に心にかかる作家だったのである。玉井金五郎と父の年齢は十歳位父の方が若いし、昭和十九年には父が五十歳を過ぎて徴用されたため（結局サイパンに征くことになったのだが）店をたたんだので、玉井金五郎との接点はよく分からない。しかし子供心に、ごんぞうと呼ばれる沖仲仕が家に多く出入りし、石炭のすすで真っ黒な顔や腕をみると少し恐ろしかったことや、母がごんぞうたちにいろいろ忙しく世話をしていたことが、かすかに心に残っている。しかし金五郎の息子火野葦平については、その業績はほとんど知らない。ただ芥川賞作家であること、日中戦争従軍の体験を描いた「麦と兵隊」などの作品があることぐらいをかすかに知るのみであった。

十三年前、庄原田園文化センターでの火野葦平心の古里資料展に行ったことを思いだした。葦平の母マンの出身地ということと、葦平の文学に母マンの存在が大きく関わったことや、葦平の母に寄せる思いの深さに打たれたことなど、その時の写真を見て思い出した。

母の菩提寺仲蔵寺参道に建っている碑には

母の郷里なり

母に教へられ　母に追随して
今日に来りたる者
志のふるさとにかへりたる
感懐切なり

火野葦平

と記されている。

葦平の（自殺した一月二十四日）三回忌追善供養の読経を聞きながら、マンが亡くなったと聞くと、母と子の絆の深淵をのぞいたような気になった。葦平の小説「花と龍」の題名の、花は母マン龍は父金五郎を表し、若松の石炭産業で働く人々の人生模様を背景に、二人の一生を書いた新聞小説である。この「金五郎」と「マン」の派手やかさや苦労には到底比ぶべくもないが、どこかわたしの父と母を重ねてしまうのである。あの時代の「若松」という土地の喧噪、粉塵まじりの空気の悪さ、荒くれ男たちの怖ろしさ、母の目を盗んで玉突きや遊び場に出かけていた父、苦労していた母のことなどが、次から次へと浮かんできた。どうしても一度「若松」へは訪ねていって、わたしの父・母の「若松物語」を仕上げようと思っている。

企画展は「恋ひ恋ふ君と」与謝野寛・晶子展だった。晶子はわたしの尊敬する女性の一人である。あの時代に恋にしたたかに生き抜き歌人として大成功をおさめている。その情熱的な歌はいつ読んでも心が豊かになるが、晶子を尊敬するのは歌人としてだけではない。十一人の子どもを育て、夫寛には尽くし、生活者としても立派な人であるからだ。しかも晶子は自分の思想・哲学をはっきりと持ち、少しも自分自身をごまかさず、前に突き進んでいった人だからである。源氏物語の現代語訳の原稿が、関東大震災のため焼失した後、復刊にこぎつけたり、女性の権利確立にも貢献した力には驚くばかりである。「君死にたまふことなかれ」事件にも晶子の姿勢は変わらず、時代の流れにも屈しなかった強さを見ることができる。

展示品の中に晶子の「百筆屏風」というのがあった。晶子が寛の渡欧費用捻出のために自ら歌百首を屏風に書いたものだった。その他晶子がいろいろ資金稼ぎのための歌や、晶子企画の限定本が展示されていた。その点では企業プロデューサーの才能も大いに有ったのかも知れないし、そうせざるを得ない事情もあったに違いない。

最後に

やは肌のあつき血汐にふれも見で
さびしからずや道を説く君　　晶子

の短冊の前に行ってみると、やはり晶子は情熱の歌人だと改めて思った。


小さな旅は終わった。

この旅はわたしの閉ざしていた窓をいっぱいに開けて、外の風景を見えるようにしてくれた。いつの間にか外からの風が新しい窓も開いてくれた。窓は開くと同時に近くから遠くまで見える空間を展開してくれるのだった。目をこらすと、嬉しいこと、楽しいこと、そして避けられない悲しいことも、過去・現在・未来、色さまざまな風景がはっきりと見えてきた。

わたしは目をつぶることなくじっと見ることができた幸せを今感じている。

家に帰ると十鉢ほどの鉄砲百合がそれぞれ七、八輪ずつ開花していた。

夕暮れの庭が白に染まったような気がした。ガラス戸を全部開けて父・母・姉・義母の写真を庭へ向けた。百合の香りが六月の風にのって部屋じゅうに流れ込んできた。

父母よ　白百合ただに　見給へかし　　和子

（二〇〇八・九）

五　「幸わせ」になりたかったら……
――『オーパ！』になぞらえて――

ふと本棚から手に取った本。表紙には強烈な赤い絵の具筆で描いたような文字「オーパ！」。真ん中に大きな口を開け、尖った歯をむき出した恐ろしい魚の写真。ぎょっとして本を取り落としそうになったが、それは開高健の心躍るアマゾン釣魚紀行！だった。わたしには、異次元世界の本なので本棚にもどそうとしたら書かれている言葉が目に飛び込んできた。

一時間、幸わせになりたかったら酒を飲みなさい。
三日間、幸わせになりたかったら結婚しなさい。
八日間、幸わせになりたかったら豚を殺して食べなさい。
永遠に、幸わせになりたかったら釣りを覚えなさい。

―幸わせになりたかったら―という願いを叶えてくれるこのような手段があるのだ（しかも―永遠に―）と、感心したのである。

一日、目に映る景色をぼんやり見て、時間の空しさに翻弄されながら過ごしているわたしに、少しだけ幸せになりたかったら、と教えてくれる言葉に驚き慌ててしまった。

わたしの生きてきた今までの長い時間、道のりの中の「幸わせ」とは何だったのだろう。本当に幸せになりたいと思っていたのに、求める手段はいくらでもあったろうに何となく過ごしているうちに、幸せの色合いは薄く形は崩れてしまったのではないかと唖然とし不安になってしまった。

「オーパ！」によれば、わたしは、一時間も幸せになれないのである。全くお酒は飲めない現実、すべてのアルコール類は嫌いである。お酒の悦楽を知らないで人生を終えるなんて、お酒好きの人から見れば何と不幸なことよと言われそうだが仕方がない。長い人生の中のたった一時間の幸せはわたしにとってはとるにたらないもの、我慢することにしよう。


八日間幸せになろうとしてもわたしには豚を殺す行為は決してできない。また釣りは全く覚えられないので永遠に幸せになれないのだ。わたしの人生には永遠に幸せになる要素は全くなさそうだ。真っ暗な不幸の闇に塗りつぶされている事は本当に悲しい。でも永遠の不幸の中の結婚による三日間だけは幸せになることができるのだ。三日間の幸せをじっくりと味わえる。はからずもわたしは結婚することができ、三日間だけは鮮やかな紫色がかった虹色の幸せ時間にどっぷりと浸ることができた。しかし本当に三日間だけだろうか。二人の子ども、三人の孫に恵まれたのだから、三日間とは情けない。しかし考えてみると、結婚してからすぐに悲しみ、苦労は押し寄せた。妹の死、母の病、それからくる別居など次々と幸せとは隔たっていったのだから、やはり結婚の幸せは三日間と納得する日々が続いている気がする。

それだけに三日間の幸せは永遠の不幸の中の一瞬なのかもしれない。しかし三日間の幸せはわたしの生きた時間の半分以上に居座ったまま、色は少しずつ形も変化しながらずっと消滅しないままにいるのが不思議である。永遠に幸せになれない真っ暗な中にぼうっと明るい三日間がともり続けている。

少しだけわたしの――幸わせになりたかったら――を探すことにした。

一時間、幸わせになりたかったら雨の日を終日楽しみなさい。

夜明けのあまりの静けさに雨音だけが響いてくると、とても嬉しくなり雨の日の風景を心に映し出してみる。雨は小さい我が家の草・木・花々を鮮やかに生き生きとした姿に変えてくれる。

梅、山茶花、椿、水仙、蕗、パンジー、ペチュニア、花菖蒲、君子蘭、デンドロデューム、フェンスに這わした薄ピンクのつるバラなど、すべて雨に濡れるといっそうあでやかになってくる。

百合八鉢は今年も一鉢に十輪前後咲いたので、我が家だけの百合祭りもする。ガラス戸を全開し、父、母、義母、姉の写真を庭に向け、雨にしめった風が運ぶ百合の香りを部屋に入れ、旅立った人といっしょに、百合の香りと姿を満喫する。

孔雀サボテンの紅色、白色の大輪も静かに開き、南国の女王の風情で楽しめる。ローズマリーの紫色の花が可憐で葉は芳香を放つ。少し触るだけで手によい香りが付きしばらくは残っている。レモンバームやパイナップルミントのハーブティーを飲みながら、トマトやかわいいミニトマトの朱赤を眺める。プランターに植えたジャガイモは大きく成長しているだろうかとふと思ってしまう。今年は我が家特製のラズベリーソースを作ってヨーグルトにかけて食した。美味。折鶴蘭も元気。

夏、かわいらしい実を付けたふうせんかずらとゴーヤの日除けカーテンは、二階まで伸びて雨の匂いを含んだ緑風を送ってくれる。観音竹の大鉢も台風の風にも負けずに突っ立っている。

秋、金木犀が雨の日にはよけいに香りが強いように思うのはわたしだけだろうか。鉢に紫色の桔梗が咲いているが背景のせいか、紫がきわだって美しく見える。

冬、雨から雪に変わって赤い南天の実は白い帽子をかぶっているように見える。そのかわいらしさ。

　面白し雪にやならん冬の雨　　芭蕉の句が思い出される。

庭のさまざまな植物が、季節が変わるごとに次々と芽を出し、葉が大きくなり、花開き、実を付ける。この様々な植物の集まりに雨はやさしく降りそそぎ、きらきらした水のお化粧をほどこし生命を育む。わたしは一つ一つの植物の生命を見ていると、この上なく幸せになるのである。雨の日の一時間の幸せが何日も続くような気になるのである。

雨の日の幸せには、もっと思い出すことがある。二十年余り前の一日。雨の日も小学校一年生は元気だ。三時間目は「道徳」の時間。テレビ視聴後の授業展開は、準備した絵を張って話し合う予定だった。

たっちゃんが急に「先生、運動場だれもいないよ。体育していないよ。運動場へ行きたい！」と言うと教室は「先生、雨見たい！　外へ出たい！」の大合唱になってしまった。わたしが、

「三時間目は雨さがしの勉強！」と言うと、一年生は傘をさして運動場へ散って行った。

雨は、校舎も運動場も遊具も木々も飼育小屋も、すべてに覆いかぶさって静かに静かに時を刻んでいる。教室に帰ってきた子どもたちは、小さな詩人になって鉛筆をしっかり握っている。文字を書く。

雨の音
ジャングルジム
プール

ポツン　ルールン
雨の小人が
プールで

ポシャ　ツルン
ポッツン　ルールン
かさにのった雨つぶ
すべり台だといって
かさをすべっていく

雨をあつめたよ

かさをひっくりかえして
雨をあつめてみた
たくさんたくさん
雨がたまった

ジャングルジムに
みんなぎょうぎよく
ぶらさがって
うたをうたっていたよ
雨のうた

木の下

大きな木の下
雨はあんまりなかった
大きな木は雨を
ぜんぶだっこしてたのかな

雨さん
手をひろげて
みんなおよいでた
一年生のみんなより
多かったよ

雨のいろ

雨ってなにいろ?
わからない
水たまりに
ぼくのかおがうつった
雨はぼくのいろかな

先生のわたしも雨さがしをする。「桃花の雨」、「杏花の雨」は花を美しい女人にするよう……。「菜種梅雨」のしとしと、「暴れ梅雨」は大嫌い、「緑雨」が樟若葉にやさしい。「麦雨」、麦刈りができないけれど母とわたしの休息日。「翠雨」、「甘雨」、「瑞雨」はとても嬉しい雨。「狐の嫁入り」、白い狐の面をかぶって踊る黒澤明の映画の一シーン「日照雨《そばえ》」とも。「秋雨」、「秋時雨」、「秋霖」など静かな季節に降る雨が、俳句を作らなくてはと思い出させる。

「寒九の雨」は豊年の兆し、「山茶花梅雨」は我が家にも訪れる。「氷雨」、少し悲しく美しい。欲張りなわたしにぴったりの「外待雨《ほまちあめ》」……、「外待雨」は限られた人だけを潤す雨で、わたしだけに降る秘密の雨である。一年中探しているが、なかなか降ってくれない。待ってばかりだといつの間にやら降って、わたしが気づかないのかも知れない。もしかしたら、一人の役得とか欲を満たすお金とか、悪い意味の「外待ち」なのかもと思い出したら、この雨は美しい雨ではなくなってむしろ気味悪くなってきた。それより「慈雨」、「村雨」といった心にしみる雨を素直に待っていることにしよう。

雨の日の幸せは、一時間よりも長くなる。

十日間、幸わせになりたかったら、生涯独身をつらぬきなさい。

三日間の結婚による幸せを求めたわたしには、この十日間の幸せは望めない。ひとり身は現在・過去に失われた何かを探し求める旅に気軽に出かけ、自由にどこにでも歩みを進めることができる。『ラストリゾート』（絵、ロベルト・インノチェンティ。文、J・パトリック・ルイス）を読んだ。心のどこかにぽっかりと穴があいた人間がそれぞれ失ったものを探しにこのリゾートホテルに宿泊する。お客たちの失ったものは何だったのだろう。何を求めていたのだろう。

―想像力、愛、驚きがほしくて、生きるために、財宝を見つけるために、色をとりもどすために、冒険を求めて、真実のために、英雄を探しに、勇敢さを求めて……―

お客たちは奇妙なそれぞれの部屋に宿泊し、探しものをするために真剣におかしな行動を起こす。そして次のお客たちのためにやっとのことで探し求めたものを持ってチェックアウトする。こんなすてきな旅ができるのも、

「リゾートホテル」に宿泊することができるのも、ひとり身にしかできないことである。わたしからみれば十日間の「幸わせ」の何と羨ましいことか。

一か月、幸わせになりたかったら童話を書きなさい。

おふとんの旅

お母さんがおふとんを干しています。お父さんのふとんは大きくてまっ白なカバーがかかっています。お母さんのふとんはピンクの花柄もようです。ぼくのふとんは青い空の色をしています。今日もいい天気です。

春の風が急にふいて、ぼくのふとんが吹きとばされそうになりました。ぼくがあわててふとんを押さえていると、何とぼくはふとんに乗って、空へ舞い上がってしまいました。あれよあれよというちに、大きな木の枝にふとんが引っかかってしまいました。

すぐそばにも大きな木があって、そこにはコゲラの巣穴がありました。赤いベレーのコゲラの父さん、母さん鳥が、えさを運ぶのにいっしょうけんめいです。せまい巣穴では五羽のひなが大騒ぎをしています。親鳥が急に「ケケケケ……」とやかましく鳴き出しました。ヘビやカラスが巣穴のひなをねらっているのだ、とぼくは気づきました。

「ポンジャラサラサラ、クイーンクイーン」とぼくが得意の呪文をとなえると、ぼくのふとんは木の皮そっくりの、巣穴を敵から守るふとんに変身しました。カラスもヘビもどこかへ行ってしまいました。「クイーンクイーンポンジャラホイ」とぼくが言うとふとんは元通りまっ青のおふとんになりました。

そうしていると夏の風がドオーッと吹いてきました。ぼくはまっ暗な夜の空へ、おふとんに乗って行っているのです。でも不思議にこわくありません。夜の空は星がいっぱい光っていて、道はこわくありません。すごく広い空の上を青いおふとんは飛んでいます。おふとんはいつの間にやらまほうのじゅうたんになったみたいです。ゆかい！　ゆかい！

南の空には大きなSの字のさそり座、心臓のアンタレスが気味わるいほど赤く光っています。銀河をはさんで彦星と織姫が青白く光って仲良さそうに思えます。銀河のまん中に、大きな白鳥座が羽根を広げて飛んでいます。もしかしたら彦星さんをのせて織姫さんのところへ行くかもしれません。

スバル座もぼくの家から見ると小さな星が六つしか見えなかったけれど、ここからは七つ見えます。大熊座、こぐま座、ひしゃく星の北斗七星は、空のお水をぼくの地球へいっぱいまいてくれてるんだと思いました。星たちは手をつないだり、ひとりで光ったり、青、白、赤、黄色といっしょうけんめい光りました。あんまりいっしょうけんめい光ったので、みんな運動会の終わった時のようです。銀河のミルクを飲んで疲れをとりました。もう眠る時間です。ぼくはいそいで「ポンジャラサラサラ、クイーンクイーン」の呪文をとなえました。星たちは、ぼくのまっ青な空色のふとんをかぶると目をとじました。昼間のまっ白なお月様も少し眠そうですが、星の寝顔をやさしく見ています。ぐっすり眠れたら、明日の夜はまたきっときれいに光ることでしょう。おやすみなさい。

ぼくも少し疲れたから青いふとんに寝ようとおもいました。でも何だか変な気持ちがしたら、大発見。おねしょしそうな友だちがいます。大変だ。大声で、

「おいおいおべんじょは夢の中じゃないよ。起きて！　起きて！　目をあけて本当のおべんじょへ行くん

だ。」と言うと、友だちはやっと起きて本当のおべんじょへ行きました。友だちはぼくが大声を出したことも知らずにまたぐっすり眠りました。ぼくはああよかった、間にあった、ぼくのおふとんを貸さなくってよかった、とちょっぴり思いました。だって、このおふとんは、おばあちゃんが青色の布をぬってたくさん綿を入れた、とってもすてきなおふとんなんです。

「ポンジャラサラサラ　クイーンクイーン」と呪文をとなえると、大好きなおじいちゃんのところへおふとんは連れて行ってくれました。おばあちゃんが死んでからおじいちゃんは山の中の一軒家にひとりで住んでいます。ぼくが行くと「よう来たな」と言って、庭の柿を取ってむいでくれました。とっても甘くて三つも食べました。それからおじいちゃんはよく回るどんぐりごまや、竹とんぼ、ぶんぶんごまを作ってくれました。どんぐりごまをおじいちゃんと、どっちが長く回り続けるか、競争しました。何回やってもおじいちゃんの勝ちです。あとでよく回り続けるまわし方のコツを教えてもらいました。

夜、ぼくの大きな青い敷きぶとんと掛けぶとんに、おじいちゃんといっしょに寝ました。おじいちゃんがぽつんと「ばあちゃんの匂いがするあったかいふとんじゃのう。昔話をしてやろうか。」といいました。昔話を聞いているうちに、ぼくは眠ってしまいました。どんな昔話だったたか、よく覚えていません……。

あったかい春風が吹くと、いつの間にやらぼくは家に帰っていました。お母さんがふかふかになったおふとんを、部屋に取りこんでいました。

今夜はお日様の匂いとあったかふかふかの、ぼくのおふとんに寝るのです。うれしくて一人でおふとんを敷きました。すると、おふとんから青い封筒が出てきました。中にはお手紙が入っていました。

一枚目、鳥の形のびんせんには

―木の皮そっくりのおふとん、ありがとう。子どもたちを守ってくれて、命の恩人です。子どもたちも大きくなりました。また森へ遊びにきてください。
コゲラの父さん、母さんより

二枚目、星の形のびんせんには
―青い空色のおふとんありがとう。おかげで昼間のお日様がまぶしくなくて、ぐっすり眠れました。夜になったら、空を見てね。宝石よりきれいですよ。
星のみんなより

三枚目、ピースの手形のびんせんには
―やあきみ、ありがとう。夢の中できみの声が聞こえたんだ。おかげでおふとんに世界地図を書かなくて、恥をかかなくてすんだよ。また頼むよ。
きみの友だちより

四枚目、どんぐりゴマの形のびんせんには
―また来いよ。もっと昔話を聞かせてやるからな。どんぐりゴマの長回し競争またやろう。待ってるからな。
山のじいちゃんより

青い封筒を枕のそばにおいて……。おやすみなさい。

永遠に、幸わせになりたかったら、旅カバンを持って遠くの国へ出立しなさい。

旅カバンは小さなポケットがあって、たくさん物を入れることができる。けれど、旅に必要なもので、しかも美しい物しか入らない。わたしの旅支度のはじまりだ。

第一のポケット。
―美術館で出会ったモネ・ピカソ・セザンヌ・ゴッホ・ロダン・若冲・大観・平山郁夫・東山魁夷……芸術家た

ちが自分の人生までも表現した無限の美をもらって大事に入れておこう。

旅の途中で一枚一枚取りだして見る幸せ。

第二のポケット。

―ベートーベン「交響曲全曲」、シューベルト「未完成」「冬の旅」、シューマン「子供の情景」、ショパン「ピアノ曲集」、「三大バイオリン協奏曲」、鮫島由美子の「日本歌曲集」など、音楽アルバムはどうしても入れたい。目をつぶって音楽の泉にひたっていよう。

第三のポケット。

―「望郷」、「第三の男」、「ローマの休日」から「借りぐらしのアリエッティ」までの名作映画のフィルムはすごい数量だ。どれを選ぶか考えると何年もかかりそうだ。ポケットが膨らみすぎて破れないかしらと不安になる位だ。でも美しい物を入れると不思議に入ってしまうものらしい。

人間ドラマの数々を堪能しよう。

第四のポケット。

―本も入れたい。吉野源三郎『君たちはどう生きるか』、『リンカーン伝』などわたしに生きる力を与えたあらゆる本を入れたい。でも重すぎてダメかと思ったけれど、遠くの国へ行く時には重さは関係なさそうだ。漱石、子規、寅彦、源氏物語、万葉集、童話、絵本、歳時記……楽しい旅になりそうだ。

あんまり本に夢中で降りる駅を間違えないように気を付けよう。

第五のポケット
―一番大事なものを入れる第五のポケットには、わたしが出会った人の心だ。父・母・兄・姉・妹・恩師・友人・教え子の子どもたち・息子の家族・娘・夫、出会ったすべての人、道で出会った名前も知らない人までも。その人たちからもらった美しい心をそっと大事に入れるのだ。入りきれない位いっぱいになるはずだ。とってもうれしくてもう一つ別のポケットに押し込むことにする。いいことに旅カバンには、悲しみ、苦しみ、痛み、空しさ、涙、あらそい、ねたみ、しがらみなどを入れるポケットはないのである。やっと、旅カバンのチャックを閉めてわたしは旅の身支度を調える。一番気に入った真っ白のタイブラウスにピンクのジャケット、小花模様のパンツ（わたしが縫った）スタイルだ。大好きな帽子をかぶっている。いつの間にやらわたしが育てた色とりどりの花をひと束にして持っていた。

行く先は遥か遠い国。帰りの切符はない。

―何事であれ、ブラジル人は驚いたり、感嘆したりするとき「オーパ！」という―（開高健）

旅の道すがら見るもの聞くもの出会う人に、わたしは「オーパ！」「オーパ！」と言いながらどこまでも歩みを進め、永遠の幸せの中に生き続けることだろう。

（二〇一〇・八・三一）

六　時のカレンダー

毎日、時間がゆっくり意味もなくわたしのまわりを流れ、気がついてみると一日が言葉にすることもなく真っ白で終わってしまっていた。本当に身近な人がつぎつぎと旅立って、悲しいと思うことさえ忘れ、心の中はうつろな風ばかり吹いているようだった。毎日の時間がわたしにとっては大切な生きている「時」なのにぼんやりとしている間に、何もしていない間にあたりは随分変わった景色になってしまっていた。それにも気づかず時間の流れにまかせてたゞたゞ何事もやりすごしてきたように思う。

早朝　雨戸を繰って小さな庭を見ると、その変わりように驚いてわたしのぼんやり時間をちょっと止めることが少しずつできるようになった。

孔雀サボテンが今年も純白の大輪を咲かせ、貴婦人がつける香水のような香りをあたりに放っているのを独り占めにする。ゼラニュームの濃紅の花もきれいだし、ミニトマトの朱もすずなり、ラズベリーの紫紺の実もジュースにするのが楽しみになってくる。

朝の幸せの時間をわたしはやはり持っていたのだった。でも「考える時間」だけは忘れていたのだろう。やはりぼんやりと毎日を過ごしてしまっていた。

ある日長年探していた本がやっと見つかった。『時をさまようタック』（ナタリー・バビット著）。この本はタック一家が不老不死の泉の水を飲んだことによる悲劇の物語。当時この話を担任していた小学三年生に、「不老不死の泉の水を飲んだ一家のお話だけど、みんなはそんな泉の水が目の前にあったらのむ？」と問いかけると、「一生死なないなんてすばらしい、飲む飲む！」と全員が答えた。本の内容を紹介してやり、そのあげくその本をクラスのだれかに貸したのか、その後その本は行方不明、わたしの本棚から消えてしまった。わたしは「書名」まで忘れてしまって探しあぐねていた。やっと書名を思い出し、図書館から借りて何十年ぶりかに読んだのである。テーマは「生と死」である。人間はいつかは死ぬという大原則、死を約束されているからこそ人間は生きている間に毎日の生命を力いっぱい生きねばならないこと、「死」によって「生」の価値が決まるということが書かれている。タック一家は「死」のない「生」を生きなければならない様々な悲劇におそわれる。

作者は―与えられた生命に対する謙虚な思いとひとつひとつの生命に対する深い愛がわいてきます―と述べている。「時をさまようタック」を再読してわたしはタックにひどく叱られ、ショックを受けた。ぼんやりしているひまがありますか、「時」をむだにしていいの、「生」の時間をそんなにないがしろにしていいの……と。

三月のある日教え子のI君から、結婚式を五月にするからぜひ出席してほしいそして一言挨拶を、という手紙を受け取った。二十七年という長い年月が一度に押し寄せ、目の前にはっきりと現実の映像として映し出されたのである。二十七年間の春夏秋冬を重ねてきた時間の織物が色彩あざやかに今完成されたように思えた。当時の授業ノート、I君の学習記録、手紙などを取り出してみると、わたしはもがき苦しみながらも「美しい時間」を力いっぱい生きていたのだったと思えた。わたしをいとおしく思えた。

五月四日I君の結婚式。わたしはとても嬉しいのに涙があふれそうになりながら、I君の幸せいっぱいの笑顔をじっと見つめていた。

　I様A子様、ご結婚おめでとうございます。これからおふたりでお幸せなすばらしいご家庭を築かれることと存じます。今、お二人の前には真っ白なカンバスがイーゼルに架かっています。I様A子様はそれぞれ絵筆を握って一つの大きな幸せな絵を、力を合わせて描こうとされています。

　私はご紹介いただきましたように、I様が小学校一、二年生のときの担任をしました安宗和子です。だからI様がこんな立派な人になられ、すてきな伴侶をえられてもどうしてもタケチャンと呼んでしまいます。その頃のタケチャンのことを少しお話しします。

　タケチャンはとても子供らしい子どもでした。お勉強はまじめでがんばり屋さん、よく発言し活発なよい子でした。読書好きでもありました。それはお父様お母様がどんなにタケチャンを大事に育てられたかによるものでした。

　入学間もなく家庭訪問がありまして、I家に行くと家の中から、ベートーヴェンの六番田園が聞こえてきました。私の長い教員生活のなかでの初めてのことでした。

　タケチャンを大事に思っていたのはお父様お母様ばかりではありません。もう一人お兄ちゃんの存在があります。これも入学間もない頃、一年生は学校巡りをします。職員室、理科室、音楽室、体育館等々。ちょうど五年生の教室の前を通ったとき、運悪くお兄ちゃんが廊下で立たされて先生に叱られているところでした。お兄ちゃんは頭がよくて先生といえども自説を曲げない強い所があったのです。するとタケチャンはお兄ちゃんと一緒に廊下に立ってあげると言いました。お兄ちゃんの後をいつも追いかけていくなんとお兄ちゃん思いのタケチャンでしょうか。

おうちでは「テレビは一日に何時間、〇〇番組だけ」と厳しく決められているようでした。子どものこと、タケチャンは禁を破ってしまい、テレビの差し込みプラグの電源にガムテープで×印をつけられてしまいました。それでもお兄ちゃんと一緒に近所のテレビを見てまた叱られたことなど日記に書いてありました。わたしはその時「約束は守らないとずっと好きな番組は見られなくなるよ」と、赤ペンで花まるをしたのではないかと思います。

またお風呂掃除はタケチャンの役目で、ちゃんと毎日やっていました。タテチャンの真面目さやさしさは、一、二年生の時からもはっきりしていました。

お勉強にまじめに取り組んだことの証拠がここにあります。小学校二年生の「国語の勉強のまとめ」なのです。タケチャンが国語の力、読む・書く・聞く・話すといった力をどのように身につけていったか、その足跡がしっかり残っています。

二十七年間わたしが宝物のように大切にしてきた「学習記録べん強のまとめ」を今日やっと返却することにしました、かわいい賞状とともに。

　がんばりしょう

I君
あなたは一年間まじめによくおべんきょうをしました。
お話、作文　みんなよく考えて書いています。
すばらしい。字も一字一字ていねいに書いて美しい。
三年生になってもがんばりをわすれずにね。
　一九八五年三月

やすむねかずこ

タケチャンのことは、わたしのノートにたくさん登場します。どれも話したくなりますが最後に一つだけ。

十月二十五日　一、二時間目図工、「かいじゅうたちのいるところ」の絵を描く。I、二時間とも絵を描かない。粘土で怪獣がうまくできないことが引き金になってどうしても絵を描かない。友人たちの作品がだんだん仕上がっていくのを見るとよけいに意固地になって焦り、悔しさ不安など入り交じっている。どう指導しても、絵を描かない、と言い張る。（泣き顔）三時間目体育で少しは気が晴れる。四時間目視力検査。五校時はすぐ描きだしたが、イメージも貧困、乱雑なタッチ、いつもの絵より下手、三十分でともかくも仕上げてしまう。

このようにタケチャンは負けず嫌いで、安宗先生を相手にいつもいっしょうけんめい学校生活を送りました。わたしもタケチャンのいっしょうけんめいなところに応えて指導したように思います。二年生最後のクラス写真（一九八五・三・二五）タケチャンの笑顔がとても素晴らしい。

三年生に進級した暑中見舞いに、先生とわかれてさびしい、五年生でまた同じクラスになりたいです、と書いてあったので、わたしはやはりタケチャンをひいきしていたのかも知れません。

負けず嫌いでがんばりやのタケチャンは、自分の中に在る個性をしっかりと育てて、その純度を高めていかれたように思います。そうして広い世界に到達され、今日を迎えられました。

わたしの大事な大事なすばらしい教え子、タケチャン、本日は本当にご結婚おめでとうございます。末永くお幸せでありますようお祈り申し上げます。

二〇一一年五月四日

安宗和子

Ｉ君の学習記録「べん強のまとめ」（国語学習のプリント集）は二年生だけのものだったが、その頃わたしは「大村はま先生の国語教育」に学ぶところが多く、少しでも自分の授業に取り入れようと努力していた。大村はま先生の「学習者を優劣のかなたへつれていく授業展開」「ひとりひとりの子どもに学ぶ喜びを与え、力をつける授業」など感心するばかりでなかなか難しく実践には結びつかなかった。しかし「学習の手引き」を作り、ひとりひとりの子どもに「学習記録」をつけさせる事を多くした。（国語科のみ）

Ｉ君はとてもまじめで学習記録をきちんとしていたので二十七年間もわたしが持っていたのである。Ｉ君の国語の学力の伸長もよく分かり、実はわたしの授業の実践記録にもなっていたからである。

内容は、物語教材は一、単元ごとの学習の手引き（書写、書き込み、感想、文字練習、絵を描く等々）。「スーホの白い馬」などはＢ４のプリント十枚以上にもなる。二、事物を観察した作文とその作文メモ（大事なふで箱、うさぎ、せみのぬけがらなど）。三、詩の書写。四、父の日の作文（ワークシートつき）。五、毎月の個人新聞（新聞のレイアウト、テーマ、枠組みを示したものに書かせる。）六、工作と合わせて作文（どんぐりごま作りなど）。七、絵をみてお話作りなど、適切な題材を子どもたちに与え、どの子もすぐ書くことにとりかかれるように「手引き」を工夫した。

Ｉ君のべん強のまとめは二年生では相当量のプリント集になっていた。

手さげ紙ぶくろに「べん強のまとめ」「がんばり賞の賞状」「二年生最後のクラス写真（わたしが撮ったもの）」を

入れＩ君に手渡した。「Ｉ君本当におめでとう。いつまでも君の先生の安宗先生より」と書いて。

九州新幹線「さくら」に乗っての久々のひとり旅。あっという間に熊本「八代」に着いた。八代市立第三中学校卒業以来六十年間、八代への想いはずっと心の中に住みついたまゝ、一度も訪ねる事なく今日まで過ごしてきた。何度も八代行きを考えていたのにそのまゝになっていた。六十年という時間がこんなに早く考える間もなく縮まって、八代に着いてしまったのがとても不思議だった。八代にいた中学二年三年の時間は六十年も経ってしまうと凝縮浄化されてほんの小さな事しか覚えていないが、懐かしさだけでとうとう八代に来てしまっていた。

新八代から在来線に乗り換え八代駅に降りてみると、あらこんなにも小さな駅だったのかと思うほどの小さな駅であった。駅前は野原のように広がっていた。「彦一とんち話の彦一が生まれたまち八代出町。彦一ちゃんのかわいい笑顔とまっ赤な顔の天狗」の看板が迎えてくれた。中学の時の友人Ｔさんが妹さん二人と一緒にわたしを待っていてくれた。Ｔさんは八代高校の同窓会に東京から出席するので、この機会にいっしょに八代へ行きませんかと誘ってくださったのだった。

Ｔさんは八代第三中での友人で、詩人で美しいものを多く持っていて、わたしより大人で憧れの存在でもあった。わたしは叔父夫婦に引き取られ、自分の境遇をより悲しいものと僻んでいたのかも知れないが、引っ込み思案であった。Ｔさんはやさしく助けてくださって、わたしには似合わない演劇部に誘って放送劇などにも出してもらったり、本の話、家族の事などいろいろと話したものだった。

当時の「演劇部の写真　八代宮にて」を持ってＴさんと八代宮を訪ねた。八代宮の大きな石の鳥居、大きな社もわたしの記憶の中から消えていたが、立派なお社の八代宮だった。五月というのに真夏のように暑い日だった。演劇部の写真は冬の日だったが、このあたりで撮ったのかなと思いながらいくと、むっとした草いきれが、懐かしさといっしょにわたしに覆いかぶさってくるような気がした。写真に写っている人の中にはもう旅立った人も何人かいると思えば、人の上に流れる長い時間は懐かしさよりも悲しさを連れてくるのかも知れないと思った。

八代城本丸跡（懐良親王・良成親王を祀る八代宮）の説明板を見るとお宮とばかり思っていたのは間違いで、お堀があり石垣もそそりたって堅固な作り、熊本県指定史跡八代城とあるところからお城跡だということをはじめて知ることができた。八代観光案内のパンフレットを後から見ると、八代城跡と八代宮―元和八（一六二二）年に加藤正方が築いた城。その後細川三齋が入城し、明治維新まで松井家代々の居城となる。―と書かれてあった。中学時代は家と学校を往復するだけで、八代のどこへも行ったことがなかったのかも知れない。

Tさんの妹さんの車で、わたしが暮らした叔父の家（球磨川の河口近くの土手の上に建っていて家の台所出口から階段で川に降りる事ができた）付近を案内してもらった。でも少しも思い出せなかった。家も無くなっており河口には大きな橋が架かっていた。あの時の風景も風や波の音も匂いも時間の重みですべて流されて無くなってしまっていた。叔父夫婦もすでに亡くなり、切れ切れになった風景をいくらつなぎ合わせても一枚の絵にはならず悲しかった。

同学年で同じ八代三中に通った従兄弟Kちゃんとは家の中では仲良しだったが、学校内ではバツが悪く他人の顔をしていた。八代に行ったら、Kちゃんには必ず会いたかったし話もしたいとずっと思っていた。やっと連絡がついて会うことができた。Kちゃんは病院のベッドで赤い顔をして寝ていた。「Kちゃん」と呼んでもじっと目をつむって何も言わない。そっと手を握って少し髪が薄くなった頭に手を置いてみた。「Kちゃんやっと会えたね、和子よ」と言ったら涙があふれてきた。

Kちゃんの顔は、そうわたしの父そっくりだ。私の父・叔父・いとこのKちゃん、すべてが重なって一人の人間がそこにいるように思えた。みな愛しい人が三人もわたしに会ってくれているのに、嬉しいのか悲しいのか分からなくなった。三人とも何も言ってくれない。せめてKちゃんだけでも、和ちゃんと呼んでほしいと思ったが叶わなかった。時がすべてをこのように言葉の無い世界にしてしまったのかも知れない。Kちゃんのお家に行き叔父夫婦の仏壇にお線香をあげ、「八代ではいろいろ有難うございました」と六十年のご無礼を詫び、お礼を言うと少しだけ悲しみが無くなったような気がした。Kちゃんの奥様の名前がわたしと同じ「和子」なので、時々わたしを思い出してくれていたのかしらなどと思うと、不思議な感じで何か笑ってしまいそうだった。


その夜八代ロイヤルホテルに泊まった。大広間宴会場では八代高校喜寿祝賀同窓会が開かれることになっていた。わたしが卒業した第三中学校のほとんどは八代高校に入学したそうだから、同級生の何人かに会えるかも知れないとそっとのぞいてみたい気持ちと，Tさんがどんなおしゃれをして出席されるのか見たいなどと、ちょっと下品で変な衝動に駆られた。でもわたしは八代高校とは無縁の人間だからあきらめ、夕方遅く町を歩いてみることにした。

八代本町アーケード通りを歩いた。もう七時をだいぶん過ぎていたのか、ほとんどの店はシャッターをおろして人二、三人が足早に歩いているだけだった。閑散として淋しく風が長いアーケード通りを吹き抜けていた。Tさんの家はこの辺りだったろうか、Tさんのお父様が「みかんは英語でスリーオレンジというのだ」といって笑わせてくれたことなどを思い出していた。一軒のスーパーに寄って、お菓子パン二個と牛乳・アイスコーヒーを買って宿に帰った。

ホテルの最上階にはレストランがありご馳走が食べられるのだが、お昼に「うなぎ定食」を食べたし夜は食欲もなく、今日の一日の時間があまりにも多くありすぎ、「八代」にふりまわされた幸せで疲れもどっと出てきた。頭の中は「八代、八代」でいっぱいになり、過去と現在が入り交じり、整理できないまでになっていた。

翌日、中学で同じクラスだったFさんが八代を案内してくださった。わたしにとって八代にあるものはすべて初めてのものばかりのようで、今浦島の感じがしてしまった。

はじめに八代市立博物館。あまりにもすばらしい文物ばかりで大急ぎで見学した。少し残念だったが、次の機会にゆずることにした。「妙見祭」の行列のジオラマ的な精巧な再現模型には驚いた。本物を見たいと強く思ったことだった。

次は松浜軒。元禄元年八代城主松井家四代直之公が母のために建てたお茶屋だそうだ。落ち着いた静かなたたずまいのお茶屋で赤女ヶ池をそのまま取り入れたという池があった。睡蓮が池にびっしりと浮かんで白い花がたくさん咲いていた。池の形も大小おもしろく、池を結ぶ石の配置のよさ、池をとりまく木々の緑、それを逆さに映す池の心憎い演出には暑さを忘れてしまった。五室もある茶室のそれぞれから、花菖蒲（肥後菖蒲）がきれいに咲く頃には、花を眺めながらおうすをいただかれただろうと思った。直之公の母崇芳院尼への想いの深いことよと思った。

八代湾に臨む水島に案内してもらった。海抜十一メートルの小島で説明文によると―日本書紀、景行天皇一八年の条に「四月天皇が芦北の小島に留まって食事をされたとき、飲み水がなかったので小左という者が神に祈りを捧げたところ、たちまち清水が崖のほとりから湧き出したのでその清水を差し上げた」、そこからこの地を水島というのだそうだ。

万葉集にも長田王が筑紫に遣わされて水島に渡る時の歌二首として、

聞きし如まこと貴く奇しくも神さび居るかこれの水島

芦北の野坂の浦ゆ船出して水島に行かむ浪立つなゆめ

とある。水島の清水を飲んで夏の暑さを少しばかり忘れた。大きな石碑が二基建っていた。水島の松の枝に大きな青鷺がしばらく止まっていたが、やがて大きく羽ばたいて八代海へ消えていった。古代のロマンはここ水島にもあり、「時」はゆったりと流れていることを感じたのである。

昼食はFさんからの素晴らしいおもてなしを受けた。中学時代の思い出が次々と話題になった。「八代三中新聞」には（Fさんが編集長）わたしが「八代を去るにあたって」を書いていたので、当時の気負った中学三年生を懐かしく思い出した。Fさんによるとこの号は学校批判記事を載せることになって大変だったが、顧問の先生が編集部をかばってくださって事なきを得たそうだ。細かいガリ版の美しい文字も先生で、今はもう亡くなられたそうだ。本当に中学三年生にもどりたいと思ったほどだった。その八代第三中は今は八代東高校になり当時校庭にあった楠は大木になっていた。第三中の姿はわたしの心の中では大木の楠だけになっていた。

午後からはTさんも合流。Fさん運転の車で八代を巡った。車の中ではTさん・Fさんのヤッチロ弁が飛び交っていて、それを聞くととても嬉しくなりますます八代に来てよかったと思った。

博物館に飾ってあった妙見祭行列模型の妙見宮に行った。朱塗りのお社、上宮・中宮・下宮があり、建物は暑い日光に照り映え強烈な印象を受けた。「妙見由来」を読むと妙見神の来朝が事細かに書かれており、天武天皇の古代より脈々と時を刻んできた事が分かった。妙見神は亀蛇《きだ》（ガメ）に駕して中国から来朝されたとか。亀蛇とは中国では龍の六番目の子どもで、背中に大山を乗せてもびくともしないことから、どんな重い任務を背負ってもそれを着実に遂行することができる力量を持っていると同時に、頭を撫でれば幸福になりお尻を撫でれば病気をしないとされている、と由来が説明されていた。わたしは亀蛇の頭とお尻を撫でたいと思ったが、大きなガラス張りの中で亀蛇はこちらをにらんでいるように座っていた。きっとわたしに、自分の幸福とは何か、病気にきちんと向き合っているか、と言っているのかも知れないと思った。ＦさんがＴさんとわたしに、おそろいの妙見宮の御守りを買ってくださった。赤い布地に紫雲文様が金糸で縫い取りをしてあるものだった。とても有難かった。十一月二十三日には妙見祭礼神幸行列が派手に行われるそうだ。何だかぜひ見てみたいと思った。

朝日新聞の俳壇欄を見る時に、最初に作者の住所を見るのが癖になっていた時期があった。それは「八代」だった。俳壇欄によく「八代」が出ると嬉しくなって、まずその方の句から読むのだった。お名前がまたすてきで春光寺花屑さんとおっしゃる。花屑さんは朝日俳壇では高名な選者九人の方から百七十句もの選を得ていらして、なかでもわたしは金子兜太選の句が印象に残っている。

春光寺ざぼん見事に落ち放題　　花屑　　花屑を真からながめ老和尚　　花屑
花に酔い尻餅つくもおもしろし　　花屑　　もう秋や天下に響く句はまだか　　花屑

など、俳句のすごさをいつも教えられていて印象に残っていた。しばらくしてお名前が出なくなって淋しく思っていたら、亡くなられたそうでとても寂しく思っていた。いつか八代を訪ねたらお会いしたいと思っていたが……。

はからずもＦさんは春光寺に案内してくださった。春光寺と彫られた石碑は徳富蘇峰居士の揮毫によるもので驚いた。花屑さんは春光寺の名誉住職で日本伝統俳句協会参事でもいらした事がわかり、またまた驚いたのである。そして平成十四年八月一日九十五歳で大往生なさったことも知ることができた。寺の中には八代句碑寺と言われているだけあって、句碑が多く建っていた。

藩公のお手植えざぼん熟るる寺　花屑　夢かゆめか月の舟より櫂の音　花屑

人声も絶えて一山蟲浄土　花屑

など、花屑さんの寺を愛しつづけた心、自然へのまなざしの深さやさしさがこもった句碑が、木漏れ日の中に並んでいた。

馬ほくほく我を絵に見る枯野かな　芭蕉

虚子三代の句碑

天地の間にほろと時雨かな　虚子

行く秋の八代日和蝶多し　年尾

一本の紅葉に染まりゆくわれか　汀子

もあった。ふと句碑ではない詩碑にも出会った。上田幸法氏の詩であった。初めて聞いた詩人だったのでFさんに調べてもらった。詩碑には

「行く鳥がいる。／帰る鳥がいる。／みんな私の肩を／叩いていく。」の四行が刻まれ、最後に「幸法」とあり、詩碑のひだりの小さい岩に坂田道太氏の撰文がきざまれ「人間性豊かな作風を貫き地域文化発展の一翼を担う」と結ばれていた。寺の姿、様子がよく分かるのでFさんに教えられた詩全体を紹介する。

行く鳥　　　上田幸法

――――

「老僧はすでに
上堂　初明り」

松井家三万石の菩提寺である春光寺の老師
清宗さんの
今年の初便りに記されていたものである。
「花屑」と号して
俳句をよくし
山麓の境内には
芭蕉を初め
二十数基の句碑がある。
故に句碑寺と
呼ぶ人もいる。

私がまだ子供のころ
このお寺で
「殿さん」の葬儀があったのを
見に行ったことがある。
お寺の庭には
竹矢来が組まれており
裃姿が往き来していた。

時代劇を見ているようだった。
春には桜。
夏には涼風があった。
秋には紅葉。
冬にはヒヨドリの声が甲高い。

行く鳥がいる。
帰る鳥がいる。
みんな私の肩を
叩いていく。

裏山に足を伸ばすと大きな朱欒の木がたくさんあった。今ザボンの花が満開で白い花が真緑の葉の中で鮮やかに日光に映えていた。三中演劇部での憧れの先輩が「ふるさとは朱欒の香りがする」とサインしてくれたのを思い出した。

春光寺は松井家三万石の菩提寺であったと聞いたのでFさんと長い石段を登って墓所まで行ってみた。草ぼうぼう、やえむぐらや枯れ木をかき分け訪ねて見ると、松井家三代の城主と正室、側室などの大きな五輪塔がずらりと並んでいて威容であった。華やかな歴史も時を刻んでいくうちに残るものもあれば、朽ち果て忘れられていくものもあるのかと思った。

Fさんは今度は八代湾の方へ車をどんどん進めていく。広大な土地がどこまでも広がり、工場地帯の無味乾燥の空気が流れている。おのおの土地は鉄の柵で区切られ、人の気配もあまり感じられない。Fさんは、八代港が国の重点港湾に指定され、五万トンバースが整備中なのをわたしに見せたいと思われたらしい。残念ながら五万トン級の輸送船はその日姿を見せなかった。この光景には、現在の「八代」がはっきりと姿を見せ、未来の「八代」もずっと迫ってきているように思えた。しかし、それは何か無機質で味気なく映る「八代」ではないか、これは六十年ぶりに訪れたふるさとに対するわたしのひがみ心なのかも知れない。

そろそろ八代を離れる時刻が近づいた。Fさん、Tさん、Tさんの妹さんが駅まで送ってくださり、その上いろいろたくさんのお土産を皆さんから戴いた。駅でわたしも「彦一まんじゅう」を買ったので大きな袋いっぱいになってしまった。

八代への想い六十年分をこの二日間に入れてしまったのではないか、と思うぐらい何もかも嬉しく懐かしく、別れることの悲しさは忘れていた。電車に乗ってからFさん・Tさん・妹さんと「八代」に別れたことが急に胸に迫って、思わず涙がつぎつぎと出て止まらなくなった。「八代」に行って本当によかった、今までわたしの生きてきた時間がここ「八代」にもきちんと存在していたのだ、と考えているうちに、窓の外は夕方の九州路が飛ぶように流れていた。

五月のある日電話がかかってきた。―矢賀小学校を三十八年前卒業したHです。安宗先生、ぼくを覚えていますか。ご無沙汰しています。来月六月十九日にクラス会を開きます。ぜひ出席していただきたいのですが―というものだった。

六月十九日日曜日、広島駅前センチュリーホテルの玄関にはH君が待っていてくれた。あのかわいい少年だったH、面影は残っていてすぐにHだと分かったけれど、五十歳の風格をそなえ、頼もしかった。（でもわたしには小学校六年生のままのHだったけれども……）

六年一組二組の子どもたちに三十八年ぶりに会いに行った。みんなすてきな五十歳を迎えた顔だった。

矢賀小学校クラス会でのわたしの挨拶―

みなさまたくさんお集まりくださって、たいへん懐かしく嬉しゅうございます。（私、二組担任の安宗和子です。）あのかわいかった小学校六年生が、人生のいろいろなことを乗りこえてこんなにも立派になられた姿を見てたいへん感激いたしております。一組の山崎先生がご病気でご欠席とのことですが、あなたたちを見られたらきっと嬉しく感じられ、もしかしたら涙を流されるかも知れませんね。

今皆さまは五十歳になられるのね。人生でも一番充実したお年ではないかと思います。それぞれの場で自分の力を精いっぱい出してご活躍なさっていることでしょう。

ここに、卒業記念文集「門出」とアルバム「思い出」、それに卒業式の写真、よびかけ「お別れの言葉」原稿、卒業式の「出発の歌」の楽譜（市橋さんがピアノ伴奏してくれました）などなど持って参りました。

卒業記念文集「門出」に十年後のぼく・わたしというのがありますが、今はもう四十年後のぼく・わたしになりますね。このように集まってお話をできること、すばらしいと思いませんか。

　実はわたくし、矢賀小学校で皆さまを教えたときは、勤め初めて四校目でした。定年で退職するまで八校の子どもたちと向き合って参りました。矢賀小に勤めた頃は、二番目の子どもが生まれて、きちんとした育児休業も無い時代でした。子どもが病気をするとよく欠勤するので、みんなから「ようヤスムネー先生」と言われて迷惑をかけました。保育園に預けられない時には、現業員室に寝かせていたこともありました。「先生、五時間目は子守歌の授業をしたら」と言われたこともしばしばありました。国語は好きで得意でしたが、算数は理数科得意の山崎先生に事前にいろいろ教えを請うて、授業の勉強をしたりしていました。スポーツもあまり得意ではなく、体育のサッカーのときは、H君が「先生は時計係でええけん、朝礼台に座って、ぼくらの上着を全部着て笛を吹けばいいー」「先生はオフサイドも分からんのじゃろー」など言ってくれたのを覚えています。余談ですが、その時の子どもは、現在高校の国語の先生としてがんばっております。

　そんな先生に不満もたくさんあったろうに先生と認めてくれたあたたたちを、どれほど愛しいと思ったことでしょう。そしてこの場に呼んでくださったことをありがたく思っています。

　今日一日は矢賀小六年生の頃にタイムスリップして思い出に浸り、また今までの自分の来し方を話して今日の出会いの大切な記念にしてほしいと思います。

　わたくしも今日みなさまにお会いできた幸せをしっかりと心に留めて、今日の一日を大切にしてこれからを生きていこうと思っております。

　今日は本当に有難うございました。


一人ひとりが卒業以来の人生をふり返り現在の自分を語る姿を見て涙するものが多かった。みんな一人ひとり、それぞれの場で悲しみを乗りこえたり、がんばってきたことに拍手を送った。文集「門出」に書いたわたしの願いを彼等は覚えているだろうか。

未来へ　はばたけ　五十四のたましい

君たちの目は　何を見たのだろう……
春の野原で　なずなの小さな花びらを数えて
蝶の鱗粉やほう酸の結晶を　けんび鏡でのぞいて
驚きに　ふるえた―
物語に　人の心の愛《かな》しさを読み
夕べの陸橋の上にかかる
赤・橙・黄・緑・青・藍・紫の虹の橋
―はるかに　美の世界を　見ていた―

君たちの手は　何をつかんだのだろう……
どろんこで　食用がえるのおたまをすくった
遠足に　一年生をひっぱっていった
ひっしに　ひっしに　百点へのテストをめざして
えんぴつを握って
日記や感想文を生み出した
版画の　のみがささって　血がふき出た
苦しいプールの水を　かきわけ　かき分け
ゴールへ　とびこんだ
―ふりかざす手は
　力を　しっかとつかんでいた―

君たちの耳は　何を聞いたのだろう……
ベートーベンの歓喜の合唱を―
友だちの悩みを―
運動会の　どよめきを―

かすかに　ふるえるエンマコオロギの鳴く声を—
—静かに　心の音楽を　聞きわけていた—

君たちは

たしかな未来を　見つめて
真実の世界を　書きしるし
善意の宝をさがし

心の友を見つけ

今—
可能性の時間へ
大きく　はばたこうとしている

大きく　はばたけ
五十四の　たましい

最後に「ふるさと」を合唱し、五年後の再会を約束して別れた。わたしは大きな花束を抱いて会場を後にした。

六年二組、昭和四十九年二月二十八日授業案と児童の感想文が出てきた。

題材は「最後の授業」である。授業の終わりごろ、「だれにとっての『最後の授業』なのか」という発問に、アメル先生とする児童とフランツ少年とする児童の活発なやりとりがあったと記している。感想文も二分されて残っていた。児童たちとの真剣な時間があったことはとても嬉しかった。

わたしの「時のカレンダー」に、I君の二十七年、八代の六十年、矢賀小の三十八年を書き入れてみた。そして父がサイパン島の海底に眠ったままの六十年と、わたしがいくら引き止めても旅立った母との別れの三十八年を、書き足した。また予定として小さくわたしが死んだ日も書いてみた。それは事実になるからである。

絵本「百年の家」を読んだ。一軒の家が百年の間見つづけた歴史が描かれている。家をとりまく自然の移り変わり、家に住む人間たちのドラマ、喜び、悲しみ、苦しみ、怒り、恨み、絶望、人智の及ばぬ大戦争などを静かに見つづけ、終末を迎えるというお話だ。百年の間には「時」はあらゆるものを否応なく大きく変えてゆく、―美しくかあるいはみにくくかは分からない―という事なのだろう。

今年の夏はわたしの心にしっかりと「時」を結びつける出来事が多かった。それはわたしを幸せにしてくれる「時」になっていた。

カナカナが遠くから悲しげに聞こえてきた。いつの間にか山村暮鳥の詩を思い出していた。

　ある時
また蜩のなく頃となつた
かな　かな
かな　かな
どこかに
いい国があるんだ

（二〇一一・九・五）

七　日々の暮らしの中で

納涼お茶会

炎暑が続き体はなんとなく動かないまま、心の中の風までもそよとも吹かない日々、ぼんやりと時を過ごしていた。友人の斎藤徳子さんからの「納涼お茶会」のお誘いを受け、七月二十六日の暑い暑い午後夫と縮景園に出かけた。縮景園は様々な美しい緑に包まれていたが、暑い空気に気おされて濯纓池を巡るのはあきらめ、池を二分して白く輝いている跨虹橋をながめて、会場清風館に向かった。途中楊貴妃型石灯籠のそばを通って小さな橋を渡ろうと下を見ると、巨大な黄金の鯉、黒い鯉、灰色の鯉など、何れも胴体は直径二十センチ位の丸太ん棒のような大きな鯉が、大きな口を開けて餌をねだって寄ってきた。大亀までもが泳いできたのには少々驚いた。

会の開始時刻には少し早かったが、行ってみるともう大勢の人が集まっていた。清風館は数寄屋造り。清風之間、老候之間、次之間、玄関之間、東側に花頭窓があり、今日は間仕切りなどすべて取り払われ、それぞれの間に暑い日にもかかわらず涼風が吹き抜けていた。木々の香りが部屋中にゆきわたっていた。しかし、今日のお茶席は少しばかり敷居が高かった。茶道の基本は「美しい作法」というけれど、わたしは茶道についてはまったく不調法無知、作法も知らないという事で、二の足を踏んでいたのだった。でも、木々の香りいっぱいの緑風が濯纓池から渡ってくる座敷に通されると、今日のお茶席を楽しんで、その時間の中に身をまかせようという気になってしまった。

徳子さんは薄墨で夏椿が描かれている白の絽の着物で私たちを迎えてくださり、さすが表千家茶道教授の出で立ちだった。そして何のためらいも無く私たちを主客の座に案内してくださり、膝が悪く正座ができないと言うとスツールを用意してくださって恐縮するばかりであった。内心茶道にはまったく無縁、無知なのでどきどきしながら待っていた。夫に小さい声で「お懐紙も持ってこなかったね。」と言うと、隣の座にいらしたお二方がとてもご親切で、そっと「お使いください。」とくろもじも添えて渡してくださった。その上いろいろなお作法についても教えて下さり有難かった。「茶道」に造詣の深い方だと見受けたが、そのさりげなさがとても嬉しかった。

静かな物音だけが聞こえる中、亭主の動作の一つ一つが上品で美しい形を作って流れていくのは、わたしの日常にはない静寂の動きだった。じっと焦点をあてて見るばかりだった。静かに夫の前にどっしりとした「黒楽」が運ばれてきた。漆黒の大きな茶碗。それは高名な作陶家中村同念のもので銘は「無事」とのお話があった。何事も無事であることの平安が人間に幸せをもたらすのであろうと思った。夫にもその黒楽茶碗「無事」がその縁をきっと結んでくれるとわたしは祈ったのである。淡い青色の丸い小さなお菓子をいただいた後、わたしの前に薄紅色の志野茶碗が運ばれてきた。小ぶりでわたしの小さな手にもすんなりおさまる何とも言えない珍しいたまご形の茶碗だった。隣の座の方におうかがいすると今まで見たこともない形との事であった。お点前様は「この細くすぼまった方からお飲み下さいませ。」とおっしゃったほどの形であった。茶碗の絵柄は筆でさっと夕焼けの野原の草々が風に吹かれている風景が描かれているのではないかと思われた。幼児がキャッキャッと遊んでいる声も聞こえて来るような気がした。茶碗の銘は「朗笑」。誰のお作かは聞きもらした。

いろいろなお茶道具、しつらえにも、わたしは初めてのお茶席なので物珍しさもあって、小学生のように目を凝らして見てしまった。水差しは平鉢の黄瀬戸、棗は輪島塗り住吉神社（朱色の鳥居が描かれていた）、お茶杓「明心」、結界は跨虹橋の木材を再利用、といったお茶道具の数々にも、客人をもてなす心がこもっていると感じた。床の間の掛軸は善光寺管長の揮毫による「日々是好日」、お花はそうたんむくげ、かわらなでしこ、かや、らんなどが飾られていた。

静かな空間にフルート演奏の懐かしい曲が響いてきた。「夏は来ぬ」「めだかの学校」「ふるさと」「知床旅情」「愛燦々」など日本の歌曲が次々と流れてきてこの取り合わせの美しさに浸ることができた。今日一日は千利休の教え、四規（和・敬・清・寂）、七則をあらためて勉強し直すことになった。「一期一会」の意味深い貴重な一日は、わたしの心を少しだけ暑さから涼しさへと解放してくれた。

先日は清風館での納涼お茶会にお招きいただき本当に有難うございました。少し早く帰りましたご無礼をお許し下さい。その際のご挨拶もせぬままを心苦しく思って折ります。　　　　　　　　　　　私どものようなお茶道には全く無縁・無知なものを主客の座に（然も椅子に座って）お招きくださり恐縮しました。隣の座にいらしたお二方がとてもご親切で、夫に「お懐紙も持ってこなかったね。」と小声でいったのに「お使い下さい」とそっと渡して下さいました。その上いろいろとお作法についても教えて下さりほんとうに有難かったです。「茶道」に造詣の深い方とお見受けしたのですが、さりげなくお教えくださるのでこれが「一期一会」なのだとてても嬉しく感じました。お点前をなさる方の動作一つ一つがお上品で美しかったです。小学生が珍しいものを見るようにしっかりと見ていました。もう一方がお茶碗やお道具のお話をして下さり私どもにとっては新しい事ばかりなので驚きながら聞き入りました。お軸「日々是好日」、お花等々心のこもったしつらえに感心しました。夫には黒楽〈無事〉わたしには志野〈朗笑〉茶碗でのおもてなしに感極まりました。不調法者が突然入り込んだ茶道の世界でしたがすんなりと受け入れて下さり有難かったです。

フルートの演奏、夏は来ぬ・めだかの学校・ふるさと・愛燦々など、「和」の極致と「洋楽」は人間の心の琴線に触れるのですね。涼風が吹き抜けるすばらしい午後でした。あなた様の涼やかなお着物姿身のこなしに憧れました。見とれました。

本当に有難うございました。夫からもよろしく伝えて欲しいと申しております。

暑さ厳しき折柄御身大切になさいませ。御礼まで。

かしこ

七月二十八日

安宗和子

斎藤徳子様

「折々のことば」から

朝、家事一仕事を終えると新聞を開く。今日もまた一番に読むのが「折々のことば」である。哲学者鷲田清一さんが古今東西のことばを紹介し、意味あいや考えをつづるコラムである。鷲田さんは―一見ありふれた言葉も、読み方によっては、心を開くきっかけになることがあります。―とおっしゃっている。

毎朝の「ことば」を読みわたしの解釈や考えをまとめてから、鷲田さんの解釈を読む。この鷲田さんとわたしとの落差の大きさにいつも驚き、考えこむ事が多い。彼の解釈には彼の人間性（人生を見つめる眼）思考の論理性、感性の鋭敏さなど、すべてが関わっているように思われる。また解釈は何か俳句鑑賞をするときの感覚に少し似ているような気もしてきた。「ことば」から受ける意味を大きく展開して景色を作るやり方、五音・七音・五音の距離感、季語・取り合わせの技などが盛り込まれているようにも感じた。鷲田さんの解釈そのものを読み解くのが非常に難しかった。わたしは時に彼の解釈が分からずじまいで納得できないもどかしさも感じながら、その考えの多様性に柔軟に向き合い読み返している。そして─心を開くきっかけ─を毎朝探すようにしている。

朝日新聞が連載百回記念として、読者から百回のうちの一回を選ぶキャンペーンを行うということになった。わたしは百回をもう一度読み返してみた。どの「ことば」も心に残っており、鷲田さんの解釈を読むとそれぞれに新しい意味が深まって、百回のうちの一回を選べなくなってしまった。

一回限りのところとうとう六回選んでしまった。

一、①「涯《はて》は涯ない　大岡信」

─ことばはひとの体験をまとめなおしてくれるもの、別の角度から見るよう促してくれるもの。……人生も旅のようなもの。涯はありません。─と鷲田さんの解釈である。

わたしも人生を、最後まで美しい風景を楽しみ、すてきな人と巡り会って言葉をかわし、笑顔になったり、悲しみを共有したりして、歩んでゆくつもりである。涯はないのだから……。

二、②「めいわくかけて　ありがとう　たこ八郎」

「めいわくかけて」と「ありがとう」の谷間にあるたくさんの事柄に、いっそう「ありがとう」の重みを感じる。めいわくをかけられた人の大きな大きな優しさに対する「ありがとう」が心に響いた。

三、⑳「「わからないもの」を受け容れ、自分の中に未聞の言明や心性をむりやりねじ込んでゆく　内田樹《たつる》」

物事に真摯に向き合う事の大切さを教えられた。わたしの好い加減さ、後回しにすることを戒める言葉である。

「わからないもの」をそのままにせず、心の中にねじ込んでいれば、直観的に「わかる」事になるということだろう。
四、㊸「教育において第一になすべきことは、道徳を教えることではなく、人生が楽しいということを体に覚え込ませてやることなのである。　永井均」
―生きることは楽しいという肯定感が底にないと、自分の人生をしかと肯定できない。―と解釈されている。ニーチェの思想だそうだが、わたしも子どもたちを教育した一人だから、改めてそのような考えは持って教育をしたはずだがと、反省しきりの今日この頃である。
五、㉛「みずからの中の偉大なものの小ささを感ずることのできない者は、他人の中の小さいものの偉大さを見すごしやすい。　岡倉天心」
「茶の本」からの言葉なので鷲田氏の解釈を読むと天心の思想が分かるのだが、わたしには「みずからの中の偉大なもの」が少し難しく、従って「他人の中の小さいもの」と対比することが中々できなかったが、わたし流に解釈して相手を理解する時の大きな基盤になる考えだと納得した。
六、⑱「夢でもし逢えたら　素敵なことね　大瀧詠一」
今わたしは「夢でもいい　どうしても逢いたい。」と思っている人がいる。

戦後七十年。父がサイパン島の海底に眠ったまま七十一年。「首がちぎれても泳いで帰ってくる」と言ったが、それを忘れてしまっているのか未だそのままである。今の美しき日本を見せたいのに。だから、わたしの夢の中にぜひ出て来て欲しいのだ。あの優しさの塊のような父の笑顔を私は見たい。とっても素敵なことなのだもの。

母にも夢でもいい、逢いたい。「母への詫び状」は書いたのでそちらへ行くとき持って行く。でも今、顔をみたい。母に逢ったら子どものように思いっきり泣きたい。泣いたら素敵なことにならないけど……。

十五年も経ったのに昨日別れたような姉にも、夢でも逢いたい。人生の旅の道しるべだった姉。十四歳も年上だったためか、母とは違った愛情や物の考え方をわたしに授けてくれた。姉はありとあらゆる事を教えてくれた。今夢で逢うのならまだ教えてもらってない事が数限りなく出て来て、欲張りこの上も無いのだが……。「姉ちゃん……。姉ちゃんが持っている『美』を全部わたしにちょうだい……」と。そうしたらわたしはとても素敵な美しい人になれるような気がする。夢で逢うのなら少しくらいわがままを言ってもいいかな……。

四歳年下の妹ひろ子にも夢で逢いたい。ひろ子は病気のままの苦しい生涯だった。二十四歳の短い人生を終えてしまった。わたしは葬式にも行けなかった。許して欲しいと未だに思い続け、夢で逢えたら一番に謝りたいと思っている。姉として何一つ妹にしてやれなかったことは心に大きな汚点として残っている。松永駅近くのお店でピンクの半ゴートを買ってやったこと、わたしより随分背が高くてよく似合っていたことなど途切れ途切れのシーンしか思い出せない。妹が小学校三年生くらいだったが、算数の問題が解けなくてわたしは妹を叱りとばして泣かせてしまったことがある。もっと優しく教えてやればよかったのに……と。夢の中ではやさしい四つ上の姉ちゃんが妹ひろ子を上手に算数でも国語でも教えられる。なぜならその姉ちゃんは大人になって小学校の先生になり、小学生が楽しく学習する授業を考える本を出版したからだ。きっと素敵な姉ちゃん先生になれると思う。

「折々のことば」連載はもう百二十回を超えてしまった。毎朝―一見ありふれた言葉―に出会い―読み方によっては心を開くきっかけ―を鷲田さんからいただく幸せに感謝している。ことばの持つ力の強さに驚き、ありふれた日常生活の言葉も心をこめて磨くことの大切さに気づくことになった。

百回のうち一回を選んで応募する企画に、結局わたしは①「涯は涯ない　大岡信」を選んだ。これからわたしの生きる時間はそう長くはないはず、「涯は涯ない」ので「真摯に生きる」ことを心に止めたいと思ったからである。

竹田節恵さんを悼む

昨年十二月初旬に届いた葉書一葉に、しばらく時間が止まってしまった。節恵さんが十月に遠い国に旅立った知らせだった。あまりにも突然の旅立ちは信じがたかった。夢でしか逢えないいら立ちもあるが、どうしても逢って話したい気持ちでいっぱいになってしまった。

この十余年ほどの節恵さんから届いた数多くの手紙、葉書を取りだし読んでみた。美しい文字（しかも細字でいつも紙面びっしりと書かれていた）で、日々の暮らし、病、わたしへの返事、大学同期の会の「七絃の会」、読んだ本、わたしたちの機関誌「続河」の感想などなど、事細かく記してあった。節恵さんの感性の流麗さそのものの文章で、わたしはいつも心が揺さぶられうれしく何度も読み返した。

病のため外出もままならないことを聞き、わたしや夫が季節の花や木を写真に撮りそれを葉書にして月に何回か小文を添えて送っていた。今まで送った写真は、桜・しだれ桜・八重桜・椿・カトレア・パフェオヘデルム・胡蝶蘭・クジャクサボテン・さがり花・白百合・バラ・ひまわり・コスモス・てっせん・菊・牡丹・青いラン・ハンカチの木・なんじゃもんじゃの木などである。一度だけ花でない写真を送ったことがある。わたしが残り布で作った動物ボール、茶色の布ボールにまっ赤な顔のお猿で、かわいい耳としっぽをつけた幼児が投げて遊ぶおもちゃである。このボールを三つ並べた写真を送ったのは「病が去る」との願いを込めたのであるが、節恵さんは、商売繁盛のお守りとして店（節恵さんはご主人と文房具店を経営）の柱に貼り付けたと返事があったので、嬉しく微笑ましく思ったことであった。

病気見舞いはとても気を遣うが、花絵葉書は、節恵さんがとても心待ちにして下さったので送り続けた。下手な挨拶句を付け、最後に―返事は不要です―と必ず書いた。いつぞやは―〈秋暑し　病癒えよと　願う日々〉―と書いて送ったら、長い返事が返ってきた。

（前略）―秋暑し「病癒えよと　願う日々」―ふつうでは「秋暑し」のあとに暑さに伴う自身の〈不快感〉や生活上の困りごとなどが続けて述べられるかと思いますが、御句ではそれらを飛び越えて、先ず友の身を案ずる真底からの優しさが「病癒えよ」という叫びにも似た力強いことばに結集されています。私にとりましてうれしい感激の一句です。そして再認識しました、季語のちからを。やはり俳句の魅力でしょうか―（後略）

節恵さんとは広島大学東雲分校中学校国語科で二年間ご一緒した。とても美しい方で背が高く頭がよくて、わたしは自分と比べてあまりにも違うので、近寄りがたく思っていた。すばらしいものを多く持っていらした。その中の一つ。何かの集まりで節恵さんは歌を披露されたことがあった。民謡だったと思うが、ソプラノ歌手が本式の発声法で歌曲を歌っているようで感激してしまったことを、今でも鮮明に思い出すことができる。学校を出てからはそれぞれの道が遠く離れた所にありすぎたのか、節恵さんとはそれほど親しくお付き合いをすることはなかった。それが二十年ほど前、わたしが一冊の本を出版し差し上げたことから、東雲時代からの時間が一気に縮まり、お付き合いができるようになった。そして中学校教育国語科専攻が七人いたので、みんなが退職後、「七絃の会」を作り、一年に一回会おうということになった。

節恵さんはもうその頃病で、なかなか「七絃の会」には出席されなかった。花絵葉書で毎回ずっとお誘い続けるうちにやっと来られることになり、七人そろって会が開ける運びになった。「七絃の会」の意味は、七絃のなかの一絃一絃はそれぞれ音色が違っていても、琴柱にぴんと張られた弦をそろって弾くと、それはもう七絃琴の雅な曲を奏でるというものだった。「七絃の会」の意味合いが少し大仰であったけれど、わたしたち七人は長く続けることを約束して納得した。

やっと節恵さんが「七絃の会」に出席されることになり、六人は長年のお誘いが通じたと喜んで、食事をしながら話は弾んだのである。会の後で、写真と挨拶の五句ほどの手紙を送ったところ、すぐさま返事が届いた。

（前略）過日はごいっしょに楽しいひとときを過ごさせていただきうれしゅうございました。本日は早速にドラマチックな句から始まる素敵なお便りとお写真をお送り下さりありがとうございます。初めての「七絃の会」への出席、みなさんの輪の中に入れるかしら、体調のことでご迷惑をかけるのでは、粗相があってもなど〳〵不安がいっぱいでしたが、和子さまのお心のこもったはがきですっと一歩が踏み出せました。（中略）一つ気になりますのは写真の中で私だけが笑っていないこと――「表情筋障害」でP病がひどくなると能面のようになるということで「顔体操」というリハビリをやっています。（中略）

できれば和子さまとの「二絃会」も実現しますよう念じております。

節恵さんはP病（パーキンソン病）という難病のため薬を服用しておられたが、薬が効いている間に「七絃の会」にも出席、手紙も書かれ、体調がよい時は「ピアノ演奏、編み物、窓ガラスふきもしています。」と嬉しい便りもくださったのである。そしてあの自分からは何も言い出したりなさらない上品な節恵さんが私との「二絃会」を、との申し出にびっくりしたが、一回だけ「二絃会」を開くことができたのは本当に幸せだったと思っている。

節恵さんの病は一進一退、突然の葉書には驚かされた。

—三次中央病院東4病棟に降る寒の雨

東病棟　夜半の急変　寒の雨　（中略）

和子さまのバラに出会いました。開きぐあいがとても初々しくて愛らしい色が白一色の病室に燃え立っています。私の入院のために撮ってもらったようです。さて昨年より三回の入院。入院も「旅」ととらえればなかなかのものですよ。—

何度もの入院。苦しい闘病生活を「旅」ととらえ—なかなかのものですよ—と楽しんでいらしたのだろうか。芭蕉の「旅」を思い出し、節恵さんの心の旅の奥にある涙をそっと拭いいっしょに泣いてしまいたいと思ったことである。

節恵さんからは数々の贈り物をいただいた。数多くのお便りは宝物のような物、何度も読み返していると楽しいこと、苦しいこと、悲しいことを共有できそうな気がしてくるのが不思議なくらいである。それにわたしの本の出版祝いに、白い花がたくさん生けてある籠、竹細工の民芸品の花びん、どれも節恵さんの心のこもったものばかりである。その上横尾忠則の「病の神様」をいただいた。サブタイトルに—横尾忠則の超・病気克服術—とあって「病」について考えさせられ、痛快ともいえる克服術・考え方には驚いた。節恵さんは「病」をどう捉えどのように克服術を探していらしたのだろう、この本を参考になさったのだろうなど心中をお察しした。節恵さんはわたしの文体が彼の文体に似かよっていると言われたが真意は分からないままである。

横尾氏は

—われわれは病気を悪魔のように考えているが、場合によっては神と呼ばれたって不思議でないご利益だってあったのではないだろうか。「病気にしていただいてありがとうございました」と感謝こそしないものの、病気は神が本人に気づかないようにしてソーッと差し出した贈り物だったりするような気がする。病気が治って時間が経った後でじっくり考えてみると、ウンウンと頷けることがたくさんある。―と書いているが……。

節恵さんは病気が治るまえに天国へ旅立ってしまった。節恵さんは「病」を神に感謝する時間もなく悪魔に手を引かれて行ってしまったようでわたしはとても悲しい。でも節恵さんは今は苦しみのない世界できっと、ピアノを弾き、俳句を詠み、編み物をし、ガラス窓もふき、御主人とお店を切り盛りしたり、お孫さんに童話を読み聞かせをして幸せな時間を過ごしておられると思う。

ひとり取り残されたようなわたしは、本当は悲しくて宛先のまっ白なままの節恵さんへの花絵葉書を心の中で書き続けている。植物公園の登龍梅、淡いブルーのデルフォニューム、巨大木立ちダリヤ、あじさい、藤、ベゴニア、チャンチンの木などなど……。花々はどれも美しい。美しさはよけいに悲しみを増幅してしまうけれど、今度節恵さんと会う時にはもっとたくさんの花葉書を渡せるようにと毎日を過ごしている。

今年五月、「七絃の会」を開き節恵さんの事を話し合った。一絃が切れて音が出なくなったとは誰も口に出さなかった。淋しさはみんなの心に残ったが、七絃の琴はいつまでも七絃でかき鳴らすことを約束し散会した。

後日、節恵さんの御仏前に七絃の会一同は御供をおくった。

暑い日が続いておりますが如何お暮らしでございますか。お伺い致します。

突然お手紙を差し上げる失礼をお許しくださいませ。実は節恵様と広島大学東雲分校（中学校国語科専攻）でごいっしょしたご縁で年一回「七絃の会」と名づけて会を開いてきました。何回か節恵様にもお出でいただきました。国語科専攻は七人でしたので「七絃の会」とし、退職後年一回集まり楽しい時間を持っておりました。

節恵様のご病気の事を伺ってからは、よくなられるのを皆信じて会にお越しいただけるのをいつも待っておりました。

突然のご訃報に驚き御主人様をはじめご遺族のお悲しみを思うと、わたくしたちは皆言葉を失いました。

初盆が近づき、「七絃の会」では心ばかりの御供を送らせていただきたく、失礼とは存じますがお願い申しあげます。

節恵様のご冥福を心からお祈り申しあげます。

かしこ

七月二十日

七絃の会一同

（安宗和子）

竹田和夫様

暑い暑い夏だとうんざりしていたら、急に台風がつぎつぎとやって来た。ざわざわと強い風が吹いて何かと落ちつかなく、季節の気まぐれに振り回されていた。

テレビの「一〇〇分で名著」でわたしの好きな太宰治の『斜陽』をとりあげることになって楽しみにしていたら、「天声人語」で太宰の言葉を取り上げていた。

―秋はずるい悪魔だ。夏のうちに全部身支度をととのえてせせら笑ってしゃがんでいる―

太宰の感覚に嬉しく同調してしまった。今年の夏はいつのまにやら終わってしまいそうな気がする。法師蝉もかなかなもあまり聞かずじまい……。

八　日々の暮らしの中で（その二）

私製卒業証書

読む人・書く人・作る人

私製卒業証書

斎藤惇夫

二十五年ほど前から、小学校に招かれて子どもたちに話す時や教師の研修会で、私製の卒業証書を見せています。

「あなたは以下に記した物語を読了したので、ここに、心豊かな美しい人として小学校を卒業することを認めます。

①『グリム童話集　一―三』（岩波書店、以下I）②『イギリスとアイルランドの昔話』（福音館書店、以下F）③『ロシアの昔話』（F）④『日本の昔話』（F）⑤『注文の多い料理店』（I）⑥『エーミールと探偵たち』か『ふたりのロッテ』か『点子ちゃんとアントン』（I）⑦『長くつ下のピッピ』か『わたしたちの島で』（I）か『ニルスのふしぎな旅』（F）⑧『大きな森の小さな家』（F）⑨『ドリトル先生アフリカゆき』（I）⑩『ライオンと魔女』（I）⑪『宝島』か『トム・ソーヤーの冒険』か『海底二万海里』（F）⑫『ハイジ』か『若草物語』か『秘密の花園』（F）⑬『トムは真夜中の庭で』（I）⑭『ホビットの冒険』（I）⑮『西遊記』（F）」

というものです。すると、年間五、六十名の小学生が、弾むような言葉を添えて、全部読んだよと知らせてきます。それを読むたびに、一体誰が子どもの本離れ活字離れなどと嘯《うそぶ》いているのだろうと思いながら、私はいそいそと市販の用紙に右の文章をパソコンで打ち込み、「おとなになったらもう一度読んでね。いつか、物語の舞台を旅してね！」などと手紙に認《したた》め送るのです。もともとは子どもたちへの挑戦状だったのですが、今ではこの十五冊を守り通してきた彼らへの、友情の証として！

（さいとう　あつお・児童文学作家）

岩波書店「図書」808号の「私製卒業証書」を読んだ。読後、斎藤惇夫氏宛に手紙を書いた。―

突然お手紙を差し上げる失礼をお許しください。先生の「私製卒業証書」をわたくしも頂ける（?）嬉しさでペンを取りました。けれどよくよく「卒業証書」の文面を読んでいくうちに―年間五、六十名の小学生が、弾むような言葉を添えて、全部読んだよと知らせてきます。―のお仲間に入れてもらえないような気がしてきました。といいますのは③「ロシアの昔話」⑧「大きな森の小さな家」⑭「ホビットの冒険」は読んでいないような気がしてきたからです。その他は我が子二人に買い与えて一緒に読んだり、また教え子に読み聞かせをしたりしてきました。今でも本の名前を見ると、主人公の人間像や物語の展開のおもしろさが思い出されてくるほどです。③⑧⑭も含めてもう一度読み直し、本の世界にどっぷりつかってみたいと思っております。そして先生に─全部読んだよ、心豊かな美しい人になれました─とお知らせしたいと思います。なんだか楽しくなって、先生の「私製卒業証書」の裏にそっとわたくしがわたしだけに授与する「私製卒業証書」を貼り付けておこうかと思いつきました。

先生の⑮に続けて、⑯ミヒャエル・エンデ「モモ」⑰オトフリート・ブロイスラー「大どろぼうホッツェンプロッツ」「小さい魔女」⑱トールキン「指輪物語」⑲ルイス「ナルニヤ物語」⑳ダイアナ・コールス「アリーテ姫の冒険」㉑ジャン・ジオノ「木を植えた男」㉒ナタリー・バビット「時をさまようタック」㉓サン・テグジュペリ「星の王子様」㉔様々な絵本（作者　いせひでこ・長新太・加古里子・田島征三・赤羽末吉・安野光雅ら）童話（作者　安房直子・今江祥智・松谷みよこ・佐藤さとる・たかどのほうこ・佐野洋子・工藤直子・山中恒ら）を付け加えたいと思います。先生にこんな失礼なことをしてはと今お詫びをしたい思いです。

実は、わたくしは小学生ではなく、八十路を越えた老婆です。本や絵本が一冊も買ってもらえない貧しい生活の小学生時代を過ごしましたので、今本を読むことのできる幸せを嬉しく思い、一日の中で本を読む時間をいとおしく大切にしております。

長々と自分の事ばかり書きまして申し訳ございません。

大雨情報が次々と出されているようです。

お体にお気をつけてくださいませ。

かしこ

六月十一日

安宗和子拝

斎藤惇夫先生

斎藤惇夫氏に手紙を書いてみたら、わたしの読書歴（特に小学生・幼児向け）を紐解くことができ、傾向や偏りも発見できたように思う。小さな手帳に読書記録をつけているが、読む本のジャンルは変化しており、八十路を過ぎると漫画やミステリーはまったく読まなくなり長編作品は少しずつ減り、はたまた今風な奇想天外な題材を扱ったもの、あまりにもファンタジーとは違った現実離れしたものなどは受け付けがたくなっている。行きつく所はやはり、斎藤氏に送ったわたしの「私製卒業証書」の類いの、幼児・小学生向けの童話や絵本か心揺さぶるエッセイ、時代小説の人情話とかになってしまっている。

今年の暑い夏はいつまでも居座って、九月に入っても台風・大雨と災害をともなっての暑さはおさまりそうもない。こんなにも暑くては、本を読む楽しさも長続きしない日々になってしまっていた。

今日やっと安野光雅の最新作「中国路」が届いた。安野氏のさわやかな風景描写、それに心温まる文章。風景と人間が一体化して音楽を奏でるように心にしみわたるエッセイを読んで暑さを忘れてしまった。

これから安野光雅の「絵本平家物語」、「絵本シェークスピア劇場」「旅の絵本」「さかさま」「あいうえおの本」やいろいろな数学の本をもう一度読み直そうと思い立った。家には安野光雅の本が多くあるので、一日一冊と思っている。そして津和野にも出かけたくなった。安野光雅美術館を訪ねてみたい。三十年ほど前津和野を夫と二人で自転車で巡り、「源氏巻」というお菓子がおいしかったことを思い出した。今は自転車はおろか歩いて巡ることも難しくなったが、……。秋の津和野をゆっくりと楽しんでみたいと思っている。

小さなお話―三軒の弁当屋さん―

校庭の西側に大きな楠が六本、立っています。樟若葉が黄緑色に光っています。五月の風がざわざわと葉をゆらして通り過ぎていきます。校舎の四階の軒下にはコシアカツバメの巣がずらりとならんで、まるでツバメのアパートのようです。青い空へたくさんのツバメがいっせいに飛び立って虫をくわえて巣へもどり、とてもにぎやかです。きっと雛がたくさんいて大きな口を開けて待っているのでしょう。

山の中腹に立っている東山小学校へよしおくんは通っています。いつも元気でお勉強もよくでき、体育も得意。お友だちもたくさんいる小学校二年生です。

今は、工場に勤めるお父さんと二人で暮らしています。お母さんは、よしおくんが五歳の頃から少し離れた町の病院に入院しています。よしおくんは学校から帰ったらすぐ宿題をすませ明日の時間割をそろえます。お父さんが朝干していった洗たく物があったら取り入れてお父さんのものと自分のものを分けてていねいにたたんでたんすに入れておきます。あとはお父さんが帰ってくるまでは自由時間。すきな本やマンガを読んだり、テレビを見たり、時には隣のゆう太くんと遊びます。でもこの頃ゆう太くんは塾へ行くのでめったに遊べません。

ひとりでお父さんが工場から帰ってくるのを待っています。

よしおくんは毎週土曜日、学校が休みなので、お母さんの病院にお見舞に行きます。森の中の小さな原っぱを通り抜けて走って行くと早く病院に着きます。

今日も原っぱで摘んだつゆ草とエノコログサの小さな花束を持って行きます。もう一つ黄色表紙のノートも持っていきます。ノートにはよしおくんがお母さんに話したいこと一週間分が書いてあります。お母さんが一番楽しみにしているのでいつも忘れずに持っていきます。

黄色ノートには次のように書いてあります。

五月六日（水）　かん字20もんテストで三回れんぞく百てんとれたので、先生が「かん字チャンピオン」といってほめてくれた

五月七日（木）　となりのゆう太くんとあそんだ。テレビを見たり、本を読んだりして楽しかった。ゆう太くんのお母さんが「今日の夕ごはんはゆう太といっしょに食べなさい。」といって、きょ大オムレツをごちそうしてくれた。とってもおいしかった。ケチャップで♡ハートマークをたまごの上にかいてゆう太くんと大笑い。

五月十日（日）　今日は母の日。プレゼントは写真。お父さんがつり堀につれていってくれた時大きな魚がつれたのでうれしかった。その時の写真。

お母さんは黄色ノートを読むと少し元気な笑顔になります。

よしおくんは次の五月十六日の土曜日には、春の運動会があるのでお見舞に来られないことを言いました。

お母さんはちょっと淋しい顔をして
「応援にいけないので、ごめんね。かけっこやおどり、障害物競走がんばってね。」

と、よしおくんの両手をぐっと握りました。

よしおくんが
「お母さん、早くよくなってね。」

とベッドの側に寄ると、お母さんはいつもの青い表紙のノートを渡しました。

よしおくん宛のお母さんからのお手紙が書いてあるノートです。家に帰って読むのが楽しみです。次のお見舞に行くまでよしおくんはこの青色ノートにお手紙を書きます。そうです。青色ノートと黄色ノートはよしおくんとお母さんの交換ノートになっています。


春の運動会の練習が始まりました。かけっこはよしおくんの得意種目です。練習の時からいつも一番で運動会にお母さんが見にきてくれると嬉しいのですが、だめなものはあきらめるしかありません。でもリレーの選手に選ばれたのではり切って練習しています。

ちょっと心配なのはお昼のお弁当のことです。一年生の時は、春・秋の運動会は、二回とも給食があって教室で先生やお友だちといっしょに教室で食べたのだけれど、今年からは家で作ったお弁当を家族といっしょに食べることになったのです。

お父さんに言うと、

「朝コンビニで買ってお弁当を持っていくのでいいだろう。」と、言うので、ちょっとがっかりしたけど仕方ありません。お母さんが作ってくれるお弁当が食べられる日までがまんしようとよしおくんは思いました。

そして青色ノートに運動会でがんばったことや仕事を休んで応援にきてくれたお父さんのことをくわしく書いてお母さんに持っていこうと思いました。

明日はいよいよ春の運動会です。準備はできました。体操服はゆう太くんのお母さんが洗たくをしてアイロンまでかけてくれたので、真っ白でパリッとしていますし、赤白帽のあごひもがのびていたのもなおしてくれていました。玄関には運動靴。何もかもそろい、よしおくんはワクワクしました。天気予報は晴。何も心配はいりません。

いつも郵便屋さんが四時頃来るので、郵便物を取り出すのはよしおくんの役目です。今日はお父さん宛の葉書一葉、お母さん宛の手紙二通、「庭木せん定お安くします」の広告、よしおくん宛の手紙一通が入っていました。

よしおくんは早速開けてみると、

> よしおくん　あすのお弁当《べんとう》を買《か》いに来てください。いつも病院《びょういん》に行くとちゅうの原っぱに三軒《げん》の店が夕方五時から六時半まで開きます。

看板《かんばん》の　△《さんかく》屋□《しかく》屋○《まる》屋
を目印にしてきてください。
お金はこの手紙に入れておきますから
使ってください。
△屋□屋○屋

と書いてありました。なんだか葉っぱみたいな緑色の百円紙へいが八枚入っていました。

よしおくんはお母さんがいつも使っている買物袋を持って原っぱへ急ぎました。

もちろん手紙の中に入っていた八百円のお金もさいふの中に入れて走りました。

原っぱに近づくと何だかいつもとちがうにぎやかさです。さっそく△屋□屋○屋を目当てに行くと、くま・さる・りす・へび・ねずみ・犬・ねこ・カラス・スズメ・ふくろうが、みんなそれぞれかわいい買物袋をさげてお店の前に行列です。よしおくんも行列に並んでやっと一番目の△屋さんに行きました。なんとそこは三角おにぎり屋さんでした。ちんれつ棚には梅干し入り、おかか入り、鮭入り、焼き肉入り、ネギトロ入りなど三角おにぎりがずらりとならんでいました。

よしおくんはレジかごに、梅干し、鮭、ネギトロ、焼き肉の四個を入れました。次に□屋に行きました。こはサンドイッチ屋さんでした。

ハムサンドを一個入れるとサラダ付きというのでちょっと得した気分になりました。

さいごに○屋さん、ここはゆでたまご屋さんです。三個買うと小さな塩袋がついてきます。三軒の店屋さんの出口にレジがありました。うさぎのレジ係が

「おにぎり四個、サンドイッチ、サラダ付き一個、ゆでたまご三個、合計八個で八百円です。ベビーバナナ二本サービスいたします。」

と言いました。

よしおくんは葉っぱのような緑色のお金八枚渡すと、うさぎは
「ありがとうございました。」

と言って買物袋に全部入れてくれました。

よしおくんは大急ぎで家に帰りました。

小さいビニール袋に、梅干し・鮭・ネギトロの三個のおにぎり、ゆでたまご二個、ベビーバナナを入れ、これはお父さん用、もう一つのビニール袋に焼き肉入りおにぎり一個、ハムサンド、サラダ、ゆでたまご、ベビーバナナ、これは自分用に分けて冷蔵庫に入れておきました。

お父さんが工場から帰ってくると、

「もうコンビニへ明日の運動会の弁当を買いに行かなくていいよ。野原のお弁当屋さんでお父さんの分まで買ってきたからね。」

と言うと、お父さんは
「野原に弁当屋があったかな。」

と不思議そうに言いました。

「△屋□屋○屋と三軒あってとってもおいしそうなものばかり売ってたよ。」

不思議なお弁当屋さんのおかげで明日はお茶を用意するだけでした。よしおくんは安心しておふとんに入るとすぐ寝てしまいました。

五月十六日土曜日の春の運動会はみんないっしょうけんめいがんばって楽しい一日でした。

次の日曜日、よしおくんは午前中に運動会のことを青色ノートに書きました。


お母さん、春の運動会とっても楽しかった。

かけっこはもちろん一番。ダンスは「東山音ど」をいっしょうけんめいおどった。アラヨイヨイと手を上げて空を見たら、きれいな青空だった。リレーは二年生だいひょうで走った。三年生へバトンを落とさずに上手にわたすことができた。

お父さんが大声で「よしおガンバレー、よしおガンバレー」とおうえんしてくれて力が出た。お弁当屋さんに行列していた動物や小鳥たちのおうえんの声が聞こえたような気がした。

お弁当はお父さんといっしょに食べた。

とてもおいしかった。なんだかようちえんの時、お母さんが作ってくれたお弁当の味やにおいがした。

サラダもトマト・もやし・人参・干しぶどう・ワカメ・ハム・チーズ入りで、お母さんの作ったのとそっくりだったからびっくりした。

これで運動会のことおわり。

お母さん、早く病気なおしてね。

お母さんは青色ノートを読むとどんな顔をするんだろうとよしおくんは思いながらこの間のお母さん宛の手紙も忘れずに病院へ急ぎました。

でも原っぱを通る時だけは、三軒の△屋□屋○屋さんがあるかなと思って今日はゆっくり歩きました。

けれど、大きな木が立っているだけでとても静かです。時々小鳥の鳴き声が聞こえるだけで、ひっそりとしています。

突然カラスが「カアー」と鳴いてくわえていた紙きれを落としていきました。よしおくんが拾ってみると、

お弁当をたくさん買《か》ってくれてありがとう。
冬が近づくとまた店を開きます。こんどはおなべを持ってお父さんときてね。△はこんにゃく、□は揚《あ》げ豆ふ、○は大根やたまごや里芋、ちくわなどなど。わかる？　　おでん屋さんです。
アハハハ

と書いてありました。

よしおくんは嬉しくなって病院へ全速力でかけ出しました。

夕日がよしおくんを後押ししています。

おしまい

老いて楽し

今日もすっきりしない空模様である。口紅をいつもより少し濃くひき、広島市卓球協会の「なかよしルンルン卓球大会」に出かける。参加者は男女合わせて三百名を超えていた。会の初め、八十歳以上の出場者は皆に紹介され、わたしたち夫婦はともに「元気で賞」をいただいた。本当に嬉しくちょっと恥ずかしくもあった。

定年退職後、団地内の卓球クラブに入り、毎週一回二時間の練習を続けてきてやっと様になってきたが、スポーツには縁のなかったわたし、「老い」との真剣勝負もあり、なかなか上達しない。しかし健康維持のためと思い、楽しくボールを追いかけている。

試合は一チーム四人の団体戦（シングルス2、ダブルス1）で、男女別に行われるのであるが、わたしたちのチームは男子が三人しか揃わず、いつもわたしが男子の代わりに出場することになって、強い男子チームとの戦いになる。

何回出場してもどうしても入賞できない悔しさのままである。夫は出場するだけでもいいと前向きだが、わたしは負けてしまったあとは「もう卓球はやりたくない」とまで思ってしまう。でも前年一度だけ男子に勝つことができて、その時の嬉しさが忘れられず、今年も出場する羽目になった。今まで練習したことが少しでも役立てれば十分と思い試合の日を迎えた。

結果はやはり上位にはほど遠く、参加賞を貰って帰宅した。疲れはあったけれど、少しの満足と八十路を過ぎても一日卓球ができた幸せを感じて、明日からも少しずつ卓球練習を続けようと思うのである。

翌日は雨。昨日のわたしの悔し涙のような雨が降り出した。雨音を聞きながら、夫と続けてきた毎週一回の「源氏物語」読書会を開く。参考書・古語辞典・注釈書などを頼りに、また、林望氏や円地文子氏などの訳も参照して、古典の世界に入っていく。女君たちの繰り広げる人間模様にしばし時を忘れてしまう。

「老い」を身近に感じ、時には不安になることも多いが、読書や卓球は「老化」を少し遅らせるのではと楽しく続けようと思っている。庭の金木犀が、雨でもやさしく匂ってくる。「老い」もまた、楽しからずや。

（二〇一六・九・二〇）

Ⅳ　旅の記録

一　イタリアの旅
――ヴォン・ジョルノ　イタリア――

出　発

八月も終わり近く、イタリアへ八日間の旅をした。毎日じりじりと鳴く蝉も暑さに酔っているような日々だった。

　異国への旅立つ朝の秋暑し

関西空港からミラノまでの飛行時間は十二時間余。ごうごうと耳のそばで鳴る轟音にも少しずつ慣れてきた頃食事が配られる。「鮭寿司・蟹巻き・新香巻き・鶏肉のトマトソースペンネクリームソース添え・ラズベリームース・チョコレートクッキー・ワイン（97コロトンボ?）」。本当にかわいらしい極小サイズのご馳走である。背の高い美人のスチュワーデスに「グラッツィエ」と言うと、にっこりして「グラッツィエ」と返してくる。初めてのイタリア語に子どものように嬉しくなる。

　お雛さまの膳に似たりし機内食

座ったままの時間が長すぎて少しずつ体がだるく、今はシベリア上空らしいが雲海しか見えない。外気温度はマイナス五十二度と表示されている。異文化に触れる旅になぜか現代俳句の文庫本を持ってきた。子規・漱石の句に引き込まれる。イヤホーンでピアノコンチェルトをエンドレスで聞いたり、とろとろと眠ったりしながら、時間は過ぎていった。

Ｉさんより「アルプスの山が見えますよ。窓からごらんなさい。」と言われて、山々を上から眺める。黒く光った山に純白の雪が縞模様のように乗っている。白雲がまとわりついている山もある。アルプスの山脈の険しさと美しさに見とれる。山に憧れる人の気持ちが少し分かるような気がした。

ミラノ

スフォルツェスコ城。レオナルド・ダ・ヴィンチも建築に加わったという城。まさに要塞だ。レンガ造りの高い四角柱の塔と円筒型の見張り台のような塔を高い塀がつないで人を寄せ付けないようであるが、とても美しい建築物である。あの円筒型の塔には百年も眠っていたいばら姫がいたのではないかと思ってしまう。城壁に囲まれた中庭は広く、多くの兵士の集合場所であったらしい。庭の堀の中に積んであった直径四十センチもあろうかと思われる大きな丸い石は梃子の原理で外の敵側に投げられた当時の兵器だそうだ。人間は戦争となると、どんな工夫もし能力を発揮する恐ろしい存在だなあと思い思い、「平和の門」といわれる凱旋門を見ながら広大なセンピオーネ公園を通り抜ける。秋風がとてもさわやかだった。

スカラ座。マリア・カラスも歌ったスカラ座は改装中できれいな全景は見られず残念だった。他の建築物が大きいせいか案外小さく感じた。天井桟敷でもいいから、ドレスアップをして「アイーダ」か「椿姫」を聞いてみたかった。広場にはレオナルド・ダ・ビンチの像が四人のお弟子さんたちといっしょに立っていた。ちょっと下を向いて考え事をしている姿だったが、頭の上に鳥が一羽ちょこんととまってなんとなくユーモラスなダ・ヴィンチさんだった。

ヴィットリオ・エマヌエーレ二世のガッレリア。

アーチ型ガラス天井のアーケード・天井の絵（十字路のそれは四大陸を表している）・舗道のモザイク模様、すべて芸術。道の両側に並んでいるお店も行き交う人もみんなおしゃれ。ミラノはイタリアファッションの発信地と言われるだけあってみんな美しい。わたしもおしゃれに染まり、ひと時でもいい、身も心も美しくありたいと思う。舗道のモザイクの十字の中心は地球の中心の意味があるとかで、その上に立って写真を撮ってもらう。わたしが地球の中心に立っているという自信は瞬時に消えてしまったが……。

ドゥオーモ。いくつもの尖塔が青い空を切り裂くかのようにのびている。今までこんな建築は見たことがなく驚いてしまった。建物すべての装飾の線は違和感もなく尖塔へきっちりとつながり、ハープを何十台と並べて今にも大ハープの合奏でもしそうな気がしてくる。上へ上へと視線は吸い上げられ、そこには金色に輝く聖母像とミラノの蒼い空が広がっていた。ドゥオーモの中に入ると天井までの巨大な美しいステンドグラスに言葉もなくじっと見入るだけだった。

ドゥオーモの聖母の頬に秋の風

ヴェネツィアへ向けて二七〇キロのバスの道のり。イタリアの農業地帯（農業は盛んではないと聞いたが）をひた走りに走る。イタリアは今バカンスの期間。いやに広い畑に人が見当たらない。赤茶色の屋根の童話の世界のような家がポツンポツンと見えるだけ。昼寝の時間かしらと思いながらみていると、やっと二人の人を見つける。なんだかほっとするおかしな気持ち。

途中ヴェローナという町を通り昼食になる。イタリアは食文化の栄えた国と言われる。わたしは小食気味で旅の食事はみんなといっしょにできるかしらと心配していた。案の定、初めに大きなガラスのサラダボールにざくざくと無造作に切っただけの野菜たっぷりの大盛りが出てきた。同じテーブルの人が、残しているとなかなか次の料理が出てこないというからもう必死で食べる。次はリゾット。やわらかいご飯だが、サフランで味付けしてあるのか黄色でサフランの匂いがきつい。その次パスタ。やっとメインのミラノ風子牛のカツレツにありついた頃には満腹感で苦しいほど。デザートは甘い甘いティラミス風のアイスクリーム。もう大変だった。でもこれもイタリア文化に触れる意義あることだと自分に言い聞かせる。

食後**ジュリエッタ**の館を見に行く。かわいらしいバルコニー。これがロミオとジュリエットの悲しい恋の場所。ベージュ色のバルコニーは蔦の生い茂った壁がよく似合っていた。庭にはジュリエッタの少し悲しげな像が立っていた。異国の若いカップルがジュリエッタといっしょに写真におさまっていた。幸せと不幸がいっしょになっている図だと奇妙な思いがした。

ヴェネツィア

サンマルコ広場。バスから降りてホテルまで船で行く。ヴェネツィアは車は一切入ることが出来ない。夕食まで時間があるので、サンマルコ広場まで出かける。サンマルコ寺院・高い鐘楼・時計塔、コの字形の回廊に囲まれた広い広い広場には、大勢の人が思い思いに散策をしていた。日は少し傾いていたが空は青く澄んで鳩の多さも気にならないほどだった。夕方のなんとなく人恋しさの風のようにカフェから楽団演奏の音楽が流れてきた。黄色い椅子に腰掛け楽しそうに話している人やひとり考え事をしている人もいた。その昔、ゲーテもカサノヴァもここのどこかのテーブルに座ってコーヒーを飲んだと言うが、この美しい建物に囲まれた大きな空間は人間をゆったりとさせ、それでいて浮き浮きする気分にさせるようだ。時を越えて人をあたたかく包んでくれ、さりげなく自分一人にさせてくれるのか、みんないい顔をしている。映画の一シーンではなく、わたしもこの広場にすっと入っていった。

ゴンドラめぐり。乗船場近くのレストランで夕食。やはりここでも前菜につづいてパスタ。その真っ黒々の烏賊墨スパゲッティにみんな一斉に驚きの声を上げながら、唇を真っ黒に染めてお互いのお歯黒を笑いあう。ゴンドラに四人または六人と乗って、青い運河を巡る。月も満月。アコーディオン伴奏のセレナーデを聴きながら、海上に浮かんでいるようなヴェネツィアの美しい都市建築を眺める。青横縞のTシャツの船頭さんがわざと舟を揺らしては乗客を喜ばせる。

ゴンドラに舟歌もゆれ月もゆれ

サンマルコ教会。朝のサンマルコ広場を訪れる。きのうの夕方とは違って、人が今生きている明るさ、生々しさのエネルギーが、うわーっと怒涛のように押し寄せてくる。何語か分からない怒鳴っているような言葉の渦。鳩と遊んでいる子供の突然の泣き声、大人の笑い声。この喧噪の勢いに負けないように歩くのも大変なぐらい。やっと美しい、丸いボンボンをつけた帽子形の屋根をした、サンマルコ大聖堂に行き着く。ミラノのドゥオーモの尖塔とは印象は大きく違うが、美しい。一階部分の五つの門の円形の線のやさしさ。キリスト教やサンマルコの偉業を伝える絵、二階バルコニー中央に置かれた四頭の青銅馬像など、わたしはただただ美しいものに感心した。青銅馬像は、十三世紀ヴェネツィアの十字軍がコンスタンチノープルより持ち帰ったもの（コピー）で、紀元前の作品という。

教会内部はあまりにも広く、美しく静かに輝いていた。宗教はこのように美の極限まで表現できる大きな力を持つのか、またこの美しさの中では、人間は素直に神を信じ祈りを捧げ自分をゆだねることが出来るのかと不思議に思う。畏敬と敬虔なる祈りという言葉がふっと浮かんできた。丸天井のモザイク画、床の大理石のモザイク模様、柱頭の装飾、彫刻像、多色大理石でできた聖像壁の緑色、ゆっくりと時間をかけて見たく思った。

教会近くにそびえる赤煉瓦の天を突くような鐘楼、羽の生えたライオン像の時計塔も、サンマルコ広場にはとてもよく似合っていた。回廊二階の建物の中にあるヴェネチアアングラス工房見学。腕にはでな刺青をした職人さんがみごとに馬やグラスを作って見せた。美術品の赤いグラスを記念に一つ買って帰りたかったが、高価でわたしの部屋には似合いそうもないのであきらめた。回廊の中のコッレール博物館も見学。ヴェネチア戦争の絵を見ていると、若いイタリア青年が日本語で「センソウ、センソウ」としきりに言ってくれる。「戦争」という言葉にはいつでも悲しくなる。

ドゥカーレ宮殿。ヴェネツィア共和国総督の政庁として九世紀に建てられ、現在のは十五世紀のものという。宮殿として堂々たる建物であってきれいである。政治の実務的な場所として内部の絢爛豪華な装飾はどんな役割をしたのだろうか。着飾った貴族や権力者がこの大きな部屋でどんな政治や裁判をしたのだろうかと考え込んでしまう。次から次へと部屋をまわっていくうちに十六世紀頃のイタリア芸術がほんの少し分かったような気持ちになる。ただ密告投函したライオンの口や、大評議員会議室にある世界最大の油絵（７ｍ×22ｍ）ティントレットの「天国」で驚いたまま、あの有名な溜息橋を渡ることにした。罪人たちが「この橋から眺める美しいヴェネツィアを見るのも最後。」と溜息とともに渡った橋と言われる。わたしは今何に溜息をついてるのだろうとちょっぴり感傷におちいったが、かのカサノヴァは「この堅固な牢獄から脱獄したのだ、きっと金をうんと積んだのだろう」と聞いて、わたしの感傷も金で解決できるといいのだがと現実に戻った。

フィレンツェ

車はヴェネツィアからボローニヤを通って南下、約二〇〇余キロ。車の中にはイタリア民謡やフィレンツェ紹介のテープが流れていたが、子守歌に聞こえて眠ってしまった。

サンマルコ美術館。もとは修道院で、ここで過ごした著名な人物には大司教聖アントニーノ、サヴォナローラ、アンジェリコなどがあるという。一八六六年に閉鎖され、今は美術館になり、フレスコ画が約百点展示されている。なかでも、フラ・アンジェリコの「受胎告知」はキリスト教信者でもないわたしも厳粛な気持ちになるほどだった。天使の羽根の一枚一枚は丁寧に虹色に彩色され、庭にはかわいらしい白とピンクの花が咲き乱れ、マリア様は静かにお告げをお聞きになっていらっしゃる。いのちの「生」の瞬間をとらえた図なのだろうと思う。

サヴォナローラの僧坊は三室から成り、彼の胸像も置かれていた。彼は予言者的な偉い聖者だったが、厳格すぎるところが災いしてか、最後はシニョリーア広場で火炙りの刑に処せられた。宗教にはなかなか理解できない部分も多く、歴史を勉強しなければと思ったことだった。廊下でふと目に付いたのがガラスケースに納まった聖歌集の楽譜。その植物をモチーフにしたデザインの斬新さ、色の取り合わせの美しさ。合唱隊の歌声もさぞ美しかっただろうと、やはり、宗教と音楽の関わりは切り離せないものがあると思われた。ミラノでダ・ヴィンチの名画「最後の晩餐」が見られなかったのが、今度の旅行で一番残念だったので、この美術館の「最後の晩餐」は注意深く見た。十二人の使徒の表情の違いはあるのだけれど、ダ・ヴィンチの絵のように十二人の使徒のそれぞれのダイナミックな感情の生々しさや、キリストへの思いは、表れていないように思われた。一様に思いはあっても静かに心に秘めているばかりである。背後に描かれた野外の風景はとても明るく、窓に止まっている羽根の美しい孔雀、空を飛んでいる鳥の優美さは、広い空間を感じさせ、それらは何を象徴的に表しているのだろうかと思った。

花の聖母教会大聖堂。「花」の形容詞がつくだけあって実に美しい。朱赤のレンガ造りの丸屋根、大クーポラはドゥオーモにかかっているが、その上には白い頂塔が置かれ、その下から白いリボン状の線が八つの方向に広がり下っていて美しい。建物の壁画は白、ピンク、緑の大理石で飾られている。その幾何学模様の美しいこと。中央に一つ大きな円形のモチーフがレース編みとそっくり。ひと針ひと針、女の人が心をこめて十六個の花びらを中央から編んでいるみたいだ。なんとも優雅でやさしい。その下に聖人たちの像が刻まれている。青い空にすっと立っている朱赤の丸屋根に、白とピンク、光と影のコントラストのやわらかい壁面がよく調和して、どこから見ても絵のように見えた。

レース飾りまといし如く花のドゥオーモ

隣の**ジョットの鐘楼**は高さ八十九メートルの四角柱で、聖堂と並んで建っている。長方形、三角形、四角形といろいろな形のモチーフが、つながったり重なったり大小と変化したりしながらの文様に飾られた建物である。洗練されたデザインで美術工芸品を見ているような気がした。一番上の長い窓の所に鐘があるのだろう。

秋風にジョットの鐘の音乗ってくる

今日は天気が好かったので、ドゥオーモへも鐘楼へも昇っている人を見かけた。聞けばどちらも四〇〇段以上の階段だそうだ。人間は高い所へ行きたがるものだと人を笑う資格はない。わたしも時間があれば高いドゥオーモのヴェランダまで昇って赤い屋根ばかりの美しいフィレンツェの街並みを一望したいと思ったのである。

教会内部はとても広く、丸屋根天井のヴァザーリのフレスコ画「最後の審判」は首が痛くなるほど見上げたが、すごい人数の人の群れだけでよく分からなかった。壁面の大きな二十四時間時計が左回りに回るのに驚いたり、ジョンホークウッド騎馬像などを見て回ったりした。「神曲」の世界に浸るダンテの絵があったそうだが見落としてしまった。

ウッフィツィ美術館。ボッティチェッリ「春」、「ヴィーナスの誕生」、ラファエッロ「ひわの聖母」、ジョット「オンニッサンティの聖母」、ミケランジェロ「聖家族」、ティツィアーノ「ウルビノのヴィーナス」、ダ・ヴィンチ「東方三博士の礼拝」など、高校の美術か世界史の教科書で目にしたような名画が、ずらりと展示されていた。廊下の彫刻群とともに、ルネッサンスのイタリア美術に圧倒された。

ボッティチェッリの「春」は、美しい九人の人物（神）がぞれぞれ美しい衣服をまとい、画面を構成している。

すべて寓意を含んだ姿態だそうだが、わたしなりにこの絵は素直に鑑賞した。絵全体から受けるもの、人物ひとりひとりの手足の表情、視線のそこはかとない気だるさ、背景の花や樹木の一つ一つの線の美しさなど、心にとめて絵をじっと眺めた。もう一つの名画「ヴィーナスの誕生」。ヴィーナスの裸身の清らかさに感動した。風神の風に金髪がなびき裸身がいっそうきれいに見える。しかし、波や大きな貝殻やまき散らされる花はきれいなのに、ヴィーナスの目はなんだか悲しそうにうつろに見えたのは何故だろう。でも美しさは想像していた以上のものだった。実物の絵に会えてわたしは本当に嬉しくなってしまった。和辻哲郎「イタリア古寺巡礼」には、この絵について、

特にヴィーナスの肢体は非常に美しい。しかし、そういう風に感心しながらも、やはり何となく物足りなさを感じるのは、この絵の世界を作り出している構想そのもののせいである。……

と書かれている。この本は、昭和二年末から三ヶ月余にわたるイタリア旅行で、和辻氏が出会ったすばらしい美術についての印象を書かれたもので、イタリア美術についてのすばらしい案内になっている。旅行中に買ったさまざまな資料とともに、じっくり読んでみようと思っている。

「ウルビノのヴィーナス」は、初々しい美しさにあふれ、新婚の女性の一番幸せな時間の姿かなと感じたのは、わたしの俗っぽい鑑賞眼のせいかもしれない。三階の絵画館だけでも四十五室も展示室があるのに、半分も見ないままこれらの絵の前を瞬時に通り抜ける悔しさが残った。画家でも評論家でもないわたしでも、二、三日このフィレンツェに滞在して、一つ一つの絵についてゆっくり鑑賞し、自分の感覚を磨きたいと思った。

軽やかに女神の乱舞ウッフィツィの「春」

貝に乗る「ヴィーナス誕生」春の海

シニョリーア広場。イタリアには広場が多い。この広場も多くの人が集い、明るく生き生きとした空気が広がっている。樹木はないが建物が広場を形作っている。その一つ、高い時計塔をもつヴェッキオ宮殿は堂々と建ってい

る。石材を一つ一つ積み上げて建てられている。同じ形の窓が整然と並べられ、どこも美しい直線を感じる建物である。宮殿上部の小アーチ形には、美しい紋章が二十位描かれていて旗のように見えたが、フィレンツェ共和国政府の政治活動に関係ある紋章だそうだ。宮殿前には、あの有名な「ダヴィデ」（コピー）「ヘラクレスとカクス」「海神ネプチューンの噴水」があり、横の回廊にも「ペルセウス像」「サビーネの女たちの強奪」など多くの彫刻が並んでいる。しーんとした静寂の中の美術館ではなく、ここは青空を背景に、大勢の鑑賞者を一度に魅了する大美術館の様式をとっているように思えた。「ダヴィデ」は別世界の魅力的な若々しい青年の像。相手を石のつぶてで倒そうときっと睨んでいる。あの右手のいやに大きいこと。ダヴィデとはヘブライ語で「愛された者」の意だという。イスラエルを統一し、エルサレムを都とした王であった。少年ダヴィデは非常な美少年で、「血色が良く、目は美しく、姿も立派であった」といわれている。若い頃、竪琴の演奏と武勇という二つの対照的な才能を発揮したという。その若い頃の魅力的な姿がよく表現された像だと感心した。ギリシア神話の英雄「ペルセウス」は、蛇の髪の毛を持つメドゥサの首を切り落として左手に持ち、右手にはそり曲がった剣を持って立っていた。「ヘラクレスとカクス」。阿刀田高氏は、ヘラクレスはもっとも強い勇者で、十二の難題、冒険を次々とクリアしていく男だと言われる。この像も、強いヘラクレスがカクスという火を吐く怪物を退治しているものと思われる。「海神ネプチューンの噴水」の形にはいろいろと意味があるだろうが、どこから水が噴き出しているのだろうかと子供の目で見ただけに終わった。どの彫刻も人間の肉体そのものの美しさをすべて表現しつくしているようだが、どの彫刻も巨大で、わたしには強烈すぎる印象が残った。何千年も前の英雄たちの像が、現代人の前に立っていてもちっともおかしくないのは、ルネッサンスの「花の都」といわれるフィレンツェの広場にあるからかも知れないと思った。

　夕方のミケランジェロ広場に登って、フィレンツェの町を見下ろした。夕日に映えた町はいっそう美しかった。赤レンガ屋根の家々、ドゥオーモ、ジョットの鐘楼、ヴェッキオ宮殿の高い時計塔、アルノ川辺りに立つベージュ色の建物、渡ってみたかったヴェッキオ橋（本当は、宝石装飾店をのぞいてみたかった……）などが、精緻な作りの箱庭のように見えた。この広場の真ん中にも青緑色の「ダヴィデ」の巨像がでんと立っていた。暑い暑い夕方だった。

フィレンツェでは二泊したが、まだまだ知りたい人物や場所も多かった。ダンテ、ミケランジェロ、マキアヴェリ、ガリレオ・ガリレイ、ピッティー宮殿、ヴァザーリの廊下、広大なボーボリ庭園などなど……。フィレンツェを立つ朝、ホテルの窓から朝日が昇ってくるのが見えた。褐色レンガ屋根によく似合う大きな真っ赤な太陽である。「まさしくイタリアの太陽」と、きざな事を言っていると、ジョットの鐘が鳴り始めた。遠目にも鐘が揺れているのがよく見えた。「またフィレンツェにいらっしゃい。」とも「さようなら。」とも聞こえた。もう一泊したくなってしまった。

ローマ

今日はいよいよローマへ出発する。映画俳優のような美男子のミケラン運転手のハンドルさばきは見事。窓の外は広島の花、夾竹桃のピンクや白が風に揺れている。「すべての道はローマに通ず」、ローマへ向けて三時間四十分のバスの旅である。途中アッピア旧街道の標識を見る。松並木が続いているが、松の形が日本と違って、上がきれいな傘の形に刈ってある。そう言えば、レスピーギ作曲の「ローマの松」があったと連想する。「ローマの泉」もあったと、とりとめもない事を考えながら少しずつイタリアの首都へと近づいていった。道の両側に黄色の花が咲いていている。少し終わりかけて黒ずんでいるがひまわりだ。イタリア映画「ひまわり」の広大な黄色のひまわり畑を幻想し、ヒロインの姿を思い出していた。

ひまわりの畑どこまでもアッピア街道

バチカン美術館。チケット売場へは美しい装飾がされた螺旋階段をおっちらおっちらと汗をかきかき登っていく。歴代法王が集めた美術品が、八つの美術館、二十もの博物館、図書館などに展示されていて、全部見るには一週間はかかるというからすごい。その一部、金ぴかの天井宗教画、ベルギーで糸を染めて織った大きなタペストリー、ちらと横目でエジプトの彫像などを駆け足で見る。

システィーナ礼拝堂。ミケランジェロの「最後の審判」を見に部屋に入った。ここは法王の公的礼拝堂で法王選挙の会場でもあるそうだ。多くの人がいたが、何かひんやりとした空気が流れて、みんなの視線は静かに一つの大きな絵に向いていた。中央にはマリアと聖人を従えたキリストが審判を下し、彼の右側には選ばれた人（善人）が天へと昇り、左側は罪深い人（悪人）が地獄へと落ちていく図だという。人間すべてが善と悪に分けられているのでわたしはギョッとしてしまった。神がわたしに向かって、「自分の悪を悪として認め、それをしっかり受け止めよ。」と言っているように思えた。神に裁かれるまでもなく、わたしは悪人の部類ですと言いかけて、でも「救い」はないのかと反問する。親鸞は「善人なをもて往生をとぐ、いはんや悪人をや」と言い、念仏を唱えれば往生できる（救われる）と言っているでないか、とも。これはわたしの悪あがきかも知れない。地獄絵を見た思いがした。

絵に向かってキリストの左下の方に、ぼろ布のような皮膚だけの人間が他人のひざにぶら下がっている。この痩せさらばえてグロテスクな顔がミケランジェロその人の自画像だという。絵を描くために膝に水がたまり、背中が曲がってしまったというエピソードもあるそうだが、彼は自分を「善」と「悪」の何れに置いていたのだろうか。親切な方が双眼鏡を貸してくださった。キリストの顔を大写しでじっと見ていると、神も人間を裁く時には悲しい顔をなさるのかしら、やはり苦しみを覚え厳しい顔をなさるのだろうか、などいろいろ思うことは多い。ミケランジェロの思想や宗教にたいする考えを受け取れば、自画像の意味も少しは分かるかも知れないと思った。天井画や左右の壁画も見る、旧約聖書から題材をとっているので、わたしには実のところよく分からないが、「ノアの大洪水」、「楽園の追放」「人間の創造」などで人間の愚かさもよく分かった。

キリストの顔厳しかり礼拝堂
新涼や神の愛描く天井画

サン・ピエトロ広場。今までの広場とはまったく違った形の大広場で驚いた。前方後円墳の形にも似ているし、首の長い壺の形のようでもある。広場を囲む半円形の回廊には大きな円柱が四列ずつ二八四本も並んでおり、その上部には一四〇人の聖人像がずらりと立っている。広場の中央には巨大な（高さ二五メートル余）オベリスクが立っていた。後で高い所からの写真を見ると、このオベリスクを中心に広場には八つの扇形の文様が白線で描かれていた。（歩いていた時には気がつかなかったが……）。サン・ピエトロ寺院に向かって右側の建物には法王の書斎があり、毎週日曜正午には窓から法王が姿を見せて、広場に集まった信者たちに祝福を与えるという。多くの人たちを一堂に集め、幸せにする空間が美しく作られているのに感心した。

サン・ピエトロ寺院。広場の奥の最も高い所に位置している大聖堂。入ってすぐの右側に、ミケランジェロ二十五歳の時の作品、「ピエタ」があった。ガラス越しにしか見られなかったが、とても美しかった。黄色がかった象牙色に輝く嘆きの聖母は、悲しみを通り越しているのか、静かにしっかりとキリストを抱きかかえていた。しばらくじっと眺めていた。「聖ピエトロのブロンズ像」は、信者の接吻や手に触れてつるつるになっていたので、わたしも触ってみた。信者でもないのに不謹慎なと思いながら、日本のおびんずる様と同じではないか、「どうかわたしの悩みをお救いくださいい。」と、西洋の聖者の黒く光った足を撫でた。大クーポラはミケランジェロの設計で、二重になっておりり明るい。その下には法王の祭壇があり、変わった形の天蓋で覆われている。鳩のステンドグラスや「聖ピエトロの椅子」なども見ることができた。大急ぎでもう一度ひとりで「ピエタ」を見に行った。母のやさしさを感じたかったからだ。やはり美しかった。

ピエタの像美（は）しきお顔に魅せらるる

コロッセオ。驚きの建造物、四階建ての古代円形闘技場に出会う。巨大な作りの上、ここで剣闘士と猛獣、剣闘士同士の戦いがおこなわれ、それを五万人もの人が見て楽しんだ娯楽施設であったというから驚きである。戦いの敗者を生かすか殺すかの決定権は観客にあったという。人間が、他人の「生」と「死」を目の前で娯楽にするとは、なんと残酷なことよ、まさに円形の恐ろしい牢獄だ、と思いながら見学する。アーチ形の門を窓にして外の景色を次々に眺めながら、時間を気にしてマラソン気分で一周する。途中、太ったイタリア婦人がわたしに「ヴォン・ジョルノ」と言って手を差し出した。思わず「ヴォン・ジョルノ　グラッツィエ」と相手の手を握ると、いきなりわたしをぎゅっと抱きしめてくれた。一瞬の出来事だったが、笑い声と温かい心が伝わってきて本当に嬉しかった。コロッセオ近くには有名な**コンスタンティヌスの凱旋門**も建っていた。数々のレリーフには、どんな意味が込められているのだろうか、資料を見なくてはと思った。

コロッセオ　剣闘士の戦ひの血と涙
猛獣と五万の歓声炎暑かな

トレヴィの泉。泉は背後の宮殿とともにわたしには装飾過剰とも思えるほどだったが、海神ネプチューンとトリトンの彫刻はさすがにダイナミックだった。彫像のいたる所からの水の流れ、噴水。まわりは多くのカップル、観光客でごった返していた。Ｉさんから貰った日本の五円玉を、泉に背を向けて肩越しに投げ入れる。「『再びローマへ』のご縁がありますように。」と真剣に投げ入れた。泉のそばの売店でメロン味のソフトクリームを買い、歩きながら食べた。バスの窓から見ただけの、**チルコ・マッシモ**（古代の戦車競技場で十五万人入ったとか）、**ヴィットリオ・エマヌエーレ二世記念堂**、夕日の中に見えた**フォロ・ロマーノ**には、五円玉の威力を信じて「再びローマへ」

の感を強くした。

暑き日や「再びローマへ」トレヴィの泉

ナポリ・ポンペイ

ナポリ湾の浜辺が大きく湾曲した突端に**卵城**と言われる古城がある。**卵城**という名に似つかわしくない台形の積み木を、いくつか重ねたような城である。名前の由来は基礎部分に卵が埋めてあり、それが壊れた時城も町も滅びるという伝説があるからだ、という。記念に写真を撮る。バスの窓から**ヌオーボ城**を見る。高い大きな円筒型の塔三つを、城壁と凱旋門でつないである。城の前庭の花壇はカレンダーになっていた。花で、「27・AGOST・1999」「BENVENUTI　A　NAPOLI・1999」と読まれた。「あ、今日は八月二十七日だった。」と、おしゃれな演出に感心しながらポンペイへ。

ポンペイ。千九百年前ヴェスーヴィオ火山が大噴火して、人も動物も建物も全部六メートルの死の灰で覆い尽くされた町。今、時を越えて目の前にほとんど当時のままで姿を現している。マリーナ門から石できれいに舗装された道を歩いていくと、右手にバシリカがある。司法・行政機関等の公共建造物跡。縦に溝の入った大きな円柱が高さ二メートルぐらいで広い中庭のまわりに並んで残っている。円柱は当時は高さ十メートルもあったとか。随分大きな建物だったのだろう。ヴェスーヴィオ火山を背景に、**アポロ神殿**や**ジュピター神殿跡**を見る。古代ギリシャ・ローマ神話の中の名前をとっただけあって、灰に埋まる前の壮大な建物が想像できる。

ヴェッティーの家。大富豪の商人の邸宅。大きな中庭を囲むように、大きな部屋、婦人部屋、使用人部屋、調理場、食堂、馬小屋、雨水をためる地下施設などが配置され、それぞれ美しい壁画が描かれている。なかでも赤ちゃんへラクレスがへラの送った大蛇を絞め殺している絵には驚いた。家の中の装飾壁画の題材が、歴史や神話や宗教に関するものと色々様々だが、ポンペイの人の日常生活が分かるものも描かれていた。今からみれば、おおらかな「性」を楽しんでいるような絵は、本当は魔除けのお守りのようなものであったとか。この邸宅では、お金持ちたちがワインを飲みながら談笑し、楽しい豪華な時間を過ごしていたのだろうと、ちょっぴり羨ましくもなる。こんな豪邸がポンペイにはいくつもあるというが、ポンペイそのものが豊かな商業都市であり、豊かな文化を持っていた事は確かである。都市の形がきちんとしていて、上下水道完備、各十字路には水が飲める設備がある、というふうに生活の基盤が整っている。大きな浴場もある。今の高級旅館の温泉と同じように近代的でもある。男女別の浴室、脱衣場、冷水・ぬるま湯・温水・高温と分けて入れるようになっている。町には穀物市場、パン屋、酒屋、魚屋、羊毛織物屋、洗濯屋、靴屋、両替屋など、活気溢れる商人たちが、歌でも歌いながら、明るく生活していたのではないかと思われた。

ふと目に留まった家の入り口の**床モザイクの犬**、鎖につながれて歯をむき出して吠えかかっている。資料を見ると、悲劇詩人の家の「猛犬注意」のモザイクだった。商人の町だから昔も泥棒はいたのだろう。が、詩人の家だから何を追っ払ったのだろうか。

これだけ文化水準の高い、資金力もあるポンペイは**大劇場**で演じられたものも色々あったことと思われる。そこではどんなものが演じられ、また観客はどんな様子だったのだろうか、興味をそそられることだ。**野外劇場**、**体操場**、**秘儀荘**へは今回行けなかった。再度訪ねる機会があったら、ゆっくり見てまわりたいと思う。

それにしても千九百年前のポンペイの町は、今、当時のまま現代のここに存在しても少しも違和感なくすぐに動き出すたたずまいである。ポンペイが千九百年間眠っていた間に、どれだけ人間は進歩成長しているかと聞かれたら「ノー。」と答えてもいいくらいだ。人間の生活の知恵なんか、時間をいくら積んでも、そうそうは進歩するものではないと思う。この千九百年間の歴史の中で「幸福」に結びつく事柄を拾ってゆけば「人間の進歩」という答えになるかもしれない。

山怒りポンペイ悲し灰の町

ヴェスーヴィオいま優しうて夾竹桃

今夜はイタリアで最後の夜。カンツォーネを聞きながらイタリア料理を食べる。レストランじゅうに響く声で女性歌手が次々とイタリア民謡を聴かせてくれる。伴奏のピアニストも女性だ。わたしがリクエストした「帰れソレントへ」も情感ゆたかに歌ってくれた。わたしは手が痛くなるほど拍手した。

カンツォーネ悲恋の「帰れソレントへ」

明日はミラノへ帰り、ミラノから日本へ飛行機を乗り継いで帰ることになる。慌ただしいこの八日間はイタリアの文化を知るにはあまりにも時間が短かったし、イタリアは訪ねてみたい都市があまりにも多すぎた。訪れた都市一つ一つをもっとゆっくり見て回り、その歴史に浸りたい気分になったほどである。文化・芸術の都として、ミラノもヴェネツィアもフィレンツェ、もちろんローマもナポリ・ポンペイもみな美しかった。イタリアの持つ美しくて開放的なところは、日本との違いも感じさせて、とても印象深かった。日本に帰ったら、イタリアの絵画・彫刻・工芸・建造物などの美術や文学（「神曲」や「ピノッキオ」、また外国人の目でローマを見た「即興詩人」）、映画（「自転車泥棒」やジェルソミーナの「道」など）、音楽（イタリアオペラやカンツォーネなど）等々振り返り、また調べ学んでみたいものがたくさんある。こうしてこの旅は、またイタリア旅行の目的の出発点に舞い戻ろうとしている。「課題いっぱい」の土産を持って帰ってきたのだった。

「アルデヴェルチ　イタリア……親しみをこめて。」

帰りの飛行機の中で暇をもてあました夫婦は、退屈紛れに連句の歌仙を巻いた。旅行の思い出を、その地名を読み込むことばかりに気持ちが向いて、季のきまりや、恋・花・月の定座も無視した旅の迷連句である。

歌仙　イタリアの旅

ポンペイの遺跡に揺るる夾竹桃　伸郎
　ワインの香り商ひの声　和子
賑はひに二千年前の街に入り　伸
　ヴェスーヴィオ火山いま優しうて　和
霞晴れ卵城を背に記念の写真　伸
　海辺に遊ぶ異国の親子　和
ヴェネツィアのサン・マルコ広場の人の波　伸
　人恋ふ夕べに楽の音流る　和
カフェ・フローリアン　ゲーテ偲びてカフェ一杯　伸
　ため息橋でもカサノヴァ泣かず　伸
ゴンドラに舟歌も揺れ月も揺れ　和
　幻の船「ヴェニスの商人」　伸
繁盛すヴェッキオ橋の宝石店　和
　ウフィツィの「春」に「ヴィーナス誕生」　伸

ドゥオーモのクーポラに見上ぐ「最後の審判」
　シニョリーア広場にフィレンツェの歴史　伸
ミケランの運転快適ローマへの道　伸
　七つの丘とテヴェレの流れ　和
夕闇に歴史を語るフォロ・ロマーノ
　凱旋門も修復さなか　和
コロッセオ　剣闘士の戦ひの血と涙
　五万の歓声とどろき渡る　伸
「またローマへ」の願ひをこめてトレヴィの泉
　メロンアイスを食べ食べ歩く　和
ヴァチカンの螺旋階段「最後の審判」
　広場の聖人　円柱二百余　伸
ピエタの像美（は）しきお顔に魅せらるる
　ステンドグラスに法王の祭壇　和
赤ワイン　パスタと肉に責められて
　ざるそば恋しきローマの夕べ　伸
カンツォーネ悲恋の「帰れソレントへ」
　ヌオーボ城の花のカレンダー　伸
ナポリ湾かすむヴェスービオ　カメオの工場　伸

弱き亭主は紐をばゆるめ　伸
ゴシックの天を突き刺すミラノのドゥオーモ　和
ふれ合い多きイタリアの旅　伸
異国より帰りてなつかし法師蟬

（「続河」四号　一九九九年十月）

二　カナダの旅

旅立ち

暑い七月二十五日、午後五時ＡＩＲＣＡＮＡＤＡ機は関西空港を離陸。空は澄んで大阪の街や海が真下に見えたと思っている間に一万メートルの上空へすっと飛び上がった。窓側の席から錆鼠色の中に真っ赤なメイプルリーフが描かれている翼がよく見える。あと八時間は乗ったままだ。飛行機の轟音とともに遥かな異国、カナダへの旅は始まった。

　異国への空遥けくも大暑かな

七月初めから暑さと心の中のうっとうしさは払うことができず、毎夜眠られぬまま空しい言葉をくり返し、暗闇の重苦しさは増すばかりだった。どうしたらこの洞穴から抜け出すことができるのだろうかと、つまらぬ堂々巡りをしていた。芭蕉は——片雲の風にさそはれて漂泊の思ひやまず——と旅へのあくがれがつのって——そぞろ神の物につきて心をくるはせ——とあわただしい出立であるが、わたしの旅は今のどうにもならない現実を逃れる安易な手段であった。

　愁ひもて異国への旅暑き空

カナダの大自然は煩雑な人間のつながりや日常を少しの間忘れさせてくれるかも知れない。やはり、カナダの風に吹かれてみたいと旅を思い立った。

バンクーバー、トロント

七月二十五日バンクーバーに午前九時四十分過ぎ着。二十五日の朝広島を出発し、八時間余りも飛行機に乗ってうつらうつらと眠って機内食を二度もいただいたのに……あの一日の時間はどこへ行ってしまったのだろうか。不思議な感覚を味わった。バンクーバーは飛行機からちらっと見ると細長い小さな島々が行儀よく一列に連なっているようだった。芭蕉は──松嶋の月先づ心にかかりて──というが、この島の西洋的な並びは、子供がケンパケンパで渡っていけそうな気分のおもしろさである。その向こうには連峰が見え雪も見えたのでもしやカナディアンロッキーではと、はや、心が美しい風景へと動きはじめていた。

バンクーバーからまた国内線の飛行機に乗りかえトロントへ向けて出発。四時間余りの移動で、夕方やっとトロントにたどり着く。広い広い国だと実感する。涼しいと思っていたが案外暑く疲れを感じたのは、やはりあの不思議な一日が二回もある時間のせいかもしれないと思った。

トロントの空港待合室で、ナイアガラへのバスを待つ間、ぼんやりと街を眺めていると、うす紅色の家並みがお花畑のように見えてきた。前の通りには大型のコンテナガーデンがいくつもあって、背丈の高い大きなカンナが、鉄色の葉に燃える緋色の花を咲かせて見事だった。別のコンテナには石竹色のペチュニアがかわいらしく、いっぱいにコンテナから溢れんばかりに植えてあったのも嬉しかった。この花たちの迫力には驚いた。カナダの花は小さな花瓶に上品に一輪さしたぐらいでは似合わないのだろう。太陽に負けない色のオンパレード、質量ともに大きいのがカナダの大自然には似合うし、よけいに美しさを発揮するのだろう。少しずつわたしにもカナダの風が吹いてカナダの香りを運んできてくれた。

遅い遅い夜、ホテルに着く。部屋に入るとドーンドーンと響く音に窓を開けると、ライトアップされたナイアガラの滝が見えた。赤、緑、青の光が、白い巨大なカーテンの上を、うねって移動していくさまはオーロラのようでしばらく見とれた。水しぶきで色が淡くなるのも美しく、その間も大きな音が絶え間なく聞こえてきた。いつまでも見ていたい、聞いていたいと思いながら疲れて眠りについた。

ナイアガラの滝（二十六日）

今日は霧の乙女号（この大滝に突っ込んでいくにしてはとてもかわいらしい名）に乗って滝見学。青いフードつきのカッパをすっぽりかぶって船に乗り込む。（このカッパがまた外国人サイズで小柄のわたしはロングスカートの裾を持ち上げて歩くようなはめに）。大きな白い直線的なアメリカ滝の、すさまじい勢いと水量のすごさに圧倒される。流れる大滝に恐怖さえ感じながら滝のそばを船で通っていく。流れる水のうねりは魔女のねじれたみどりの髪のようにも思われる。でも流れ落ちる時は純白の巨大な大滝になっていた。アメリカ滝の広い広い滝の右端の少し小さなきれいな滝は嬉しかった。ブライダル滝ということである。いかにも西洋的な命名の滝、花嫁の純白のベールの様に輝いていて美しく流れていた。

大きく円形にえぐれた馬蹄形のカナダ滝は大音響と共に迫ってきて、青緑と真っ白な巨大な水流にのみ込まれてしまうのではないかと思うほどだった。空にとどくほど高く舞い上がる水しぶき、青緑の水の塊が岸壁の端にもり上がった瞬間、一気に純白の大瀑布となってシアン色に輝く川へと流れ落ちていく。目を滝の上の方へ、流れる水とともに下までと、くり返しくり返し何度見ても見あきない。水の動きの豪快さに時間を忘れていた。初め恐怖さえ覚えた大滝なのに、こんなに近く見られる嬉しさに船の右舷に行っては水しぶきをかぶり、左舷に行ってはわざと水しぶきを体いっぱいに浴びて子供のようにはしゃいでしまう。カナダ滝の右端に小さな虹がかかっているのを見つけてよけいに嬉しくなってしまう。空には夏の雲、木々の緑、純白の大滝が岩に砕けて飛ぶ水しぶき、時おり青緑に光る流れ落ちる滝、真っ赤な花々、虹のプリズムと色のページェントがいつまでもくりひろげられる。そしてそこには時間を超越していつまでも続く滝の音も聞こえてくる。

テーブルロックから水しぶきを浴びながら間近に見たカナダ滝もまた豪快だった。つぎつぎに水の乱舞が目にもとまらぬ速さで展開されるので見飽きない。いつまでもいつまでも見ていたい気持ちになる。今の瞬間の美しさを捕らえようと思う間もなく、次のもっと美しい映像が出てくるといった感じでエンドレスなのである。時間が許すならレインボウブリッジやスカイロンタワーからもこの雄大な滝を眺めてみたかった。また、冬の大滝の表情はどんなのだろうか。凍てつく大滝になるのだろうか。いやいやこのすさまじい水量では凍るどころか流れ流れて凍てつくひまもないかも知れないが、凍て晴れに、寒月のもと、凍て吹く風に、凍てついた大滝が見られるのだろうかなど、想像するだけでも美しさの極限を感じる。そうだ、春うららのナイアガラも、秋深まるナイアガラも、すべて見たい思いがしてしまった。やはりこんなにも美しい自然を造ったのは人間を超えた神という存在なのかも知れない。いつの間にかこの巨大な力、美しさをもつ滝にわたしは酔ってしまっていた。この大自然の造形のすばらしさにただじっと心をゆだねているわたしがあった。子供のように嬉しくて楽しい時間を過ごしていた。ナイアガラの滝から吹いてくる風の言葉は少しだけわたしを幸せにしてくれた。

大瀑布小さき虹立つ炎暑かな

ナイアガラオンザレイク

十九世紀のままのような町、可愛い花の町の雰囲気を持つナイアガラオンザレイク。クイーン通りには花々がそこここにきれいにレイアウトされ、上品な店が並んでいて心がなごむ。町のシンボル、赤いレンガ色のとんがり帽子の時計塔が一時十五分を指していた。第一次大戦で命を落とした戦没者を追悼して一九二二年に建てられたそうであるが、歴史を大事にしている町だと思った。こんな美しい町にも戦争という事実はあって、人間って悲しい動物だという証拠を示しているのであろう。観光馬車が親子を乗せて出発の用意をしていた。シルクハットをかぶって礼服を着た御者が鞭を一振り「さあ出発」。世界一小さいかわいらしい教会も見た。教会の前には「ザリビングウオーター　道ばたの教会どうぞいらして……」と看板が立っていた。カナダの人々の心の底には神への祈りがいつもあるのだろう。人間が生きていくには悲しみや苦しみは傍にいつもあるものだから……。昔ながらのプリンスオブウェールズホテルやコートハウスの美しい建物を眺めたり、オンタリオ湖へもちょっと足をのばした。湖なのに大きな海辺のようで波がうち寄せ、潮の香りもした。ナイアガラの大滝に感動した後ののんびりと懐かしい町の散策もまた楽しかった。

あわただしい旅の寄り道トロント

この街は世界一住みやすい都市、清廉都市、文化都市といわれて、ぜひゆっくり見たいと思ったけれどほんとうに時間は短かった。中世のお城のような市議会議事堂、それを囲む市庁舎、その前に広がる多くの銅像の立つ広い庭、花畑。カエデの大木に夏の風がさわさわと吹いていた。カナダの国旗の文様になっているカエデが、たくさん落ち葉となっていた。一枚を拾ってかわいらしくも美しい形に感心していたら、リスが一匹するすると木に登っていくのが見えた。尻尾を長くひゅっと立てては立ち止まりまた登っていく。人間は眼中にない様子だった。旧市庁舎の煉瓦造りの時計塔は一〇〇年以上も前のものだそうだが、今は夏の広場の雑踏を静かに見下ろしている。銅板で葺いてあるブルーの屋根と文字盤の青がマッチして美しい。広場の池は冬にはスケートリンクにもなって、市民の楽しみの場所になり、笑い声が響くのだそうだ。ちょうどわたしは「旅路の果て」という本を読んでいた。カナダの作家モンゴメリー（「赤毛のアン」を書いた。）の後半生を純粋な少女ローラの目から説き明かす物語であるが、ローラが夏休みをトロントのおじいちゃんの家で過ごすためにユニオン駅に下りたと書いてある所を読んで、とたんにトロントが身近に思われ、もっとトロントを知りたくなってしまった。けれど教育関係者との懇談会に時間をとられて、思うところに行けなくなった。

世界一高いCNタワーでの夕食。回転しながらトロントの街が一望できるこの夕食は、スープに始まり五センチもあろうかと思われる分厚い牛肉のステーキに甘い甘いデザート、何もかも世界一だったのだろうか。八時過ぎても明るいトロント。眼下の街、島々ははっきり見えて、夕日はいつまでたっても沈みそうにない。CNタワーから、やっと沈む夕日を見てトロントの宿ウエスティンハーバーキャッスルに着いたのは、夜の十時を廻ってからだった。

　CNタワー高さを競ふ夏の月
　いつまでも夕日残りし夏の夜

トロントでは時間がなかっただけに見たいものが多かった。オンタリオ美術館に展示してあるヘンリームーアの作品群にも会ってみたかったし、ゴッホやピカソにも興味があった。ちょっと下品でのぞき見趣味と笑われようとも、カサ・ロマ、スパダイナの大富豪の大邸宅、中産階級の住宅マッケンジーハウスも見てみたかった。トロントはもう一度訪ねてみたい街になってしまった。

カルガリー、バンフ（二十七日）

空路カルガリーへ。冬季オリンピックが開催された町。大きなジャンプ台が三台、山の上から下へのびている。参加各国の旗がずらりと立っている所からジャンプ台を見上げると、まさに大きなすべり台である。あの高いジャンプ台から多くの選手が一気に滑り降り空中に飛ぶ様子を想像した。このオリンピック公園は、今は当時の賑わいもなく、ペチュニア、松葉ボタン、パンジーや白い花のハンギングバスケットが強い風に揺られ、各国の旗のはためく音だけがいつまでも続いていた。

サルファーマウンテンへ。四人乗りのゴンドラは急斜面をゆらりゆらりと山頂駅へ向かう。ゴンドラの窓から、今夜泊まるホテル、バンフスプリングスホテルが眼下に見えた。うす赤紫の壁にきちんと並んだ窓がかわいい。とんがり屋根の塔がいくつかのっかっている。大きなメルヘンチックなお城が針葉樹の森の中に立っていた。どの部屋に今夜は泊まるのだろう。

一気に山頂駅に着いてしまう。まわりの山の美しさに息をのむ。雪をのせて輝いている山。山肌は雪の白さと木々の緑や藍色、若竹色、深緑と対比させて美しい模様を描いているのが何とも言えない。三六〇度絵のような山々の連続。稜線のみごとな流れに雪は厚く薄くのって、鳥の羽根のように海辺の波のようにお化粧をしている。サルファー山から遠くの奥の方にミネワンカ湖をのぞむと、アルマー山、ジラルド山などゴード連山の峰々が白く雲をかぶって輝いていた。冷たい風はあの峰々から吹いてくるのだろうか。四方の山の峰々に目が引き寄せられ一つ一つあかず眺めていると空気の冷たさが心地よく、いっぱいに体の中に入ってくる。あっ風がわたしに話しかけて来た。風は難しそうな質問を投げかけてきているようだ。答えを探す旅になりそうになってきた。

山頂からバンフの町すじやエメラルドグリーンのボウ川の流れもよく見えた。カスケード山を右方向（このカスケード山の斜めに下る山肌が美しい。）に、真ん中にちょっと低いトンネル山、左方向のサルファー山がバンフの町を囲んでいる。この中を曲がりくねったボウ川が流れている。バンフは森の中の小さな都といった町だ。ここではどんな森や山や風の言葉を聞くことができるだろう。

サルファー山から下りてボウ滝へ。マリリンモンローの「帰らざる河」のロケ地で有名な滝。ナイルブルーの美しいボウ川が、そこだけ真っ白な大きな生き物に変わったかと思うと、すぐさま元の静かな流れにゆったりと合流する様は、滝というより岩場を砕け流れる渓谷の美しさと思ってしまった。

バンフの町は、カスケード山が目の前にそびえ、町に大勢の人がメインストリートを散策していた。買い物をする人、おしゃべりしながら、アイスを食べながら、と楽しそうな人々ばかり……太陽もよく照っていた。少し賑わいを離れてボウ川の方へ足を進めた。橋のたもと近くてっぺんに大きなコンドルが羽根を広げ、高さは十五メートルもあるトーテムポールが迎えてくれるバンフ公園博物館へ。（中に入ってゆっくり見学したかったのにこれも団体旅行の悲しさ）時間がなく窓の外からロッキーの動物や鳥などの剥製がよく見えたのでしっかりと見てきた。この博物館はウエスタンカナダでは最古の木造建築だそうだが、日本の民家に屋根の勾配がなんとなく似ていて親しみを感じた。

それにしても今夜のホテル、バンフスプリングスホテルの豪華さ。お城の王様になった気分である。今夜はドレスアップをして食事にと、夫は背広、わたしは姉のくれたブルーと白い花模様のワンピース、めったにしたこともないネックレスをつけて緊張して夕食の会場へ。それも迷子になるといけないとのことで、みんな一所に集まって大食堂へ行く。日本の歌がバンド演奏にのって流れてくる中、楽しい食事をする。美味しい食事に満足し、満ち足りた気持ちで部屋に帰る。途中、中世の城の中をそのままに残したような広い部屋があった。厳めしい甲冑をつけた騎士が槍を持って突っ立っていて、中世の王侯貴族の館に入り込んだような錯覚。二階まで吹き抜けになった高い壁面の上部には紋章が飾られ、豪華な燭台、シャンデリアに照らされて、盾や甲、槍などさまざまな武具が飾られている。アーチ型にくりぬかれた壁面も美しく、重厚な作りの家具や時計、また部屋の中央におかれた大きなテーブルや椅子も小さくみえるほどの部屋の広さ、豪華さだった。どれも洗練されたデザインで歴史を感じ、中世にタイムスリップしてその様式美に圧倒された思いだった。

今夜はすばらしい夢でも見ましょうか。花柄のベッドカバー、その模様とおそろいの枕カバーは、とてもかわいらしい。広いベッドに身を沈めて女王様にでもなって楽しい夢を見ましょうか。いやいや「赤毛のアン」の作者モンゴメリーに会って、いろいろ聞いてみたい。どうしたらアンのような子供の本当の姿が生き生きと書けるのでしょうか。庭に季節の花々を植えるのが大好き、お料理も上手なあなたの人生で、幸せとはどんなことだったのですか。ほんのひとかけらでもいいからお教えくださいませんか。カナダの風の言葉を聞き取る秘訣は……など虫のいいことを考えているうちに眠りの森の中に入ってしまっていた。

カナディアンロッキーへ（二十八日）

いよいよ今日はカナディアンロッキーへ。バスの窓から雄大な山の姿が見えてくる。頂上の形のおもしろさ、岩肌の流れるような線の美しさ、それにのって光っている雪と岩肌とのコントラストの優美さ。緑の木におおわれた山を見慣れたわたしの目に大きな岩山が目の前につぎつぎと現れるので驚いてしまう。ガイドのHさんが山の名を教えてくれてもただただ山の姿に見とれてしまっていた。

少し前後するけれども、昨日見た三つの山についてまず言っておきたい。ランドル山を見る。バンフ国立公園パスカードにも印刷されている三角形の美しい山。人間がひざまずいて両手をついて天を仰いでいるようにも思われる。右側の稜線は一直線に頂上へ向かって三十度位の傾きでのびている。左側の稜線はちょっとごつごつして頂上にのびている。頂上の部分がざっくりえぐられちょうど天を仰いでいる顔に見える。きれいに雪がのっかっている所、緑の木が生えている所、黒い岩肌と、パスカードそのままの姿で見えた。

物語になりそうなスリーシスターズ山。三つの岩山の峰が並んでいる。一番とがった峰が長女、スマートで美しい姿をしているので、美人でちょっと冷たい感じ、真ん中は小さくてかわいらしくちょこんと坐っておしゃまな姿、三番目は一番どっしりとしてごつごつと怖そうであるが力強く、意思が強そうに見えてくる。三修道女ということでわたしなりに山を人間に見立ててみた。とても仲が良さそうに見えた山だった。

ローヒード山もきれいで印象深かった。険しい峰々のなかにたった一つやさしい表情の山頂をしていたからだ。「星の王子様」の最初のページの挿し絵、ウワバミが餌食を飲み込んだ帽子型に山頂がたいへんよく似ていた。そういえば、見る山見る山ほとんど岩山で、木は生えていない、三〇〇〇メートル級の山ばかりなのだ。岩山は人を寄せつけようとしない空気と雪と裾野の針葉樹とでわたしを虜にしていたのだ。

キャッスルマウンテン。ボウ川の清流が前に流れ、岸に立ち並ぶロッジポールパインの緑、低木や草原が裾に広がっている、大きなお城そのものの形をした山。いくつもの塔が並び連なっていて三層にはっきりと色分けされている。このお城には、絶対君主の王様が君臨し、いくつもの階層の兵士たちが敵に相対していた堅固の城に見えてくるから不思議だ。この山からはロッキー山脈のメインレンジ（ロッキー山脈の中心となる山脈）になるということで、その前に見たのこぎり連山がフロントレンジ（前方山脈）とよばれ、三億年前の岩であるのにくらべて、これは五億年以上も前の岩からなっているという。この山は動くに連れて山容が変化する。インディアンたちは迷いの山と名づけていたという。第二次世界大戦で功績のあったアイゼンハワーに、その功績により彼の名をこの山につけたそうだが、その命名式をさぼってゴルフをしていた彼を皮肉って、山の名は元のキャッスルマウンテンに返し、山頂に近い緑の場所を、いまでもアイゼンハワーグリーンとなづけているという。

のこぎり連山のふもとに広がる緑の針葉樹林帯の中、茶色に焦げた林があった。これは国立公園事務所で人工的に山火事を起こしたコントロールファイヤーのあとだという。自然発火による山火事が起こる前に、また森を活性化するためにするのだということだった。それが動物のえさが増えることにもなり、生態系にもよい影響を与えるのだそうである。大角エルクに出会った。ゆっくりと草をたべていた。カナダでは人間よりも動物が優先されるということで、国道をまたいで動物専用の道があらゆる配慮のもと大金をかけてつくられていたのを、いくつか目にした。

クロウフット氷河。鳥の三本足の形の大きな氷河に驚く。三本のうち一本はずり落ちてとてけしまったとか。一本足の雪の重みと時間の長さに驚いてしまう。白色とエメラルドに輝く氷河に黒い鳥の足のイメージを重ねることはできなかった。

ボウ湖、ペイトー湖

ボウ湖は少し雨もよいだった。物音一つしない静かな大きな湖、氷河の溶けた水が流れ込んでできた湖。煙ったもやのずっと奥の方に氷河が白く見えた。そこから湖の方へ白くひとすじ流れが見えるのも神秘的だ。小さな波がひたひたと湖岸の足もとまで寄って来る。小雨に濡れた赤紫のファイヤーウイードの可憐さにカメラを向ける。資料を見てみると、ファイヤーウイードの名前から真紅の花かとおもっていたが、インディアンブラシの方がファイヤー（火事）の色に近いことが分かった。静かなボウ湖の水は小雨が降っていたせいか、落ち着いたくすんだ水色。その奥の神秘的な白い氷河、緑の木々、草、赤紫のファイヤーウイードを湖面に映し一枚の絵のようだ。湖に向かって建てられた真紅の屋根のナムタイロッジも周りの景色によく似合って鮮やかだった。

ペイトー湖を見に展望台へ行く。この時も雨。ペイトー湖はそばで見るのではなくボウ峠の高い所から見る湖で珍しい視点だと思う。展望台に登って見たとたん、わたしははっとした。トルコブルーか瑠璃色か、空色か、色の美しさはたとえようもない。大きな恐竜の三本爪の右手を広げたような形の湖がま青に染まっていたのである。見る人の感嘆の声は少したつと沈黙に変わる。ボウ湖は弓形というところから名前が付けられたということだが、この恐竜の手形のような湖の名前はどんな由来があるのだろうか。インディアンは山や湖や自然への畏敬の念をこめて、ペイトー湖にどんな名前をつけていたのだろうかと興味をそそられた。あまりにも湖の色の美しさと形のおもしろさからいつまでも展望台から離れることができなかった。小雨の中に湖から吹き上げてくる風が少し冷たくて心地よかった。湖を眺めているだけで風の言葉がまた聞こえてきた。

サンワプタ峠のちょっと手前のビッグベンド（大曲り）を通りすすり泣く壁という大岸壁を見る。雪解け水がいくすじも流れて落ちているのを涙顔と見てとったのだろう。大自然の有様を見ても人間は自分のありようを見るものだ。大自然も泣くのなら、この小さな人間は悲しいことが多くて、いつも泣くのかも知れない。悲しい時は泣こう、そして、誰かのやさしく語りかける言葉をしっかり聞こうと、やっとわたしにも風の言葉が分かりかけた気がした。

アサバスカ大氷河

コロンビア大氷原から流れ出た巨大アサバスカ大氷河にやっと来た。大きなタイヤをつけた雪上車に乗って探検気分だ。左右の山々の間から扇状形に下方へ流れて行く氷の大河とでも云うのだろうか。なんと全長は六キロメートルで、氷の厚さは九〇メートルから三〇〇メートルもあるという、驚異の氷の大河。雪上車から氷の平原に降りてみる。冬のジャンパーを着て冬帽子をかぶりマフラーをしっかりして……。でも風が冷たくてぶるぶる震えて靴底からはじんじんと寒気が伝わってくる。氷で滑りそうになるので一歩一歩ゆっくり歩く。手袋をはずし青い氷河を触ってみる。冷たい、本当に冷たい。氷河の水がとけて流れている小川にしゃがんで水筒に水を汲む。「氷河の水は幸せになる水、長生きできる水」と教えられ一口飲む。一口ゆっくり味わう。青白い氷河の水の味は格別である。子供が初雪に戸外へ走り出して雪と遊んだように、わたしも氷河に喜んで大胆になって歩いていたら、やはり転んでしまった。カメラを落とし膝小僧も少し赤くなってしまった。コバルトブルーと白の段々模様の氷瀑、波うつ氷河、足下の氷も青氷河、すべてわたしの好きなブルーが其処ここに広がっていた。

じっと動かず、静かな巨大な氷河も、本当は毎年一五メートルも先端の方へ移動しているということだが、氷河の青い水の小川が勢いよく流れているのを見ると、やはり生きているという感じがした。目を奥の方へ向けると白い横線の稜線が見えた。アサバスカ氷河の源のコロンビア大氷原の一部分だそうである。今いるアサバスカ氷河よりも、もっともっと広大な大平原が、稜線の奥の方に広がっているというから、想像もつかない大規模なものだろう。大氷原からの水は、太平洋、大西洋、北極海へと流れ込んでいくそうである。この大氷河を見ていると、人間存在のちっぽけさを感じて、人間の時間の尺度では測ることのできない、はるかな宇宙時間のようなものさえ感じさせられたのであった。自然そのものが膨大な時間を営々と積み重ねて、独り占めにしてきた姿を思ってしまう。左手のアンドロメダ山からのすごい氷河もみえた。ギリシア神話のペルセウスから助けられ妻となったアンドロメダの名が冠せられているのがちょっと不思議だった。この氷河の美しさが、美貌で勇気を秘めている彼女の純白のドレスに見えたのは、ロマンチックに考えすぎたかも知れない。アサバスカ氷河の風は、寒く冷たく何もしゃべってはくれなかった。でも、ゆっくりと遥か時空を超えた何語か分からない言葉を、わたしのまわりに振りまいてさっと行ってしまった。——心を開いて聞きなさい——とでも言っているように……。

青氷河時を重ねて流れゐる

ルイーズ湖

今夜はシャトーレイクルイーズに泊まる。このホテルもお城のような外観で、まわりは山、前面にルイーズ湖があり、富豪の別荘の雰囲気である。大きなロビーに入るとどこからかバグパイプの音が流れてきた。そっとのぞいてみると結婚式で、純白のドレスを着た美しい花嫁さんが回りの人の祝福を受けながらバージンロードを歩いていた。人生で一番幸せの顔はこんなにも美しく輝いているのだなあと思いながら、わたしもそっと「おめでとう、これからもずっとお幸せに……」とお祝いの言葉を贈った。シャトーレイクルイーズでの結婚式には、バグパイプのやさしい落ち着いた音色がよく似合って響いていた。

ルイーズ湖は一八八二年トムウィルソン氏が発見、エメラルド湖と名づけたそうだ。その後ヴィクトリア女王の王女ルイーズキャロラインがこの湖を訪れたことからルイーズ湖となった由。ホテルの前にエメラルドグリーンの湖水が静かに広がっていた。雨の夕方だったせいか湖のまわりは物音一つしない。湖の右手と左手にはかなり高い山があり、それぞれが左右から湖を取り囲んで、湖の向こうの果てでつながっているように見えた。そのずっと奥が氷河に覆われたビクトリア山。山も氷河も英国女王ヴィクトリアの名前がつけられ、その麓の湖は王女の名前。カナダの歴史が名前にもあらわれていた。女王様や王女様の住むお城も森の中に建っている。本当に童話の世界の舞台装置はすっかり整った美しい風景である、清冽な空気とともに……。ストーニー族の住む居住地域はカナダの国が保護しているということをガイドのHさんから聞いたが、この湖もストーニーインディアンから、トムウィルソンが聞いて発見したそうだ。ストーニー族は湖面に立つさざ波から「小さな魚のすむ湖」とよんでいたそうだ。宝石のような湖にすむ小さな魚と女王様や王女様の物語でも書けたらどんなにいいだろうかと思ってしまった。

ホテルの部屋から真正面に見える湖にひかれて、翌朝早く湖の回りを散歩する。時折小雨が降っていたが、湖は湖岸の山々をそのまま逆さまに青白く映していた。朝日が昇って湖面が輝く瞬間をひたすら待ったが、なかなかその気配はみられない。観光客か地元の人か外国人のカメラマンも五、六人、三脚を立ててじっとシャッターチャンスを待っていた。鳩くらいの大きさの鵲に似た鳥が時々大きな奇妙な声で鳴いていた。外国人の一人が寄ってきて「スマイル！スマイル！」と言ってわたしたち夫婦をカメラにおさめてくれた。朝の静寂な空気の中で、風は吹いて来なかったが、はっきりと小さな風は話しかけてくれ、風の言葉に心を動かされていた。だから、きっととてもいい笑顔が写真に写っていると思う。ルイーズ湖の色に見せられながら、すばらしい風景を心におさめながら、シャトーレイクルイーズの正面玄関にまわる。もう二度と訪れることはないかも知れないと思いながら、冬には、全面凍結するというもっと静かで白く輝く氷一色になる湖を見てみたくなった。あのエメラルドグリーンの湖水の色は、どんな色になって凍るのだろうかと……。

結婚式バグパイプの音に夕涼し（和）

レイクルイーズま青に澄みて（伸）

朝雨の湖面にひびく鳥の声（和）
リスも尻尾を立ててふりむく（伸）

バンクーバー（二十九日）

カナダのいろいろな町をめぐって五日ぶりに海港都市バンクーバーに帰ってきた。バンクーバー発祥の地ガスタウン、活気あふれるチャイナタウンとガイドの紹介でバスの窓から見ながら通る。チャイナタウンの店の赤色や、商品の豊富な並べ方がいやに鮮やかで印象深かった。東洋系の顔をした人が多いのにも驚いた。ガスタウンというのは、この地に、ディトンという人が宿とバーの経営を始め、それが、バンクーバーコミュニティの始まりだそうだが、ディトンはおしゃべり好きで「ギャシージャック」（おしゃべりジャック）と呼ばれ、このあたりも、ギャシータウン――そこからガスタウンとなった由。面白くてこの賑やかなパワーあふれる町とぴったりの名だと思った。そのギャシージャックの銅像もあったそうだが見落としてしまった。蒸気時計がバスの中から見えた。ほんとうに蒸気が横から出ているように見えた。

クイーン・エリザベスパーク、スタンレーパーク

クイーン・エリザベスパークの花々は、芝生の緑が敷きつめられた中にきちんと配色よく植えられていて、花色刺繍の絨毯を見るようだ。わたしは青色も大好きな色なのだが、やさしい色合いの紫、ワインレッドも好きで、服地を選ぶ時などは、つい紫系統の色に手が伸びてしまう。今日も黒地に小さなワインレッドの花と銀の葉の連続模

様の（姉が縫ってくれた）ワンピースを着て、わたしなりにちょっとおしゃれをしたのだった。この公園には濃い紫色の花、うす紫の小さな花が花壇の縁取りをしていた。その可憐さがとても嬉しかったが、この花の名前は分からず、日本に帰って植物図鑑でちゃんと調べてみようと思った。ペチュニアのピンクと白色のバランスの良さ、マリーゴールドの金茶色とヤツデに似た大きな葉の緑色の取り合わせ方、真っ黄色の葉の植物と茶色の岩など、どの部分を見てもカラーコーディネーターが、綿密な計画を立てて植栽したとしか思われないほどの見事さだった。ここでも結婚式を挙げたばかりの中国人らしいカップルに出会った。賑やかな大勢の人の笑い声、祝福の拍手、笑顔……。青空の下花々の中での結婚式は幸せをみんなに振りまいていた。

スタンレーパークへ行く。目の前にバンクーバー港が広がり、帆船のマストを何本も立てているような屋根のカナダプレイスが見えた。風をいっぱいに受けて白く輝く大型帆船が港に停泊したような建物、国際会議場だそうだ。ハーバーセンタータワーやカナダプレイス、ビル街を背景に旅のみんなと写真を撮った。海からもスタンレーパークからの風も心地よかった。スタンレーパークの入口に立っているトーテムポールに会って呪術をかけられたように思ったが、じっと見ていると、愉快になったり、いろいろなデフォルメに驚いたり、どんな動物が多く彫られているのだろうか、意味するものは何だろうと考えさせられたりしてしまう。きっと人間より大きな力を持っているものへの祈りの像かも知れないと思った。スタンレーパークはとても広く、レンタサイクルで島を巡ることもできるそうだ。次々と変わる景色を眺めながらのサイクリングは最高の気分だろう。雪の舞う真冬に、山頭火の句碑を訪ねて小郡の町をレンタサイクルで巡ったこと、――鉄鉢の中へも霰――の句のとおりの寒い日だったのを思いだした。真夏に吉備路や津和野をレンタサイクルで走ったことも次々と思い出された。カナダの若者がヘルメットをかぶってパーク一周のサイクリングを楽しんでいるのを見るとちょっと羨ましくなってしまった。モンキーズテールというユーモラスな形の木も印象に残った。

ビクトリア（三十日）

白い大きな（四万トン・四〇〇人乗り）フェリーでビクトリアへ。今日はとてもよい天気で暑い。外国人は照りつける太陽が好きなのか、白い腕も足もピンクに染めて船室から出て移りゆく風景を眺めている。わたしは今日行くブッチャートガーデンが楽しみで、大きな船室からぼんやりと島々（二十五日に飛行機から見たあの島々）を見ていた。やっと、船はブリティッシュコロンビア州の州都ビクトリアに着いた。州の花赤いバラがデザイン化され、あちこちの店の看板にも見える。町全体が花で飾られて華やかな美しい町、人を楽しい気分にさせる町だ。ブリティッシュの州名から英国風ガーデニングが根付いているのだろうかと思われるほど、きちんとした町づくりがしてあるように思えた。

一九〇四年にブッチャート夫人が作った名園、ブッチャートガーデンに入る。入口付近の黄色い葉の大木がまず目に映る。夏の太陽に輝くアカシアの黄金種だった。中に入ると花々はあふれんばかり。赤・橙・黄・緑・青・藍・紫の七つの色すべてを使って作った花園。いやいや七つの色どころか、七色の混色濃淡、名前のつけようのない色合いをもった花々をふんだんに植えてあって、じっと何時までも見ていたい気がして歩いてゆくのが惜しく思われたほどだった。ブッチャート夫人は、花の持つあらゆる要素（色・大小・高低・形・取り合わせ・量・風情・季節など）を、自分の美的感覚に照らしていろいろ考えられたのだろう。園はどの位置から見ても、美しい見事な花の立体映像が展開する。ブッチャート夫人はとても幸せな楽しい時間を、いつも持っていらしたのだろうと羨ましかった。日本語版のガイドパンフレットをもらい花の洪水の中へ。

大輪のピンクや赤のベゴニアが棚状に咲いているベゴニア園からサンケンガーデンの見晴台へ。眼下に広がる花畑は緑の海に浮かぶ美しい島々とも見える。そばの池には柳が垂れ下がり赤紫のチャイニーズプラムや真っ赤なゼラニュームとよく調和していた。花畑の色調がやさしいところに目が止まる。一番前がうす紫のペチュニア、次にピンクのフィソステギア（カクトラノオ）その後が濃いピンクの花、一番奥は緑の木々と、目線を手前から奥へ移す毎に色を濃くしているのは、いつの間にか見るものを楽しくさせていると思う。足はロス噴水へ向かう。濃い緑の高い針葉樹にかこまれた池から真っ白な噴水が上がる。噴水の形もいろいろ変わって楽しい。池の前には大きな真緑の葉だけのチリのダイオウが置物のようにデンと植えられている。緑の葉と白の噴水の対比がおもしろい。

一番楽しみにしていたバラ園へ。バラのアーチをくぐると、そこはピンク、白、赤などの美しいバラが、庭いっぱいに咲いて風にゆれていた。大輪のバラは華やかでしかも気品のある美しさでわたしをひきつける。風にゆれているうす紅色のバラも楚々とした風情で捨てがたい。やはりバラは花の女王様である。バラの香りをバッグにいっぱいつめてお土産にすることにする。バラ園のあと、チョウザメの噴水、ちょっとエキゾチックな日本庭園、星の池、イタリア庭園と、花々で飾られた場所をめぐって、イノシシの像のある中庭広場の終着点に帰ってきた。このイノシシの鼻を撫でると幸せになるというのを聞くと、やはり撫でたくなってそばへ寄ると、外国人の坊や二人が「プリーズ」といって場所をあけてくれた。イノシシの鼻は、多くの人が撫でたので金色に光ってつるつるになっていた。きっと多くの幸せを与えたことだろう。花々の美しさと香りとイノシシからもらった幸せを大切にしようと思いながら、ブッチャートガーデンをあとにした。園から、表紙は紫色の西洋翁草のフラワーガイドをもらっていた。約一五〇の花図鑑で、きれいな写真とともに、花の名前、花期、適温、日の当たり方はどうあればいいかなどが簡潔に示されている。一つ一つの花の名前が分かり、その命名もぴったりのがあって楽しみが増してくる。例えばトリカブト種の花の修道士のフードとか、アガパンサス種の花のナイルの百合とか……。ブッチャートガーデンの風の言葉は、よい香りとともにやさしく甘く親しみやすく聞こえてきた。

バラ園の香り入れたき旅かばん

昼食は旅のお仲間、SさんKさんの誕生パーティー。年令は不問だが苺の大きなケーキでお祝いをする。ケーキのお相伴でわたしたちも幸せになった。おめでとう、SさんKさん。食堂の前の街灯につりさげられたフラワーバスケットも、お祝いをしているように風にゆれていた。

バスで、街の南端、広大なビーコン・ヒル・パークのハイウエイ一号線の基点、ゼロマイルの標識へ寄る。これも旅の記念にと写真を撮ってもらう。東海道五十三次の「江戸日本橋」を思い出し、わたしたち夫婦にとって何の基点なのだろうと話したことだった。前に広がる海は太平洋と聞いて見に行く。

自由行動に移る場所でバスを降り、みんな分かれてそれぞれの目的地に向かう。そこはミニチュアワールドの前であった。わたしたちはビーコン・ヒル・パークへ遠足。広大なパークへ大急ぎで坂道をのぼって行く。道の右側に並ぶトーテムポールもにらんで、帰りの時間を計算に入れてひたすら歩く。やっと入口にたどりつき中に入って行くが、人間の姿はほとんど見当たらない。リスが一番にわたしたちを迎えて足もとまで寄ってくる。

バラ園まで行く。たくさんは咲いてはいなかったが、真紅やピンクの美しいバラが風にゆれていた。幼児を連れた若い夫婦、手をつないでゆっくり歩いている銀髪の老夫婦がいるだけで、静かな広い空間が広がっていた。広大な公園には、色とりどりの花が植えられ、緑の大木が茂りただただきれいな空気が充満していた。池は大きな樹木がまわりを囲み、柳は池の中に緑の枝葉を投げ出すように垂れ下がっていた。鴨も泳いでいた。この広大な公園のどこまで行ったらエミリー・カーの愛した木々があるのだろう、航海の目印にビーコン（篝火）を焚いたという頂は……と、競歩選手のように早足で歩きまわったが、公園はあまりにも広く、その場所へ行くことはあきらめて集合場所へと帰り道を急ぐことにした。随分歩き回ったので帰り道の方向が分からなくなってしまった。とうとうおぼつかない英語でカナダ人の親子に、地図を見せて尋ねると親切に教えてくれた。「サンキュー、サンキュー」と言いながら汗だくで走り、待ち合わせ時間までにバスに帰ることができた。ビーコン・ヒル・パークの広い土地の匂いをかぎ、花や木の香りを含んだ空気を、胸いっぱい吸うことができて満足した。楽しい遠足だった。

バンクーバー（三十一日）

カナダの旅も終わりに近づいた。朝ホテルからまっすぐ坂を下って港の方へ散歩に出かける。もう出勤する人が大勢急ぎ足で歩いていた。港には白い大型船が停泊していて、すぐそばにはカナダ・プレイスの白いとんがり屋根も見えた。海風は強く寒いぐらい吹いて潮のにおいがする。いそいでスカーフを首に巻く。港から坂の上の方にあるバンクーバーホテルを見ると、トルコブルーの銅板の屋根が曇り空にもよく映っていた。帰り道は大きな銀行の前庭に寄ってみることにした。小さな庭園のように花々が植えられている。二メートルもある大きな一本仕立てのフクシアは見事としか言いようのない美しさである。大きな木（茎）に百余りのピンクの花が下を向いて咲いている。また隣には同じくらいの背丈のニコチアナシルベスターズ（ハナタバコ）がトランペット型の白い花を下向きに咲かせていた。大きな緑の葉はやはりタバコの葉によく似ていると思った。ジャガイモの花によく似た（名前は分からない）のも背丈が高かった。小さな花々、ホシギキョウ、インパチェンス、ペチュニアなども配色よく植えられていた。海風に吹かれ花々に出会えた朝の散歩に感謝して、バンクーバー空港へ向かう。

バンクーバー空港のロビー中央には、大きな大きなヒスイの彫刻が置かれていた。青緑の石を敷きつめたサークルの中に、高さ四メートルぐらい、長さ七メートル以上もあろうかと思われる巨大なヒスイのボートである。大きな帽子をかぶったインディアンの船長が、仲間といっしょに大海原へ漕ぎ出そうとしている。船長は大きな目でじっと行先を見据え、仲間とともにオールをしっかり握っている。オールを持つ手や腕の何と大きくたくましいことか。八本のオールの息もぴったり合ってどんな荒波も乗り切っていけそうだ。船首には動物、船尾にはコンドルらしきもの。トーテムポールに描かれたものに似ていた。彼らの守護神に違いない。像のまわりの円形の敷石は大海をイメージしているのだろう。光っているのはどんな波か。何を求めて大海原へ船出しているのだろうか。考え込んでしまう。

　このバンクーバー空港から飛行時間十時間余りで日本に帰り着く。短い八日間のカナダの旅だったからか、今カナダとは離れがたい思いがする。ナイアガラ大瀑布の豪快さ、カナディアンロッキーの雄大な山々、アサバスカ氷河の時間の重さ、ブルーに輝く静かな湖、花々のあふれる庭園、広大な公園、お城のようなホテル、美しい海、川、港、そして美しい町に住むおおらかな人たち……。美しい国カナダの映画を見るように次々と思い出される。どのシーンからも、わたしには風の言葉を聞くことができた。風の言葉を求めて旅したつもりだったが、風の方からささやきかけてくれた。その言葉をわたしは素直に聞いて、少しずつ理解できるようになってきた。カナダの国の美しい大地が心やさしい言葉をわたしにたくさん贈ってくれたのだろう。ありがとう、カナダ。もう一度カナダへ行く時は、必ずビーコン・ヒル・パークに建っていた銅像、バーンズの詩を読んでいこう、花図鑑を持って行こうと思っている。もっともっとカナダを吹いている美しい風の言葉がすっかり分かるように……。ほんとうにありがとう、カナダ。帰りの機内の長い時間のつれづれに、カナダの美しい風景を夫とともに連句の歌仙に巻いてみた。

歌仙　カナダの旅

異国への憧れつのる大暑かな　　和子
心を決めて夏雲の空　　伸郎

幼らの貝拾ふ海静かにて　和
　父暗号のパナナ食（は）む島　伸↓「はがき」
ひそやかな恋うちあけし娘の葉書　和
　半月かかる異国の秋空　伸
ナイアガラ聞きしにまさるすさまじさ　伸
　還暦祝ひの小牧の夫婦　伸
ここはカナダいさかひ解けしアンモライト　和
　氷河の水に遥かなる時　和
ロッキーの山容仰ぎ走るバス　伸
　大角エルク草食みをりて　和
ボウ河の滝のしぶきにモンロー偲ぶ　伸
　緑濃き風スカートに染む　和
バスとめて革と宝石メイプルシロップ　伸
　迷ひ迷ひしビーコンヒルパーク　和
大瀑布小さき虹に炎暑かな　和
　ブッチャート園の花の洪水　伸
ヴィクトリア我も住みたき温暖地　伸
　幸せ祈りてイノシシの鼻　和
結婚式バクパイプの音に夕涼し　和

レイクルイーズま青（さを）に澄みて　伸
朝雨の湖面にひびく鳥の声　和
リスも尻尾を立ててふりむく　伸
バラ園の香り入れたき旅かばん　和
喜怒哀楽をともに詰め込む　伸
アルバムに二人の旅の思ひ出カナダ　和
広大な土地大らかな人　伸
そこここにメイプルリーフは輝きて　和
街を彩るチャイニーズプラム　和
ヒスイのインディアン大海原へ　和
ドリームキャッチャー幸せ運ぶ　伸
夢と歴史トーテムポールに願ひを刻む　伸
ゴンドラ遥かにスプリングホテル　和
雪上車太古の氷を踏みしめて　伸
自然と人との出会ひの幸せ　伸

（八月一日　帰りの機中にて）

（「続河」六号　二〇〇一年九月）

Ⅴ　平和への願い

一　安宗おばあちゃんのお話
――日本が戦争をしていたころ、終わったころ――

㈠　**自己紹介**

安北小学校の四年生のみなさんこんにちは。わたしの名前は安宗和子と言います（板書）。年は七十一歳です。みなさんのおばあちゃんより少し年が多いと思います。

今日はわたしの小さかった頃のお話をしたいと思います。

（カードをはる）　　　　　　　　　（板書）

安宗おばあちゃんの話

―日本が戦争をしていたころ……一九四一年～

一九四四年　三年生のとき、北九州から尾道　浦崎へ転校

戦争が終わったころ……　一九四五年八月十五日　国民学校（小学校）四年生

㈡　**太平洋戦争、父が戦争へ、転校**

わたしが小さかったころ、日本はアメリカ、イギリス、フランスなどを相手に戦争をしていました。ドイツがポーランドに攻め込んで第二次世界大戦が起きたのですが、一九四一年日本がアメリカと戦争を始めて太平洋戦争

が起きました。日本から遠く離れた南太平洋の島々ではとくに激しい戦争が起きていました。

その頃、わたしは北九州の若松という所に住んでいましたが、急に尾道市浦崎という田舎に親類を頼って転校することになりました。そのわけは、わたしの父が戦争に行くことになったからです。わたしの父は商売をしていましたが、戦争へ行くためにそれを止めて、残った家族は尾道の浦崎へと引っ越したのです。

㈢　サイパンからの父の葉書

ここに一枚の古い葉書があります。もう茶色になってしまっています。六十二年も前のはがきです。この葉書はわたしの父が書いた最後の葉書なのです。だから大切に今でも持っています。裏には絵が描いてあります。（ＯＨＰで映す。指示棒で示しながら説明をする。）馬を洗っている男の人、馬の背中に乗っている幼い男の子、野菜を洗っているおかみさん、柳の木があって風が吹いています。とてものどかな風景です。表には宛名と百二十字余りの文章が書いてあります。〈資料①を黒板に貼付〉
読んでみますね。―皆々サマ元気デスカ、　私モ元気デス　御安心下サイ　内地ノ夏、ヨリマダマダ暑イガパナナモ、食エマセン　歯ノ痛モ快クナリマシタ　当地方ノ島々ノ眺モ、全ク変ツテイマス　広島ヤ浦崎ニモ通知シ、テ下サイ　テガミモ度々出サレマセン　昨日入浴ガ、出来マシタ　着ルモノモ、不自由ダガ忍ンデイル―
何か思ったことがある人？　（カタカナで書いてある。）↓そう、昔はカタカナをよく使っていました。外国から来た言葉でなくても……。（点々が付けてあるからおかしい。）↓よく見付けましたね。（パナナって何ですか。）↓そう何でしょう。パナナモ食エマセンって書いてあるね。（もしかしてバナナじゃないかしら、食べ物だから。）↓わあすごい、よく分かったね。みんなはすごいよ。
戦争に行く人は若い人が多かったのですが、わたしの父は船長のお免状を持っていたので、もう五十歳を過ぎていましたが、兵隊や武器を運ぶ船の船長として戦争にかり出されました。二年生のわたしは、東京の近くの横須賀という軍港へ父を見送りに行きました。敵に知られてはいけないので、どこへ行くのか秘密です。わたしは父が大好きだったので、父が戦争へ行って死んでしまったらどうしようと悲しくてたまりませんでした。

この葉書は五月二十六日の日付がありましたが、わたしの父は六月一日に死んだという知らせが国から来ました。お骨を入れる白い箱の中には一枚の名前を書いた紙の他は何もありませんでした。どこでどのように死んだのかさっぱりわかりませんでした。でも、どこへ戦争しにいったのかがこの葉書でわかりました。この葉書には暗号があったのです。

この葉書をくりかえし読んでいくうちに、わたしは文章の途中に点が打ってあることに気づきました。さらに5や五の数字がたくさんあることにも気づきました。バナナをパナナと書いているのも気になりました。〈五　5板書。ＯＨＰの葉書のどこに五や5が散らばっているかを示す。柳の木の根もと、5月26日の5、葉書の右隅の-5〉。そうしてとうとう暗号をわたしは解読しました。点を打ってある文字を入れてその五つ前の文字を拾い並べてみました。〈資料①の傍点の五つ上の文字を、赤ペンでひとつひとつ丸をつけていく作業を児童とする。途中で「サイパン・サイパン島」を口々に言う。「サイパン島に昨日着いた」と解読する子もいる。〉

そうです。「サイパン島に昨日着」と父は暗号で知らせていたのです。

サイパン島はアメリカ軍と戦ったとても悲惨な戦争の島だったのです。父は日本から二五〇〇キロメートルも離れた、そのサイパン島へ行っていたのです。どうにかしてサイパン島に着いたことを家族に知らせたかったのだと思います。老眼鏡を掛け苦労して暗号をしのばせた父の姿が思い浮かびます。人間はどうしてこんな愚かな戦争をするのだろうと父は思ったことでしょう。そうして暗号がきっと判ってくれると信じて書いたと思います。

一九四四年六月十五日アメリカ軍はサイパン島に上陸。七月七日には日本軍三万人全滅。一般の人一万人が死んだということです。アメリカ軍に追いつめられて逃げ場を失い、崖から海へ身を投げて死んだ人も多かったということです。戦争で戦った人や、お年寄り、女の人、子ども、みんなむごい死に方をしました。

この葉書をみるたびに何年経っても父のことを思い出します。そして平和な戦争のない世界になったらどんなに人間は幸せだろうと思います。

(四)　わたしの暮らし

小学校三年生になった時、尾道の浦崎という所へ転校したと言いましたね。まだ戦争は終わっていません。尾道といっても田舎の方で、水道もガスも風呂もありません。

食べ物にも不自由しました。お米のご飯はほとんどなくて、麦にサツマイモをたくさん入れたお粥のようなもの〈雑炊〉を食べました。〈用意した押麦を持って行って児童に見せる。〉今の押麦ですからとてもきれいですが、わたしが小さかったころはもっと黒かったように思います。そしてお米が入っていないようなお粥ですからそう思ったのかも知れません。水は井戸からくみ上げて桶に入れ、天秤棒でかついで台所の水がめに入れておくのです。おやつはありませんでした。サツマイモのふかしたものか、母が麦芽からとった糖分を煮つめてあめを作ってくれるのが唯一の楽しみでした。親戚の叔父さんがやってきた時、ご馳走するものがないので、わたしの飼っていたウサギを殺して、すき焼きをこしらえたこともあって悲しい思い出です。

着るものにも不自由しました。母の着物を仕立て替えしてモンペといってズボンのようなものを作ってくれたり〈実物を示して〉、持ってきたものは昔の物ではありませんが、農家の人がはいていますね、作業着です。すそがしぼってあります。ほとんど全部が母の手作りで、ミシンを踏んで作ってくれました。

履き物はほとんど下駄や、わらで編んだ草履です。運動靴は四十人の一組に、一か月に二足くらいしか配給がなかったのでくじ引きです。そして使い古したものがなければもらえませんでした。物を大事にしなければなりませんでした。その頃しきりに言われていた言葉は、「ぜいたくは敵だ」「欲しがりません勝つまでは」でした。

冬になっても手袋などはしてはいけませんでした。モンペのポケットは手を入れられないようにふさいでありました。兵隊さんは寒い所で敵と戦っているのだからがまんしなければいけない、と言われました。

学校での勉強のことを話しましょう。ここは音楽室なので、音楽の時間、みなさんはドレミファソラシドと歌うでしょう。でも、戦時中はハニホヘトイロハと歌わなければなりませんでした。ドレミファというのは敵の国の歌い方なのでダメでした。ドミソはハホト、ドファラはハヘイ、シレソはロニトです。〈歌ってみせる。児童は音階は同じなのに異様な表現なので驚いている。〉また、カスタネット代わりに、竹の一節を親指と人差し指にはめてリズムの勉強をしたりしたものです。教科書も広げると一枚の新聞紙のようなものを自分で切って綴じた覚えがあります。もうその本は残っていませんが、何回も何回も読みました。わたしは本が好きでしたが、その頃は童話の本も雑誌もありませんでした。ほんとうに何もかも物が無かった時代でした。

みなさん、この薄っぺらな紙は何だと思いますか。わたしの小学校二年生から六年生までの「よい子の歩み」です。〈児童は驚いて身をのりだして見る。「薄いねえ」「今と全然違う」「ぺらぺらじゃあ」〉。今のみんなのよい子の歩みと比べてどうですか。六十年以上も前いっしょうけんめい勉強した証拠が残っています。夜は電灯の光がもれると敵にやられるといって、電灯に布をかぶせて光が外にもれないようにして勉強しました。〈黒板に絵を描き〉この下で勉強しました。

学校は、都会から田舎へ越してきた生徒が多くなり、二部授業といって午前中勉強する組と昼午後の組に分かれて登校しました。でも空襲警報〈敵の飛行機がやってきたというサイレン〉が鳴り出すと、防空頭巾をかぶって〈「ひろしまのピカ」の絵を使って説明する〉防空壕にかくれました。耳と目を指で押さえて伏せる練習もしました。とても怖かった思いがしました。

大人も子どもも食べる物は配給制になり、少しずつしか配られません。お金があっても買えません。ひもじい思いをしましたが、みんながまんしました。とくにわたしたち家族は九州から来たのでお米を作る田んぼもありません。芋や麦を作る畑が少しあるくらいで、とても貧乏でした。でも戦争だからがまんしなくてはいけないと思っていました。

戦争をすると、飛行機や軍艦や軍備などに莫大なお金がかかります。そのしわよせがみんなの暮らしを苦しくしていたのです。サイパン島につづいてグアム、テニアンなども占領され、アメリカはそこから日本本土を爆撃する基地にしました。

日本にも敵の飛行機がやってきて、東京、大阪、名古屋と大都会に焼夷弾を雨のようにたくさん落としました。町が焼かれたくさんの人々が焼け死ぬという恐ろしいことが、次々と起こりました。一九四五年三月十日の東京大空襲では、アメリカの飛行機二九〇機がやってきて、その落とした焼夷弾のために十万人の人々が亡くなり、二十七万戸の家が灰になりました。

わたしは四年生になっていました。八月十日の明け方、空が真っ赤になっていると母に起こされ、見ると尾道の隣福山が空襲を受けて焼けていたのでした。隣近所の大人たちがその空を見ながら話し合っていたことは、――広島にゃ新型爆弾が落ちたんじゃげな。焼け野原になっとるゆうことじゃが、ようわからんのう――

わたしは心配でした。わたしの年の離れている義兄（わたしのお姉さんの主人）が広島に住んでいたからです。その新型爆弾というのが原子爆弾です。

㈤　ひろしまのピカ

原子爆弾のことをくわしく話すのに絵本をもってきました。これは丸木俊さんが書いた「ひろしまのピカ」です。一九四五年八月六日、午前八時十五分、ピカッというおそろしい光が、ひろしまの空をつらぬきました。それは、人類はじめての原子爆弾の光でした。かぞえきれないほどのひとびとがしに、きずつきました。七さいのみいちゃんは、おかあさんに手をひかれながら、じごくのまちをにげまどいます。少し読んでみましょうね。

〈OHPで「ひろしまのピカ」を映す。全文朗読。〉〈説明しながら読んだり、児童との話し合いがあった個所―防空頭巾、地獄のような火の海、ツバメ　ネコ　人が流れてくる川、黒い雨、9日に目がさめた、父さんを学校（病院になっている）に運ぶ、原爆投下直後の広島の町、あれから35年→61年、お父さんが死ぬる、外国人も死んだ（空をとぶチマチョゴリの意味）、とうろう流し（とうろうに書いた名前）、みいちゃんはいつまでも7歳のまま、「ピカはひとがおとさにゃおちてこん」のことばなど〉。

㈥　義兄の話

わたしの義兄《あに》の話をします。わたしの義兄は原子爆弾が落ちた日、広島で高校の先生をしていました。家族は尾道の浦崎に疎開させて、自分一人広島で生活していました。その日は勤労動員の生徒を連れて工場に行っていました。他の生徒も勉強ではなく、空襲の時火事が広がらないように作業をしに、町のまん中の方へ出かけたりしていました。そこに一発の原子爆弾が落とされたので、「ひろしまのピカ」にあったように、多くの生徒たちが死んだり大火傷を負ったりしました。義兄は生徒の安否をたずねて一週間以上も歩き回り、学校の焼け跡で生徒の家族と連絡をとりあったり、仲間の先生の救護にあたるなど必死で働いていましたが、ほとんど寝ないでいたので疲れていたのでしょう、トラックにはねられて大怪我をしてしまいました。その知らせが家族に届いたのは八月の終わりでした。一か月病院に入っていましたが、その病院も原爆でやられて、薬も包帯もないような状態でした。一か月後、比治山の裏の家に帰ってみると、家の屋根は吹っ飛んで、雨が降ると傘をさして食事をしたということです。義兄は勉強家でたくさん本を持っていましたが、大事にしていた本は全部黒い雨にやられてダメになっていたということです。

わたしが原爆が落とされた広島の町の様子や人々のことを話してほしいと、いくら言っても話してくれません。自分が見たあまりにもむごたらしい人々の姿、生徒や友だちの死、がらくたになってしまった広島の町の様子は、とても言葉では表現できないほどの悲惨さと深い悲しみを義兄に与えたことでしょう。つらくて悲しくて、なんてひどいことをするんだ、と怒っていたのではないかと思います。

その義兄も五年前になくなりました。あんなに原爆のことは口にしなかったのに、ノートにたくさん短歌を作っていました。三首選んでみました。少し難しいので説明します。〈資料②を黒板に貼付〉

爆風に破れしガラス身に受けて　鮮血ほとばしる生徒多数《あまた》

爆風というのは原子爆弾が爆発した時のすごい風、一瞬にして建物をこわしガラスもくだけて飛び散りました。ほとばしるというのは、ふき出るということ。

原爆にただれしむくろ幾百も　川いっぱいに浮きて流るる

ただれるというのは、皮ふが破けてボロのようにたれさがっていること。むくろは死がいのこと。

「ミズ　ミズ」と水を求むる被爆者は　何度かの後に遂にもの言はず

読んでみますね。〈三首ゆっくり読む。〉
これを読むとわたしまで悲しくつらくなります。

㈦　峠三吉の詩

わたしは八月になると、平和についていろいろ考えてみようと、平和公園に行きます。平和公園の中に峠三吉の詩が石にほってあります。

ちちをかえせ　ははをかえせ
としよりをかえせ
こどもをかえせ
わたしをかえせ　わたしにつながる
にんげんをかえせ
にんげんの　にんげんのよのあるかぎり
くずれぬへいわを
へいわをかえせ

いつもこの詩が石に刻んである所へ行って読んでいます。わたしが一度読みますね。
みんなもいっしょに読んでみましょう。〈全員で読む〉
自分が少し大きく声を出してみるところや、間をあけて読むところを考えて、ひとりひとりお友だちに合わせなくていいから、読んでみて！〈ひとりひとり資料をみながら読む〉。みんなの前でひとりで読んでみたい人がいますか？〈女の子一人挙手。少しつまったところはあるが上手に読む。拍手。〉もう一人読んでみたい人がいますか？〈男子二人挙手。二人ともゆっくり感情こめて上手に読む。拍手。〉

(八)　安宗おばあちゃんのお話はこれで終わりです。

わたしはこれからずっと戦争のない平和な地球になってほしいと願って、このお話をしました。

児童の感想文から

上田君の感想

安宗おばあちゃんが戦争の時代のことを話してくれたので、そのころのことがよくわかりました。よくわかったことは二つあります。一つめはあんごうを考えてハガキを書いたことです。二つめは原子ばくだんで何十万人の人が死んだことです。ハガキの暗号「サイパン島ニ昨日着」というのをみんなに知らせたいから、その人は点(、)の五つ上の文字を読んで、ということを書いたんだと思います。その人は五十才をすぎたのに戦争に行くのはすごいなあと思いました。次は本の話をしてくれました。本でみいちゃんが七才のままのせいだったことを不思議に思いました。戦争時代は大変だったんだなあと思いました。最後に峠三吉さんの詩「ちちをかえせ　ははをかえせ　としよりをかえせ　こどもをかえせ　わたしをかえせ　わたしにつながるにんげんをかえせ　にんげんのにんげんのよのあるかぎり　くずれぬ平和を　平和をかえせ」という詩はためになりました。この話をきっかけに平和な町にしたいです。

倉岡さんの感想文から

「とても苦しい生活をしてたんですね。」

安宗おばあちゃんのお父さんは、ハガキにあんごうでこう書いていたんですね。「サイパン島ニ昨日着」（省略）「ヒロシマのピカ」の話をきいて、みいちゃんはばくだんを落とされて、友達をたくさんうしなったんですね。安宗おばあちゃんが聞かせてくれたお兄さんの話。とても悲しく思いました。（省略）私はその話をきいて涙をこらえていました。安宗おばあちゃん、詩も聞かせてくれましたね。あの詩の意味は私はこう思います。「せんそうでうしなった父をかえせ、せんそうでうしなった母をかえせ、せんそうでうしなったとしよりをかえせ、せんそうでうしなった子供をかえせ、そしてせんそうでうしなわれた平和をかえせ！」という意味で書かれたのだと思いました。安宗おばあちゃんの時代はまずしかったのでしょう。私たちはこの時代をふつうだと思ってはいけないのです。今の時代を大切にしなければいけないのです。

あとがき

七月十四日　金曜日　五時間目　安北小学校四年生百名余りに約五十分の話をした。安北小学校では学年ごとに平和学習の時間を設け、児童に「平和」について考えさせる取り組みがなされている。その一齣をわたしが受け持ち、話をしたのである。四年生ではメインは「平和」についての群読劇を行うということであった。私の話が「平和」について考えるきっかけになればと思い、退職後初めての授業展開をしたつもりである。

音楽室に三クラス集まった四年生児童の素直な笑顔に会えてとても嬉しく、教員の頃の幸せな気分に浸ることができた。話をした後、いくつか問題点をまとめてみた。

一、絵本「ひろしまのピカ」の読み聞かせは、児童数が多いためOHPを使い、全文朗読をした。重要な場面や説明を加える場面をいくつか考え、児童と話しながら朗読をした。（「たちどまり読み」と言えようか。）
全文朗読で時間をとりすぎると思い、少し早口になったことを反省している。
二、資料①②③、実物（わたしの通知表、押し麦、サツマイモ、モンペ）
板書などを、どの場面で、どのように活用するかによって、児童の興味・関心の度合いが違ってくると思われる。児童にとっては、話を聞くだけでなく、学習活動ができる場面を多く設けることが重要であると思った。
三、七月中旬の暑い五時間目の授業（それも話を聞く）を受けた児童に、感想文を書かせるというのは教員側の考え方であろう。しかし、あえて感想文を書かせた。
児童のほとんどは、わたしの話をよく聞いて、内容をきちんと受け止めて感想文を書いていた。感想文用紙も用意してあった。（担任の指導もあったと思われる。）父の暗号葉書、わたしの子どものころの暮らし、「ひろしまのピカ」、義兄の短歌、峠三吉の詩など、それらは全て人間が引きおこす「戦争」の愚かさ、悲惨さ、苦しみ、悲しみ、おそろしさを表しているのだが、それを知ったことが児童にとっては大きな「驚き」だったのだろう。
児童ひとりひとりがわたしの話を聞いて、自分の言葉でその「驚き」を表現しているのを読むと、とても嬉しくなった。「子どもは未来の花」と何かで読んだことがあるが、その言葉通りの児童が、目の前に多くいることが嬉しかった。

話し終えてこの「安宗おばあちゃんの話」は、何かもどかしさを残したように思えてならない。児童に「戦争」を、ほんの小さな事象を並べ伝えて驚かせ、―わたしはこれからずっと戦争のない平和な地球になってほしいと願ってこの話をしました。―と言って終わったからだ。現在憲法改悪の嵐が吹き、軍靴の音が憲法を踏みにじるかのように響いている。教育基本法も「国民精神統制法」に改悪されそうである。

わたしは未来の花の子どもたちに「あなたたちは、どうやって、どんな方法で、『平和』な世界になるよう取り組みますか。」と、大きな課題を投げかけただけではなかったか、と責任を感じている。しかしわたしは、児童に「戦争」の話はしていかなくてはいけないし、この事実は知っておいてほしいと切に思う。日本のした「戦争」、原子爆弾の「ヒロシマ・ナガサキ」は歴史上の事実であり、決して忘れてはいけない大事なことである。それは未来の社会を考える基礎になることであると、しっかり児童に伝えなくてはならないと思う。

静かにわたし自身も生活を見つめなおし、人間が人間として豊かに暮らすための知恵を身につけ、児童に投げかけた課題の答えを探す道へ歩み出そうと思っている。

今年の夏も暑い日々が続いた。百名余りの児童の作文を一つ一つじっくりと読み、汗がどっとふき出た。子どもたちひとりひとりの純粋な思いが、わたしの心の中にひたひたと満ちてくる潮のように、大きく深く重く押し寄せてきた。

ありがとう安北小学校四年生のみんな。

敗戦後六十一年目の夏は、わたしにとって少しだけさわやかな風が吹いたように思われた。

　夏雲や　父死せる島　サイパン島

　父戦死して　虚ろなるかな　敗戦忌

空にはいつのまにかすじ雲が流れ、秋あかねがつういつういと飛んでいる—。

（二〇〇六・九・二）

Ⅵ 童話

一　たっちゃん――ばあばのお話――

春

小さな町の商店街栄町にも春がやって来ました。どの店の軒にも満開の桜の花のかざりがつけられ、少しばかりにぎやかになりました。商店街の両側には、時計屋と宝石屋、本屋、おもちゃ屋、陶器屋、文房具屋、パン屋、花屋、服地屋など、構えは小さくてもきれいなお店がならんでいます。

栄町商店街の一番はしっこに「ハットアンドシューズ川原屋」という看板を出しているお店があります。小さな一軒のお店なのに、入口の右側は帽子、左側はくつが並んでいます。帽子のショーウインドーには帽子がきれいに並べてあって、くつのショーウインドーには、くつがよく見えるようにきちんと並べてあります。店の中に入ると右側は帽子、左側はくつが、たないっぱいに並べてあります。

店の奥にはおじさんが丸い椅子に腰かけて店番をしています。お客さんがショーウインドーの帽子やくつを見て、店の中に入って品物を見ていても、おじさんはだまってじっと椅子に腰かけたままです。お客さんが何か言うのを待っているだけです。

ある日、男の子がランドセルをしょったまま、帽子屋のショーウインドーに鼻をくっつけて一つの帽子を眺めているのに、店のおじさんは気がつきました。そのぺちゃんこの鼻がとてもおかしかったので、つい笑ってしまいました。おじさんは男の子に入っておいでと合図をしましたが、びっくりして走っていってしまいました。その男の子は、商店街から少し離れた所の栄町小学校に転校して、三年一組に入ったばかりでした。

つぎの日も、つぎの日も、男の子は学校帰りに「川原屋」のショーウインドーに鼻をくっつけては、ちょっとの時間じっと一つの帽子に目をやるのでした。

男の子は学校から家に帰るとき、大まわりをしていつも商店街のお店を一軒一軒のぞいて帰りました。先生は――お家へまっすぐ帰りなさい。寄り道をしてはいけません。――と言いましたが、そんなこと男の子にはどうだっていいし耳に入りません。商店街が大好きだったからです。花屋さんのチューリップは形がおもしろいのがいっぱいあるなあ。絵にかきたいなあ。と感心したり、時計屋の鳩時計のはとが、三時に窓から出てきて、ポポーポポーポポーと鳴くのにあいさつしたりするのがとても嬉しかったからです。

一番すきなのは本屋さんでした。マンガを読んでもおこられなかったし、「おしいれのぼうけん」や「ろくべえまってろよ」のつづきが読めました。先生が昼休みに読んでくれる本をさがして、お話のつづきを友だちよりこっそり早く読むこともできました。いつもいろんなお店をのぞいて、最後に「川原屋」のショーウインドーの帽子をみて家に帰ります。

男の子は「ただいま」といって玄関のカギをあけてお家に入ります。だあれもいません。お母さんはスーパーマーケットのレジ係をして働いていて夕方遅くでないと帰ってきません。

男の子の名前はたっちゃんと言います。本当の名前は「たつお」です。たっちゃんはランドセルを机の上に置くと、手を洗ってテーブルに置いてあるおやつを、お母さんの手紙を読みながら食べます。

お母さんの手紙はたいていい質問形式です。だからたっちゃんは答えを書けばいいだけです。でも、最後の方はちょっとお説教じみています。そして線が引いてある所はお母さんへ話したいことがあったら書く所です。お母さんの手紙は毎日広告のチラシの裏に書いてあります。お説教が多いのは仕方がないのです。たっちゃんは学校のお勉強がきらいで、計算はおそいし、体育はおもしろくないし、しゅくだいはめんどくさいし、おまけに作文大きらいだから、お母さんへのお手紙のところは、たいてい何も書いてありません。

たっちゃんが大好きだったお父さんは、三年前に交通事故でなくなって、今は、茶だんすの上の写真立ての中でにっこり笑っています。写真立てのそばに赤紫色の帽子が置いてあります。ふわふわして、あったかそうで、とてもかっこよくて、お母さんがかぶると、とてもよく似合うと思うのだけれど、どうしてか、お母さんがかぶって出かけたことは一度もありません。

お母さんは、あのふわふわ帽子をどうしてかぶらないのか、たっちゃんは不思議に思っていました。たっちゃんが学校帰りに帽子屋で見つけた帽子は、お母さんのとそっくりだったので、

「へえー色はちがうけれど形はそっくりだ。びっくりだ。どうしてだ。」

と大声で言ったとたん、写真のお父さんがにこにこしたように思いました。

たっちゃんは、今日はショーウインドーの帽子には目をやらず、勇気を出して店の中に入って行きました。どきどきしながらおじさんに言いました。

> たっちゃんへ
> 先生の名前は（　　　　　　）
> となりの席の人の名前は（　　　　　　）
> クラスの友だちの名前少しはおぼえたの（　　　）
> しゅくだいしたの（　　　　）
> 明日の時間割そろえたの（　　　　　　）
> ――――――――――
> ――――――――――
> ――――――――――

「おじさん、こんにちは。」

「いらっしゃい。いつも白い帽子を見ていたボクだね。あの帽子が気に入ったかい。」

と、おじさんはやさしく言いました。

たっちゃんは思いきって二つの質問をしました。

「一つ目の質問はね、ハットアンドシューズなんて、頭のてっぺんにのっけるものと、足の先っちょに、はくくつを、一軒の店でどうして売っているの。二つ目の質問はね、ぼくのお母さんの帽子とそっくりなのが、どうしてショーウインドーにかざってあるんだろうってこと。」

と一気にたっちゃんは言いました。

　店の奥から、

「どうぞ。こっちへいらっしゃい。ぽん太もミミもいるから……」

という声がしました。奥の板の間には、電気で動く大型ミシンと、布地がいっぱいつんである天井までのたな、作りかけの帽子が五つ六つ並んでいました。目がねをかけた、少しふとっちょのおばさんが笑っていました。

「一つ目の質問の答えはねえ。頭のてっぺんの帽子と、足の先っちょのくつがすばらしかったら、おしゃれに見えるでしょ。おしゃれの一番は、だんぜん帽子とくつよ。」

といっておばさんはまた笑いました。

おじさんが、

「帽子はおばさんがつくって、くつはおじさんが作ってたんだ。でもおじさんの腕が病気になって、今はくつは作ってないんだ。残念だけど売るだけ。仕方ないんだ。」

と淋しそうに言いました。

「そうそう二つ目の質問の答えねえ。」

とおばさんが言った時に犬がワンワンとほえました。板の間のむこうに小さな庭があって、犬小屋とウサギ小屋が仲良く並んでいます。目のくりくりした犬で、まるでタヌキのような顔です。だからおじさんとおばさんはぽん太という名前をつけたのでしょう。おばさんは、

「さあ、めしあがれ。おばさん特製のハーブティーとクッキーよ。二つ目の質問の答えは、またあしたいらっしゃい、答えますよ。」

と言って、ちょっといたずらっぽくウインクしました。

たっちゃんはハーブティーもクッキーも、薬くさくっていやだなあと思ったけれど、がまんしてお茶も飲んで全部食べました。帰りぎわに「明日もくるよ。」と言ってぽん太の頭をなでてやりました。

夏

たっちゃんの先生は土田わか子先生といいます。わか子先生はとってもお話が上手で、毎朝一時間目の勉強が始まる前に短いお話をします。三年一組のみんなはどんなお話なのか毎日とても楽しみにしています。たっちゃんも学校へ行くのが少し楽しくなってきました。お母さんへの手紙に、たっちゃんが先生のお話を書くようになったのです。お母さんもそれを読むと、毎日先生のお話を聞いている気分になりました。たっちゃんの文を見てみると、先生のお話をよく聞いてよく覚えて書いています。

お母さんへ　先生のお話を書きます。
五月十日（月）
きのうは母の日。学校の四階ののきに、コシアカツバメのアパートがある。にぎやか。どうしてコシアカツバメという名前がついたのか。巣の形を教えてくれた。（あ、ごめん。きのうは母の日だったんだね。なんにもプレゼントしなくて。ゴメンネ。）それにアイスクリームの日だって。
五月十一日（火）
太陽のまわりの星の覚え方。水《すい》・金《きん》・地《ち》・火《か》・木《もく》・土《ど》・天《てん》・海《かい》・めい。どってんかいとみんなが大声でいって大笑い。
五月十二日（水）
長い名前の子どもの話。ジュゲムジュゲムゴコウノスリキレ……とおかしくて大笑い。らくごっていうのだって。
五月十三日（木）
こん虫の体のしくみ。先生が作ったゴキブリ音どをおどってくれたよ。理科が一時間目。
五月十四日（金）
草花の日。いつも草や花を持ってきて名前を教えてくれる。今日はとくべつきれいな白い花だった。においがよかった。名前［くちなし］。

わか子先生の年は名前と反対で、六十さいぐらい、白髪もいっぱいあるので、一組のみんなにおばあちゃん先生とよばれています。けれど、お話をしてくれたりお勉強を教えてる時はとても若く見えます。そしてたった一つだけど魔法を使えるのですからみんなびっくりしています。

　先生は左手のくすり指に金の結婚指輪をはめています。時々、

「これからこの大事な指輪をはずしてみせます。」

と言って息を指輪にふきかけ、

「えいっ」

といってはずしてみせます。

「あーら不思議。するするとぬけました。でも大切だからもとにもどしておきましょう。」

と言ってすぐに指にもどしてしまいました。

「だれか、この指輪をはずしてみたいと思う人がいるかな。」

と先生が言うと、五、六人の男の子が手をあげました。みんな指輪はずしに挑戦しましたが、誰もはずすことができません。力まかせにやろうとすると指のふしにひっかかってどうしてもだめです。

「じゃあ魔法をかけてもう一度はずしてみましょう。」

と先生は指輪をすっと指からはずしてまたするっと元通りにはめてしまいました。みんなびっくりして、

「まほうを教えて、教えて！」

と大さわぎをします。先生は、

「十年後にみんなに会えたら魔法を教えてあげるね。」

と左手をグーパーグーパーにぎったりひろげたりして見せました。

　たっちゃんはわか子先生がだんだん好きになってきました。けれど、あいかわらずしゅくだいをよく忘れたり、

勉強をすぐ投げだしたりして、わか子先生から叱られることが多くなると、学校へ行くのがおっくうになっていました。

きょう、たっちゃんはルンルン気分で学校を出ました。でも、わか子先生に見つかるとお目玉をちょうだいしそうで、そっとポケットを押さえました。今日はいつもとちがって商店街を全力で走りぬけ、帽子屋へ一気にやって来ました。

「ぽん太おみやげだよ。」

と言って、小さなビニール袋の中から鳥のからあげの骨二本を、ぽん太にやりました。今日の給食に、骨つきの鳥のからあげがあったのでした。一本はたっちゃん、もう一本はとなりの席のふみちゃんにもらったものです。給食で残したものは、家に持って帰ってはいけないきまりになっていますが、お肉は食べて骨だけだからいいだろうと、たっちゃんはいいわけを考えてぽん太に持って帰ったのでした。

ぽん太はおいしそうに骨をがくがくかんでは、口から出しておもちゃみたいにして、押さえたりほうりあげたりして、とても嬉しそうに遊びました。

ウサギのミミちゃんはふしぎそうに見ています。たっちゃんは、

「ああミミちゃんごめん。こんどはミミちゃんにもおみやげを持ってくるからね。」

と言いながら、頭の中に学年園のサツマイモ畑の緑色の葉っぱがうかびました。ミミちゃんのおみやげに、ぴったりだと思いました。けれども、これはまた、わか子先生に叱られる事になるかも知れません。だって、みんなが大切に育てているサツマイモですから……。たっちゃんは自分の頭をコツンとたたいて、このアイディアは止めることにしました。

毎週土曜日の午後、たっちゃんは帽子屋のおじさんに、ぽん太の散歩をたのまれるようになりました。たっちゃんは学校では友だちとあまり話をしません。遊び時間になっても図書室で本を読んだり、運動場のすみっこでぽんやりしてるだけでしたから、土曜日にぽん太といっしょにいるのはとっても楽しい時間でした。

商店街をちょっとはずれると、小さな野原があります。タンポポ、クローバー、カラスノエンドウ、オオイヌノフグリ、スミレなどが生えていて、バッタもたくさんいます。ぽん太と思いっきり走ったりねころんだり、空や雲を見たりします。クローバーで首かざりを作って、いやがるぽん太の首にさげて大笑いをします。ミミちゃんにはクローバーの花たばをおみやげに持って帰ります。

帽子屋に帰ってみると三年二組の花野ちえ子先生が来ていました。ちえ子先生は六月にお嫁に行くそうです。新婚旅行にかぶっていく帽子を注文しにきていました。おばさんが先生の頭の回りをメジャーで測って――ブリム（つばのこと）のはばはどれくらいにしますか。色は？　形は？　――といそがしくメモをとっています。先生は若草色の布地をとって、

「これにしてください。帽子につけるお花は白いばらにして。」

とうれしそうにおばさんにいろいろこまかく注文していました。おじさんが、

「白いかかとの低いくつが歩きやすいので旅行にはいいですよ。」

と、少しずつデザインのちがう白いくつを、三足ならべて先生にすすめています。先生は少し迷っていましたが、つま先に小さな花がついている一番かわいいくつを選びました。

「旅行に行く前に、少しはいてならした方がいいですよ。」

とおじさんは親切に言いました。

おばさんは今日から帽子作りです。まず型紙作り。トップクラウンとサイドクラウンとブリムと一番むずかしい

所です。つぎは若草色の布地をていねいに型紙通りに切ってアイロンをかけます。これからミシンをふんで若草色のすてきな帽子を作ります。おばさんはミシンの前で、

「しあわせ帽子をつくりましょ。作りましょ。
しあわせ帽子は、あなたのおつむへ
つうい。つうい。」

と、おまじないのような歌を歌います。つぎの日からは、朝から夕方まで、ミシンの音がカタカタカタカタザーザーと帽子屋の奥から聞こえてくることでしょう。

今日、たっちゃんは学校を休みました。おなかが少し痛いので家でおとなしく寝ていると言ったので、お母さんは仕方なく仕事に出かけました。本当はおなかが痛いのではなくて、きのう、わか子先生にひどく叱られて、友だちみんなの前で先生のモミジパンチを背中につけられたからでした。

きのうのお習字の時間のことです。半紙に「川」という字を書いて、先生の所へ持っていって見てもらうのです。みんな半紙を両手で持って並び、順番に先生の朱色の筆で、なおしてもらったり丸をもらったりするのです。たっちゃんの前に五人ぐらい並んでいました。ちょうどすぐ前は、となりの席のふみちゃんです。ふみちゃんは組で一番お勉強ができて、ピアノも上手、本読みもすらすらできて、お習字もたいてい先生が五重丸をして花びら丸もつけるくらい上手なのです。

前にいるふみちゃんの白いブラウスが半紙に見えて、たっちゃんは頭の中がくるくるまわってくらくらしてしまいました。とたんに、たっちゃんは自分の書いたすみたっぷりの「川」の字の半紙を、ふみちゃんの白いブラウスの背中にべったりとはりつけてしまったのです。

教室中がウワーンといったような、何がなんだかわからない声でうまりました。わか子先生がとんできて、たっちゃんの上着をはいで、背中をパチンと大きな音が出るぐらいたたきました。たっちゃんは背中が痛くて、大きな声を出して泣きました。背中に先生の手の形のあとが、赤くはっきり残りました。

みんなが寄ってきて――先生のモミジパンチだ、モミジパンチだ。――と大さわぎになりました。けん一君ひとりだけが、ハンカチをぬらして、そっと背中を冷やしてくれました。

たっちゃんはぼんやり昨日のことを考えながらふとんの中にいると、玄関のチャイムがなりました。ふとんの中でじっとしていると、郵便受けに何か入れる音がしました。しばらくして郵便受けをのぞいてみると、手紙としゅくだいプリントと給食のパンが入っていました。

ふみちゃんからの手紙でした。

> たっちゃん、わたしはおこってないよ。わか子先生が、すぐブラウスを洗ってくれたので、「川」の字は消えたよ。気にしなくていいからネ。おなかが痛いのなら、しゅくだいプリントはしなくていいからネ。モミジパンチまだひりひりする？
>
> ふみ子

たっちゃんは給食のパンを食べながら、あした学校へ行こう、ふみちゃんごめんネといおう、と決心したら涙がすうっと出ました。わか子先生にもあやまろう、けん一君にもありがとうって言うぞと思ったら、なんだかすごく元気が出てきました。

きょうもたっちゃんは、学校帰りに帽子屋へ寄りました。二つ目の質問の答えをおばさんから聞くためです。ぽん太に給食の揚げパンを少し残してきたのをやって、「お手」と言うと上手に「お手」をしました。そうすると、ぽん太が、

「ありがとう。この間の骨おいしかったよ。今日もおいしそう。」

と、言いました。たっちゃんはびっくりして――ああ、ぼくドリトル先生になっちゃったあ。動物語が分かるようになったあ――と大喜びしました。でも、ぽん太と手を離すとワンワンと何を言っているのか、さっぱりわかりません。「お手」をした時だけ言葉が通じることが分かりました。たっちゃんは図に乗って何回も「お手」をぽん太にやらせました。けれどもぽん太は「お手」を三回もすると、あとは何度「お手」をしてもワンワンほえるだけで言葉は通じません。たっちゃんは一日三回だけの「お手」でがまんしようと思いました。

さて、たっちゃんは思い出しました。「川原屋」のショーウインドーの一番上にかざってある白い帽子のこと。お母さんの赤紫色の帽子とそっくりのわけを。

おばさんは、今日も薬くさいハーブティーとクッキーをごちそうしてくれました。

「どれ、わたしもひと休み。二つ目の質問に答えなくっちゃね。」

と言って話し出しました。

「長い、つらい帽子作りのしゅ業が終わってね。しゅ業ってわかる？　帽子が上手に作れるように先生に帽子作りのお勉強を教えてもらうのよ。何度も何度もやり直しをしたり、練習したりするのよ。あの白い帽子は、そのしゅ業が終わって、はじめて作ってお店にだしたものなのよ。ていねいに、心をこめて作っただけに、おしゃれで上品に仕上がって、それは自まんしたい位のでき上がりだったの。白と赤紫色の二つを同じ型紙で作ったのよ。わたしが作った帽子をかぶった人は、きっとしあわせになると信じていっしょうけんめい作ったの。うれしかったのよ。

お店のショーウインドーにかざった日に、背の高い男の人が店に入ってきて、すぐに赤紫色の方を買っていったの。少しねだんが高かったのに、その人はとても気に入ったのか、大きな帽子箱を大事そうにかかえて足早に行ってしまったの。」

と、おばさんは大きな息をふうーとはきました。

たっちゃんはやっと分かりました。ショーウインドーの白い帽子とお母さんの帽子は、ふたごだからそっくりなんだと。でもまたおばさんに質問したいことが二つでてきました。

「おばさん、どうして白い帽子は売れなかったの。それにおばさんの作った帽子をかぶった人はしあわせになるといったけど、お母さんはしあわせそうでないいんだけど……。」

と、たっちゃんは遠慮がちに言ってみました。おばさんは、

「この質問はちょっとむずかしいのね。こんどまたね。」

と言って笑いました。

たっちゃんはこの頃ゆううつです。五月三十日にあるミニ運動会のことが気がかりなのです。ミニ運動会の種目は、かけっことクラス対抗全員リレーの二つですが、たっちゃんは走るのが大のにが手なのです。いつも、四人で走れば四番、六人で走れば六番目です。かけっこはビリでも仕方がないと思うけれど、問題は一組対二組の全員リレーです。

一組三十四人、二組三十四人が、ひとりずつ運動場半周走って、次の人にバトンを渡します。走る力が違うので、スタートは一組が一番で二組が二番でも、三十四人が走る間には、前になったり後になったりで、ゴールするまで勝負のゆくえは分かりません。でもたっちゃんの番になると、二組にぬかされていつも一組が負けてしまうの

です。いくら組で一番足の早いまもる君が、二組に差をつけてたっちゃんにバトンを渡しても、たっちゃんの所で追いつかれ抜かされて負けです。たっちゃんはミニ運動会の日は学校を休もうかと思いました。――ぼくが走らなかったらきっと一組の方が勝つはず――

毎日帽子屋に寄っていたたっちゃんですが、この頃はまっすぐお家へ帰って、しゅくだいプリントをやるようになりました。本読みのしゅくだいもまじめにやって、お家の人に聞いてもらったサインをするところには、お母さんの字をまねて、たっちゃんが自分でサインをしています。

来週の月曜日に、全校生徒の前で三年生は朗読をすることになっています。三年生全員が「モチモチの木」をおぼえて発表します。ひとりひとりが少しずつ文を分担して読むのです。たっちゃんは「豆太」がじいさまの病気を心配して医者様を呼びに行く時に、「ジイさま」と言うところを言う役になりました。夜中にひとりでおしっこにもいけない豆太が、勇気を出して医者様を呼びに行く気持ちを考えて、「ジイさま」というのをいっしょうけんめい練習して、上手に言えるようになりました。ふみちゃんが――たっちゃん上手ね。――とほめてくれてからは、ますます自信がつきました。

久しぶりにたっちゃんは帽子屋に寄りました。給食に魚肉ソーセージが二本あったので、またこっそり一本をぽん太に持って帰ってやりました。ぽん太は「お手」をしていいました。

「たっちゃん。リレーでなやんでるね。早く走れるひみつを教えてあげる。おみやげをくれたからいうのじゃないけどね。おじさんに相談してごらん。きっといいことを教えてくれるよ。」

たっちゃんがおじさんに言うと、おじさんは店の一番下の箱から古い運動ぐつを出してくれました。

「これはね、わしの息子が小学校の時、はいていたくつだよ。息子はいつもかけっこで一等賞をとっていたんだ、これをボクにかしてあげよう。はき方にこつがあるんだ。足先まできちんと入れて、ひもをきちんと結ぶ、あんまりきつくではないけれど、ほどけないように結ぶ。」と、ひもの結び方を教えてくれました。おじさんの息子は、今は、イタリアへくつ作りのしゅ業に行ってるそうです。

明日からたっちゃんは元気を出して学校へ行って、リレーの練習と「モチモチの木」の豆太をやることでしょう。それからいく日かたってのことです。三年生の朗読はとてもすばらしかったのです。たっちゃんの声もよく通って大きな拍手がもらえました。

五月三十日のミニ運動会のたっちゃんの成績。かけっこは何と、くつの魔術で一等賞。リレーはバトンをしっかりつぎのちえちゃんに渡すことができました。リレーでも、くつの魔術がきいたのか、二組との差を大きくしました。一組がゴールした時には、たっちゃんのまわりに一組のみんなが寄ってきて、――たっちゃんすごい。たっちゃんがんばった。――と大合唱になりました。わか子先生も大喜びです。だって二組に、はじめて勝ったのです。本当に奇跡が起こったのかも知れません。

秋

学校は夏休みが終わって、二学期が始まりました。運動場のまわりに植えてある大きないちょうの木が、少しずつ黄色になりはじめました。学年園のサツマイモの緑の葉が、たくさん育ってじゅうたんみたいです。大きなサツマイモが出来ていることでしょう。お芋を掘ったら、お芋パーティーをすると、わか子先生が言っています。たっちゃんはとても楽しみにしています。へちま棚からは、大きなへちまがぶらぶらさがって風にゆれています。四階の軒下に、とっくり型の巣を作っているコシアカツバメが、大勢でジュピッジュリリ、ジュピッジュリリと、やかましく鳴いては巣から飛びでて虫をとっています。

たっちゃんはやっと、組のみんなの名前を覚えました。昼休みには運動場に出て、友だちとミニサッカーゲームや、なわとびをして遊びます。でも、たっちゃんはお勉強が全部好きになったのではないのです。あいかわらずしゅくだいを忘れたり、この間なんか、しゅくだいプリントを、帰り道にそっとひみつ基地にかくして帰ったのです。めんどくさい二けたのかけ算が、二十問もあったのです。夜遅くなって、たっちゃんはお母さんに、しゅくだいプリントの事を白状してしまいました。お母さんは少しだけおこりましたが、かい中電灯を持って、たっちゃんと野原のひみつ基地に、しゅくだいプリントを探しに行ってくれました。お家に帰って、プリントを仕上げてからたっちゃんは寝ました。

たっちゃんには一つだけ得意なものがあります。図工の時間は、わか子先生の言うことをよく聞いて、がんばります。学校では秋になると、年に一回の図画コンクールがあります。全校生徒がみんな絵を描いて、よい絵には校長先生から賞状がもらえるのです。三年生は「お話の絵」を描くことに決まり、わか子先生は「ちからたろう」の絵本を持ってきて、とっても上手に読んでくれたので、みんなはじっと聞いていました。ちからたろうが、みどうっこたろうや、いしころたろうといっしょに、ばけものたいじをしたこと。三人とも長者どんの三人の娘のおむこさんになって、田畑の実りをよくするような、はたらき者になったという、すごくおもしろい話でした。みんなは絵をかく元気が、いっぱいになったのでした。みんなが――その絵本の絵を見せて――と言うと先生は、「だめよ。今お話を聞いておもしろかったところを、ひとりひとりが描くのよ。ひとりひとり違った『ちからたろう』の絵を描くのよ。」

と、絵本をさっと閉じてしまいました。

たっちゃんは、ちからたろうが百かん目の金棒で、みどうっこたろうをやっつける場面を、描きたいなと思いました。まずはじめに、まっ黒のクレパスの線だけでぐいぐいと描いていきます。ちからたろうが、足をふんばって、大きな手で、百かん目の金棒を持ったところを描きかけたら、金棒の先が、画用紙からはみ出しそうになりました。

たっちゃんは、先生からもう一枚画用紙をもらって、はじめの画用紙の横にくっつけました。二枚目の画用紙に、ちからたろうが金棒で、みどうをこなごなにこわしたので、みどうっこたろうが、もうゆるせないと、怒っているところを描きました。こんどは、ちからたろうの体や、顔や、頭を描き加えます。太い足や太い手を描いたのだから、胴体も太く、目もまんまる、まゆはゲジゲジ、鼻はだんご鼻、口は真一文字、髪は昔話だから、お相撲さんみたいにチョンマゲ、といろいろ考えているうちに、またまた画用紙が足りなくなりました。

たっちゃんは、三枚目の画用紙を先生の所へ取りにいって、こんどははじめの画用紙の上の方に、たてにはりました。おかしな形の画用紙の中に、クレパスの太い黒い線だけのお話の絵ができました。

これから赤、黄、茶色、緑、黒の絵の具を使って色をぬります。ちからたろうの手や足や顔は、茶色や赤でぬりつぶされ、みどうっこたろうは、真っ赤な顔です。百かん目の金棒は、緑と黒がまぜてあって、とてつもなく重そうに見えるようにぬってあります。たっちゃんは絵を描く時ばかりは、途中で投げ出したりしませんでした。

たっちゃんの絵が、やっとできあがった時に、リレーで勝った時と同じように、友だちみんながまわりに来て、じっとたっちゃんの絵を見ているのでした。ちからたろうの不思議な力が、たっちゃんに乗り移ったのでしょうか。友だちみんなの絵は画用紙一枚に上手に描いてありましたが、たっちゃんは画用紙三枚も使って描いたので、ちからたろうは紙からはみでんばかりに大きくて、こわいぐらいの仕上がりです。でも、ちからたろうは、本当は心のやさしいはたらき者の男です。お殿様から召しかかえると言われても、村の人たちと仲良くのんびりと暮らしていく方が好きな男なのです。たっちゃんは、もう一枚やさしいちからたろうの絵が描きたかったのですが、わか子先生が、

「たっちゃん、大けっ作ができたのね。もう一枚は、またこんどおもしろいお話をしてあげるから、その時まで待って……」

と言って、たっちゃんの絵の具のいっぱいついている手をにぎりました。

今日は、体育館に一年生から六年生まで全員の絵が、かざられました。三年生の所には、画用紙を三枚につぎした、たっちゃんの大きな絵が、ひときわ目につきます。それぞれの組の上手な絵に金賞、銀賞、さくら賞のシールがはってあります。体育館に一組のみんなが、そろって絵を見にいってびっくりしました。なんと、たっちゃんの絵は、全校の中でたったひとり特別大賞のシールがついていたのでした。たっちゃんはとてもうれしくて、家に帰ってお母さんへ長い長い手紙を書こうと思いました。――ぼくのちからたろうの絵は、特別大賞をもらったよ。図工の時間とってもおもしろかった。がんばったよ。――と。

冬

冬休みになりました。外は寒くて雪が降っています。たっちゃんは家の中にこもりっきりで、大きな紙に絵を描いています。紙の右側にはかっこいいデザインの色とりどりの帽子、左側にはハイヒールや紳士ぐつ、子どものくつなど、上の方は「ハットアンドシューズ川原屋」の黄色の字も大きく目立つように、ふちどりは黒でしています。紙の下の方に、おばさんが〈しあわせぼうしを作ってさしあげます。〉、おじさんが〈このくつをはくと早く走れます。〉と言っているのを、描くことは忘れませんでした。もう一つつけ加えて、ぽん太が「お手」をしているのと、ミミちゃんがクローバーの花束を持っているのをかきました。明日はこの絵を帽子屋に持っていこうと思いました。

たっちゃんは、きのうやっと仕上げた大きな絵を持って、帽子屋へいそぎました。商店街は、お正月を迎える準備で忙しそうでした。たっちゃんは、この絵をおじさんおばさんがどんな顔をして見るだろうと思うと、ワクワクしながら走って行きました。いつものようにショーウインドーをのぞいてびっくりしました。

――あれ。いつもの白い帽子がかざってないや。どうしたのだろう。売れたのかな。――

店の中には、おじさんがひとりです。

「おじさんこんにちは。おばさんは？　白い帽子は売れたの。」

と、やつぎばやにおじさんに質問しました。

「まあまあ、ストーブに当たってから……。おいしいホットケーキがあるから食べなさい。ハチミツもかけていいよ。」

と、おじさんは紅茶も入れてくれました。たっちゃんはホットケーキがおいしくて三枚も食べました。ハチミツをたっぷりかけて。ハーブティーよりは紅茶の方がおいしくて、ちょっぴり大人の気分になりました。

ごちそうになってからたっちゃんは絵を持ってきたことを思い出しました。

「おじさん。ぼくが描いた絵をプレゼントします。」

「どれどれ。わあ、いい絵だなあ。たっちゃんありがとう。店の看板にしようかな。とってもうれしいよ。おばさんが今日はちょっと出かけているけど、帰ったらさっそく見せよう。きっと大喜びするぞ。」

それにしても、めったに出かけないおばさんはどこに行ったのでしょう。

「おばさんはね。イタリアへくつしゅ業に行っていた息子を、駅まで迎えに行ったんだよ。息子がお正月は、日本でおもちゃおせち料理を、食べたいと言ってね。」

と、おじさんはうれしそうな顔をしました。

しばらくぽん太と遊んでいると「お手」をしました。

「たっちゃん、絵の中にミミとぽん太を描いてくれてありがとう。でもね、もう一つ描くものがあるんだけどなあ。分かる？」

たっちゃんは考えたけれどよく分かりません。どうしても分かりません。もう一回「お手」をぽん太にさせて聞こうとしましたが、

「だめ、いつも人に頼ってはいけないよ。自分で考えるくせをつけなくっちゃ。絵を描くときには、ひとりでよく考えるじゃないか。」

ぽん太もこの頃少しいじ悪になったのか、よくお説教をするようになりました。

「ただいま。外は寒い風が吹いてたけれど、おさむは無事帰りましたよ……。」

と、おばさんの声がしました。おばさんの後ろには、おじさんそっくりの若い男の人が、大きな荷物を肩からさげて立っていました。

今日のおばさんは、藤色のコートに白いブーツをはいて、とってもおしゃれをしています。お化粧もしています。そしてショーウインドーにかざってあったあの白い帽子をかぶっているのです。

「あら、たっちゃんいらっしゃい。おばさん白い帽子をかぶって出かけたの。今日は、とくべつ白い帽子をかぶりたい日だったのよ。」

と、おばさんは難しいことを言いました。

たっちゃんは、おばさんやぽん太が言ったことを、いろいろ考えながら家に帰りました。家に帰ってからも、ずっと考え続けました。ぽん太は——自分で考えなさい。——と言ったけれど……。妙案が浮かびました。お母さんからヒントをもらおうと思って、久しぶりに、手紙を書くことにしました。

お母さんへ　答えを教えてよ。
1　ショーウインドーにかざってあった白い帽子は売り物ではなくて、おばさんの自分用だったんだって。おかしいなあ。とくべつかぶりたい日にかぶったんだって。なぜ？
2　帽子屋の絵を描いたら、もう一つ描くのを忘れているものがあるんだって。

たっちゃんへ
自分で考えなさい。もう一度ね。
1　おばさんがとくべつ白い帽子をかぶって出かけた日の気持ち
2　帽子屋にいる人は何人？一、（　　）二、（　　）三、（　　）四、（　　）五、（　　）絵で描いてもいいよ。

お母さんから返事をもらって、たっちゃんは二番目のぽん太の問題はすぐ答えが書けました。
一、（おじさん）二、（おばさん）三、（むすこのおさむさん）四、（ぽん太）五、（ミミちゃん）だから、絵にかきたすのはおさむさんです。
一番目の答えは、お母さんのヒントからだと、きっとこうだろうと、たっちゃんは考えています。――おばさんがミシンをかける時の歌のように、あの白い帽子をかぶるとしあわせになるんだから、おさむさんを迎えに行く時、とっても、とっても、うれしくて、足がひとりでにどんどん駅の方へ行ったんじゃないかな。おばさんだけのしあわせ帽子なのだから売りたくなくってかざってあるだけかもしれない――たっちゃんは自分の考えが本当だと思えるようになりました。

もうすぐお正月なのにお母さんはスーパーの仕事なのでお休みになりません。たっちゃんはこたつに入って「小公子」の本を読みはじめました。セドリックが、とても気むずかし屋のおじいさまにも、自分の考えをしっかり言って、気に入られるようになること、お母さまといっしょに住めるように努力するところなどが、とてもおもしろくて、物語を読んでいる時は、るす番も気にならなくなっていました。大みそか、絵の中におさむさんを描きに帽子屋に行ったら、絵のごほうびといっておもちをたくさんもらいました。


お正月の三が日。お母さんの仕事は休みです。お母さんとたっちゃんと二人でお雑煮を食べました。いえいえ三人です。お父さんの写真の前にはお雑煮も黒豆も栗きんとんも数の子も並んでいます。とっても静かなお正月です。

たっちゃんは、長い間不思議に思っていた、お母さんの帽子のことを聞くことにしました。

「どうしてあの帽子かぶらないの。」

お母さんは、お父さんの写真の前に置いてあった帽子を、こたつの上に持ってきて話し始めました。

「お父さんがお母さんの誕生日にプレゼントしてくれたの。それがこの帽子なの。お母さんが大好きなワインレッド色の帽子だったから、とってもうれしくて、すぐ部屋の中でかぶってみたの。あったかくて、かっこよくて、どこかへ出かけたくなったのよ。」

と、お母さんはその時のことを思い出しているようでした。

「どうして今はかぶらないで、かざってあるだけ？」

「お父さんのお仕事の休みにたっちゃんとお父さんとお母さん三人で、スキーに行く約束をしていたの。その時にかぶって行こうと思ってたのに。お父さんが死んでしまって、スキーには行けなくなったの。」

と言って、お母さんはとても悲しそうに帽子をなでました。たっちゃんは、お母さんに帽子をかぶらないわけを聞くんじゃなかった、と思いました。

お母さんは、

「いつか、この帽子をかぶって出かけようと思いながら、そのまんまになってるのね。」

と、またお父さんの写真の前に、そっと帽子を置きました。

今年は大雪が降る寒い日が続きます。二月も終わりそうです。たっちゃんとお母さんはスキーに出かけました。お母さんはあの帽子をかぶっています。たっちゃんの帽子は、おばさんが毛糸で編んでくれたものです。マフラーつきの白と紺のしまもようで、頭のてっぺんには紺色のポンポンがついていて、たっちゃんにお似合いです。お母さんとたっちゃんは、夕方近くまでスキーをしました。お母さんのジャンパーのポケットには、お父さん、お母さん、たっちゃんの三人が、笑顔で写っている写真が入っていました。たっちゃんは赤紫色の帽子をかぶって、スキーをしているお母さんが、とても好きでした。大きな声で笑っているのにもびっくりしました。たっちゃんは――お父さん、お母さんとぼくの笑い声聞こえたでしょ。ぼくこれから何でもがんばるからね。――と、そっと言いました。

たっちゃんは、おばさんへの質問の答えがやっと分かりました。お母さんが赤紫色の帽子をかぶった時の顔は、とてもしあわせそうだったからです。

三月になりました。三年生のまとめの勉強で、いつもよりは、わか子先生は厳しくなりました。でもたっちゃんは少しずつがんばり屋さんになって、少々のことにはへこたれません。国語、算数、理科、社会、どの科目も復習をします。勉強が終わったら必ず毎日、お父さんに話すように、今日のことを「発見ノート」に書きます。きっとお父さんが読んでくれると思っています。

お父さんへ　三月十七日（木）晴

お父さんそちら（天国）は寒いですか。こちらは三月なのに寒いよ。あしたは「よい子のあゆみ」をもらう日です。お母さんが仕事を休んでもらいに行きます。「よい」がたくさんあるといいなあ。「よい」がたくさんあったらほめてね。帽子屋のおじさんおばさんにも見せるつもり。ぽん太に「お手」をして見せたら、またお説教するかな。四年生もわか子先生になるといいなあと思ってるよ。

たつお

たっちゃんの春は、もうすぐそこまでやって来ています。

（「続河」九号　二〇〇四年八月三十日稿）

二　ゆかちゃん

ゆかちゃんとお姉ちゃんのほのかちゃんは、花の木団地にお父さんお母さんと暮らしています。ほのかちゃんが赤ちゃんの時に、この団地に引っ越して来ました。それから二年位してゆかちゃんが生まれてこの家族に加わりました。お母さんは看護師さんなので、ゆかちゃんもほのかちゃんも赤ちゃんの時から保育園育ちです。

今はゆかちゃんは五歳で年長組、ほのかちゃんは小学校二年生になりました。すぐお隣には八十歳ぐらいのおじいちゃんとおばあちゃん、学校にお勤めの若いお姉さんの三人が暮らしています。

ゆかちゃんもほのかちゃんもこのおとなりさんが大好きで、必ず「高島さあーん」と呼んでいろいろと話しかけます。

「高島さんあそぼう……。明日は団地のそうじ、あと鬼ごっこやブランコをしてあそぼう」

「ミニトマトがなったから、高島さん食べてよ」とか。

真っ白白髪の高島さんはいいお友だちです。時々お母さんから大きな声で二人とも叱られたり、けんかしたり、泣いたり、大笑いしたりする元気な様子は、となりの高島さんの家にもよく聞こえてきます。

それは高島さんを少し幸せ気分にしてくれます。

お母さんの車で、朝保育園に出かける時は、ゆかちゃんは

「行ってきます！バイバイ……」

と車の中から高島さんが見えなくなるまで手を振るのです。

ほのかちゃんは学校で友だちもたくさんできたし、学校が遠いので少し歩くのがしんどいけれど、休まず通っています。二人とも毎日おもしろいことがいっぱいあって、テレビも見たいし大変です。

今日はゆかちゃんの家の駐車場がにぎやかです。どうしたのでしょうか。

「高島さん、大変！ツバメの赤ちゃんがカラスにとっていかれたんよ。かわいそう……」

とゆかちゃんは今にも泣き出しそうな顔です。

ゆかちゃんの家に毎年ツバメが巣を作ってひなを育てます。今年も四羽のひなが元気に育っていました。それなのに、カラスギャングがひなの一羽をさらっていきました。

ゆかちゃんとほのかちゃんお母さんでカラスよけの網を張ったり、キラキラテープを張ったりしました。高島さんも一緒に作業をしました。

これであとの三羽はきっと無事大きくなるでしょう。

そのあと、ゆかちゃん、ほのかちゃんは、高島さんと、お家の庭で大遊びをしました。

ゆかちゃんの逆上がりや縄跳びの練習、ほのかちゃんは学校のお話、携帯電話に写っている写真などを見て過ごしました。

それから一週間ぐらいたってから、ゆかちゃんの家のポストにかわいい封筒に入った手紙が届きました。

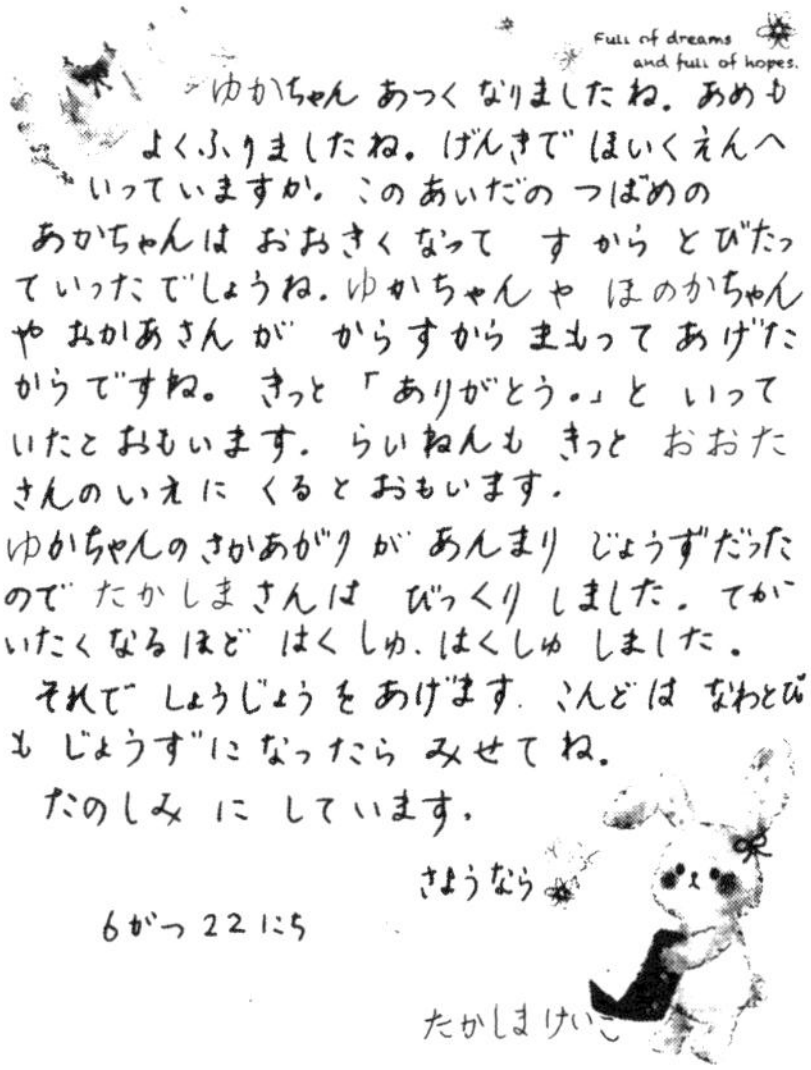

Full of dreams
and full of hopes.

ゆかちゃん あつく なりましたね。あめも よくふりましたね。げんきで ほいくえんへ いっていますか。このあいだの つばめの あかちゃんは おおきく なって すから とびたっていったでしょうね。ゆかちゃんや ほのかちゃんや おかあさんが からすから まもって あげたからですね。きっと「ありがとう。」と いっていたと おもいます。らいねんも きっと おおたさんのいえに くると おもいます。
ゆかちゃんのさかあがりが あんまり じょうずだったので たかしまさんは びっくり しました。てがいたくなるほど はくしゅ、はくしゅ しました。
それで しょうじょうを あげます。こんどは なわとびも じょうずに なったら みせてね。
たのしみ に しています。

さようなら

6がつ 22にち

たかしまけいこ

Full of dreams
and full of hopes.

ほのかちゃん

~~毎日~~元気で学校へ行っていますか。
学校の勉強は楽しいですか。ほのかちゃんと このごろ あんまり話してないので、わたしは ほのかちゃんと ゆっくり お話がしたくて たまりません。たとえば ほのかちゃんの国語の本読みを聞いてみたかったり（どんな物語が国語の本にのっているのかな？）算数では 百マス計算とか 九九の練習が何段まであるのかな、漢字ドリルの宿題があるのかな など、いっぱい聞いて みたいなあ と、思っています。けれど、となりの おばあちゃんは うるさいなあと思われて、きらわれたら 大変と 今は えんりょしています。
気がむ　いたら「たかしまさーん。」と声をかけてくださいね。宿題でも何でも 手伝いますよ。本読みの宿題が出たら 聞いてあげますよ。
そんな 宿題は 今ごろ でないかもしれませんね。①

Full of dreams
and full of hopes.

早く 夏休みに なると いいね。

（ついしん） わたし 今 ほのかちゃんと ひみつに きょうそうしていることがあります。ミニトマト を わがやでも うえています。
ほのかちゃんちと たかしまさんちと どっちが よくみのるか きょうそうしてみませんか。

今日 ほのかちゃん を見て びっくりしました。
左手 の 骨折 痛かったでしょう。
早く よくなりますように……。

6月22日

さようなら
たかしまけいこ

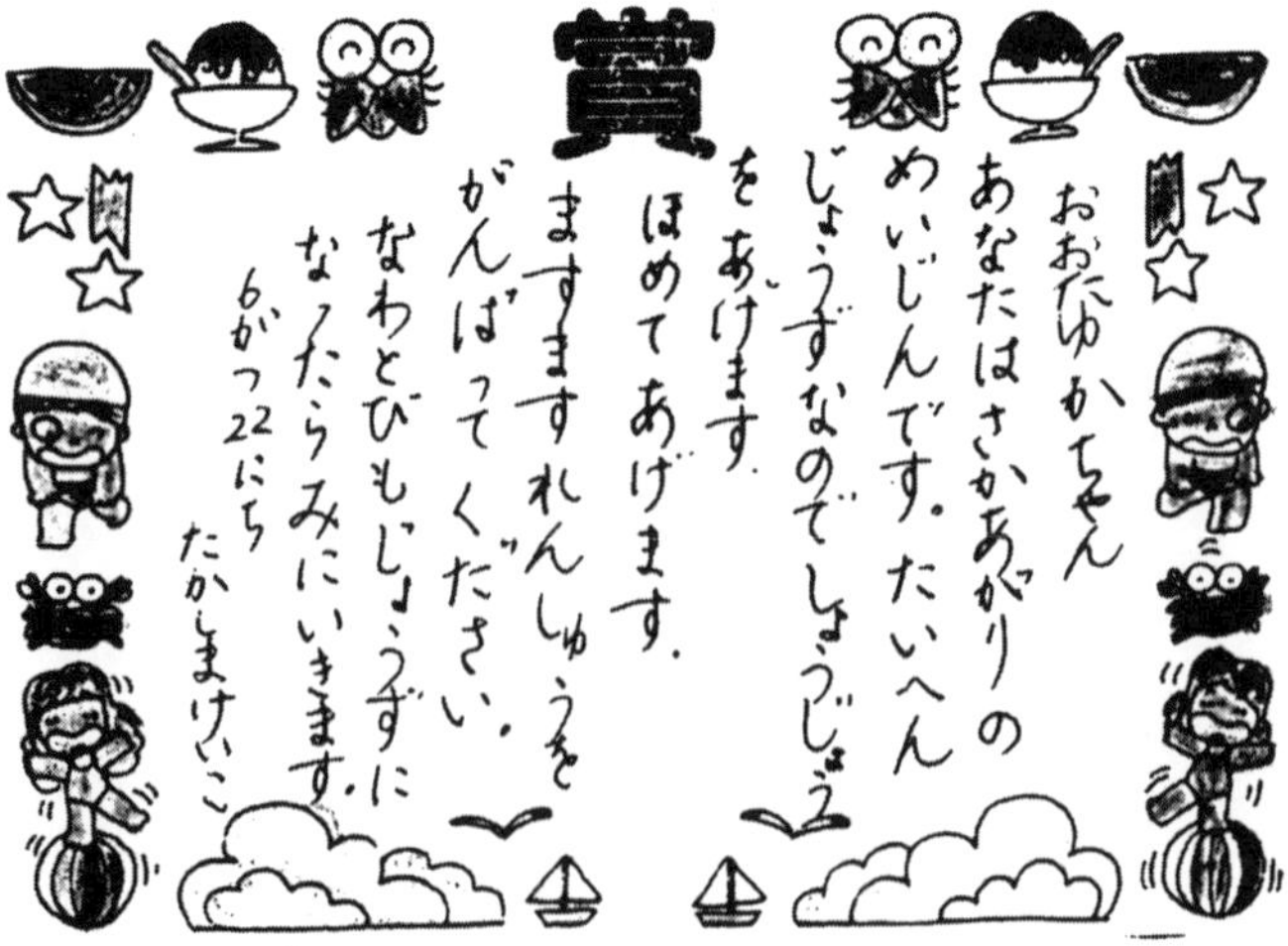
賞
おおたゆかちゃん
あなたは さかあがりの めいじんです。たいへん じょうずなので しょうじょう をあげます。
ほめてあげます。
ますます れんしゅうを がんばってください。
なわとびも じょうずに なったら みにいきます。
6がつ22にち
たかしまけいこ

ゆかちゃんからのへんじ
高島さんちのポストにすぐ返事が届いていました。
「たかしまさん　きゅうにびくり　しょうじょう　ありがとう　これからもよろしく」
シールはメタルのちょうちょやハートがはってあって、高島さんは嬉しいやらびっくりするやらしました。高島さんは返事を書きました。

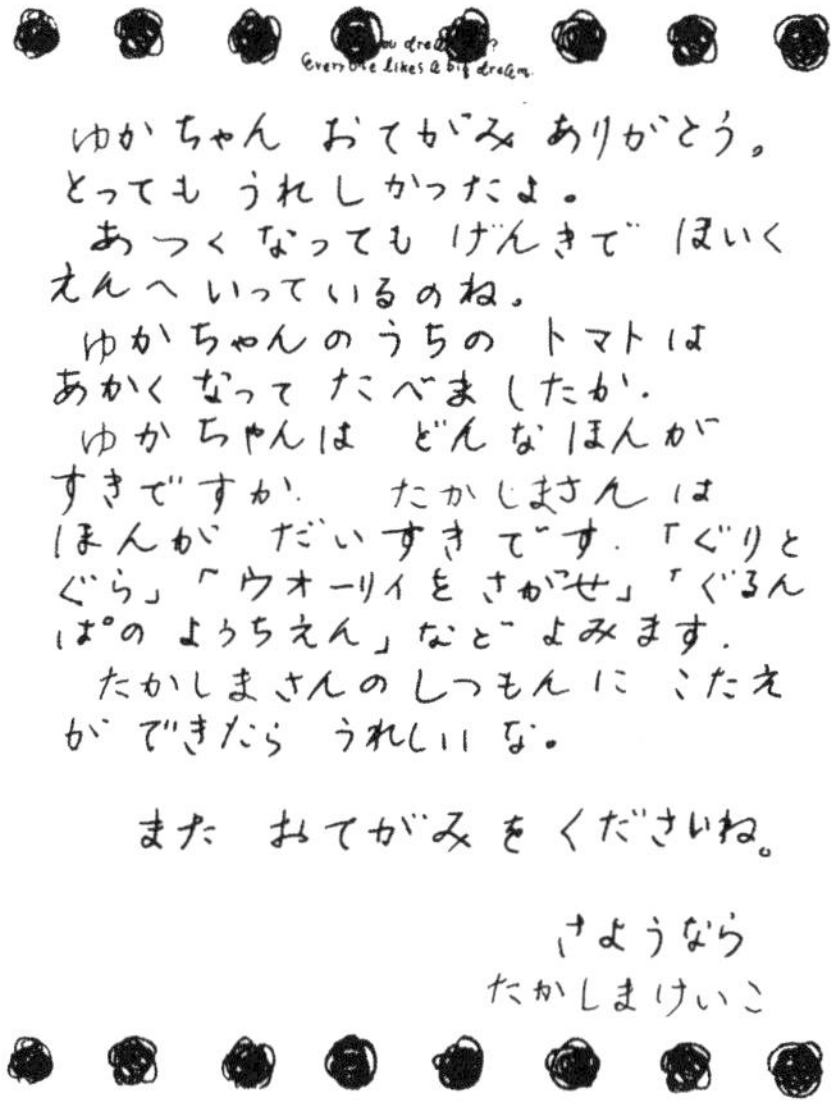

ゆかちゃん　おてがみ　ありがとう。
とっても　うれしかったよ。
あつくなっても　げんきで　ほいくえんへ　いっているのね。
ゆかちゃんのうちの　トマトは　あかくなって　たべましたか。
ゆかちゃんは　どんな　ほんが　すきですか。　たかしまさんは　ほんが　だいすきです。「ぐりとぐら」「ウオーリイをさがせ」「ぐるんぱのようちえん」などよみます。
たかしまさんのしつもんに　こたえが　できたら　うれしいな。

また　おてがみを　くださいね。

さようなら
たかしまけいこ

またまたすぐにゆかちゃんから手紙が届きました。

「たかしまさんへ　ゆか　ほいくえんで　こうさくしたり　プールにはいったり　みずあそびしてたのしいことばっかり」

「ゆかちゃんは　おばけのてんぷらのえほんがだいすき　ゆかより」

「たかしまさん　また　あそぼうね。たかしまさんがいたらほいくへん　すごくやるきになるよ」

「また　おてがみこうかんしょうね」……

今日は夕方からゆかちゃんの泣き声がずっと聞こえてきます。お姉ちゃんのほのかちゃんがゆかちゃんを怒っているのです。高島さんは心配でたまりません。高島さんの魔法でなんとかしたいと思っていますが……。

うさぎのミミちゃん

ゆかちゃんはお姉ちゃんのほのかちゃんからずい分怒られて口もきいてもらえません。いくら謝ってもお姉ちゃんは許してくれません。

「ごめんなさい。ごめんなさい。もうしません」

「もうしませんっていっても、してしまってどうにもならないじゃない。わたしのミミちゃんをさがしてきてよ。ミミちゃんをつれてきたらゆるしてあげる……」

「だってミミちゃんは、はらっぱから山のほうへ走ってにげていって、さがしても出てこないんだもん……」

ゆかちゃんの眼から涙がどんどん流れて顔がまっ赤になりました。

お母さんもいっしょにずっと夕方まで探してくれたけれど、ミミちゃんは見つかりませんでした。

ミミちゃんはお姉ちゃんが学校からもらってきて大切に育てていたうさぎです。

まっ白なふわふわの毛、長い耳、耳のまん中はうすピンク色、だっこするととってもあったかくて気持ちがいいのです。目はまっ赤で大きくてお母さんが大事にしているルビーの指輪のようです。指輪の十倍位の大きさのきれいな目です。

今日はお母さんが仕事の都合で、保育園へ早く迎えに来てくれたので、ゆかちゃんはミミちゃんをだっこして散歩につれていこうと思いました。首わをつけてひもを長くして犬の散歩のようにしました。

ミミちゃんはぴょんぴょんはねてとても嬉しそうに見えました。ゆかちゃんはとっても嬉しくなって、ミミちゃんをはらっぱにつれていって、草をたくさん食べさせようと思いました。はらっぱについたとたん、ミミちゃんは走り出しました。すごい早さです。ゆかちゃんの手から紐がするりとぬけて、ミミちゃんははらっぱを全速力で走って山の方へ行ってしまいました。

ゆかちゃんは泣きながら、ミミちゃん、ミミちゃんと探しましたが、ミミちゃんは見つかりません。悲しくて、悲しくて、おうちにどうして帰ったのか分かりませんでした。

夕方から夜までずっと泣いていました。夕ごはんも食べずに泣いていました。高島さんが訳を聞いて、一緒に泣いてくれました。

そして高島さんは、こう言いました。

「ゆかちゃん、おねえちゃんにもう一度「ごめんなさい」と言ってねるのよ。高島さんが魔法でミミちゃんに会わせてあげるよ」

ゆかちゃんは「ほんとう？　じゃ　そうするね」と言うと泣き顔が少し笑顔になりました。

夜、ゆかちゃんは夢を見ました。ミミちゃんが帰って来てくれたのです。でもミミちゃんは言ったのです。

「わたし山のうさぎの学校へ転校したの。ゆかちゃん、ほのかちゃん、ごめんね。だまって転校して。山の学校でしっかり勉強するから、そんなに泣かないで。ほのかちゃん、短い間だったけど、かわいがってくれてありがとう。さようなら」

と言ったかと思うと、ミミちゃんは小さな赤いランドセルを背負って、手を振っていましたが、すっと行ってしまいました。

夢の中でゆかちゃんはまた泣きました。ミミちゃんはもう帰って来ないということが分かったからです。

朝、ゆかちゃんとほのかちゃんが起きてみると、枕のそばにまっ白のふわふわの毛糸とまっ赤なボタンが二つおいてありました。きっとミミちゃんの贈り物なのでしょう。

冬になったらお母さんはまっ白な毛糸で、すてきな帽子を編んでくれるでしょう。帽子のてっぺんには、ミミちゃんの目のようなまっ赤なボタンがついていることでしょう。

ほのかちゃんのかぎ

ゆかちゃん、ほのかちゃんのお父さん、お母さんは、お仕事をしているので、ゆかちゃんは保育園、ほのかちゃんは放課後は学童保育に五時まではいます。

ほのかちゃんは今日は学童保育に行かずに友だちといっしょに学校から早く帰りました。お母さんが仕事の都合で家にいる日だったのです。

ところが家に帰るとなぜか鍵がかかっています。

今日は家の鍵を持って出なかったのです。

いくら待っても待ってもお母さんが帰ってきません。携帯電話でかけてもつながりません。おばあちゃんにかけてもつながりません。いつもはちゃんとつながるようにしているのに、何もかもうまくいきません。だんだんお母さんに腹が立って

「お母さんのうそつき！　家にいると言っていたのに……」

と言ってみても、どうにもなりません。

だんだん悲しくなって涙がポロポロ出てきて泣き出してしまいました。玄関の横で泣いていたのだけれど、庭に回って、どこか開いていないかと探してみたりしている間に、泣き声が大きくなってしまったのでしょう。

となりの高島さんが

「あら　ほのかちゃん、どうしたの。」

とわけを聞いて

「うちでお母さんを待とうね。」

と言ってくれました。高島さんは、（お母さんが帰ってきた時、心配しないように）手紙を書いておいたらと言って紙を出してくれました。

ほのかちゃんは紙に
「たかしまさんのいえにいます。早くむかえにきて。　ほのか」

と書いて玄関にセロテープではりました。

少し泣いていたのがはずかしかったけど、高島さんの家の大きなテーブルのある部屋に行きました。他の部屋には本がたくさんあって、ピアノもありました。

高島さんはたくさん本を出してくれました。

「ウォーリイをさがせ」「はるかぜのたいこ」「さかさま」「かたあしだちょうのエルフ」「あめの日のトランペット」「1から100までのえほん」「よもぎだんご」みんなおもしろい本ばかりでした。

お母さんのことも忘れて読みました。高島さんは手作りのドロップドーナツと牛乳をおやつに出してくれました。まんまるいかわいいピンポン玉ぐらいで粉ざとうがふってあります。あんまりおいしかったのでドロップドーナツを5つも食べました。

ようやくお母さんが迎えに来ました。ほのかちゃんはお母さんの胸をどんどんたたいて
「どこへいっとったんね。バカバカバカー」
と言ったら急に涙がたくさん出てまたまた大泣きしてしまいました。
「わたしがこんなに泣いたのは生まれてはじめて」

と言ったら、お母さんは
「あんたが赤ちゃんの時はもっと泣いていたよ」

と言いました。

「でも赤ちゃんの時は知らないもん」

とほのかちゃんは言いかえしてしまいました。

その日、お母さんにわけを聞くと、ゆかちゃんが急に高い熱が出て病院へ行っていたそうです。

ほのかちゃんはこれからはいつも学校へ行く時は鍵を忘れないようにしようと思いました。そして何かあったらとなりの高島さんに相談しようと思いました。

ほのかちゃんはいろいろなことがあった日だったなあ、つかれたなあと思いました。

日記に書くことがいっぱいあった日でした。

花火

テレビのニュースが大型台風八号が来るので用心をするようにと放映しています。

花の木団地では今年も八月九日に団地の盆踊り大会や子ども映画会が開かれる予定でした。ゆかちゃん、ほのかちゃんは盆踊りの練習にいって、「ドラえもん音頭」も上手に踊れるようになって、とても楽しみにしていました。

ゆかちゃんはかわいい金魚がいっぱい泳いでいる浴衣、ほのかちゃんはきれいなお花が咲いている浴衣で踊りに行くつもりでした。おばあちゃんが二人に縫ってくれた浴衣です。でも台風が来るので盆踊り大会も映画会も中止になりました。

ゆかちゃん、ほのかちゃんはとてもがっかりしました。それからずっとお天気は雨つづきでがっかりのしどうしです。二、三日して夜中に大雨、ものすごい雷でゆかちゃんは目が覚めました。ピカーッと光って部屋が真っ昼間のように明るくなったと思ったとたんドド、ドドドーンとすごい大きな音がしてゆかちゃんはお母さんにしがみつきました。

朝起きて庭を見ると、大事に育てたひまわりの花が雨で重くなったのか、三本ともお辞儀をしているように下を向いていました。ゆかちゃんが

「ひまわりの花のまん中にたねがいっぱいつまっている。ぎょうぎよく並んでるよ。」

と言うと、ほのかちゃんが携帯電話で写真をとりました。

お父さんが台風が来る前にひまわりの茎をしっかり棒にくくってくれていたので折れませんでした。ミニトマトも大丈夫でした。

ほのかちゃんの夏休みももう残り二日になりました。久しぶりによい天気になってお母さんも洗濯日和と喜んでいます。

高島さんから「今晩花火をいっしょにやりましょう。」と声がかかりました。夜、空がまっ暗くなって星が光っているのが見えるようになりました。高島さんが花火セットを持ってきました。お父さん、お母さん、ほのかちゃん、ゆかちゃん、高島さんの五人で花火大会です。ろうそく、マッチ、水の入ったバケツ、蚊取線香など、用意はできました。お父さんがやけどしないように気をつけてすること、風下に花火を向けること、火をつけるのはお父さんだということを話しました。

さあはじまりです。はじめにススキスパークラーというのをしました。まっ白の大きな火がとび出してゆかちゃんはちょっとこわくなってお父さんといっしょにしました。でもとてもきれいでした。次は緑色、次は赤と、あたりは緑色や赤の火に包まれました。ゆかちゃんはびっくりするやら面白いやらお父さんといっしょにやりました。

ひとりではどうしても花火を持つことができません。さすがお姉ちゃんのほのかちゃんは大きい花火を大きく回して円を描くこともやっています。

ひとりが五本ずつすると、花火が終わったあとの煙が庭中に雲のように広がりました。ゆかちゃんは「ああテレビで見たオーロラみたいね」と喜びました。

最後は線香花火です。ゆかちゃんがひとりで持ってできる花火です。

高島さんが「線香花火はだれが一番長く火が付いているか競争よ」といって一本やってみせてくれました。はじめに線香花火の先にポッと小さな赤い火の玉が灯りました。その火の玉からきつねのしっぽのような火が四方に出てその先に小さな星がパチパチと光りました。小さな星たちはだんだん広がってかすみ草の花束みたいになりました。花束の中心は丸い火の玉になって固まり、そこからたくさんの火花が出ました。とってもきれいでした。最後は柳のような細い火花が流れ星みたいにすーっと出て消えました。

みんな息を止めて見入りました。ああかわいい……。ああきれい……。ああ　とってもきれい……。ああ　終わり……。ちょっぴりさびしくて悲しいなあとみんなは思いました。線香花火を紙芝居にすると三枚ですぐ終わってしまうような気がしました。

さて、高島さんが言った線香花火競争は子ども組（ほのかちゃんゆかちゃんの勝った方）対大人組（三人の中の一位）が三回します。二勝した方が優勝です。

まず一回戦、子ども組はゆかちゃんに勝ったほのかちゃん対大人組一位のお母さんは、ほのかちゃんの勝ち。二回戦は、またゆかちゃんに勝ったほのかちゃん対大人組一位のお父さんで、お父さんの勝ちです。対戦成績一対一です。ゆかちゃんが泣き顔になりました。二回ともほのかちゃんに負けたゆかちゃんは、子ども組の代表になっていないからです。高島さんはゆかちゃんをそっと呼んで「高島さんの魔法を教えてあげるよ。その魔法は『花火の王様ピカピカピッカリ』と二回心の中で言うのよ。そしてじっと丸い玉を見るのよ。わかったね。代表になれるよう高島さんが応援してるからね。」と言いました。

ゆかちゃんは高島さんから教えてもらった魔法をしっかりとなえてお姉ちゃんと線香花火をしました。すると、あら不思議。やっとお姉ちゃんのほのかちゃんに勝てました。子ども組代表にやっとなれました。

最後の線香花火の決勝戦は子ども組ゆかちゃん対大人組高島さんです。ゆかちゃんは高島さんは魔法が使えるし強いはずだと思いましたが、あの呪文「花火の王様ピカピカピッカリ」を二回心の中で言ってろうそくから花火に火をつけました。

ゆかちゃんはお父さん、お母さん、ほのかちゃんから「しっかりね。」と言われて、もう一度呪文をとなえました。するとどうでしょう。ゆかちゃんの花火は最後まで光っています。星のような火花が消えてしまってもまん中の火の玉はまっ赤になってじっとしているように見えました。柳の細い葉が静かに出て終わりました。勝負はゆかちゃんの勝ち。大喜びしたゆかちゃんは、高島さんの耳にそっと「まほう、ありがと。」と言いました。

花火の後かたづけをして、星空を見上げました。天の川がきれいに流れています。高島さんは星座が書いてある丸い紙を持って来てくれたので、それを懐中電灯で見て覚えて空を見ます。

「南の空にさそり座がくねくねなわとびのようにあるでしょう。まん中に赤い星があるのは、さそりの心臓のアンタレスという星。」

「北の空にひしゃく星、北斗七星があるでしょう。大きなひしゃくでどんな水をくむのかしらね。ひしゃく星のお話は今度またね。ひしゃくの端をぐっと空の中にのばしていくと小さい星、北極星が見えるのよ。真北にあるので夜方角を知るのにいい星よ」

高島さんの星のお話が続き、少し難しくなったのでゆかちゃんはねむくなりました。

明日はお母さんはおつとめが早いし、ゆかちゃんは朝早くから保育園です。ゆかちゃんはパジャマに着替えてみんなに「おやすみなさい」と言ってふとんに入りました。

ゆかちゃんはきっと線香花火の夢を見ることでしょう。

お楽しみ会

ゆかちゃんの家で今日はお楽しみ会が開かれます。ゆかちゃんの友だちのありさちゃん、しょうへいくん、近所のふみかちゃん、弟のゆうたくん、赤ちゃんのここなちゃん、お姉ちゃんのほのかちゃんとお母さんたち多く集まりました。高島さんが絵本を読んでくれるからです。みんながわくわくして待っていると、高島さんは新聞紙ぐらいの大型絵本をかかえてやって来ました。

さあ始まり始まり……。

一冊目は小さな絵本「ねずみくんのチョッキ」

ねずみくんはお母さんが編んでくれた赤いチョッキが嬉しくてたまりません。でも次々とお友だちの動物（アヒル、サル、アシカ、ライオン、馬）に貸してあげているうちにだんだん伸びて伸びていくのです。最後に大きい象に貸してあげたらものすごく伸びてしまって、ねずみくんは泣きながらチョッキを引きずってお家へ帰りました。

子どもたちは口々に
「ねずみくんかわいそう。大事なチョッキぴったりだったのに着られなくなって……」

「ねずみくんはやさしいよ。みんなに貸してあげたんだから。」

「またお母さんに編んでもらうといいねえ。」と言いました。

象の鼻に伸びてしまった赤いチョッキが、ブランコになってゆれています。ねずみくんがそのブランコに乗って遊んでいるのを見て、子どもたちは少し安心しました。

二冊目は大型絵本「すてきな三人組」

くろマントにくろい帽子のこわーいどろぼうさまの三人組。持っているのはラッパ銃、こしょう、まっ赤な大まさかり。夜になると出かけ、金持ち馬車をおそって、三つの武器でやっつけ、金、銀、宝物を奪ういやーな三人組。

ある時馬車の中に財宝はなく、かわいいティファニーちゃんだけがいたので、さらって帰って行くと、どうしたことか三人組はこの時から大変身します。三人組は、ティファニーちゃんと同じように、さびしく悲しく、暗い気持ちで暮らしている孤児や捨て子を集め、お城を買っていっしょに暮らし始めました。国中から子どもが集まりお城のまわりに幸せな町を作りました。こうして金、銀、宝物は幸せ村を作るのに使われたというお話。

子どもたちは「本の名前の通りすてきな三人組だね。」と大喜び。

「こしょう、ラッパじゅう、大まさかりを使うところがおもしろかった。」

「三つのお城の形が三人組の帽子の形になったのがおもしろい。」

お話が終わったら子どもたちは三人組のしたことに大拍手でした。

三冊目は「スイミー」

スイミーは黒い小さな魚です。スイミーたち小さな魚は大きなマグロに追いかけられ、食べられそうになってビクビクしている毎日です。ある日スイミーはどうしたらいいか、考えて考えて考えぬきました。そうして小さな魚たちに
「みんないっしょに泳ぐんだ。海でいちばん大きな魚のふりをして」と言いました。「ぼくが目になろう」といって、みんなで力を合わせて大きな大きな魚の形をして泳ぎました。するとマグロはおどろいて逃げて行ったという

お話。

　子どもたちは
「スイミーは頭がいいねえ、勇気があるね。」「目になったところがいい。」と、大喜びです。

いつの間にか画用紙に魚をかいて頭にかぶり、目になる役のスイミーも順番にして、部屋じゅうを走りまわりました。

「高島さんはマグロで逃げる役よ。」と、とうとう悪役が回ったきたので、高島さんはマグロで逃げました。

ゆかちゃんのお母さんがおやつのお菓子と麦茶を出してくれました。走り回った小さな魚やスイミー役たちはみんな少し休憩しました。

しばらくして高島さんは、持って来ていた紙箱をあけました。中には茶色のピカピカ光ったずんぐり丸い形やとんがった形のドングリと、丸や三角に切った画用紙、ようじが入っていました。ドングリはもうキリで穴があけてあるので、ようじをさすだけでドングリごまは出来上がります。三角形・丸の画用紙に好きな色をクレパスで塗ってようじをさせば紙ごまも出来上がりです。テーブルの上でみんなでこま回しをして遊びました。

今日はゆかちゃんの家から楽しい笑い声がいっぱい響いてきました。

ゆかちゃんが「高島さん　またお話読んでね。」と言いました。

高島さんは次はどんな本を読もうかな、風車や紙飛行機を作って公園で遊ぼうかなと考えるととっても嬉しくなりました。

卓球大会

急に冷たい雪が降ってきました。花の木団地では二月の寒い時なのに年一回団地の人たちが参加する卓球大会が開かれます。

今年はお父さん、お母さん、ほのかちゃん、ゆかちゃんの大田一家の四人全員が出場するのです。お隣の高島さんも三人家族全員出るのです。実はゆかちゃんのお父さんは卓球がとても上手なのです。高島おじいちゃんも若い頃やっていて上手です。

会場はほのかちゃんが通う小学校の体育館で、卓球台を五台も出してみんな汗を出して試合をします。ゆかちゃんは小学生の部に出場しました。やはり小学生のお姉さん、お兄さんにはどうしても勝てません。もうやりたくないなあと思ってやると、白いピンポン玉を空ぶりばかりするのです。悔しくてたまりません。ラケットを台の上に投げ出していると、お父さんが「ゆか！」とにらんで怒ります。気をとりなおしてがんばってやると少しだけ打てるようになりました。ゆかちゃんは自分の試合が終わってから、お父さん、お母さん、ほのかちゃん、高島さんたちの応援をしました。みんなびっくりする位上手でした。ゆかちゃんのお父さんチームは、お父さんの大活躍で団体優勝しました。ゆかちゃんはがんばり賞、ほのかちゃんは小学校の部二位で、二人とも賞状とたくさんの賞品をもらい、とっても満足して一日が終わりました。

三月

三月になっても雪がよく降ります。二、三日続けて大雪が降りました。どこもかしこも雪が積もってゆかちゃんは長靴をはいて庭の散歩をしました。庭の木の雪を棒でたたいて落とすのが面白くて、いつの間にか大きな雪山が二つも出来ていました。ほのかちゃんも庭に出て来て、ゆかちゃんと雪山を大きくしました。二人で庭の雪を玄関先まで運んで、大きな雪だるまを二つ作りました。

雪だるまには長い耳をつけました。南天の赤い実を目にするとミミちゃんそっくりの大雪だるまになりました。

「お母さん　ミミちゃん雪だるまが二つできたよ。」と二人が大声で叫ぶと、お母さんはびっくり顔で「ミミちゃんはきっとお友だちが出来て、元気にうさぎ学校へ行ってるよ。ミミちゃんそっくりのお友だちかも知れんね」と、そっとゆかちゃんの冷たい手を握ってくれました。

次の日も次の日も寒い日でした。でも少しずつミミちゃん雪だるまの耳がとけてきました。ゆかちゃんはミミちゃんと別れた日のことを思い出して泣きそうになりました。そっと白い毛糸の帽子をさわってみました。あのミミちゃんからのプレゼントのふわふわの白い毛糸、それでお母さんが編んでくれたものです。ほのかちゃんとおそろいで、てっぺんに赤いボタンがついています。

ゆかちゃんは、ミミちゃんがうさぎ学校で元気に友だちと勉強している姿を想像して少し元気が出ました。

ゆかちゃんが保育園から帰ってみると、ほのかちゃんの机の隣に真新しい机がありました。

「この机　ゆかのよね。うれしい」と机をなでました。

そうです。ゆかちゃんは四月から小学生になるのです。ひらがなは全部読んだり書いたりできます。ほのかちゃんといっしょに学校へ行けるので嬉しくてたまりません。どんな先生やお友だちに会えるのかも楽しみです。ミミちゃんと同じようなうさぎが学校にいるかもと思うと、ゆかちゃんは机の周りをぴょんぴょん飛び跳ねました。

さっそくお絵かきノートや筆箱やえんぴつを引き出しに入れてみました。きょ年保育園にサンタさんがやってきてプレゼントしてくれたものです。サンタさんへ「えんぴつやノートをください。」と書いたら本当にプレゼントしてくれたのです。その時のサンタさんの顔をじっと見てみたら園長先生にそっくりだったのでびっくりした事を思い出しました。

もうすぐ保育園ともお別れです。まっ赤なランドセルを背負って学校に通うのを、高島さんが手をふって見送る日も近いでしょう。

ハナミズキの木の芽はまだ固くて冬ごもりしています。枝に刺したみかんをメジロが食べにきます。高島さんの家の梅は白い花が満開です。寒椿のつぼみもピンクに染まって何輪かは咲いています。

そこまで春がやってきています。

（二〇一四・九）

わたくしの「白」の世界——導かれ、学び深めて——　初出一覧

学びの日々

清水先生にお教えいただいたこと　「続河」三号　平成十年十一月

返事——清水先生、松永先生、宏兄さんへ——　「続河」七号　平成十四年八月

『源平桃』（復刻版）を拝読して　「続河」十七号　平成二十四年十月

『源平桃』（復刻版）を拝読して　その二　「続河」十八号　平成二十五年十月

わたしの皆実高校　「皆実高校同窓会誌」　平成十年

時間割　「続河」二号　平成九年八月

たくましい伴東っ子一年生をめざして　「河」二十六号　平成五年六月
——ひとりひとりの子どもに目を向けて——

最後の授業——退任の挨拶——　平成七年四月十一日

俳句四十句——職を辞めて——　「続河」創刊号　平成八年八月

家族への思い

母への詫び状　「続河」十四号　平成二十一年九月

雨音　「続河」五号　平成十二年九月

はがき　「河」二十八号　平成七年八月

義母の米寿を祝って　平成八年十一月

姉の死を悼む　平成十二年五月十五日
門田京子詩文集『旅』あとがき　平成十二年六月
門田宏遺稿集『道』あとがき　平成十二年六月
　『愚公移山』への返信　「続々河」二号　平成二十九年九月

日々の暮らしから

わたしの「白」の世界　「続河」八号　平成十五年八月
こころもよう　「続河」十号　平成十七年九月
ぶらんこの四季　「続河」十二号　平成十九年九月
窓をあけて　「続河」十三号　平成二十年九月
「幸わせ」になりたかったら　「続河」十五号　平成二十二年九月
時のカレンダー　「続河」十六号　平成二十三年九月
日々の暮らしの中で　「続河」二十号　平成二十七年九月
日々の暮らしの中で　その二　「続々河」一号　平成二十八年九月

旅の記録

イタリアの旅　「続河」四号　平成十一年九月
カナダの旅　「続河」六号　平成十三年九月

平和への願い

安宗おばあちゃんのお話　「続河」十一号　平成十八年九月
——日本が戦争をしていたころ、終わったころ——

童話

たっちゃん　「続河」九号　平成十六年九月

ゆかちゃん　「続河」十九号　平成二十六年九月

あとがき

病弱だったわたしは小学校入学が一年ほど遅れた。八十三歳の今、心の中にさまざまな感慨がある。それは多くの人に支えられて今のわたしがあるという思いである。過去に向き合い、これまでのわたしのありのままの姿を振り返ってみようと思う。

今まで折に触れて書き続けたものを、「わたくしの『白』の世界――導かれ、学び深めて――」と題してまとめてみた。「学びの日々」では、恩師清水文雄先生、松永信一先生、野地潤家先生、義兄門田宏氏らから教えられた教育に向き合う姿勢であり、それがわたしを救い、どのように実践に結びついたかをまとめた。

「家族への思い」では、サイパン島から暗号の「はがき」を出して死んだ父、佛のような母、母親がわりを務めてくれた姉、義兄、義母のこと、姉夫妻の遺稿集編集のあとがき、長男のコラムへの返信などを載せた。

「日々の暮らしから」は、戦中、戦後、現在の暮らしの様を描いた。「わたしの白の世界」は野地先生からお褒めいただいて、ご指導を心にとめておくためにもと書名に使ったのである。先生からは「色」をテーマにして作品を次々書くようにとすすめてくださったのだが、それが果たせないままであるのがとても残念である。志村ふくみ氏のお言葉の中に「白はそのままでは生きられない」というのがあるが、わたしは「わたしの白の世界」をわたしなりに様々な色に染め、先生へのお返事としたつもりである。

「旅の記録」はイタリア、カナダの旅を載せた。終わりに帰りの機中で詠んだ夫との歌仙も載せた。

「平和への願い」は、五十歳を過ぎて軍属として徴用され、船長として兵隊、武器を輸送する任務を果たし、首が千切れても泳いで帰ると、妻子への深い思いを述べていた父の無念の思いを込めて載せたものである。

「童話」はストレートに言えないことをフィクションに托して想像を広げお話にしたものである。童話はわたしの子どもたちが小さいときからよく読んでやっていた。わたし自身現在もよく図書館で借りて読んでいる。

これらはささやかながら一人の人間としての歩みを綴ったものである。掲載誌は「河」「続河」「続々河」である。雑誌を送ったあとにいただいたご感想や、合評会での会員の感想・批評に大きな力をいただいた。

溪水社の木村逸司社長には、めんどうな資料にも細かくご配慮いただき、出版を支えていただきました。記して感謝申しあげます。

平成三十年三月三十日

安宗和子

著者略歴

安宗和子（やすむね　かずこ）

昭和10（1935）年３月　　福岡県北九州市若松に生まれる。

肋膜炎のため小学校入学が１年遅れる。

昭和29（1954）年３月　　広島県立皆実高校卒業。

昭和31（1956）年３月　　広島大学教育学部東雲分校中学校国語科修了。

昭和31（1956）年９月　　沼隈郡松永藤江小学校教諭。

昭和32（1957）年５月　　広島市立大河小学校教諭。

昭和40（1965）年４月　　三次市立三次小学校教諭。

昭和44（1969）年４月　　広島市立矢賀小学校教諭。

昭和49（1974）年４月　　広島市立牛田新町小学校教諭。

昭和53（1978）年４月　　広島市立安西小学校教諭。

昭和56（1981）年４月　　広島市立安東小学校教諭。

平成２（1990）年４月　　広島市立伴東小学校教諭。

平成７（1995）年３月　　定年退職。

昭和32（1957）年から清水文雄先生の王朝文学の会会員。

平成８（1996）年から河の会会員。

平成28（2016）年から続河の会会員。

現住所　広島市安佐南区長楽寺３－20－33

わたくしの「白」の世界
――導かれ、学び深めて――

平成30年４月30日　発　行

著　者　安　宗　和　子

発行所　株式会社　溪水社

広島市中区小町１－４（〒730-0041）
電話（082）246－7909
FAX（082）246－7876
E-mail：info@keisui.co.jp

ISBN978-4-86327-430-3 C0037